# ŒUVRES

## *CHOISIES*

## DE L'ABBÉ PRÉVOST,

### *Avec Figures.*

## TOME NEUVIEME.

# LE DOYEN
## DE KILLERINE,
### HISTOIRE MORALE,

Composée fur les Mémoires d'une illuftre famille d'Irlande, & ornée de tout ce qui peut rendre une lecture utile & agréable.

### PAR L'ABBÉ PRÉVOST.

### AVEC FIGURES.

## TOME SECOND.

## A AMSTERDAM,
*& se trouve à* PARIS,

## RUE ET HOTEL SERPENTE.

## M. DCC. LXXXIII.

# LE DOYEN
# DE KILLERINE.

## LIVRE CINQUIEME.

DANS la confiance que j'avois inſpirée à Roſe, & dont j'étois rempli moi-même, nous entendîmes avec joie le bruit d'un carroſſe qui arrivoit quelques momens avant l'heure marquée; & rien ne pouvant retarder notre départ, nous conſentîmes à ſuivre auſſitôt un homme d'aſſez bonne mine, qui ſe fit annoncer à moi de la part du comte de S. . . . . & qui donna la main à ma ſœur juſqu'au carroſſe. Etant monté avec nous, il me dit que le cocher avoit les ordres du comte, & que nous ſerions, dans moins de deux heures, au lieu où nous ſouhaitions d'arriver. Ma ſœur n'avoit

*Tome II.*                           A

que sa femme-de-chambre avec elle, & je m'étois
fait suivre d'un valet dont la fidélité & le zèle
étoient à l'épreuve. A peine fûmes-nous hors de
Paris, que j'entendis le bruit de quelques chevaux
qui nous suivoient; & quelques momens après je
crus entendre encore la voix de quelques personnes qui paroissoient disputer sourdement derrière
nous. Notre guide, à qui j'en marquai de l'inquiétude, me répondit naturellement que c'étoient les
domestiques du comte, qui nous composoient une
escorte pour la sûreté de notre route. Je n'eus
point d'autre sujet d'alarme dans une voiture dont
je me croyois le maître, & nous arrivâmes en
effet, dans l'espace d'environ deux heures, à la
porte d'une maison dont l'obscurité de la nuit ne
me permit point de reconnoître les dehors.

Rien ne m'étant suspect, j'y entrai avec autant
de satisfaction que j'en devois ressentir, de croire
ma sœur dans un asile sûr & tranquille. Le guide
nous fit ouvrir un appartement commode, qui
étant composé de plusieurs pièces, pouvoit servir
à nous loger ensemble. C'étoit, me dit-il, celui
que le comte lui avoit ordonné de nous offrir.
On nous y servit à souper. Je fus surpris de ne
pas voir paroître mon valet. On me dit que s'étant
trouvé mal derrière le carrosse, il avoit pris le
parti de marcher à pied, après s'être fait instruire
du chemin; & qu'il étoit surprenant en effet, qu'il

ne fût point encore arrivé. Je me perfuadai aifément qu'il pouvoit s'être arrêté fur la route. La
nuit étant trop avancée pour me livrer à d'autres foins, je laiffai ma fœur dans fa chambre,
& je me retirai dans la mienne.

Le lendemain, en fortant d'un fommeil fort
paifible, je fus invité par la vue d'un beau jardin
qui fe préfentoit devant mes fenêtres, à defcendre pour y faire quelques tours de promenade ;
mais je trouvai ma porte fermée, & je m'efforçai en vain de l'ouvrir. Je paffai par un cabinet
de communication, qui joignoit ma chambre,
à celle de ma fœur, dans l'efpérance de trouver
une autre porte de ce côté-là ; il y en avoit une,
mais je la trouvai fermée comme la mienne. Rofe
dormoit encore. Je retournai dans ma chambre,
fans la moindre naiffance de crainte & de foupçon. Mes plaintes tombèrent uniquement fur la
légéreté des domeftiques du comte, que j'accu-
fai d'avoir emporté les clefs fans réflexion. Il
fe paffa encore plus d'une heure jufqu'au réveil
de Rofe, & je l'employai à méditer fur tant de
faveurs récentes, dont je me croyois redevable
à la protection du ciel.

Enfin, croyant ma fœur éveillée, je fis affez
de bruit pour me faire entendre des domeftiques.
Ce ne fut pas tout d'un coup qu'on parut y faire
attention. J'attendis encore plus d'un quart-

d'heure. Mais ayant frappé plusieurs fois avec
quelques marques d'impatience, j'obtins d'être
écouté. Le même homme que j'ai nommé notre
guide, ouvrit ma porte ; & s'avançant vers moi
après l'avoir fermée soigneusement, il me demanda
si j'avois besoin de ses services. Je ne souhaite,
lui dis je, que la liberté de descendre au jardin.
Il me répondit honnêtement que j'étois le maître
absolu de la maison, & qu'il avoit ordre de respecter toutes mes volontés ; mais que de fortes
raisons, dont je serois bientôt éclairci, ne permettoient ni à ma sœur ni à moi de sortir ce jour-
là de notre appartement. Quoique je trouvasse
quelque chose de bizarre dans cette déclaration,
& sur - tout dans le soin qu'on avoit eu de nous
enfermer sans nous avoir avertis, je m'imaginai sans
peine que le comte croyoit cette précaution nécessaire à notre sureté, & que ce qu'il y avoit de cho-
quant dans l'exécution, venoit de la grossiéreté
de ses domestiques. J'entre volontiers, répliquai-
je, dans toutes les vues de M. le comte ; & passant
dans la chambre de ma sœur, je lui appris, d'un air
riant, que par des raisons qui importoient apparemment au succès de nos mesures & à la tranquillité de notre retraite, nous étions condamnés à ne
pas nous montrer pendant le reste du jour. Elle
prit la même idée que moi de cette mysté-
rieuse conduite, & nous n'en trouvâmes pas

moins de douceur à nous entretenir de l'heureux changement qu'un jour ou deux avoient
mis dans notre fortune. Mon valet n'arriva point ;
mais l'inquiétude que j'en eus ne tomba que
sur sa santé.

Vers le soir, dans le temps que pour défen-
nuyer Rose, je repassois avec elle sur cet enchaînement de circonstances qui nous avoient conduits
aux termes où nous touchions, & que je l'ex-
hortois à se rendre digne de tant de bienfaits
dont le ciel sembloit prêt à la combler, on vint
m'avertir que j'étois attendu dans ma chambre
par quelques personnes que je connoissois. Je
ne doutai point que ce ne fût le comte ; mais
voulant lui laisser le plaisir de croire qu'il m'avoit
surpris, je priai ma sœur d'attendre que je vinsse
la rejoindre avec lui. Je n'avois qu'un cabinet à
traverser. J'en fermai la porte, qui touchoit à
la chambre de Rose. Mon étonnement fut extrême
en effet, d'appercevoir en entrant dans la mienne,
non le comte de S... que je me disposois à
embrasser de toutes mes forces, mais M. &
madame de Sercine, avec une autre dame qui
m'étoit inconnue. L'air de joie qui étoit déjà
répandu sur mon visage, fit place à beaucoup
d'embarras & de contrainte. Je n'avois point oublié
les chagrins que M. de Sercine m'avoit déjà
suscités, & sa présence fut un augure que j'expli-

quai auſſitôt dans le ſens le plus contraire à
mes eſpérances.

Il me pria civilement de m'aſſeoir, comme s'il
ſe fût attribué quelque autorité dans la maiſon,
& qu'il eût prétendu m'en faire les honneurs.
Voyant que j'attendois en ſilence qu'il com-
mençât à s'expliquer : peut - être ignorez-
vous, me dit-il enfin, que vous êtes ici dans
une maiſon qui m'appartient ; mais je ſerois
fâché que vous doutaſſiez de la ſatisfaction que
j'ai de vous y voir. Je n'appris qu'hier votre
retour ; car vous l'avez caché ſoigneuſement à
vos amis. Cependant le roi d'Angleterre en eſt
informé, & c'eſt par ſon ordre que je viens vous
déclarer ſes intentions. Là-deſſus reprenant tout
ce qui avoit précédé le combat de mes frères,
deſcendant au détail de ce qui l'avoit ſuivi, il
compoſa de quantité de faits mal-entendus ou
rapportés infidèlement, un roman ſans vraiſem-
blance, tel qu'il avoit plû à milord Linch de
le faire au Roi, & dont la concluſion fut que
ce prince approuvant ſes vues ſur ma ſœur, &
ſe ſouvenant que mes frères & elle y avoient con-
ſenti, ſans parler d'un nouveau conſentement
écrit de la main & ſigné du nom de Georges,
ſa majeſté me défendoit de m'oppoſer plus long-
tems à un mariage ſi bien aſſorti, & d'abuſer
de mon autorité ſur une ſœur jeune & timide,

pour lui faire manquer un établissement qui devoit satisfaire assez mon ambition. Il ajouta que mon obéissance seroit récompensée, & que le roi étendant ses faveurs jusqu'à moi, avoit pris la résolution de m'attacher à sa personne en qualité d'aumônier ordinaire, avec promesse de s'employer à Versailles pour me procurer incessamment un bénéfice.

Il attacha les yeux sur moi, en finissant ce discours, pour chercher d'avance ma pensée dans les miens. Je confesse que dans le saisissement qu'une si étrange aventure m'avoit causé, incertain du lieu où j'étois, sûr d'avoir été trahi, & n'osant encore soupçonner personne d'un si indigne artifice, un moment ne me suffisoit pas pour reprendre mes esprits, & pour donner une forme raisonnable à ma réponse. Je demeurai quelque tems à rassembler mes idées, autant qu'à chercher mes expressions. Enfin, ne pouvant douter qu'en quelque lieu que je fusse, la trahison qui me faisoit trouver M. de Sercine au lieu du comte de S.... & qui m'exposoit aux persécutions de la cour, n'eût été tramée par milord Linch ; cette réflexion que je ne pus faire sans me rappeler toutes ses témérités & ses violences, me donna plus d'impatience de parler que je n'avois eu de peine à rompre le silence : mon embarras fut moins à trouver des termes qu'à les modérer. Je balance trop long-tems, dis-je à M. de Sercine, en le regardant d'un œil ferme, je ne dois pas vous déguiser des fentimens qui font fi juftes devant le ciel, & qui ne craignent rien, par conféquent, de la cenfure des hommes. Ma fœur m'eft chère, fans doute, & je fouhaite de la voir mariée heureufement ; mais milord eût - il une couronne à lui offrir, je le dédaignerois avec fon projet. Ce mépris de la grandeur, fi elle n'eft accompagnée de la vertu, vous perfuadera d'abord que l'ambition me touche moins que vous ne vous l'êtes figuré. Si vous m'accufez de manquer de foumiffion pour les ordres du roi, je réponds que c'eft de fa bouche que je fouhaite de les entendre ; & je me promets de la juftice qui anime tous fes fentimens, que je ferai bientôt affez heureux pour lui voir approuver les miens. Il eft vrai, continuai-je du même ton, que je n'ai pas toujours été fi mal difpofé pour milord Linch. Mes frères, & ma fœur même, ont pu lui marquer auffi de l'eftime dans un tems où ils le connoiffoient moins. Difpenfez-moi de vous apprendre ce qui nous a refroidis. Je ne ferai point fon ennemi, ni fon accufateur ; mais un autre le détefteroit avec les mêmes raifons ; & n'euffions-nous à lui reprocher que la perfidie qui nous met dans cette prifon.... M. de Sercine

m'interrompit en fouriant : Vous donnez un nom
trop dur, me dit-il, à l'innocent artifice d'un
amant; & fi vous n'avez point d'autre offenfe
à lui reprocher, vous réuffirez mal à nous faire
approuver votre averfion. Ce difcours m'irritant
encore, il s'en fallut peu que je n'expliquaffe
ouvertement tout ce qui devoit me le faire
regarder comme l'homme du monde le plus
odieux; mais un fentiment de religion me fit
craindre de donner trop à la haine, fi je révélois
le meurtre de des Peffes, & tant d'autres excès
qui l'auroient expofé à de juftes châtimens. Je
m'applaudis auffi, dans la chaleur où j'étois, de
n'avoir laiffé rien échapper qui pût commettre
le comte de S..., & me bornant aux propofitions qu'on venoit me faire, je proteftai avec
beaucoup de force, que rien n'étoit capable
d'altérer mes réfolutions.

M de Sercine m'ayant demandé d'un air
chagrin fi c'étoit férieufement que je m'obftinois
dans ces idées, & ne tirant point de moi d'autre
réponfe, fit figne à fa femme de fe retirer. Je
demeurai feul avec lui. Il ajouta quelques autres
exhortations, que je lui laiffai finir fans l'interrompre; & ne m'arrêtant pas même à repliquer,
je le priai feulement, s'il étoit vrai que je fuffe
dans fa maifon, de me faire connoître quel
traitement l'on m'y deftinoit, & fi l'on prétendoit

m'ôter long-tems la liberté. Il me répondit qu'il
ne pouvoit s'expliquer là-deſſus, ſans avoir fait
le rapport de ſa commiſſion au roi, dont il
n'avoit fait qu'exécuter les ordres. Pendant que
notre entretien s'alongeoit froidement, & commençoit à tomber ſur des matières indifférentes,
je crus entendre quelque bruit dans la chambre
de ma ſœur. Je ceſſai de parler pour prêter
l'oreille. Ce n'eſt rien, me dit M. de Sercine;
n'appréhendez rien pour elle. Un moment après,
le bruit redoublant avec beaucoup de confuſion,
j'entendis la triſte Roſe qui jetoit des cris perçans,
& qui m'appeloit à ſon ſecours. O perfides !
m'écriai-je dans le premier transport; & me
dégageant des mains de M. de Sercine, qui fit
quelques efforts pour me retenir, je me hâtai
de gagner la porte du cabinet. Ma ſœur étoit
de l'autre côté qui tâchoit de l'ouvrir. J'en vins
à bout plus facilement qu'elle; de ſorte que
l'ayant ouverte en effet, je trouvai vis-à-vis
de moi ma chère ſœur qui penſa tomber évanouie
entre mes bras. Elle avoit l'air effrayé, & les
yeux chargés de larmes. Ce ſpectacle m'ayant
extrêmement ému, je ne pus m'empêcher de
faire quelques reproches piquans à madame
de Sercine, qui étoit derrière elle avec l'autre
dame & quelques domeſtiques. Ah! s'écria
Roſe, que veut-elle de moi, & de quel droit

prétend-elle me forcer de la fuivre? Elle veut
que je vous quitte pour aller avec elle à Saint-
Germain ; & fur le refus que j'en ai fait, elle
n'a pas eu honte d'employer les mains de fes
domeftiques, pour me faire traîner malgré moi
jufqu'à fon carroffe !

J'avois derrière moi M. de Sercine, qui prit
la parole auffitôt pour condamner cette violence.
Nous avions fuppofé, dit-il à fa femme, que
mademoifelle confentiroit volontairement à nous
fuivre, & vous ne deviez pas lui faire d'autre
propofition. Enfuite invitant ma fœur à s'affeoir,
il la conjura de ne pas fe contraindre dans
l'aveu de fes véritables fentimens. Je fais, lui
dit-il, à quoi l'ordre de la naiffance vous oblige,
& je ne fuis pas furpris de trouver dans une
fille vertueufe de la foumiffion pour les confeils
d'un frère ainé ; mais vous avez pour vous
l'autorité du roi, qui daigne favorifer vos inclinations ; vous avez le confentement d'un autre
frère, que vous devez regarder, après tout,
comme le chef de votre maifon, puifque c'eft
fur lui que tombent tous les droits ; ainfi vous
êtes libre de revenir au choix que vous aviez
fait, & dont vous paroiffiez autrefois fi contente.
Le cœur de milord Linch n'eft point changé.
Il vous a demandé au roi comme l'unique prix
des fervices qu'il doit rendre à ce prince. De

votre mariage dépend même la fortune de M. le Doyen, à qui sa majesté promet de faire un établissement honorable à cette condition Parlez sans crainte. Consentez à votre bonheur, & rendez même votre frère heureux malgré lui.

Ce ton me parut plus digne d'un honnête homme. Je laissai à Rose le soin de se défendre. Elle avoit eu le tems de se remettre assez pour s'expliquer sans embarras. Aussi n'attendit-elle point mon secours. En peu de mots elle déclara si nettement sa répugnance invincible pour milord Linch, & le chagrin qu'elle avoit de ne pouvoir entrer mieux dans les intentions du roi, que M. de Sercine perdit entièrement l'espérance. Il avoit peine néanmoins à revenir de sa surprise. Mais, mademoiselle, répéta-t-il plusieurs fois, vous n'avez pas toujours eu les mêmes dégoûts ; je vous ai vue autrement disposée aux saisons ; milord Linch fait même valoir je ne sais quelles promesses, par lesquelles vous vous êtes liée à lui pendant les soins qu'il a pris pour la liberté de votre frère. Je me les reproche, interrompit-elle vivement : & puis n'a-t-il pas dû vous dire en même tems de quelle condition je les faisois dépendre ? J'avoue, reprit M. de Sercine, que cet événement me confond. Soyez sûre que loin de penser à vous faire violence, je me serois défendu de la commission que j'ai

acceptée, si milord Linch ne m'avoit fait entendre que c'étoit vous rendre service autant qu'à
lui, que de vous affranchir de l'austère tutelle
où vous êtes ; car M. le Doyen, ajouta-t-il,
passe pour un homme dont les maximes font un
peu gênantes à votre âge. J'ai cru que s'il faisoit difficulté de répondre aux bontés du roi,
madame de Sercine vous engageroit infailliblc-
ment à prendre avec nous la route de Saint-
Germain.

J'affectois, pendant qu'il parloit avec cette
politeffe, de ne pas mêler un mot à la converfation ; trop content de le voir revenir de lui-
même à la modération dont il s'étoit écarté
avec moi. Cependant il me vint à l'esprit de
profiter de ce changement, pour découvrir par
quel artifice nous avions été trompés. Je lui
parlai en homme guéri de mes craintes, & qui
commençoit à faire fonds fur les civilités dont
il continuoit de combler ma sœur. Ce tour
d'amant vous laiffe du chagrin, me dit - il en
fouriant, & je conçois que vous le pardonnerez
difficilement à Milord Linch. Il confentit là-
deffus à m'apprendre toutes les circonftances
que j'ai déjà rapportées, & dont milord Linch
s'étoit vanté la veille, au coucher du roi.
C'étoit, fans la participation de M. de Sercine,
que ce téméraire avoit formé le deffein de

nous faire conduire à sa maison. Elle étoit
à Chatoux , village peu éloigné de Saint-
Germain. S'étant reposé du soin de notre enlèvement sur quelques personnes dévouées à qui
il avoit laissé ses ordres , il s'étoit rendu hardiment à la cour, où il s'étoit ouvert non-seulement
à M. de Sercine, qui étoit depuis long-tems dans
ses intérêts, mais au roi même, qu'il eut l'adresse
d'y faire entrer par le tour spécieux qu'il sut
donner à ses prétentions. Ce prince , qui étoit
la bonté même , & qui se laissa persuader que
la résistance de ma sœur ne venoit que de mes
conseils, regarda la trahison dont on s'accusoit si
librement, comme une aventure galante , & le
projet du mariage , comme une entreprise également utile pour elle & pour moi, par les avantages qui en devoient revenir à Rose , & par ceux
qu'il se proposoit de me faire à moi-même. Après
avoir été si loin , Linch n'avoit pas eu de peine à
obtenir les ordres dont M. de Sercine étoit
chargé. On comptoit à Saint-Germain d'y voir
arriver Rose avant la nuit ; & tout ce qu'il y
avoit de gens favorables à Linch, ne doutoient
pas qu'elle ne se rendît bientôt à l'appas d'une
fortune brillante , lorsque le roi interviendroit
lui - même , pour lui faire secouer le joug de
mon autorité.

Je trouvai deux choses tout-à-fait surprenantes

dans ce récit ; l'une que milord Linch , après
tant d'expériences du peu de goût que ma sœur
avoit pour lui , parût se flater encore de lui
plaire , & d'obtenir librement son cœur ; car
ce ne pouvoit être que cette espérance qui l'eût
fait renoncer à l'ancien desir de l'enlever , pour
l'épouser malgré elle. Il auroit pu l'exécuter
facilement , après nous avoir trahis ; & quand il
lui auroit été impossible de me séparer d'elle pour
se procurer plus de liberté dans mon absence ,
tous mes efforts étoient-ils capables d'y apporter
le moindre retardement ? Si l'on ne veut point
regarder avec moi ce changement de projet
comme une faveur du ciel qui veilloit à la con-
servation de l'innocente Rose , il faut y reconnoître l'étrange pouvoir de l'amour-propre dans
un homme fier & orgueilleux , qui ne se figuroit peut-être point qu'une femme pût refuser
sincèrement de l'aimer ; ou qui croyoit du moins
un triomphe certain , lorsqu'il auroit la liberté
d'attaquer ouvertement son cœur. A moins qu'on
n'aime mieux penser , sur ce qu'il m'avoit raconté
en Irlande , que par un autre caprice il comptoit pour rien d'être aimé , & qu'à l'exemple
de son père , il lui suffisoit de posséder une femme
aimable , & d'être sûre de sa sagesse. Dans cette
supposition il auroit pu se promettre de l'autorité du roi ce qu'il avoit d'abord espéré de la

violence ; & ces deux voies étant capables de
le conduire à la même fin, il pouvoit choifir
indifféremment l'une ou l'autre.

Mais je ne fus pas moins étonné qu'après deux
duels, dont le premier devoit encore lui caufer
de l'inquiétude, & dont l'autre étoit fi récent qu'il
ne pouvoit être affuré s'il n'avoit pas été découvert, il eût ofé fe montrer à Saint-Germain, & fe
charger d'un autre attentat qui pouvoit être
regardé d'un œil plus férieux par la juftice de
France que par le roi d'Angleterre & M. de
Sercine. J'en pris une plus terrible idée de ce
caractère furieux, que fes propres périls ne pouvoient arrêter ; & rendant graces au ciel de ceux
dont il nous avoit garantis, je demandai à M. de
Sercine fi nous aurions la liberté de fortir de fa
maifon. Vous l'aurez, me répondit-il, fi le roi
vous l'accorde. Je ne confulterai par milord Linch
fur un devoir fi jufte ; mais je n'oferois vous
rendre libres, ajouta-t-il, fans avoir pris les
ordres du roi. Sa réponfe me fit craindre que
nous ne fuffions pas à la fin de cette perfécution.
La facilité du roi pouvoit augmenter la hardieffe
de milord Linch, & lui faire renouveler des
projets qui n'étoient peut-être que fufpendus.
J'aurois offert de me rendre moi-même auprès
de ce prince pour folliciter fa bonté & fa juftice,
fi je n'avois appréhendé de laiffer ma fœur fans
défenfe.

défenſe. Il y avoit encore moins de ſureté à la mener avec ſi peu de précaution dans une cour où elle n'avoit jamais paru. Enfin, M. de Sercine ſe diſpoſant à nous quitter, je le priai ſeulement de repréſenter au roi le regret que nous avions de ne pouvoir lui obéir dans une affaire qui n'intéreſſoit heureuſement que nous, & l'eſpérance où nous étions que ſa majeſté daigneroit mettre notre reſpect à d'autres épreuves. Si vous êtes ennemi de la violence, ajoutai-je, vous ne laiſſerez point le tems à milord Linch de nous ſuſciter de nouveaux chagrins, & vous vous emploierez vous-même à nous procurer la liberté. Ma ſœur joignit ſes inſtances aux miennes pour l'engager à nous faire avertir ſur le champ de cette heureuſe nouvelle.

Loin de nous flatter que notre priſon fût élargie après leur départ, je ne penſai qu'à demeurer auprès de Roſe, pour la raſſurer contre mille frayeurs qu'elle n'eut point la force de me cacher. En ſe rappelant tout ce que milord Linch avoit pu recueillir de notre converſation dans le parloir du couvent, elle ne put douter que le nom du comte de S.... nous étant échappé pluſieurs fois, il n'eût aiſément compris qu'il avoit un nouveau rival. Cette penſée la fit trembler pour le comte. Croyez-vous, me dit-elle, qu'il ſoit plus ménagé que

*Tome II.* B

des Peffes, par un furieux qui n'eft capable de
refpecter perfonne, & qui fe fait un jeu de
répandre le fang d'autrui & le fien? A quoi fuis-je
réduite, s'il faut que j'aie ce monftre inceffamment attaché à mes pas, & prêt à maffacrer
tout ce qui peut m'aimer ou me plaire? Mais
qu'aura penfé le comte, reprit-elle, lorfque
voyant fon carroffe revenir fans nous, il aura
fu de fes gens que nous n'avions point attendu
leur arrivée, & qu'il nous croira partis avec
tant d'indifférence pour fon repos que nous
n'avons pas daigné l'en avertir? N'eft-il pas en
droit de fe former cette idée? Que feroit-ce
fi mon malheur alloit lui faire foupçonner que
je fuis au pouvoir de fon rival, & que je n'ai
que la protection du ciel pour me défendre?
Toutes ces réflexions me venoient comme à
elle, & je les trouvois fi juftes que je ne pouvois
me défendre moi-même de l'inquiétude qu'elles
étoient capables de me caufer. Cependant le
devoir de notre fexe étant toujours de foulager
la foibleffe des femmes, en nous chargeant de
la plus grande partie du fardeau, je la confolois
par des maximes vagues de fermeté & de
patience, & par la promeffe du fecours célefte,
qui ne manque point tôt ou tard à l'innocence.

Ce fut dans cette occafion, que confidérant
l'impuiffance où j'étois de former la moindre

entreprife pour la fecourir, je fis réflexion combien il eft indécent pour un homme d'églife de
fe mêler volontairement dans des aventures dont
fa profeffion ne lui permet pas de foutenir toutes
les circonftances, ou de répondre à toutes
les fuites. Un homme d'épée qui n'auroit point
eu d'autre réfiftance à vaincre que celle de
quelques ferrures & d'un petit nombre de domeftiques, eût furmonté tout d'un coup des obftacles
fi foibles ; & Georges à ma place, par exemple,
n'eût pas laiffé Rofe un moment dans l'embarras
dont elle brûloit d'être délivrée. Mais la bienféance de mon état, la gravité & la modeftie
dont j'avois formé l'habitude, la patience &
l'amour de la paix que j'avois appris dès ma
jeuneffe à regarder comme des vertus effentielles
à ma condition, m'obligeoient de rejeter tout
ce qui pouvoit reffembler à la violence. Pourquoi
donc m'expofer à des occafions où toutes mes
règles ne m'étoient d'aucun ufage ? Que fais-je
ici, me difois-je à moi-même, en m'occupant de
cette penfée ? Quel perfonnage pour le chef d'une
paroiffe, que de fe trouver enlevé & prifonnier
dans une aventure d'amour ! S'il eft vrai que je
ne puis contribuer de rien à ma liberté, l'eft-il
moins que je ne devois pas m'expofer à la
perdre ? Mais tout étoit pur néanmoins dans mes
vues & dans mes fentimens ; tout avoit été jufte

B 2

& prudent dans ma conduite ; c'étoient les
devoirs mêmes de la religion qui m'avoient fait
prendre les mesures dont il arrivoit malheureusement qu'elle étoit peut-être blessée. Quelle
autre ressource, ajoutois-je, que de me consoler
par la droiture de mes intentions, & d'attendre
du ciel qu'il me tire du précipice où il a permis
que je sois tombé ?

Les préparatifs du souper interrompirent ce
triste mélange d'entretiens & de méditations. On
nous proposa de nous mettre à table. Rose pro-
testoit qu'elle étoit sans appétit ; & la tristesse où
je la voyois plongée, étant capable de me l'ôter
comme à elle, nous allions prendre le parti de
faire desservir ce qu'on nous avoit déjà présenté,
lorsqu'entendant plusieurs personnes qui mon-
toient tumultueusement l'escalier, deux domestiques qui étoient à recevoir nos ordres, nous
quittèrent promptement pour aller savoir la cause
de ce bruit. A peine furent-ils hors de l'appartement, que je crus entendre plusieurs voix qui
crioient tous ensemble, arrête ! Ce mouvement
nous auroit causé une vive inquiétude, si nous
avions eu le tems de nous y livrer ; mais nous
fûmes frappés aussitôt du spectacle le plus propre
à nous guérir de tout autre sentiment que celui
de la joie. Nous vîmes entrer brusquement, qui ?
le comte de S,... & mon frère Georges. Ils

étoient armés comme en guerre , & fuivis de
fept ou huit perfonnes qui l'étoient auffi. Rofe
tomba évanouie de joie & d'étonnement. J'avoue
que dans la furprife que je reffentis moi-même ,
tous mes efprits furent quelques momens dans
la dernière confufion.

Ayant parcouru des yeux toutes les parties de
la chambre , ils parurent admirer que nous fuffions
feuls & comme difpofés à manger tranquillement
un fouper fort délicat. Enfuite fe précipitant au
fecours de Rofe , fur laquelle ils apperçurent
l'effet qu'avoit produit leur préfence , ils ne
furent pas long-tems à lui faire rappeler fes
efprits. Mais avant que de fatisfaire l'empreffement que nous avions de leur parler & de
les entendre , ils demandèrent fi nous n'avions
point d'autres ennemis dans la maifon que les
domeftiques. Comme j'étois affez content de
leurs fervices pour leur donner un meilleur nom,
je répondis qu'ils étoient tout au plus nos
gardes , & que je n'avois vu perfonne avec eux.
Mon frère ordonna là-deffus à fes gens de les
traiter avec douceur , & fe contenta de mettre
une fentinelle à la porte.

Ce fut alors que ne pouvant plus réfifter à
l'envie de leur faire raconter le fonds d'une
aventure fi merveilleufe , je les preffai de nous
donner fur le champ cette fatisfaction. J'exigeai

B 3

même qu'ils fufpendiffent un moment les careffes qu'ils brûloient de faire à ma fœur. Le comte, fur qui le foin de nous faire ce récit, fembloit tomber, fit beaucoup valoir le facrifice auquel je le forçois. Cependant, fes yeux prenant foin de le dédommager par mille regards paffionnés, il commença par nous apprendre ce que fa générofité m'avoit laiffé ignorer jufqu'alors : que s'étant intéreffé au fort de mon frère dès la première nouvelle qu'il avoit eue de fon malheur, il n'avoit pas ceffé de faire folliciter fa grace par un grand nombre d'amis puiffans; qu'à la vérité, les mêmes raifons qui l'avoient empêché de fe déclarer plutôt l'amant de Rofe, ne lui avoient pas permis de faire éclater fes follicitations ; mais qu'ayant gardé moins de mefures depuis qu'il s'étoit ouvert à moi dans le cloître des chartreux, il avoit pouffé cette affaire avec tant de bonheur, qu'il avoit obtenu de la cour tout ce qu'elle pouvoit accorder, c'eft-à-dire, une permiffion fecrette de favorifer l'évafion de mon frère : que l'ayant communiquée au gouverneur de la baftille, qui étoit de fes meilleurs amis, ils étoient convenus du tems & des moyens de l'exécution : que le jour avoit été fixé plus tard ; mais qu'ayant fait réflexion que rien ne pourroit nous caufer une furprife plus agréable en arrivant à fa terre, ni lui faire un mérite plus certain

auprès de Georges, que de nous rejoindre au
moment que nous y penferions le moins, dans
une retraite fûre & agréable, il s'étoit hafardé
la veille à preffer fi inftamment le gouverneur,
qu'il l'avoit fait confentir à le fatisfaire dès le foir
du même jour : qu'il s'étoit fait une joie extrême
d'aller prendre mon frère dans une chaife de
pofte, d'être le premier à le féliciter de fa liberté;
enfin, de le mener directement à fa terre, où il
lui avoit découvert toutes fes efpérances, & la
parole que nous lui avions donnée de nous
rendre le foir au même lieu.

Mais figurez-vous, reprit-il, quel fut mon
étonnement & mon défefpoir, lorfqu'une partie
de la nuit s'étant paffée à vous attendre, je vis
arriver enfin, fans vous, la perfonne que j'avois
chargée de vous aller prendre au couvent. Je
découvris une partie de la vérité dans fon
embarras. Il me dit qu'ayant appris du portier
que vous étiez parti une demi-heure auparavant,
& s'étant informé de toutes les circonftances
de votre départ, il avoit été frappé du rapport
qui fe trouvoit entre ce qui s'étoit paffé & les
ordres qu'il avoit reçus de moi : c'étoit un
homme feul avec qui vous étiez partis, il avoit
demandé M. le Doyen de ma part, fa voiture
étoit un carroffe de remife. Vous y étiez monté
auffitôt en habit de campagne avec votre femme-

de - chambre & vos malles. Enfin, confondu
de voir fa commiffion déjà exécutée dans les
mêmes termes, quoiqu'il n'eut reçu mes ordres
que depuis moins d'un quart-d'heure, il s'étoit
long - tems agité pour trouver quelque jour à
ce myftère ; mais ne recevant d'éclairciffement
de perfonne, il avoit pris la réfolution, me
dit il, de venir m'en demander à moi-même.

Tout nous parut fi effrayant dans ce récit,
continua le comte, que fans rien confulter nous
nous déterminâmes en deux mots à partir fur le
champ pour Paris. Je me fouvenois des fujets
d'alarmes que vous m'aviez communiqués. Mon
premier foin, en arrivant, fut d'envoyer un de
mes gens chez vous. On lui répondit que vous
étiez allez pour quelque tems à la campagne.
Ma crainte ne faifant qu'augmenter, j'étois
défefpéré que la nuit m'ôtât toutes fortes de
moyens de fuivre mon impatience. Il fallut
attendre le jour. J'allois fortir ce matin pour
me rendre moi-même chez vous, d'où j'efpérois
tirer du moins quelques lumières, lorfqu'on eft
venu m'annoncer votre valet qui demandoit
inftamment à me voir. Il étoit dans un état à
faire pitié, fale, défiguré, accablé de peine
& de laffitude. Sans me donner le tems de
l'interroger, il m'a déclaré, la larme à l'œil, que
vous aviez été enlevés par quelque perfidie,

& qu'il n'en pouvoit soupçonner que milord
Linch. Mille questions que nous lui faisions à la
fois nous auroient procuré peu d'éclaircissement,
si ce garçon, qui m'a paru affectionné, & qui
m'a fait juger, par la manière dont il s'est expliqué, que vous le traitiez avec confiance, ne
nous avoit prié lui-même de lui laisser la liberté
de nous répondre avec plus d'ordre. Vous atten-
diez au couvent, nous a-t-il dit, le carrosse,
& le guide que je vous avois promis; on étoit
venu vous avertir de leur arrivée, & vous vous
étiez laissé conduire sans la moindre défiance.
Mais à peine fûtes-vous sortis du faubourg
saint Honoré, que quatre cavaliers armés, dont
l'obscurité ne l'empêcha point d'en reconnoître
deux pour des gens de milord Linch, se mirent
à la suite du carrosse; & l'ayant serré de près
l'un d'eux lui avoit présenté la pointe d'un poi-
gnard en lui ordonnant de descendre sans bruit,
s'il n'aimoit mieux être percé de mille coups. Il
céda à la force. Deux des cavaliers demeurèrent à
le garder jusqu'à ce que le carrosse eut pris une
certaine avance; & l'ayant laissé seul au milieu du
chemin, ils prirent le galot pour rejoindre leurs
compagnons. L'espérance de découvrir leurs
traces fit marcher ce fidèle garçon à grands pas
usqu'à Saint-Germain, en demandant de leurs
nouvelles à chaque personne qu'il rencontroit

fur la route ; mais ceux qui les avoient vus
paſſer, n'ayant pu lui apprendre où ils s'étoient
arrêtés, le déſeſpoir le fit revenir ſur ſes pas
pour m'informer du moins de votre infortune.
Il eſt arrivé aujourd'hui à la pointe du jour ;
& n'ignorant pas, m'a-t-il dit, l'intérêt que je
prends à votre ſureté, il n'a penſé qu'à me rendre
compte d'un accident ſi funeſte.

L'incertitude du chemin qu'on vous avoit fait
prendre, pourſuivit le comte, étoit la ſeule
raiſon qui pût ſuſpendre un moment nos tranſports. Nous ſerions montés auſſitôt à cheval,
nos aurions volé ſur nos pas. Nous ſerions ſortis
du moins de Paris par la même porte; mais où
ſerions nous allés, lorſque nous ignorions de quel
côté il falloit vous chercher ? C'eſt ce cruel
embarras qui m'a fait naître à l'eſprit d'envoyer
chez tous les loueurs de carroſſe, pour découvrir le cocher qui vous avoit conduits, & ſavoir
de lui où il vous avoit laiſſés. Je me ſuis applaudi
de cet expédient; & me fortifiant d'un ordre de
là police, j'ai mis auſſitôt tous mes domeſtiques
en mouvement. Pour le vôtre, ayant ſu de lui-
même qu'il connoiſſoit la demeure & les gens
du milord Linch, je l'ai chargé de s'informer
ſans affeĉtation de tout ce qui pouvoit ſervir à
nous faire connoître ſes deſſeins. Il parloit de
le déférer à la juſtice; mais nous lui avons défendu

des voies indignes de nous, ou qui devoient
être réfervées du moins pour la dernière extrémité. J'ignore pourquoi nous ne l'avons pas revu
d'aujourd'hui.

Quelque diligence que mes gens aient apportée à l'exécution de mes ordres ils n'ont pu découvrir ce qu'ils cherchoient qu'à la fin du jour.
Ils nous ont amené votre cocher, qui ne s'eft
pas fait preffer pour nous apprendre qu'il vous
avoit conduit à Chatoux; & fa propre curiofité lui
ayant fait demander ici le nom du maître de
cette maifon, il nous l'a déclaré avec la même
franchife. Ce que nous avions peine à croire fur
fon témoignage, c'étoit la facilité & l'air de
confentement avec lequel il nous affuroit que
vous vous étiez laiffés conduire; mais vous igno-
riez, fans doute, le terme & le chemin. Quelle
dût être votre frayeur en recevant cette explication! La nôtre eft évanouie lorfque nous avons fu
que vous étiez chez M. de Sercine, Nous nous
fommes perfuadés fans peine que vous n'aviez point
d'infulte à craindre dans la maifon d'un honnête
homme. Cependant les feules importunités de
milord Linch pouvant vous devenir fort à charge,
& nous figurant d'ailleurs que votre liberté
pourroit nous coûter quelqu'effort, nous n'avons
pas cru que la prudence nous permît de venir
à votre fecours fans avoir pris des précautions

qui nous rendissent ici les maîtres. J'ai fait armer
tous mes domestiques. Mon dessein étoit d'arrêter en entrant milord Linch, que je suppo-
sois avec vous, & de le faire garder l'espace de
quelques heures, par mes gens, pour le punir
par cette frayeur, de celle qu'il vous a causée.
J'ai avec moi un carrosse à six chevaux, qui vous
auroit menés pendant ce tems-là dans ma terre,
escortés d'une partie de mes gens ; & lorsque
j'aurois jugé à propos de rendre la liberté à milord
Linch, je lui aurois fait entendre, en lui offrant
toutes les satisfactions qu'il auroit désirées, qu'un
françois est ennemi de l'artifice, & prend des
voies plus respectueuses pour obtenir ce qu'il
aime. Mais nous avons été fort agréablement
surpris, ajouta le comte, de voir régner ici
une tranquillité profonde, & de ne trouver à la
porte qu'un seul domestique, à qui la frayeur a
fait aussitôt confesser que vous êtes dans cette
maison depuis hier au soir.

Dans le temps qu'il finissoit ce récit, & que
je commençois à rendre graces avec Rose à nos
chers libérateurs, je fus interrompu par l'arrivée
de mon valet, qui entra sans m'avoir fait avertir
& qui fut d'abord de se reposer quelques momens,
parce qu'il étoit tout-à-fait hors d'haleine. Cette
scène ayant attiré toute notre attention, je le
pressai d'expliquer le sujet d'un empressement

fi vif. Oui, me dit-il, avec une efpèce de tranfport, qui marquoit la joie qu'il avoit de nous
revoir, j'ai des événemens admirables à vous
raconter; mais commencez par délibérer enfemble fur la réception que vous voulez faire à
milord Linch, qui n'eft peut-être qu'à deux
cens pas de cette maifon. Un avis de cette nature
demandant, en effet, toutes nos réflexions, l'étonnement qu'il nous caufa, nous porta d'abord à
nous regarder les uns les autres, comme pour
nous confulter mutuellement fur le parti que
nous avions à prendre. Eft-il accompagné,
demanda le comte ? Jacin, c'étoit le nom de
mon valet, nous affura qu'il étoit à cheval,
lui quatrième, & fuivie d'une chaife vuide à
deux places, qui retardoit un peu fa marche.
Après un moment de méditation, le comte fut
d'avis, qu'étant les plus forts, nous devions l'attendre tranquillement, & lui accorder même l'entrée
de la maifon; pour nous faire un plaifir de l'étonnement qu'il auroit de nous y trouver en fi
grand nombre. Cependant, pour lui ôter d'abord
tout efpoir de réuffir par la violence, il donna
ordre à fes gens de fe tenir dans la cour auprès
de leurs chevaux qui y étoient encore, & de
revenir dans l'appartement auffitôt qu'il y feroit
entré. Nous attendîmes, en paix, l'effet de cette
réfolution.

Jacin, à qui je demandai plus d'explication, se mit à nous raconter qu'après avoir quitté le comte de S.... il étoit allé suivant ses ordres à l'hôtel où logeoit milord Linch, & qu'ayant appris qu'il étoit à Saint-Germain, il avoit formé sur le champ le plan d'un stratagême qui avoit réussi au-delà de son attente. Il est étrange, nous dit-il, en badinant d'assez bonne grace, pour un homme de cette sorte, que ces riches milords viennent impunément nous tuer & nous enlever en France, nous n'avons pas voulu nous rendre ses délateurs, parce que nous avons trop de grandeur d'ame, pour nous avilir par cette bassesse. Mais n'ayant pas moins d'esprit, nous nous y sommes pris avec assez d'adresse pour nous défaire d'un visage qui nous chagrine. Il continua de nous dire plus sérieusement qu'il s'étoit rendu à Saint-Germain, & qu'ayant cherché l'occasion de se faire voir de Linch, il en avoit été reconnu tout d'un coup. Linch lui avoit fait signe de s'approcher ; & paroissant surpris de le voir sans moi, il lui en avoit demandé la raison. Celui-ci, dont le rôle étoit préparé, se plaignit beaucoup de la dureté que j'avois eue pour lui ; & feignant de m'avoir quitté depuis peu de jours, à l'occasion de quelque démêlé dont il fit l'histoire, il lui demanda sa recommandation auprès de ses amis. Ensuite paroissant étonné de le trouver

fi tranquille à Saint-Germain : Mais, milord,
lui avoit-il dit, je vous vois ici dans une négligence de vos affaires qui me fait trembler pour
vous. Ignoreriez-vous que la justice vous cherche dans tous les quartiers de Paris ? On à découvert que c'est vous qui avez tué M. des Pesses,
& ses parens ont mis tous les gardes de la maré-
chaussée sur vos pas. Cet avertissement le fit pâlir.
Son premier combat n'avoit point été fort embar-
rassant pour lui par ses suites ; parce que s'étant
retiré d'abord au château de Saint-Germain,
la considération du roi avoit obligé la justice à
garder des ménagemens; & personne ne s'étant
présenté pour presser les poursuites, elles étoient
tombées d'elles-mêmes, sur-tout lorsque les sollicitations qu'on avoit commencées pour mon frère
eurent disposé la cour à quelque indulgence. Il
avoit eu la hardiesse de paroître après s'être rétabli
de ses blessures, & les mêmes raisons avoient
fait fermer les yeux à la justice. Mais compre-
nant que la mort de des Pesses étoit un cas beaucoup plus sérieux, & ne s'étant rassuré jusqu'a-
lors, que par le secret où il s'étoit flatté qu'elle
pourroit demeurer ensevelie, il commença à
sentir la grandeur du danger. Suis-moi, dit-il
à Jacin; & gagnant aussitôt le château, où il
se crut moins exposé, il recommença à l'interroger curieusement sur ce qu'il venoit d'entendre.

Jacin n'épargna rien pour redoubler ses frayeurs. Enfin, après avoir médité long-tems : Tu peux m'être utile, lui dit-il, & tu sera libéralement récompensé. Je te rejoins ici dans quelques momens. Il donna ordre d'un autre côté à l'un de ses gens d'aller faire préparer ses chevaux & la chaise ; & montant à l'appartement du roi, où il ne fut pas plus d'un quart-d'heure, il vint rejoindre en effet Jacin. Ecoute, reprit-il, le roi m'ordonne de repasser en Irlande, & je crois ce voyage nécessaire. Je partirois à ce moment, si je n'attendois M. de Sercine avec qui j'ai des affaires à terminer. Prend la poste, ajouta-t-il, en lui mettant quelque louis dans la main, va trouver mon maître-d'hôtel à Paris, & dis-lui de partir sur le champ avec toi, pour venir recevoir mes ordres chez M. de Sercine à Chatoux. Compte que j'y serai à ton retour. Sois fidèle. La nuit, qui s'approche, vient à propos pour nous favoriser Jacin l'alloit quitter, assez satisfait de ce qu'il avoit entendu, & remettoit à délibérer en chemin sur les lumières qu'il en vouloit tirer pour découvrir où nous étions, lorsqu'il vit approcher le carrosse de M. de Sercine qui arrivoit de Chatoux. Il le connut à l'empressement que Linch eut de faire descendre ce gentilhomme, avec lequel se retira aussitôt à l'écart. Pendant qu'ils étoient à s'entretenir, Jacin sut lier adroitement

adroitement un autre entretien avec les domestiques du carrosse, & s'étant déjà défié, à cette
apparence de myſtère, que M. de Sercine avoit
quelque part à l'intrigue, il n'eut pas de peine
à faire parler des gens moins adroits que lui,
auxquels d'ailleurs M. de Sercine n'avoit eu nulle
raiſon de recommander le ſecret. Etant au comble
de ſa joie, d'avoir découvert ſi heureuſement
notre retraite, le voyage de milord Linch à
Chatoux commença à lui paroître tout-à-fait
ſuſpeẞ. Pourquoi ce ſoin au moment qu'il prétendoit partir pour l'Irlande ? Il lui prit envie
là-deſſus de s'aſſurer davantage des meſures qu'il
alloit prendre pour ſon départ. Ainſi, ne ſe
hâtant point lui-même de partir, il attendit que
la converſation fût finie avec M. de Sercine ;
& lorſque Linch, ſurpris de le voir encore, le
preſſa de monter à cheval en lui renouvelant les
mêmes ordres, il alla bien à la poſte s'en faire
préparer un ; mais retournant ſur ſes pas ſans
être apperçu, il ſe donna le tems d'examiner
dans quelle voiture & avec quelle ſuite notre
raviſſeur alloit partir. Il prit néanmoins aſſez
d'avance pour s'aſſurer d'être à Chatoux avant
lui, dans la réſolution, nous dit-il, de demander auſſitôt main-forte aux chefs de ce village,
s'il s'appercevoit que nous fuſſions expoſés au
moindre danger.

*Tome II.* C

Je fuis perfuadé, reprit-il après cette relation, que l'ennemi n'eft pas loin à préfent, quoiqu'il y ait eu de l'exagération à vous dire d'abord
qu'il n'étoit qu'à deux cens pas. Mais j'admire,
ajouta-t-il, que vous n'ayez fait aucune attention à cette chaife qu'il amène à vide. Croyez-
vous, que partant pour l'Irlande, fon deffein
ne foit pas de la faire remplir par mademoifelle
Rofe? Cette réflexion nous parut affez importante pour nous reprocher qu'elle nous fût échap-
pée. Je m'imaginai même que s'il venoit avec
ce noir projet, il ne feroit peut-être pas difpofé à s'effrayer du nombre, & que dans le
mouvement de fon défefpoir il auroit affez de
témérité pour tout rifquer. Le comte & mon
frère rirent de mes craintes; cependant j'exigeai abfolument, pour le fureté de ma fœur,
qu'elle ne demeurât point dans la chambre où
l'on fe propofoit de la recevoir; & Jacin n'y
pouvant paroître non plus, je les fis paffer tous
deux dans la mienne.

Le comte qui étoit trop paffionné pour pardonner aifément tant d'odieux procédés à fon
rival, forma un autre deffein fans nous le communiquer. Nous ayant quittés fous quelque prétexte, il defcendit pour changer l'ordre qu'il
avoit donné à fes gens. Au lieu de les faire
demeurer dans la cour, il voulut qu'il n'y reftât

rien qui pût faire juger que la maison fût si
bien défendue, afin que milord Linch y entrât
sans aucune défiance. Il ordonna que tous
les chevaux, jusqu'à ceux du carrosse, fussent
enfermés dans l'écurie, & que tous ses gens,
à l'exception d'un seul qui devoit garder la porte
pour la fermer doucement sur Linch aussitôt
qu'il seroit entré, se tinssent dans l'intérieur de
la maison, au bas même de l'escalier, où il
étoit résolu d'être à leur tête. Son projet, tel
qu'il nous l'expliqua ensuite, étoit de faire saisir
le téméraire ravisseur, en lui laissant douter si
ce n'étoit pas entre les mains de la justice qu'il
étoit tombé; il ne lui auroit laissé qu'un de ses
domestiques, qu'il auroit fait monter dans la
chaise avec lui, après l'avoir interrogé sur toutes
les circonstances de son dessein; il auroit chargé
quatre de ses gens de le conduire jusqu'à Dieppe,
où ils l'auroient forcé de s'embarquer pour l'Irlande, en le menaçant de le mettre entre les
mains de la justice, s'il eût entrepris de leur
causer de l'embarras par la moindre résistance.

Cette manière de se venger ne blessant aucune
loi, je n'aurois pas fait difficulté de l'approuver;
mais les évènemens prirent un autre cours. Le
comte n'étoit remonté que depuis un instant,
lorsque milord Linch parut à la porte. La vue
de douze ou quinze chevaux qu'on n'avoit pas

eu le tems de mettre à l'écart, & celle d'une
multitude de domestiques qui étoient en mouvement dans la cour, lui fit renaître toutes les
idées dont mon valet s'étoit forcé de le remplir
à Saint-Germain. Il ne douta point que ce
ne fût autant d'archers de la maréchauffée qui
s'étoient rendus à Chatoux pour le surprendre.
Cette penfée lui fit prendre le parti de s'enfuir
avec toute la vîteffe de fon cheval, en criant à
fes gens de le fuivre. D'un autre côté, ceux du
comte qui s'apperçurent de fon évafion, & qui
furent au défefpoir de n'avoir pas exécuté plus
heureufement les ordres de leur maître, fe per-
fuadèrent que pour réparer leur négligence, il
falloit fe mettre auffitôt fur fes traces, & ne
rien épargner pour le rejoindre. Leurs chevaux
étoient prêts. Ils partirent en tumulte, & cou-
rurent à bride abattue du côté qu'ils entendoient
encore le bruit des fugitifs.

Nous ne fûmes avertis de cet incident qu'a-
près leur départ. Le comte, fort affligé de voir
échapper fa proie, & plus alarmé encore de la
réfolution de fes gens, dont il n'étoit pas fûr que
le zèle fût accompagné d'autant de prudence,
demeura dans une extrême confternation jufqu'à
leur retour. N'étant pas plus tranquille au fond du
cœur, j'étois furpris que mon frère parût feul
fans agitation; que gardant même le filence fur

tout ce qui se passoit à ses yeux, il semblât
affecter de n'y prendre aucune part. Je lui en
marquai de l'étonnement. Il me répondit en
souriant, que j'ignorois combien le rôle qu'il
avoit à soutenir étoit délicat. Vous ne savez pas,
me dit-il, qu'outre le consentement que j'ai
donné par écrit au mariage de ma sœur avec
Linch, ce téméraire eut l'adresse avant hier de
m'engager dans une nouvelle démarche qui se
trouve aujourd'hui contraire à toutes mes inclinations. M'ayant fait valoir tous les avantages
qu'il étoit résolu de faire à ma sœur, il m'en
donna les articles signés de sa main, & il y joignit
pour moi deux mille écus de pension, qu'il
s'engagea à me faire payer pendant toute
ma vie. Il est vrai, continua Georges, qu'é-
bloui par ces promesses, & n'ayant point entendu
parler de vous depuis plusieurs jours, je confirmai la parole que je lui avois donnée de ne
pas m'opposer à ses prétentions; & de plusieurs
voies qu'il me proposa encore pour les faire
réussir, je n'exceptai que la violence. C'est delà apparemment qu'il a pris occasion de renouveler ses instances à la cour de Saint-Germain.
Vous ne devez pas douter, ajouta mon frère,
que je ne mette une différence extrême entre
le comte & lui, & que mon penchant ne
s'accorde à présent avec le vôtre; mais lié

comme je suis par mes promesses, je trouve de l'embarras dans ma situation, & je souhaiterois du moins, pour me croire autorisé à les rompre, que Linch n'eût pas été fidèle à toutes les siennes.

Pendant qu'il me tenoit ce discours, & que je préparois facilement ma réponse, on nous annonça l'arrivée d'un messager de M. de Sercine. Ce gentilhomme s'étoit souvenu que je l'avois prié instamment de nous faire savoir les intentions du roi, & de quelle manière sa majesté auroit reçu ma réponse. Rien n'étoit plus capable de nous prouver l'honnêteté de ses vues que le soin qu'il prenoit de nous donner une satisfaction si prompte. Il nous faisoit dire qu'ayant rendu compte de nos sentimens à sa majesté, elle avoit parue offensée de la hardiesse de milord Linch, qui lui avoit toujours fait entendre que les obstacles venoient uniquement de moi, & que l'inclination de ma sœur étoit contrainte. Le messager ajouta que le roi nous laissoit libres, & que mécontent de la conduite de Linch, il lui avoit ordonné de quitter incessamment la France. Cette explication qui servoit encore à nous assurer que, dans quelque dessein que milord Linch fût venu à Chatoux, M. de Sercine ignoroit ses vues, acheva de nous ôter toutes nos défiances, & mon frère même se crut moins

lié à Linch en apprenant que ses intentions &
sa conduite n'étoient pas approuvées à la cour.
Mais un nouvel incident le confirma tout d'un
coup dans cette disposition. Une partie des gens
du comte s'étant fait entendre dans la cour, il
n'y eut personne à qui la curiosité ne fît souhaiter aussitôt de savoir ce qui leur étoit arrivé.
Le comte, qui étoit descendu au premier bruit,
nous amena au même moment le cocher de
Linch, qui avoit été arrêté avec sa chaise.
Quelques menaces l'ayant disposé à parler sans
déguisement, il nous confessa que le projet de
son maître avoit été d'enlever ma sœur dans
cette voiture, & de la conduire ainsi jusqu'à la
mer, où il avoit déjà envoyé un de ses gens
pour y tenir un vaisseau prêt à son arrivée. Dans
la crainte de trouver quelque difficulté sur la
route, il avoit pris la résolution de ne marcher
que la nuit, & de s'arrêter pendant le jour dans
des lieux écartés. La chaise avoit été remplie de
vivres, & de toutes les provisions qui pouvoient
soulager ma sœur dans une marche si incommode. Quelque témérité qu'il y eût dans cette
entreprise, la suite de mon récit ne vérifiera
que trop qu'elle n'étoit pas impossible. Linch
auroit ainsi triomphé des dégoûts de la malheureuse Rose. A la vérité, il n'auroit pas joui
long-tems du fruit de son crime. La seule

relation du péril qu'elle venoit d'éviter la fit
tomber dans un évanouissement si profond,
qu'il nous fit craindre quelque chose pour sa
vie. Qu'auroit-ce été de se voir arracher sans
ressource à tout ce qu'elle aimoit, pour tomber
entre les mains d'un homme qui lui avoit toujours été odieux?

J'étois curieux d'apprendre comment le
ravisseur avoit pu échapper à ceux qui avoient
arrêté sa chaise. Ils nous racontèrent qu'ils
l'avoient serré de fort près, mais que la vîtesse
de ses chevaux, qui étoient d'excellens coureurs
d'Angleterre, l'avoient bientôt dérobé à leur vue
& à leurs poursuites. Une si vive alarme nous
fit croire que l'amour avoit cédé à la crainte,
& que nous n'avions plus d'insulte à redouter de
ce côté-là. Mon frère fut le premier à me dire
qu'après une entreprise si contraire à leur dernier
traité, il se croyoit quitte de toutes ses promesses.
Nous délibérâmes sur le parti qui nous restoit
à prendre. Quoiqu'il y eût peut-être moins de
danger que jamais pour Rose à retourner à Paris,
nous ne pûmes nous défendre contre les instances
du comte, qui nous pressoit de nous rendre à sa
terre. Mais il nous parut qu'avant notre départ,
le devoir obligeoit mon frère d'aller faire sa cour
au roi, pour achever de nous concilier la protection de ce prince, en lui rendant compte de

tous les procédés de milord Linch. La nuit n'étoit
pas si avancée qu'il ne pût espérer de paroître
encore au coucher; & cette heure étoit d'autant
plus favorable, que dans les premiers jours de sa
liberté, la bienséance ne lui permettoit pas de
se montrer ouvertement. On lui avoit recommandé cette précaution, & l'on avoit même
exigé qu'il continueroit de demeurer en France;
de sorte qu'au lieu de se faire nommer le comte
de.... comme il avoit fait jusqu'alors, il prit
le nom supposé de milord Tenermill.

Pendant deux heures que dura son absence,
j'aurois souhaité de pouvoir entretenir le comte
de S.... sur quantité de points importans dont
je ne voulois point décider sans sa participation.
Mais il me fut impossible de le séparer un
moment de ma sœur. Ces deux tendres amans,
libres enfin pour la première fois, ne connoissoient rien de plus important que la satisfaction
de se regarder, & de recevoir de la bouche
l'un de l'autre les assurances du bonheur qu'ils
désiroient depuis si long-tems. Ma présence
servant comme à soulager la modestie de Rose,
je remarquois qu'elle ne paroissoit pas moins
touchée que son amant, & que l'interruption
que je voulois apporter à leurs plaisirs ne lui
auroit pas causé moins de chagrin qu'à lui. Ainsi,
mon unique rôle, jusqu'au retour de mon frère,

fut de les voir & de les entendre ; & n'ayant
en effet rien de plus cher que le contentement
de Rofe, j'étois pénétré de joie moi-même de
la voir heureufe fans aucun rifque pour fon
innocence.

Mon frère, à qui je ne donnerai plus d'autre
nom que celui qu'il venoit de prendre, & fous
lequel il s'étoit préfenté au roi, revint fi fatisfait
de fon voyage, qu'il nous communiqua auffitôt
l'air de joie avec lequel nous le vîmes paroître.
Il avoit fait à ce prince un récit fidèle de notre
aventure, qui l'avoit difpofé à condamner de
nouveau les violences de Linch, & à nous
promettre toutes les faveurs qu'il auroit occafion
de nous accorder. Senfible même à l'attention
que nous avions eue de prendre fes ordres avant
de nous éloigner de Chatoux, il nous faifoit offrir
un détachement de fes gardes pour la fureté de
notre route ; & félicitant mon frère fur la liberté
qu'il venoit d'obtenir, il lui avoit promis de
s'employer à la cour pour lui faire reftituer fa
compagnie & notre petite terre des Saifons.
M. de Sercine, à qui milord Tenermill n'avoit
pas manqué de faire auffi quelques politeffes,
nous faifoit affurer fans exception de fon amitié
& de fes fervices, & nous fupplioit d'ufer de fa
maifon comme fi elle nous eut appartenu.

Des nouvelles fi agréables ayant diffipé tout

ce qui pouvoit nous refter d'inquiétude, nous aurions accepté pour le refte de la nuit l'offre de M. de Sercine, fi nous n'euffions confidéré que pour rendre le fecret de notre retraite plus impénétrable, il étoit à propos de nous y faire conduire dans l'obfcurité. Ainfi nous étant déterminés fur le champ à partir, nous jugeâmes qu'il étoit même inutile de nous faire accompagner par d'autres domeftiques que ceux qui étoient néceffaires au carroffe, ou que ceux du moins que le comte avoit déjà mis dans fa confidence. Les autres furent laiffés à Chatoux pour y garder jufqu'au lendemain le cocher de Linch, avec ordre de lui rendre la liberté vers le milieu du jour, c'eft-à-dire, dans un tems où il nous importeroit peu quel récit il pourroit faire à fon maître.

Notre route fut courte & heureufe. Le jour qui commençoit à luire lorfque nous arrivâmes au château du comte, nous fit obferver que nous allions être à couvert de toutes fortes de craintes dans une maifon fi vafte & fi bien défendue par fa fituation. Rofe fut extrêmement fenfible aux complimens flatteurs du comte, qui la pria de fe regarder davance comme la maîtreffe abfolue de tout ce qui étoit autour d'elle. Cette proteftation ne pouvoit lui paroître incertaine avec la jufte affurance qu'elle avoit d'être aimée. Tout

le monde ayant befoin de repos à la fin d'une
nuit fi agitée, on ne penfa qu'à fe retirer dans les
appartemens que le comte nous avoit fait préparer. J'étois déjà dans le mien, & je commençois à juger par le filence qui régnoit dans la
maifon, que chacun fe difpofoit au fommeil,
lorfque j'entendis frapper doucement à ma porte.
J'ouvris; & fi je fus étonné d'y appercevoir le
comte, je le fus encore plus du difcours qu'il
me tint.

Vous êtes enfin dans un lieu fûr, me dit-il,
vous y êtes le maître; & tout ce que je laiffe ici
de gens font d'un caractère fi éprouvé, qu'ils fe
feront une étude de vous refpecter & de vous
obéir. Je pars avec toute la fatisfaction que je
m'étois promife, certain du cœur de la belle Rofe
& de votre amitié, qui font les deux biens auxquels tout le bonheur de ma vie eft attaché.
Vous partez? interrompis-je avec furprife. Oui,
reprit-il, & je me fais cette violence fans regret.
C'eft à cette condition que je vous ai preffé
d'accepter cette retraite chez moi, & je comprends que dans les premiers jours de mon deuil,
la bienféance ne me permet pas d'être ici plus
long-tems qu'il ne faut pour vous y recevoir.
Si votre complaifance n'empêche de me le
repréfenter, mon devoir ne m'oblige pas moins
d'y faire attention. Je vous laiffe, ajouta-t-il,

des chevaux, des voitures, toutes les commodités que j'ai pu m'imaginer. Regardez - les
comme à vous; & n'épargnez pas davantage
mes services à Paris, où je vais attendre vos
ordres, jusqu'à ce que la tyrannie de l'usage me
rende la liberté de reparoître ici pour vous les
demander moi-même.

J'admirai cette délicatesse dans un amant si
passionné; & mon estime se fortifiant autant que
mon amitié, je lui confessai en l'embrassant que
je croyois ma sœur trop heureuse d'avoir acquis
tant de pouvoir sur un cœur tel que le sien.
Mais comme il se disposoit sérieusement à me
quitter, je le priai de me soulager d'un embarras
où l'envie de l'obliger m'avoit jeté, & que la
situation où il me laissoit, alloit beaucoup augmenter. Non-seulement, lui dis-je, j'ai caché à Rose
& à mon frère les dernières dispositions de des
Pesses, mais n'ayant pas eu un moment de
liberté depuis sa mort, je n'ai pas fait la moindre démarche pour assurer ou pour éclaicir
nos droits. J'ignore les formalités de la justice,
& je suis arrêté d'ailleurs par des scrupules sur
lesquels il est nécessaire que je consulte du moins
mon frère. Rendez-moi, continuai-je, la parole
que je vous ai donnée de me taire; car autant
qu'il m'est impossible de finir par mes seules
lumières une affaire qui surpasse mes forces,

autant il sera difficile que je la communique à
mon frère, sans faire naître quelque soupçon
à Rose, qui s'alarmera de nous voir garder
des apparences de mystère. Le comte m'interrompit pour m'assurer qu'il s'étoit fort occupé
de tout ce que je lui représentois, & qu'il
avoit trouvé une ouverture si heureuse, qu'il
ne vouloit point remettre plus long - tems
à me la commmuniquer. Si vous avez négligé,
reprit-il, de faire les démarches nécessaires, il
faut réparer incessamment cette négligence; &
sur la moindre procuration de votre sœur, je me
charge de faire expédier promptement tout ce qui
peut vous causer quelque difficulté; vous pouvez l'obtenir d'elle sans lui expliquer à quel
usage vous la destinez. Pour ce qui regarde
milord Tenermill, continua-t-il, rien nous est-il
si facile que de l'engager au silence par la seule
considération de son intérêt ? Il est sans bien.
Laissons-le jouir de l'héritage de des Pesses, aussi
long-tems que la fortune lui rendra ce secours
nécessaire. Le comte me regardoit en achevant
cette proposition ; & ma lenteur à répondre lui
persuadant que je l'approuvois, il me pressa de
dresser sur le champ une procuration, & de la faire
signer à ma sœur. Mais quoique j'eusse trouvé
effectivement quelque chose de spécieux dans
son projet, je le priai de me laisser quelques jours

pour y réfléchir, & tout ce que j'accordai à
ses instances fut une nouvelle promesse de cacher
encore à ma sœur, ce que le tendre des Pesses
avoit fait pour elle. Cependant les notaires
m'ayant parlé de la levée du scellé comme d'une
nécessité pressante, j'allai sur le champ chez
Rose, & je lui fis signer sur ma parole une
procuration en blanc, que j'abandonnai au comte
pour la faire remplir suivant l'usage, en lui
confiant le testament de des Pesses, & tous les
papiers qui pouvoient autoriser ses soins.

Il me quitta. J'employai une partie de la
nuit à méditer sur sa proposition. Si elle faisoit
honneur à la générosité de son caractère,
elle me paroissoit injuste pour Rose, à qui elle
ravissoit le mérite de faire elle-même à son frère
un avantage qu'elle n'eût été que trop portée
à lui accorder. D'un autre côté je voulois me
délivrer de mes doutes, sur la justice d'une
succession, à laquelle il ne me paroissoit point que
la volonté même de des Pesses eût assez fondé
nos droits. J'attendis impatiemment le réveil
de mon frère, & je le fis avertir secrètement
que je voulois l'entretenir sans témoins.

S'étant rendu à ma chambre avec autant
d'empressement que j'en avois de lui parler, j'interrompis ses félicitations sur notre bonheur,
pour le prier d'entrer dans une conversation

plus férieufe. Vous avez appris, lui dis-je, le
malheur de des Peffes, mais vous ignorez que
le ciel l'a fait tourner à notre avantage. Cet
infortuné jeune-homme a laiffé, en mourant,
tout fon bien à votre fœur. Quoique fa volonté
fût libre, & que ces fortes de difpofitions ne foient
condamnées par aucune loi, je vous avoue,
continuai-je, qu'en examinant les circonftances
qui ont précédé fon teftament, j'y trouve la
matière d'un important fcrupule. Des Peffes fe
croyoit aimé de Rofe. Il a témoigné par fes
dernières paroles, & par quelques lignes que
j'ai reçues de fa main, qu'il emportoit cette
penfée en expirant. C'eft fans doute à la force
d'une idée fi flatteufe que nous devons les avantages qu'il nous a faits. Sommes-nous en droit
de les recueillir, lorfque nous fommes certains
qu'ils portent fur une fauffe fuppofition ? Votre
fœur n'en eft pas encore informée. J'ai voulu
vous ouvrir auparavant mon cœur, & vous
propofer mes doutes. Vous avez de l'honneur.
Confultez-vous. C'eft de votre décifion que je
veux faire dépendre ici notre conduite.

　Dans toute ma vie j'ai eu peu d'occafions
de connoitre auffi clairement le fonds du caractère de Georges. Sans paroître ému de l'heureufe nouvelle que je lui annonçois, il tourna
toute fon attention fur la difficulté qui paroiffoit
　　　　　　　　　　　　　　　　　m'arrêter.

Nous vîmes entrer brusquement, qui ?
Le Comte de S.... et mon frère Georges.

C. P. Marillier dir.                                      G. Texier 1774 f.

m'arrêter. Votre scrupule est juste, me dit-il, & je l'ai senti comme vous au premier coup-d'œil. Cependant, il reste à examiner si c'est par quelque complaisance affectée de la part de Rose, ou par quelque indulgence peu sincère de la vôtre, que des Pesses s'est flatté en mourant d'être aimé ; car vous n'étiez pas les maîtres de lui ôter une pensée qui a servi peut-être à lui faire trouver quelque douceur dans les der-niers momens de sa vie ; & la pitié même auroit dû vous en empêcher, si ce changement eût dépendu de vous. Il me paroît donc, ajouta-t-il, que le seul cas où vous pourriez craindre d'ac-cepter les bienfaits de des Pesses, seroit celui où vous auriez employé quelques voies indignes de vous pour vous les procurer.

Cette décision me parut si juste, que j'em-brassai milord Tenermill avec ardeur, pour le remercier de la liberté où il mettoit mes senti-mens. Vous devez sentir, lui dis-je, les obliga-tions que nous avons à des Pesses, & rendre du moins après sa mort la justice que vous devez à son mérite. Que direz-vous, ajoutai-je, si c'est vous qui êtes destiné à recueillir le premier fruit de ses libéralités ? Et lui racontant toutes les propositions du comte, je le jetai dans un embarras beaucoup plus grand que celui dont il m'avoit fait sortir. Votre discours m'étonne,

me dit-il après quelques momens de réflexion,
& je confesse qu'au milieu de quelque bizarrerie
j'apperçois dans le procédé du comte un fonds
admirable de délicatesse & de générosité. Mais
en le supposant assez riche pour mettre Rose en
état de se passer du bien que des Pesses lui a laissé,
il ne me suffit pas qu'elle n'en ait rien à souffrir ;
il faut qu'elle y consente formellement, sans
quoi rien ne me fera consentir moi-même à jouir
du bien d'autrui sans titre & sans aveu. Je ne
pus condamner un sentiment si noble. Cependant
la difficulté que je prévoyois à concilier tant
d'intérêts différens, me fit insister sur la complaisance que nous devions au comte, & par
conséquent sur la nécessité de cacher à Rose la
disposition de des Pesses. Quel usage aurions-nous
fait de son revenu pendant qu'elle l'auroit ignoré ?
Milord Tenermill me répondit que le comte
pouvoit prendre possession de son bien en l'épou-
sant, & que le gouvernant lui-même à son gré,
il seroit le maître d'en informer son épouse lorsqu'il le jugeroit à propos.

   Il ne me restoit qu'une objection : mais avec
tant de délicatesse, comment avez-vous consenti,
lui dis-je, à profiter avec nous de l'offre que le
comte nous a fait de sa maison ? Il comprit tout
d'un coup ma pensée : Vous vous trompez, me
répondit-il, si vous vous êtes figuré que j'en

profiterai long-tems. Je pafferai ici quelques
jours, avec la confiance que je dois à l'amitié
d'un homme qui doit époufer ma fœur, & qui
m'a lié éternellement à lui par le fervice qu'il
m'a rendu; mais fi je fuis fans biens, je ne fuis
pas fans efpérances, & j'ai affez de reffources
dans ma naiffance & dans mon courage pour
attendre quelque chofe de la fortune. Ainfi, avec
le jugement le plus droit & les fentimens les plus
généreux, milord Tenermill confervoit toujours
un fonds de hauteur mal entendue, qui me parut
d'un augure dangereux pour fon établiffement.
Cependant je m'imaginai que les inftances du
comte pourroient le retenir avec nous malgré
lui, du moins jufqu'au mariage de fa fœur, après
lequel il feroit encore plus aifé de le faire entrer
dans certaines vues que j'avois toujours eues
pour fa fortune, & qui pouvoient être foutenues
fort heureufement par celle de Rofe. Sans
choquer fes idées, je me réduifis à lui recommander le filence fur tout ce que je venois de
lui communiquer.

Cette converfation ne laiffa pas de contribuer
beaucoup au repos de mon efprit, par la jufte
guérifon des fcrupules d'honneur qui m'avoient
arrêté. Je me hâtai de voir Rofe, & je lui donnai
des marques de joie qui confirmèrent la fienne.
Nous paffâmes près de quinze jours dans cette

agréable situation, maîtres abfolus d'une des plus belles maifons du monde, fervis avec autant de refpect que de zèle. Tous les jours il nous venoit un meffager du comte, qui nous apportoit de fes nouvelles, & qui retournoit chargé des nôtres. Dès le lendemain de fon départ il m'avoit marqué que l'affaire du fcellé étoit terminée heureufement, & que les effets de des Peffes étoient dans un lieu fûr, dont j'aurois la difpofition en arrivant à Paris. Je fis voir cette lettre à milord Tenermill; & dans le befoin où il étoit de mille chofes néceffaires, je lui propofai d'ufer librement de quelques fommes qui s'étoient trouvées dans le cabinet de des Peffes. Il rejeta encore cette offre, en proteftant que la mifère même ne le feroit pas toucher au bien de Rofe fans fa participation.

Jacin, que j'avois envoyé plufieurs fois à Paris pour s'informer des démarches de milord Linch, m'ayant affuré qu'il ne s'étoit pas fait voir dans fon quartier, & tous fes gens mêmes ayant difparu depuis l'aventure de Chatoux, on étoit perfuadé qu'il étoit repaffé en Irlande; je ne vis plus aucune raifon qui pût m'empêcher de quitter ma fœur pour quelques jours, & d'aller où ma préfence me paroiffoit néceffaire. Avec le motif de rendre quelques civilités au comte, j'avois celui de m'ouvrir à lui fur la fituation de mon frère, qui parloit à tous momens de partir pour l'Allemagne, où fon deffein étoit d'aller folliciter de l'emploi dans les armes. J'avois remarqué qu'il fupportoit fa mauvaife fortune avec une impatience extrême, & qu'affligé fur-tout de fe trouver hors d'état de paroître à Saint-Germain, fon humeur en étoit devenue fi chagrine, qu'il cherchoit continuellement la folitude. Ma feule fenfibilité pour fes peines m'auroit porté à tout entreprendre pour les foulager; mais je penfois d'ailleurs à l'arrêter en France, où je ne croyois pas fa fortune auffi défefpérée qu'il fe le figuroit; & n'ayant pu réuffir à lui faire accepter le fecours que je lui avois offert, je voulois concerter avec le comte quelque moyen de les lui faire goûter malgré lui. Je partis en lui recommandant ma fœur, & fûr du moins qu'étant chargé d'un dépôt fi cher, il n'exécuteroit point fes réfolutions avant mon retour.

J'allai defcendre dans mon ancien logement, où j'appris pour unique nouvelle, qu'une jeune dame, dont on ignoroit le nom, étoit venue me demander plufieurs fois, & qu'elle avoit continué d'envoyer chaque jour un de fes gens pour s'informer fi j'étois arrivé. Cet empref-fement d'une perfonne inconnue n'ayant rapport à rien qui pût me caufer de l'inquiétude, je ne

penfai qu'à me rendre chez le comte de S...̄.
Ma vifite le combla de joie. Il penfoit lui-mêmè
à venir paffer quelques momens avec nous dans
fa terre, pour nous communiquer de nouveaux
fruits de fon affection & de fon zèle. Il avoit
employé avec tant de bonheur les mêmes amis
qui avoient obtenu la liberté de mon frère, que
notre terre des Saifons, & tout ce qui nous
avoit été enlevé dans la première confifcation,
venoit de nous être reftitué. Il ajouta qu'il
n'étoit pas fans efpérance d'obtenir de l'emploi
pour milord Tenermill dans un régiment étranger;
& il me fit voir quelques lettres qui portoient
déjà une efpèce de certitude. Pour l'héritage de
des Peffes, comme une affaire de cette importance demandoit des mefures plus lentes, &
qu'il avoit fallu dépêcher à Bordeaux un homme
de confiance dont il attendoit le retour, il ne
put me donner des éclairciffemens qu'il n'avoit
point encore; mais ayant confulté quantité
d'habilles gens fur la validité du teftament, il
en croyoit le fuccès certain, & il me mit
d'avance en poffeffion des effets de des Peffes,
qu'il avoit retirés chez lui dans un cabinet dont
il m'abandonna la clef.

Il me parut inutile de lui parler des embarras
de milord Tenermill, puifque la reftitution de
notre terre & des autres biens que la juftice

avoit confifqués, fuffifoient pour me rendre tranquille de ce côté-là. Mais n'étant pas fâché de connoître le fonds de fes vues à l'égard de ma fœur, je cédai à l'impatience qu'il marquoit de paffer à cet article. Il fut le premier à me parler de fon mariage, & à me demander quelles bornes je voulois impofer à la mortelle violence qu'il s'étoit faite depuis quinze jours : je me fuis jugé moi-même, ajouta-t-il, avec une rigueur dont je ne puis me repentir, fi elle a fervi à me confirmer votre amitié & votre eftime ; mais qu'elle m'a coûté d'efforts, & qu'il me tarde de voir finir l'exil auquel je me fuis condamné ! Je lui répondis naturellement qu'étant mal inftruit des ufages de France, je ne me croyois point capable de décider fes difficultés, mais que j'étois d'avis qu'il devoit prendre là-deffus les confeils de fes amis, auxquels rien ne l'empê- choit plus de communiquer fon deffein. Votre jeuneffe, lui dis-je en fouriant, & l'âge avancé de l'époufe que vous avez perdue, vous mettent peut-être en droit de racourcir un peu les bien- féances. Nous paffâmes ainfi une partie du jour à nous entretenir de ce que je défirois avec autant d'ardeur que lui. Il ne put me déguifer dans le cours de notre entretien, qu'il lui étoit furvenu quelques affaires chagrinantes, mais je n'eus pas l'indifcrétion de vouloir les approfondir : fe flattant, me dit-il, qu'elles feroient bientôt terminées, il alloit prendre toutes les mesures que son deuil commençoit à lui permettre, pour l'avancement de ses espérances. Nous nous quittâmes avec toute la satisfaction de deux cœurs droits & sincères, qui faisoient un égal fonds l'un sur l'autre, & qui avoient le même empressement de se voir bientôt unis par des liens encore plus étoits.

Mon dessein étoit de rejoindre promptement milord Tenermill & ma sœur, auxquels je n'avois à porter que d'heureux fruits de mon voyage ; je me rendis chez moi dans la résolution de partir aussitôt. En arrivant à ma porte, je la trouvai embarrassée par un équipage fort leste, dont la livrée étoit en deuil ; & Jacin qui étoit à m'attendre, m'apprit que la jeune dame qui m'avoit fait demander si impatiemment depuis plusieurs jours, étoit venue sur la nouvelle qu'elle avoit eue de mon arrivée à Paris, & qu'elle avoit pris le parti de se faire ouvrir ma chambre où elle avoit mieux aimé s'ennuyer pendant trois ou quatre heures, que de manquer l'occasion de me voir. Je me hâtai de me présenter à elle sans pouvoir m'imaginer ce que je devois attendre de cette visite. Sa figure me surprit : Rose & l'épouse de Patrice, qui étoit jusqu'alors ce que j'avois vu de plus charmant dans leur

Iexe, ne l'emportoient point fur tout ce que j'apperçus d'un feul coup-d'œil. Mon admiration fut même affez forte pour me faire lever plufieurs fois les yeux fur tant de charmes, & je les baiffai avec le même étonnement L'inconnue étoit dans les habits du deuil le plus profond; & me recevant avec autant de modeftie que de grace, elle me remit une lettre, dont elle me dit, qu'elle étoit chargée pour moi : je remar- quai qu'elle n'avoit pu prononcer ces quatre mots, fans répandre quelques larmes. Je la preffai de s'affeoir; & ne lui demandant point d'autre explication dans l'embarras où j'étois, je m'affis vis-à-vis d'elle, en la priant de m'accorder la liberté d'ouvrir ma lettre.

Je reconnu auffitôt la main de Patrice ; ma curiofité n'ayant fait qu'augmenter avec mon trouble, je parcourus avidement ce que j'avois devant les yeux. Les derniers avis de des Peffes étoient revenus tout d'un coup à ma mémoire ; & quoiqu'au moment que je les avois reçus, ils n'euffent fait fur moi qu'une impreffion paffagère, qui avoit encore été diminuée par les agitations que j'avois effuyées continuellement, je me les rappelai avec d'autant plus de crainte, que des circonftances fi lugubres fembloient en être la fuite. J'avois écrit néanmoins à Patrice, depuis mon arrivée à Paris ; mais ma lettre ne contenoit

que le récit de mon premier démêlé avec Linch,
& de la situation où j'avois trouvé ma sœur; je
n'avois reçu de lui aucune réponse. Enfin, quelque
fonds que j'eusse toujours fait sur son caractère,
je commençai à craindre ce que des Pesses m'avoit
annoncé d'une manière obscure, & ce que ma
prévention en faveur d'un frère si raisonnable
& si vertueux, ne m'avoit jamais permis d'appréhender.

Cependant ce que je trouvai de plus surprenant pour moi dans ma lettre, fut le nom de la
jeune personne qu'il m'adressoit : je relevai brusquement les yeux sur elle, avec les marques d'une
vive inquiétude, & je fus encore plus frappé de
la situation où je l'apperçus. Elle tenoit son mouchoir serré contre son visage, autant pour arrêter ses soupirs, que pour cacher ses pleurs. Je
lus deux fois son nom, doutant si je ne m'étois
pas trompé à la première; c'étoit mademoiselle
de L..... l'ancienne maîtresse de Patrice. Il me
conjuroit en peu de mots, mais avec toute la
force que le sentiment peut donner aux expressions, de prendre pour elle une partie de l'affection que j'avois pour lui; & puisqu'un sort si
cruel, disoit-il, m'avoit fait servir d'instrument
à sa ruine, il recommandoit du moins à mon
amitié & à mes soins, une personne qui avoit dû
faire autrefois son bonheur. Les services qu'il

me demandoit pour elle, étoient de l'aider de
mes conseils, & sur-tout de la mettre en liaison
avec Rose, dont elle étoit déjà connue, & de
qui il étoit certain, ajouta-t-il, qu'elle seroit
bientôt tendrement aimée.

Cette proposition m'ayant paru fort innocente
& digne même de la bonté naturelle de Patrice,
je revins aussitôt de mes alarmes. Loin de me
trouver gêné de la visite de mademoiselle de
L.....je m'applaudis de l'occasion qu'elle me
présentoit de la connoître ; & pour expliquer
tout-à-fait ce que j'ai déjà touché légèrement,
ce n'étoit pas la première fois que j'eusse pensé
à elle depuis que milord Tenermill avoit obtenu
la liberté. Mes propres réflexions m'avoit fait
souvent regretter qu'elle fût hors de France ; &
regardant l'inclination qu'elle avoit eue pour
Patrice, comme une disposition à se prévenir
facilement en faveur de son frère, je m'étois
flatté que s'il eût pu la voir & lui rendre des
soins, il eût réussi sans peine à faire prendre vers
lui le même cours à ses sentimens ; son absence
même ne m'avoit pas empêché de nourrir cette
pensée. Il auroit toujours été facile à milord
Tenermill de faire le voyage d'Allemagne, aussitôt qu'il auroit connu le lieu de sa demeure ;
il auroit pu se procurer l'occasion de la voir,
& se ménager insensiblement son affection, pour

le tems du moins où elle auroit eu la liberté
de difpofer d'elle-même; enfin, telles étoient
les vues d'établiffement que j'avois pour lui,
quoique diverfes raifons ne m'euffent point encore
permis de lui en faire l'ouverture.

Avec ces idées, qui fe joignirent au motif
d'obliger Patrice, & à la pitié même dont je ne
pus me défendre pour l'aimable fille que j'avois
devant mes yeux, je ne penfai point à m'en-
durcir contre fes larmes; ma curiofité fut feulement d'en apprendre la caufe, & celle du lugubre habillement où je la voyois. Ne doutez pas,
lui dis-je, avec tout ce que je pus mettre de
douceur dans mes regards & dans mes termes,
qu'une lettre auffi preffante que celle de mon
frère ne vous affure toutes fortes de droits fur
mes plus ardens fervices. J'entre déjà du fond
du cœur dans les chagrins qui paroiffent vous
affliger; & fi je ne craignois de les aigrir par
une indifcrétion, je vous demanderois de qui
cet habit doit m'apprendre que vous pleurez la
perte.

Hélas ! me répondit - elle, en effuyant fes
larmes qui recommençoient à couler auffitôt
malgré elle, ce que je pleure ne me fera jamais
rendu; puis s'arrêtant un moment comme fi elle
eût changé d'idées : mon deuil, reprit - elle,
car c'eft la feule de mes pertes que vous

puiffiez ignorer , eft pour la mort de mon père
que j'ai perdu il y a deux mois ; c'eft un malheur auquel la tendreffe de la nature a dû me
rendre fenfible ; & ce n'eft point dans les richeffes
qu'il m'a laiffées , que j'efpérois trouver de la
confolation. Mais il ne m'en refte plus à prétendre, puifque celle que je défirois uniquement,
& que je comptois de trouver ici , m'eft ravie
fans reffource. Elle fe mit là-deffus à pleurer
amèrement : je compris ce qu'elle n'ofoit me
dire avec plus de clarté ; & voulant éloigner
des explications qui n'auroient pu manquer de
me caufer de l'embarras, je me bornai à lui
demander comment elle avoit pu recevoir des
nouvelles de mon frère. Mais elle s'enhardit
par cette queftion même à s'expliquer plus clairement : ce n'eft point avec vous, me dit - elle,
que je veux déguifer l'horreur de mon fort ;
j'aime votre frère , je croyois en être adorée.
Eh ! je l'étois auffi , reprit-elle en s'interrompant,
il n'y a point d'artifice à craindre d'un caractère tel que le fien : il m'avoit renouvelé fa
foi peu de jours avant mon départ de France :
je lui avois donné la mienne. Cette penfée a
foutenue ma conftance & ma joie même , pendant près d'un an que j'ai paffé en Allemagne.
Mon père étoit dans un âge qui ne lui promettoit plus une longue vie ; j'ai réfifté jufqu'à

fa mort à toutes les follicitations qu'il m'a faites
de recevoir un mari de fa main ; & contente
de moi - même, avec la réfolution où j'étois,
de ne rien entreprendre pendant fa vie contre
fes volontés, j'attendois fans impatience que
l'ordre de la nature m'affurât la liberté de
remplir mes engagemens.

Enfin, mon père meurt, continua-t-elle, &
je lui rends avec refpect les derniers devoirs :
libre déformai, je m'accorde une fatisfaction fur
laquelle mes idées de bienfaifance & de modeftie
m'avoient peut-être rendue trop réfervée ; j'écris
en France à votre frère ; je n'en reçois point
de réponfe. Dans le tems que ma prévention
me fait tout expliquer à fon avantage, & que
je me difpofe à quitter l'Allemagne, pour fuppléer moi-même à ma lettre, que je me figurois
arrêtée par quelque obftacle, un de fes amis
arrive, me comble de joie, en m'apprenant qu'il
me cherche de fa part ; & non moins tranfporté
de me trouver telle qu'il avoit dû s'y attendre,
part auffitôt pour l'Irlande, où il me dit que
fes affaires l'avoient appelé, & qu'il brûloit de
lui porter une nouvelle qui lui feroit repaffer
fur le champ la mer. Je le charge d'une lettre
qui contenoit tout le feu de mon cœur ; & en
me mettant en chemin pour la France, j'écrivis
encore en Irlande fur la route, pour faire favoir

à votre frère où je comptois de me loger à
Paris. J'arrive dans cette ville : avec quelle ardeur
n'attendois-je pas le jour que je croyois fixé
par l'ordre du ciel & par nos fermens. Hélas !
il en eft venu un qui auroit dû être le dernier
de ma vie : je reçois une lettre avec celle que
je viens de vous rendre, dans laquelle je trouve
l'arrêt de ma mort écrit & figné de la main de
votre frère. Le perfide !.... Elle parut prête un
moment à fe livrer à toutes les fureurs d'une amante
outragée; & revenant néanmoins à elle-même :
Mais non, reprit-elle en redoublant fes pleurs,
je ne l'accufe point de perfidie; je plains fon
fort autant que le mien, car il attefte le ciel,
qu'il eft le plus miférable de tous les hommes;
il me fait une peinture de fes peines, qui
excite encore ma compaffion. Sa lettre m'a percé
le cœur : il me prie de m'adreffer à vous, pour
apprendre de vous-même par quel fatal enchaînement il eft tombé, dit-il, dans un abîme,
inévitable; & il m'affure que vous me rendrez
témoignage de fes fentimens. Dites-moi donc
à qui je dois attribuer notre malheur : faites-
moi comprendre comment on peut fe trouver
marié fans le vouloir, fans l'avoir prévu, fans
perdre fa fidélité pour d'autres engagemens;
enfin, comment on peut-être perfide & tenir
le langage de la fincérité & de la conftance. Mais,

dites-moi plutôt ajouta-t-elle, en paroissant s'indigner contr'elle-même ; dites-moi comment ma folle crédulité m'aveugle encore sur le crime d'un parjure ; quel fatal penchant me porte à le croire plus malheureux que coupable, & à gémir peut-être plus amèrement que lui de son infortune.

Elle se tut pour apprendre ma réponse : les lumières qu'elle me demandoit ne pouvant servir à soulager ses peines, & m'exposant à des mal-entendus que je voulois éviter, toute mon étude fut de calmer son agitation par des poli-tesse vagues, qu'elle pût prendre dans un sens favorable. Je l'assurai que Patrice étoit sincère, & que dans la situation où il s'étoit trouvé, l'honneur lui avoit fait une loi indispensable de la conduite qu'il avoit tenue ; mais que loin d'avoir perdu les sentimens qu'il lui devoit, il me les avoit exprimés avec assez de force pour me les communiquer ; qu'indépendamment de sa lettre, où il me pressoit instamment de les prendre, elle m'auroit trouvé prêt à lui en donner toutes sortes de témoignages : qu'elle trouveroit infailliblement les mêmes dispositions dans ma sœur ; & que si son dessein étoit de la voir, je lui offrois cette satisfaction dès le même jour, en me chargeant de la conduire dans une campagne fort agréable où nous nous étions retirés. Elle accepta

mes

mes offres avec ardeur ; & comme fi elle fe fût
flatté de tirer de Rofe plus de confolation ou
de lumières qu'elle n'en attendoit de moi, elle
n'ajouta pas un feul mot qui eût rapport au fujet
de fes peines. M'ayant demandé à quelle heure
je me propofois de partir, elle me promit de me
venir prendre dans une voiture commode. Je lui
expliquai en général les raifons qui me faifoient
fouhaiter qu'elle n'eût point une fuite éclatante.
Elle confentit à n'être accompagnée que de fa
gouvernante, qui étoit demeurée dans mon antichambre pendant notre entretien, & d'un feul
laquais.

C'étoit une compagne aimable que je menois
à ma fœur, & je trouvois ainfi naturellement
l'occafion que j'avois défirée de lui faire former
quelque liaifon avec milord Tenermill. Ces deux
penfées me caufant une égale fatisfaction, je la
vis revenir avec joie, & je lui renouvelai pendant la route les affurances de mon zèle & de
mon eftime. Elle parla peu, fa trifteffe paroiffoit
l'occuper toute entière. En arrivant, mon frère &
ma fœur qui la reconnurent auffitôt, s'empref-
sèrent de lui faire toutes fortes de careffes ; mais
il lui tardoit d'être feule avec Rofe. Elle fe
déroba avec elle, & nous leur laiffâmes la liberté
qu'elles demandoient.

Je n'attendis point que milord Tenermill ne

marquât de la curiosité par ses questions. Je
ne sais, lui dis-je, en le prévenant, si nous
serons une fois d'accord dans nos idées ; mais je
ne balance point à vous découvrir les miennes.
Si je n'ai part à la visite de mademoiselle de L....
que par le consentement que j'ai donné à ses
désirs & à celui de Patrice, qui me presse par
ses lettres de la mettre en liaison avec Rose, je
n'ai pas moins pensé que cette occasion pouvoit
tourner à votre avantage, & qu'avec un peu de
complaisance & de soins vous succéderiez aisément aux anciennes espérances de votre frère. Il
m'arrêta : je l'aurois pensé comme vous, me dit-
il, si vous ne m'aviez appris les tourmens de
Patrice ; mais tous les charmes & toutes les
richesses du monde ne me feront point trahir
un frère que j'aime. Je lui avois raconté effectivement les circonstance du mariage de son
frère. Il m'avoit écouté sans me condamner ni
m'applaudir. Mais je ne savois pas que Patrice,
qui le croyoit toujours à la bastille, lui avoit
écrit directement pour lui communiquer ce qu'il
nommoit sa funeste aventure, & que lui ouvrant
son cœur il lui avoit parlé de mademoiselle de
L...... comme de la seule personne qu'il pouvoit aimer. Il me fit néanmoins cette ouverture
pour justifier, me dit-il, un refus que j'aurois
pu trouver bizarre ; mais loin de nuire aux amours

de son frère, il étoit résolu, ajouta-t-il, de le servir de tout son pouvoir.

Surpris d'une réponse qui me parut bien plus bizarre que son refus, je le pressai de m'accorder plus d'explication. Volontiers, reprit-il. Je connois Patrice trop honnête homme pour en user mal avec sa femme. L'estime & la reconnoissance sont des sentimens qu'il lui doit, & qu'il aura toujours pour elle. Mais si sa passion pour mademoiselle de L.... est telle qu'il me la représente, qui l'empêche de repasser en France, pour suivre les intérêts de son amour, & pour se rendre heureux, s'il le peut, avec une maîtresse qui mérite en effet d'être aimée ? C'est le conseil, ajouta-t-il, que je lui ai donné dans ma réponse ; & je l'ai même exhorté à nous amener sa femme, qui trouvera aisément de quoi se consoler dans les amusemens de Paris.

J'avoue que ce criminel badinage échauffa mon zèle. Je m'étois fais violence depuis quelques mois, pour fermer les yeux sur tout ce qui n'étoit pas ouvertement contraire à mes principes ; & convaincu par l'expérience du passé, que la foiblesse naturelle demande de l'indulgence & des ménagemens, j'avois peut-être fait céder quelquefois la justice aux tendres égards de la charité. Mais ne voyant point ici d'apparence à

la moindre conciliation, je demandai vivement
au profane Tenermill si c'étoit du fond du cœur
qu'il me tenoit ce langage. Loin de prendre
occasion de mon mécontentement pour se rétrac-
ter, il continua de badiner sur le même ton,
en me reprochant mes scrupules, qui me faisoient perdre, ajouta-t-il, le mérite de cent
bonnes qualités aux yeux des honnêtes-gens, &
qui déshonoroient, en un mot, ma politesse &
mon esprit. Changerez-vous les usages du monde,
reprit-il? Empêcherez-vous que ceux qui sont
obligés d'y vivre, ne le soient aussi de se conformer à ses maximes? Les vôtres sont admirables, mais réservez-les pour vous-même. Pourquoi forcer Patrice, me dit-il encore, d'épouser
une femme odieuse, si vous n'aviez aucun
dédommagement à lui permettre? Votre piété
vous apprend-elle qu'un homme de son âge
dispose si aisément de son cœur? Ce discours,
qui étoit accompagné d'un air riant & moqueur,
me fit naître enfin autant de pitié qu'il m'avoit
d'abord causé d'indignation. Non, milord,
non, lui dis-je, du ton ferme & sérieux qui
convient à la vérité, la religion n'apprend pas
qu'il soit facile de vaincre les passions qu'elle
condamne, mais elle offre à tous momens des
secours qui peuvent assurer la victoire. Malheur
à ceux qui les méprisent. Je ne puis croire,

ajoutai-je, que votre cœur ſoit d'accord avec
votre bouche ; & quand vous parlez du conſeil
que vous avez donné à votre frère, vous ne
cherchez ſans doute qu'à vous exercer l'eſprit
par un badinage. Il m'interrompit pour me proteſter avec quelques-unes de ces imprécations
galantes qui ſont en uſage dans le beau monde,
que rien n'étoit ſi ſinçère que ſes ſentimens : que
je faiſois tort à la religion, en lui attribuant
des rigueurs qu'elle n'avoit point : que le point
d'importance pour de foibles hommes, étoit de
rendre à Dieu ce qu'ils lui doivent; & qu'en s'ac-
quittant d'un devoir ſi juſte, on acquéroit le
droit de ſe tourner avec un peu de liberté vers
les plaiſirs qui conviennent à notre nature : qu'il
ne voyoit point, après tout, de quoi je voulois
lui faire un crime; & que n'ayant point conſeillé à Patrice de venir chercher la ſatisfaction
de ſon cœur auprès de ſa maîtreſſe ſans l'avoir
exhorté à conſerver toujours de juſtes égards
pour ſon épouſe, il ne lui avoit propoſé
que l'uſage commun des honnêtes-gens, qui
ne cherchent point à offenſer le ciel, lorſqu'ils ſe
procurent un plaiſir qui n'eſt nuiſible à perſonne;
que ſi je voulois recevoir un bon conſeil, je
me déferois enfin de cette rudeſſe qui me faiſoit condamner tout ce qui ne s'accordoit pas
avec mes idées : qu'il falloit ou rompre tout-à-

fait avec le monde., ou fuivre fes ufages. Enfin,
ce torrent d'éloquence profane ne fe feroit pas
arrêté facilement, fi dans le chagrin d'entendre
tant de miférables raifonnemens, je ne l'euffe
interrompu à mon tour pour le prier de changer
d'entretien. Il me reftoit peu d'efpérance de
lui infpirer d'autres principes, ou du moins ce
ne pouvoit être l'effet d'un moment d'entretien. J'avois même remarqué depuis notre
féjour à la campagne, qu'il étoit moins foumis
que jamais aux vérités communes de la religion;
& furpris de lui trouver ce nouveau degré de
dépravation., j'avois fu adroitement de lui-
même qu'il avoit achevé de fe corrompre l'efprit
à la baftille, par le commerce qu'il y avoit lié
avec un prifonnier françois nommé l'*abbé de la B…*
dont il vantoit à chaque moment l'efprit & le
favoir. Evitant donc de m'engager dans des
difcuffions dont je n'attendois aucun fruit, je lui
parlai du nouveau fervice que le comte de S….
nous avoit rendu pour la reftitution de nos biens
confifqués, & je lui propofai de fe rendre à Paris,
autant pour remercier un ami fi généreux, que
pour jouir promptement du bienfait. Cette nouvelle lui caufa tant de joie, qu'elle lui fit perdre
le fouvenir de tout ce qui venoit de nous
occuper. Il me quitta après quelques explications, pour fe difpofer à partir dès le jour fuivant.

Si j'avois eu la force de me modérer dans notre entretien, je n'en eus pas affez pour me défendre du plus amer chagrin, en faifant réflexion fur le caractère de ce frère intraitable, & fur les effets que j'en pouvois craindre encore pour la ruine de mon repos. Il rejetoit une propofition que tout autre auroit reçue avec empreffement ; c'étoit négliger fes propres intérêts, & cette imprudence n'entraînoit rien de fâcheux que pour lui-même : mais quel affreux confeil avoit-il donné à Patrice? Et me rappelant tout-à-la-fois les derniers avis de des Peffes & le récit de mademoifelle de L......... que ne pouvois-je pas craindre d'un autre caractère dont je connoif-fois, il eft vrai, la bonté & la droiture, mais dans qui ces deux qualités mêmes m'étoient prefque auffi fufpectes que des vices? Il me tardoit de voir Rofe mariée. Sur le champ j'aurois pris le parti de repaffer en Irlande, pour confirmer la vertu chancelante de Patrice. J'aurois cru tous mes devoirs remplis après avoir ainfi rendu mes foins à ceux qui ne refufoient pas de les recevoir. Je m'applaudis même de cette idée ; & ne me fouvenant pas que les projets humains font fujets aux mêmes révolutions que tout ce qui nous environne, je trouvai que mes nouvelles vues devoient fuffire pour me rendre tranquille. Cependant j'avois reçu divers avis qui m'avoient

déjà fait naître quelques preſſentimens du malheur
dont j'étois menacé. On avoit vu pluſieurs fois
autour du château un inconnu à cheval, qui
paroiſſoit examiner curieuſement les environs.
Un autre s'étoit informé par qui il étoit habité.
Ces circonſtances, dont on m'avoit averti, &
que j'avois communiquées à milord Tenermill,
n'étoient pas capables de nous inſpirer beaucoup
de crainte. Nous avions des domeſtiques fidèles,
des armes, & le ſecours toujours préſent d'un
hameau voiſin, qui étoit rempli de gens réſolus
& dévoués au comte. La ſeule ſituation du
château nous mettoit à couvert des inſultes noc-
turnes & imprévues. Mais s'il y avoit peu de
danger pour ma ſœur, j'étois à la veille d'éprouver
que notre ſécurité pouvoit être pernicieuſe pour
moi-même.

Mademoiſelle de L.......ayant reparue avec
Roſe à l'heure du ſouper, je remarquai aiſément
que leur entrevue avoit été triſte & accompagnée de bien des larmes. J'affectai néanmoins
de ne pas témoigner que je m'en fuſſe apperçu;
& ne voulant point entrer dans des confidences
inutiles, je priai milord Tenermill de ne laiſſer
rien échapper en ma préſence qui pût m'y
engager malgré moi. Il partit le lendemain. Les
deux dames ne ſe quittèrent pas un moment
pendant ſon abſence; & le ſoin qu'elles avoient

de chercher continuellement la folitude, me fit juger de quels intérêts elles trouvoient tant de douceurs à s'entretenir. Trois jours s'étoient paffés depuis le départ de mon frère, lorfque je le vis arriver en pofte à l'entrée de la nuit. L'air de trifteffe avec lequel il m'aborda me fit attendre quelque fâcheufe nouvelle. Je ne me trompois pas. Moins occupé de fes affaires qu'il avoit heureufement terminées, que de celles du comte, dont fa reconnoiffance lui faifoit partager les peines, il me prit auffitôt à l'écart; & me paroiffant fort touché de ce qu'il avoit à m'apprendre, il me raconta que les parens de feue madame la comteffe de S.... s'étoient préfentés pour recueillir fon héritage, fous prétexte que dans les longues infirmités qui l'avoient conduite au tombeau, elle n'avoit pas eu la raifon affez libre pour difpofer légitimement de fon bien; & que voulant faire regarder fon mariage même comme une action peu fenfée, ils prétendoient faire caffer & le contrat par lequel elle avoit donné toutes fes richeffes au comte, & le teftament où cette difpofition étoit confirmée. Les procédures étoient commencées lorfque j'avois fait le voyage de Paris, & c'étoit cet embarras qui troubloit déjà le comte. Mais fes parties venoient d'obtenir un arrêt qui mettoit tous fes biens en fequeftre jufqu'à la conclufion

du procès, & qui ne lui laiſſoit que la jouiſſance
de la terre où nous étions. Il ne m'avoit pas
communiqué ſon chagrin, parce qu'il n'en
prévoyoit point encore les ſuites, & qu'il eſpéroit
s'en délivrer avant que nous en fuſſions informés;
mais commençant à tout craindre pour ſa
fortune, il s'étoit ouvert le matin du même jour
à mon frère. La perte de ſon bien l'alarmoit
beaucoup moins que l'intérêt de ſon amour.
Il trembloit que ſa diſgrace ne refroidît nos
ſentimens, & qu'il ne perdît avec ſes richeſſes
tous les droits que nous lui avions donnés ſur
le cœur de Roſe. Tenermill, à qui la généroſité
étoit une vertu naturelle, n'avoit pas manqué
de le conſoler par les aſſurances d'une eſtime
& d'un attachement qui ſeroient toujours à
l'épreuve de l'adverſité; mais en lui perſuadant
qu'il pouvoit faire fonds ſur ſa conſtance, il ne
l'avoit pas raſſuré ſi facilement ſur celle de ma
ſœur & ſur la mienne. Il venoit à ſa prière pour
ſonder nos diſpoſitions. En effet, il m'exhorta
ſérieuſement, après avoir achevé ſon récit, à
conſidérer que le mérite & la naiſſance devoient
être préférés aux richeſſes, & qu'avec l'héritage de des Peſſes, Roſe n'avoit à conſulter
que ſon inclination. Loin de condamner ce
ſentiment, je fus ravi de le voir porté de lui-
même à ce que je me ſerois efforcé de lui faire

approuver s'il y eût marqué de la répugnance.
En plaignant même l'infortune du comte, je sentis
une joie secrète de voir nos situations changées,
& de nous trouver en quelque sorte dans le
pouvoir de faire pour lui ce qu'il avoit fait si
généreusement pour notre famille. Il n'étoit pas
incertain si Rose entreroit dans les mêmes sentimens; mais ne pouvant me résoudre à lui
annoncer une nouvelle capable de l'affliger, sans
y joindre aussitôt un juste motif de consolation,
je me déterminai à lui parler du testament de
des Pesses que je lui avois caché par complaisance pour le comte. Tenermill approuva ma
pensée, & jugea comme moi que les circonstances me dégageoient de ma promesse.

Rose n'entendit point la première partie de
mon récit sans une vive douleur. Les larmes que
je vis tomber aussitôt de ses yeux me firent comprendre mieux que jamais combien le comte lui
étoit cher. Et se croyant peut-être menacée
à la fin de mon discours, de quelque déclaration
contraire à ses désirs, j'observai avec quelle
inquiétude elle attendoit ma conclusion. Vous
devez de la tendresse au comte, lui dis-je; &
puisque les sentimens qu'il a pour vous, ont
toujours été indépendans de votre fortune, je
ne doute point qu'avec la même générosité vous
ne fermiez les yeux sur le malheur qui le menace,

pour ne considérer que sa personne & son mérite.
Elle n'attendit point que j'eusse fini ; son cœur
flatté par un endroit si sensible, se livra au tranfport de sa joie ; elle m'embrassa, en donnant
à la tendresse les larmes qu'elle venoit de donner
à la douleur. Je ne différai pas plus long-tems
à m'expliquer : Si vous êtes dans cette disposition, repris-je, vous n'apprendrez point sans
plaisir que vous pouvez réparer les pertes du
comte ; votre fortune a dépendu de lui ; mais
la sienne est aujourd'hui dans vos mains.
Des Pesses a mis le comble à ses bienfaits, en
vous laissant l'héritage de tout son bien ; je n'ai
différé à vous l'apprendre, que pour satisfaire
la délicatesse de votre amant, qui craignoit
qu'un bien qui ne vous seroit pas venu de lui,
ne lui dérobât quelque chose de vos sentimens.
Ne doutez pas de ce que je vous assure,
ajoutai-je, en voyant qu'elle n'osoit tout d'un
coup me croire, je ne suis point capable de vous
tromper.

Je me repentis de lui avoir fait cette ouverture
avec si peu de précaution : me connoissant trop
bien en effet pour se défier de ma sincérité, elle
se remplit tellement de l'idée de son bonheur,
que je la voyois trembler par un effet de l'agitation qui s'étoit répandue dans tous ses sens.
Elle fut obligée de s'asseoir pour recueillir ses

forces; & jetant les yeux fur moi, lorfqu'elle ne
put douter que je ne me fuffe apperçu de cette
révolution: Je ferois bien humiliée, me dit-elle,
languiffamment, fi vous attribuiez mon émotion
à quelque ardeur pour les richeffes; comme rien
ne feroit fi éloigné de mes vrais fentimens, je
vous accuferois férieufement d'injuftice. Mais je
vous confeffe, ajouta-t-elle, avec un regard où
la tendreffe de fon cœur étoit peinte, que j'aurai
peine à modérer ma joie, s'il eft vrai que je
puiffe ajouter quelque chofe à la fortune du
comte. Je l'affurai encore qu'elle étoit affez riche
pour ne pas regretter tout ce que fon amant
pouvoit perdre; & trouvant prefqu'autant de
plaifir qu'elle, à penfer que nous pouvions être
généreux & libéraux à notre tour, je lui offris de
ne pas remettre plus loin que le jour fuivant
à porter moi-même au comte la relation de fes
fentimens.

Cet incident n'ayant pu être déguifé à mademoifelle de L...... nous reconnûmes auffi que
nos intérêts lui étoient chers, par le zèle avec
lequel elle nous preffa de difpofer de fon bien
& de tout ce qu'elle pouvoit nous offrir pour
avancer les affaires du comte & les nôtres:
Je fuis parente, me dit-elle, des principaux
chefs du parlement. Je veux faire demain le
voyage de Paris avec vous, & les aller folliciter

avec la dernière ardeur. Ce secours me parut
assez utile pour être accepté. Nous réglâmes
l'heure de notre départ; ce qui n'empêcha point
que, sans nous en avertir, elle ne fît partir le
soir même un de ses gens, avec une lettre pour
l'administrateur de son bien, par laquelle elle le
chargeoit d'aller sur le champ offrir au comte,
de la part d'un ami qui vouloit cacher son nom,
cinquante mille livres d'argent comptant, que
son père avoit laissées dans ses coffres; ainsi, le
malheur de notre cher comte ne servit qu'à
redoubler les sentimens d'estime & d'amitié qui
nous lioient inséparablement à lui.

Milord Tenermill demeurant pour la garde de
Rose, je partis le lendemain avec moins d'inquiétude que de joie, & brûlant d'arriver à Paris
pour consoler le comte. Notre suite n'étoit pas
nombreuse : mademoiselle de L.... ayant fait
partir la veille le seul laquais qu'elle eût amené,
nous n'avions que le mien derrière le carrosse.
Sur quel fondement nous serions-nous persuadés
que nous avions besoin d'une meilleure garde?
la prudence humaine ne demandoit pas plus de
précautions; mais on expliqueroit mal toutes les
agitations de ma vie, si l'on ne levoit pas les yeux
plus haut pour en trouver la source, & si l'on ne
cherchoit dans le conseil de la providence les
ressorts de mille évènemens qui sont encore

impénétrables pour moi-même. Nous n'étions pas à un quart de lieu du château, lorſque nous fûmes arrêtés par trois cavaliers, qui ſans perdre le tems à nous parler, donnèrent ordre au cocher de tourner vers un bois épais qui étoit à peu de diſtance du grand chemin. Je les pris d'abord pour des voleurs; & dans la vue d'épargner d'autres craintes à mademoiſelle de L.... je les priai par la portière d'accepter ma bourſe, qui étoit aſſez bien remplie pour ſatisfaire leur avidité : je la leur montrai même, en leur conſeſſant qu'ils y trouveroient cent louis, & que ne penſant point à leur diſputer, j'étois prêt à la rendre ſans réſiſtance. Ils la refuſèrent avec des apparences de civilité qui augmentèrent ma ſurpriſe. Ayant gagné le bois au même moment, ils nous firent pénétrer dans un endroit où le feuillage avoit aſſez d'épaiſſeur pour nous couvrir : nous y trouvâmes un autre cavalier qui gardoit une chaiſe à quatre chevaux, avec le cocher & le poſtillon; il n'étoit pas plus de neuf heures. Celui que les autres paroiſſoient reconnoître pour leur chef, nous pria honnêtement de ne pas nous alarmer; & nous avertiſſant que nous paſſerions le reſte du jour dans le lieu où nous étions, il nous aſſura que nous ſerions traités avec reſpect, & que nous ne manquerions d'aucuns rafraîchiſſemens. Je lui demandai avec douceur l'explication de fon deffein : Ne me preffez pas là-deffus, me répondit-il en fouriant, nous avons quelques jours à paffer enfemble ; mais vous me trouverez toujours muet à cette queftion, & vous la renouveleriez inutilement. Il s'affit fur l'herbe ; les autres fuivirent fon exemple ; & tirant de la chaife quelques provifions, ils fe mirent à manger & à boire fans aucune marque d'inquiétude.

Je ne pus douter, en réfléchiffant fur une fi étrange aventure, que ma compagne n'en fût le feul objet : elle pleuroit amèrement ; je m'efforçai de la confoler, en lui repréfentant que nous devions être raffurés par la civilité de nos gardes, & que ne m'ayant point féparé d'elle, il y avoit peu d'apparence que nous fuffions ménacés d'un mauvais fort. Elle me demanda fi je ne favois rien qui pût fervir à expliquer notre malheur. C'eft à vous-même, lui dis-je, que je penfois à faire cette demande, car il eft vifible que ce n'eft pas moi qu'on a deffein d'enlever. Mais n'auriez-vous pas quelque amant dont vous ayiez pu craindre la témérité ? Elle me confeffa que pendant le féjour qu'elle avoit fait en Allemagne, fon père ayant eu deffein de la marier à un homme de quelque diftinction dans le pays, elle avoit été expofée jufqu'à fon départ aux perfécutions de cet amant ; mais qu'étant revenue en France fans s'être

ouverte

ouverte à perſonne, il devoit avoir perdu ſes
eſpérances, & ignorer même qu'elle fût à Paris.
Ç'en étoit aſſez pour m'inſpirer de juſtes ſoupçons. Ne cherchons pas plus loin, lui dis-je;
& lui apprenant en deux mots ce qui étoit arrivé
à ma ſœur, je la fis convenir aiſément que toutes
les perſonnes de ſon ſexe doivent toujours ſe
défier du nôtre. Nous paſſâmes tout le jour dans
cet entretien, ſans être tentés d'accepter les
rafraîchiſſemens qui nous furent offerts, & renouvelant pluſieurs fois inutilement la demande que
j'avois faite au chef de nos gardes.

Enfin la nuit étant arrivée, on nous pria de
monter dans la chaiſe : il auroit été inutile de
réſiſter. Je me réduiſis à m'informer ſi mon laquais
auroit la liberté de nous ſuivre; on me répondit
que je demandois une choſe impoſſible. Je parlai
de l'entretenir un moment en particulier; on ne
m'accorda pas plus aiſément cette faveur. Il
fallut ſuivre la loi qu'on nous impoſoit, & partir
dans l'obſcurité, ſans pouvoir nous imaginer de
quel côté on penſoit à nous conduire. Je
m'apperçus que des quatre cavaliers, il en reſtoit
deux derrière nous, pour garder apparemment le
cocher de mademoiſelle de L.... & mon laquais,
juſqu'à ce que nous fuſſions éloignés.

Nous marchâmes à grands pas pendant toute
la nuit : à peine nos guides prirent-ils quelques
Tome II.                                        F

momens pour faire rafraîchir leurs chevaux,
& ce fut au coin d'une haie qu'ils s'arrêtèrent,
à quelque diſtance du grand chemin. L'épui-
ſement de nos forces nous obligea de prendre
auſſi quelque nourriture, qui nous fut préſentée
avec beaucoup de ſoins & d'empreſſemens. Nous
continuâmes de marcher juſqu'au jour ; & notre
étonnement redoubla, lorſqu'au lever du ſoleil
on nous fit entrer dans une forêt fort épaiſſe, où
l'on nous déclara que nous aurions le tems de
nous repoſer juſqu'au ſoir. Le chef de nos gardes
paroiſſoit connoître ſi parfaitement les lieux,
qu'il devoit les avoir obſervés plus d'une fois.
Nous fûmes invités le ſoir à nous remettre en
marche, & nous fûmes conduits pendant les deux
nuits ſuivantes avec les mêmes précautions.

Rien ne peut donner une idée de mon
étonnement, lorſque le troiſième jour au matin
les premiers rayons du ſoleil me firent appercevoir la mer, vers laquelle on nous faiſoit
toujours avancer. Quoiqu'il nous reſtât peu de
chemin juſqu'à la côte, on nous fit paſſer le jour
dans un bois moins épais que déſert, d'où je ne
pus découvrir ni villages ni maiſons : j'avoue que
mes yeux s'ouvrirent alors ſur mille dangers dont
je n'avois pas eu le moindre preſſentiment. Je
me rappelai les menaces & la hardieſſe de
milord Linch : de quoi ne devois - je pas le

croire capable après les excès auxquels il s'étoit emporté? Mais qu'avoit-il à démêler avec mademoiselle de L.... qu'il n'avoit jamais connue personnellement, & dont il ne pouvoit même avoir appris le retour? Ces réflexions m'occupèrent pendant tout le jour; & m'ouvrant enfin à ma compagne, je lui demandai si elle connoissoit milord Linch. C'étoit la première fois qu'elle entendoit ce nom : son ignorance me persuada que mes soupçons étoient mal fondés ; & revenant à mes premières conjectures, je ne doutai plus que ce ne fût son gentilhomme allemand qui avoit pris le parti de la faire enlever, & qui avoit choisi la route de la mer comme la plus favorable pour une entreprise de cette nature. Il étoit facile, dans cette supposition, d'expliquer mon propre enlèvement, que les ravisseurs avoient peut-être cru nécessaire pour couvrir leur attentat, s'ils eussent été poursuivis sur la route.

Je me flattois, suivant cette pensée, que la liberté me seroit rendue au bord de la mer; & toute ma compassion tomba sur mademoiselle de L.... pour laquelle mon imagination ne me présentoit aucune ressource. La nuit étant devenue obscure, on nous pressa de rentrer dans notre chaise. Nous descendîmes la côte, au pied de laquelle j'apperçus dans les ténèbres

quelques cabanes de pêcheurs qui me firent
juger qu'on avoit choisi un lieu désert pour
l'embarquement. Cinq ou six matelots, dont les
discours ne me permirent pas de douter que
nous ne fussions attendus, se hâtèrent de nous
suivre au rivage ; & malgré toutes mes espérances, on nous força de monter à bord d'un
yacht fort léger, qui étoit prêt à nous recevoir.
Le vent s'étant trouvé assez favorable pour nous
éloigner aussitôt du rivage, nous fûmes en pleine
mer, avant que la surprise & même la frayeur
dont je n'avois pu me défendre, m'eussent laissé
le pouvoir de prononcer une parole.

Mademoiselle de L.... fondoit en larmes :
j'étois si occupé de mes propres craintes, que
je ne me sentois pas encore la force de lui
parler. Cet abattement auroit peut-être duré
aussi long-tems que mon incertitude, lorsque
le chef de nos ravisseurs s'approchant de moi
d'un air civil, me fit des excuses du chagrin
qu'il m'avoit causé, & m'exhorta à consoler ma
sœur, qui n'avoit pas sujet, me dit-il, de se livrer
à cet excès d'affliction. Ma sœur, interrompis-je,
en ouvrant tout d'un coup les yeux sur ce qui
m'avoit paru le plus obscur ! ha, prenez-y garde,
continuai-je sans m'arrêter, vous avez mal servi
milord Linch, il ne vous saura pas bon gré de
votre méprise ; ce n'est pas ma sœur ; croyez-moi,

remettez-nous au rivage; vous allez nous caufer des chagrins inutiles, Il parut d'abord un peu frappé de l'air naturel dont j'accompagnois cet avis ; mais fe perfuadant auffitôt que c'étoit un artifice, par lequel j'efpérois nous fauver de fes mains , il ne fit que fourire de l'agitation que je marquois encore; & m'ayant confeffé qu'il exécutoit les ordres de milord Linch , il remettoit, me dit-il, à éclaircir en Irlande le doute que je voulois lui faire naître.

Je ne laiffois pas d'infifter long-tems; & ne receyant point d'autre réponfe, un jufte mouvement d'impatience me porta à lui reprocher la honteufe commiffion dont il s'étoit chargé; mais auffi infenfible à mes injures qu'à mes plaintes, il en prit fujet au contraire de fe confirmer dans la penfée où il étoit que j'avois voulu lui en impofer, & il ne fongea plus qu'à preffer nos matelots de profiter du vent qui continuoit de leur être favorable.

Mademoifelle de L,... avoit entendu tout ce que le chagrin & le zèle m'avoient fait dire en fa préfence. Ses alarmes diminuèrent beaucoup, lorfqu'elle fe crut affurée qu'on la prenoit pour une autre. Elle me témoigna même honnêtement que c'étoit pour elle une confolation de pouvoir penfer que fon malheur en faifoit éviter à Rofe un beaucoup plus grand; & je conçus en effet

F 3

que j'étois le seul à plaindre dans une si cruelle aventure. Que ne devois-je pas appréhender du furieux Linch, après tant de marques de la violence de son caractère, sur-tout lorsque se voyant trompé dans ses espérances, il feroit peut-être tomber sur moi la première chaleur de son ressentiment? Je tournai les yeux vers le ciel, pour lui demander un secours que je ne pouvois plus attendre que de lui, ou du moins la mesure de constance & de force qui convenoit à de si terribles épreuves.

Le vent cessa si peu de seconder la diligence des matelots, que nous abordâmes la nuit du quatrième jour au petit port de Glesfick, qui est à quelques milles de Waterford. Nos ravisseurs y trouvèrent une chaise qu'ils y avoient laissée à leur départ. Ils ne prirent que le tems nécessaire pour atteler les chevaux; & nous pressant de nous remettre en marche, ils avancèrent avec tant de diligence, que nous arrivâmes le lendemain après-midi sur les terres de leur maître. Je reconnus en tremblant son château, & je me représentois déjà toutes les circonstances de notre réception. Mes soupirs se tournèrent encore vers le ciel. Enfin, notre chaise entra dans la cour; & tandis que notre principal guide donnoit la main à mademoiselle de Linch pour l'aider à descendre, un autre de nos gardes

furpris de ne voir paroître perfonne pour nous
recevoir, appeloit à haute voix quelques domeftiques par leur nom. Notre guide ne laiffa pas de
nous introduire dans un appartement; & paroiffant admirer à fon tour qu'il ne fe fût encore
préfenté perfonne, il nous demanda la permiffion
de nous quitter un moment. Cet air de folitude
me caufa auffi quelque furprife. Il ne fe faifoit
pas le moindre mouvement autour de nous.
Nous attendîmes plus d'un quart-d'heure en
filence, & comme incertains de notre fort.

Notre guide reparut feul. La confternation
que je remarquai fur fon vifage n'étoit pas propre
à me donner de meilleures efpérances. Cependant, après avoir paru quelques momens rêveur,
il exhorta mademoifelle de L.... qu'il prenoit
toujours pour ma fœur, à déclarer librement fes
défirs & fes volontés, dans une maifon où elle
pouvoit fe regarder comme la maîtreffe abfolue.
C'eft l'intention de milord, ajouta-t-il, mais les
affaires font bien changées. Il retomba un moment
dans fa rêverie, & nous n'étions point tentés de
l'interrompre. Il y a trois femaines, reprit-il,
que je laiffai ici milord avec trente domeftiques.
Je n'y trouve aujourd'hui que le concierge.
Cependant vous y ferez fervie avec autant de
refpect que de foin, dit-il encore à ma compagne; les gens que j'ai avec moi, connoiffent

F 4

là-deffus les volontés de leur maître, & je ferai
ici pour leur donner l'exemple.

Malgré les nouvelles inquiétudes que toutes
ces obfcurités devoient me caufer, je remerciai
intérieurement le ciel de l'abfence de Linch. Je
me trouvois délivré de la principale de mes
craintes ; & m'imaginant qu'on ne penferoit point
à gêner ma liberté dans un lieu où je n'en pouvois
faire ufage, & j'efpérai que le ciel confirmeroit
la protection qu'il paroiffoit déjà m'accorder.
Mademoifelle de L.... attendoit que je m'expliquaffe. Acceptons, lui dis-je, les offres qu'on
nous fait, & ne penfez qu'à vous remettre de la
fatigue du voyage. Je l'engageai en effet à ne rien
refufer de ce qui pouvoit contribuer à fa fanté
& à fon repos. Nous commençâmes dès ce
moment à jouir de toutes les commodités de la
maifon.

Cependant, je m'apperçus bientôt que j'étois
obfervé jufqu'à ne pouvoir faire un pas dans le
parc, fans être fuivi par un de nos gardes. Mon
efpérance n'avoit jamais été de m'évader ; car
rien n'eût été capable de me faire abandonner ma
compagne à tous les dangers qui menacent continuellement la jeuneffe & la beauté ; mais je ne
doutois pas qu'en m'écartant un peu du château,
je ne puffe apprendre du premier payfan, qui
n'auroit pas été payé pour fe taire, les myfté-

rieufes raifons de l'abfence de Linch. Avec
quelque affeƈtation que nos gardes évitaffent de
fatisfaire ma curiofité, je démélois de l'embarras
dans leurs réponfes & de la trifteffe dans leurs
fentimens. Il arriva même un accident qui nous
eût apporté malgré eux quelque lumière, fi
mademoifelle de L.... n'eût pas manqué de
hardieffe, pour tirer parti de l'occafion qui fe
préfentoit.

Un jour qu'étant allé au jardin, je l'avois
laiffée feule dans l'appartement où nous paffions
enfemble une partie du jour, elle fut furprife d'y
voir entrer un cavalier, qui n'ayant trouvé
perfonne dans les cours du château, s'étoit
introduit d'autant plus librement, qu'il étoit un
des plus proches parens du maître. Il avoit été
auffi frappé qu'elle d'y trouver une dame dont la
beauté l'avoit ébloui; & quoiqu'il parlât mal la
langue françoife, il s'en étoit fervi affez heureufement pour faire entendre fes excufes. Il venoit,
lui avoit-il dit, pour s'informer des dernières
nouvelles qu'on avoit eues du malheur de milord
Linch. Elle, que tout étoit capable d'alarmer
dans la fituation où elle étoit, n'avoit penfé
qu'à fe délivrer de l'entretien d'un inconnu;
& faifant auffitôt paroître un domeftique, elle
s'étoit retirée, fans avoir porté fes vues plus
loin.

Cet événement, qu'elle se hâta de m'apprendre à mon retour, produisit dans la suite un effet fort étrange. Comme elle se reprochoit elle-même d'avoir cédé trop facilement à ses craintes, & qu'elle souhaitoit ardemment de retrouver la même occasion de s'instruire, il lui arriva les jours suivans de se faire voir quelquefois à sa fenêtre, dans l'espérance de découvrir quelqu'un que nous puissions interroger, elle ou moi. Le gentilhomme qui l'avoit effrayée, n'étoit pas sorti du château, sans emporter l'impression de ses charmes ; & quelque explication qu'il eût tirée des gens qui nous servoient, il avoit cédé dès le lendemain à l'inclination de son cœur, qui le rappeloit auprès de ce qui l'avoit touché. Nos gardes ayant fait difficulté apparemment de lui accorder l'entrée de la maison, il avoit cherché inutilement à se procurer la vue de mademoiselle de L.... mais la même espérance le ramena les jours suivans ; & l'ayant distinguée de loin à sa fenêtre, il passa sur tous les obstacles pour s'approcher de la cour. Elle le vit, elle affecta même de marquer de l'attention pour lui ; & dans l'impatience de faire renaître l'occasion qu'elle se reprochoit d'avoir perdue, elle demeura assez long-tems à le regarder pour lui inspirer la hardiesse de s'approcher davantage. Elle ne s'ap-

percevoit pas qu'on avoit eu foin de lever le
pont, & qu'il étoit arrêté malgré lui par un large
foffé. Cette fcène ayant duré une partie de l'après-
midi, elle fe retira fort mécontente de fa retenue,
qu'elle prenoit pour le refpect mal-entendu d'un
homme timide. Il étoit néanmoins fi éloigné de
ce fentiment, qu'ayant donné au contraire l'explication la plus flatteufe pour lui à la complaifance qu'on avoit eue de le regarder fi long-
tems, il fe figura qu'on entroit dans le fens de
fes foins, & qu'on étoit difpofé à les approuver.
Il reparut le lendemain dans cette idée, tandis
que mademoifelle de L..... penfant de fon côté
à fe procurer le moyen de lui parler, fe remit
à fa fenêtre, avec la réfolution d'employer tout ce
qu'elle croiroit propre à lui faire furmonter fa
timidité. En effet, non-feulement elle parut
attentive au foin qu'il eut de la faluer plufieurs
fois, mais fe laffant de le voir demeurer à la
même diftance, elle fe hafarda à lui faire figne
de s'approcher. Une faveur à laquelle il s'attendit
fi peu, parut l'émouvoir jufqu'au tranfport. Je
dois confeffer que j'étois derrière mademoifelle
de L.... & que c'étoit à ma follicitation qu'elle
s'étoit déterminée à l'appeler. Nous eûmes ainfi
pendant quelques momens le fpectacle de fon
embarras & de fes agitations. Il tendoit les deux
bras vers le pont, pour faire remarquer qu'il

étoit levé ; il les baiſſoit vers le foſſé, pour en
montrer la largeur ; il les tournoit de tous les
côtés de la cour, pour faire entendre qu'il n'y
pouvoit trouver aucun accès ; il les étendoit
enſuite vers nous, avec divers mouvemens qui
exprimoient ſon déſeſpoir. Enfin, paroiſſant
prendre tout d'un coup un autre parti, il recommença d'autres ſignes, que je ne compris pas
d'abord auſſi facilement que les premiers. En
étendant les bras, il faiſoit un demi-cercle avec
la main. Cependant, je crus démêler qu'il déſi-
gnoit le jardin, par lequel il vouloit marquer
que le paſſage étoit plus facile. Mais il falloit
traverſer enſuite pluſieurs appartemens. Quelques
nouveaux ſignes qu'il ajouta, me firent concevoir qu'il demandoit d'être ſecondé. Je preſſai
mademoiſelle de L..... de lui répondre par
inclinations de tête favorables ; & les geſtes
qu'il fit pour exprimer ſa joie, ne me permirent point de douter qu'il n'eût compris ce
langage.

Il ſe retira en effet, avec les apparences d'une
vive ſatisfaction. Le ſoir n'étant pas éloigné, je
ne penſai plus qu'à ſuivre l'eſpérance où j'étois
qu'il ne manqueroit pas de ſe préſenter de l'autre
côté du château ; & connoiſſant aſſez les lieux,
pour m'aſſurer que je trouverois facilement le
moyen de l'introduire, je me flattai d'obtenir

de lui des éclaircissemens, pour lesquels ma curiosité augmentoit de jour en jour.

Notre souper étant fini, nous nous défîmes de nos gardes, qui avoient toujours cette obéissance pour nos ordres, lorsque nous souhaitions d'être seuls. Mademoiselle de L..... sans cesse occupée de ses chagrins, voulut être dispensée de recevoir la visite que j'attendois, quoiqu'il fût bien clair que le motif du gentilhomme étoit uniquement de la voir. Elle se reposoit sur moi, me dit-elle, de sa conduite & de la sureté de son bonheur; & n'ayant eu la complaisance de se mêler dans cette aventure, que pour entrer dans mes vues, elle me laissoit le soin d'en tirer tout le fruit que je m'étois proposé. Je lui fis d'autant moins d'instances, que je croyois cette résolution convenable à sa modestie. Mon dessein étoit d'introduire le gentilhomme dans ma chambre, & non-seulement d'entrer avec lui dans quelques explications sur les affaires de milord Linch, mais de profiter, s'il étoit possible, du foible que je lui avois reconnu, pour le disposer adroitement à nous procurer la liberté. Je descendis dans les ténèbres; & m'étant rendu sans bruit à la porte du jardin, à peine l'eus-je ouverte que j'entendis tousser doucement à quelques pas de moi. L'obscurité ne me permettoit de rien appercevoir; mais ce signal répondant à mon attente, j'admirai feulement que de folles paffions fuffent capables d'infpirer une ardeur que les devoirs les plus faints ne donnent pas toujours, & je me hâtai de dire à voix baffe : Si vous êtes l'homme qu'on à vu par la fênetre, approchez fans crainte. Il fut à moi aüffitôt. Donnez-moi la main, ajoutai-je du même ton, & laiffez-vous conduire fans prononcer une parole. En recevant fa main, je remarquai qu'elle étoit tremblante : vous n'avez rien à redouter ici, lui dis-je pour le raffurer ; évitons feulement le bruit qui pourroit alarmer nos furveillans. Il fe raffura fi vîte, qu'appliquant fa bouche fur ma main, au bout de quatre pas, il me la tint long-tems ferrée contre fes lévres. Vous n'y penfez pas, lui dis-je, en m'efforçant de la retirer ; mais il renouvela vingt fois cette careffe avec une efpèce de tranfport. Mon embarras fut beau-coup plus grand en traverfant un fallon qu'il connoiffoit : m'ayant arrêté tout d'un coup ; qui nous oblige d'aller plus loin, me dit-il en mauvais françois ? Croyez-vous que nous ayions quelque chofe à rifquer ici ? Oui, répondis-je : parlez bas, nous pourrions être entendus, & je ne vois point de lieu plus fûr que ma chambre. Du moins, reprit-il, en me faififfant la tête, & en me donnant quelques baifers paffionnés, que ce charmant fallon foit un moment témoin de mon ardeur ! Je l'aurois cru fou, si je ne m'étois imaginé qu'il se croyois conduit par mademoiselle de L..... mais riant déjà de la surprise où je prévoyois qu'il alloit tomber en sortant de son erreur, je me contentai de me dégager de ses bras, & je le pressai de me suivre. Il fallut essuyer jusqu'à ma chambre cent importunités de cette nature.

On riroit beaucoup dans une aventure si sérieuse, si j'entreprenois de peindre l'étonnement & la confusion dont il ne put s'empêcher de donner des marques en appercevant la difformité de ma figure à la lumière. Dans le premier mouvement il porta la main sur la garde de son épée; & je ne sais de quoi son trouble l'auroit rendu capable, si je ne m'étois hâté de lui remettre l'esprit par l'honnêteté & la douceur de mes premières expressions. Vous êtes ici sans danger, lui dis-je; & loin de penser à la violence, vous n'aurez occasion que d'y exercer des bienfaits. Je le priai de s'asseoir; & voyant qu'il avoit peine à revenir de son agitation, il me parut que le désordre même où il étoit, pouvoit favoriser mon dessein. Vous êtes parent du milord, repris-je, & curieux par conséquent d'entendre les les dernières nouvelles qu'on a reçues de lui. Oui, me dit-il, avec un reste d'embarras; & j'ai peine à comprendre ce qui rend ici ses gens si difficiles, qu'ils m'interdisent brutalement l'entrée de la maison pendant son absence. Je vous en apprendrai quelque chose, interrompis-je; mais, dites-moi où vous en êtes, & qu'elle explication on donne dans le pays à son aventure? Cette manière de l'interroger me réussit parfaitement.

Il me répondit qu'il savoit tout ce que le canton avoit su comme lui; c'est-à-dire, que Linch, surpris par les gardes du vice-roi, avoit été emmené sans défense, & qu'il étoit prisonnier au château de Dublin. Pour la raison de cet accident, continua-t-il, nous n'avons pu nous en imaginer d'autre que ses liaisons à la cour de de Saint-Germain, & la haute faveur où l'on prétend qu'il est auprès du roi Jacques. On avoit même assuré, ajouta-t-il, qu'il pensoit à s'établir en France; & les deux voyages qu'il a faits ici successivement, l'ont rendu suspect aux chefs de l'Etat. Ces lumières ne me suffisant pas, je l'interrompis pour prévenir les questions auxquelles je m'attendois. J'ignore les suites de ce malheur, lui dis-je, & je ne suis pas encore mieux informé que vous; car si l'on vous défend l'entrée de cette maison, vous ne vous imagineriez pas qu'on m'en ferme la porte. Il parut surpris de ce discours; & comme je n'avois point d'autres précautions à prendre que

que celles qui pouvoient servir à la liberté
de mademoiselle de L...... & à la mienne, je
continuai de lui raconter par quelle aventure
nous nous trouvions presqu'aussi resserrés dans
le château de Linch, que Linch l'étoit lui-même
dans celui de Dublin. Son zèle fut d'autant plus
échauffé de ce récit, qu'il apprenoit non-seulement que la naissance de mademoiselle de L.....
méritoit d'être respectée, mais que n'étant en
Irlande que par l'erreur de nos guides, il
étoit en droit de la servir, sans offenser un
parent qu'il redoutoit. Je m'étois bien gardé
de lui parler des ressentimens particuliers que
Linch pouvoit conserver contre moi; cependant,
n'ayant pu lui déguiser que j'étois irlandois,
cet aveu m'avoit conduit à lui confesser mon
nom. Il le connoissoit d'autant mieux, qu'ayant
fait ses exercices à Dublin avec mes frères, il
lui restoit un souvenir fort tendre de Patrice.
Vous ne serez retenus ici, me dit-il, qu'aussi
long-tems que vous le souhaiterez volontairement. Rien n'empêche que nous n'en puissions
sortir comme j'y suis entré. J'ai des chevaux,
ajouta-t-il, à la porte du Parc, & vous êtes
libres à ce moment si vous voulez me suivre.

La seule difficulté qui m'arrêta, regardoit
mademoiselle de L..... que je craignois d'exposer à de nouveaux dangers. Il pénétra mes

craintes ; & s'expliquant avec la générofité qui convenoit à fa naiffance, il me pria de croire que j'appercevrois beaucoup de différence entre les fentimens qu'il vouloit prendre pour une perfonne dont je lui faifois connoître le mérite & la condition, & ceux qu'il avoit eus pour elle, lorfqu'il ne l'avoit prife que pour une fille du commun, qu'il s'étoit même imaginé que milord faifoit fervir à fes plaifirs. Sa demeure n'étoit éloignée que de trois milles. Il m'affura qu'il y avoit fa mère & fes fœurs, avec lefquelles mademoifelle de L....... pourroit trouver autant d'agrémens que de fureté. Sa parole, qu'il me donna dans les termes les plus propres à me raffurer, eut enfin le pouvoir de m'infpirer quelque confiance. J'avois fu de nos gardes, mêmes, qu'il étoit lié de fort près par le fang à milord Linch; & dans le choix de deux dangers, je me perfuadai que c'étoit éviter le plus grand que de me repofer fur la foi d'un homme de qualité.

Je ne veux point faire entendre par cette réflexion que ma confiance ait été trompée Mais ce que je regardois comme un avantage pour mademoifelle de L..... devint l'occafion de mille infortunes auxquelles fon mauvais fort la deftinoit, & la fource d'une infinité de chagrins pour moi-même. Aveugle prudençe des hommes

qui les engage fans ceffe dans les précipices qu'ils
s'efforcent d'éviter !

Le gentilhomme qui m'offroit fi généreufe-
ment fes fervices fe nommoit *Anglefey*. Ce nom,
que je connoiffois, ayant achevé de m'ébranler,
je demandai un moment pour faire la propofition
de notre départ à ma compagne ; non que je pré-
viffe de la difficulté à lui faire goûter mon confeil, mais je penfois à lui infpirer du courage
par l'explication du fecours que la Providence
paroiffoit nous offrir. Loin de s'effrayer d'une
réfolution fi précipitée, elle fut ravie qu'on lui
ouvrît une retraite chez des dames d'un nom
diftingué, où elle pourroit fe remettre un peu
de fes frayeurs & de fes fatigues. Nous n'avions
rien qui fût embarraffant à tranfporter. Ainfi,
prenant le parti de fuivre à l'heure même notre
libérateur, nous defcendîmes au jardin d'où
nous gagnâmes affez facilement la porte du parc.
L'opinion que j'avois de la bonne foi d'Anglefey,
ne m'empêcha point de prendre mademoifelle de
L.... fur la croupe de mon cheval. J'exigeai même
de lui, qu'il nous devançât au galop, pour aller
prévenir fa mère & fes fœurs fur notre arrivée ;
& fon laquais, qui fe trouvoit à pied, fuffifant
pour nous conduire, je me mis tranquillement
en chemin dans une nuit des plus obfcures. Que
de réflexions ne fis - je pas, néanmoins fur la

bizarrerie d'une aventure auſſi oppoſée à mon inclination qu'à mon caractère? Un eccléſiaſtique de ma figure & de mon âge, à cheval, dans les ténèbres, avec une fille de dix-ſept ans derrière lui; qu'elle étrange ſcène !

Notre voyage fut auſſi heureux qu'il étoit court. Nous arrivâmes dans une maiſon moins vaſte que celle de milord Linch, mais d'aſſez belle apparence pour nous faire connoître en y entrant qu'elle n'étoit point habitée par des gens d'une condition commune. Angleſey qui s'empreſſa pour en faire les honneurs, nous reçut avec tous les témoignages de reſpect qu'il auroit rendus au vice-roi. Sa mère, auſſi reſpectable par ſa vertu que par ſa naiſſance, & ſes deux ſœurs qui ne manquoient d'aucuns des agrémens qui ſont ordinaires aux femmes d'Irlande, nous attendoient dans un appartement fort orné, & nous comblèrent, dès le premier moment, de civilités & de tendreſſes. Notre premier entretien ne fut qu'une répétition de la malheureuſe aventure qui nous avoit conduits hors de France. Enſuite, tandis que les deux ſœurs s'attachèrent particulièrement à mademoiſelle de L.... la mère me témoignant la joie qu'elle avoit de me voir chez elle, me rappeloit diverſes circonſtances où elle ſe ſouvenoit d'avoir vu quelques gentilhommes de ma famille, & me demandoit même si je ne croyois pas que nous fussions alliés, par différentes personnes dont elle me citoit les noms. Elle se souvenoit d'avoir entendu raconter mille fois à son fils, qu'il avoit été lié familièrement avec mes frères, & le portrait qu'il lui avoit fait de Patrice l'intéressant en sa faveur, elle apprit avec joie qu'il avoit établi sa fortune par un mariage fort avantageux. Nous trouvâmes ainsi dans nos hôtes tous les sentimens de bonté & d'honneur qui pouvoient nous faire regarder leur maison comme un agréable asile.

*Fin du cinquième Livre.*

## LIVRE SIXIEME.

LE profond repos dans lequel je me difpofai à paffer la nuit, ne m'empêcha point de m'occuper, en me retirant, de l'inquiétude de milord Tenermill & de Rofe. Jacin n'avoit eu qu'une relation terrible à leur faire, & les craintes les plus affreufes à leur communiquer. Je ne me mis au lit qu'après leur avoir fait le détail de mon aventure dans une lettre que je me propofois de faire partir le jour fuivant. Mademoifelle de L..... y en joignit une pour ma fœur. Ma bourfe, où j'avois heureufement plus de cent louis, n'ayant fouffert aucune diminution par nos chagrins, je me trouvois en état de procurer à ma compagne toutes les commodités qui convenoient à notre fituation. Ainfi, je mis, dès le lendemain auprès d'elle une femme qui confentit à nous accompagner jufqu'à Paris. Notre deffein n'étoit pas de faire un long féjour en Irlande ; mais un voyage entrepris par le devoir & la prudence, ne fe fait pas avec auffi peu de mefures qu'un enlèvement. Il falloit attendre des occafions qui ne fe préfentent pas tous les jours, & fe pourvoir de mille fecours néceffaires

fur la route. La captivité de milord Linch nous
laiffoit toute la liberté d'y penfer fans le craindre ; & fi l'on excepte d'ailleurs le reffentiment
qui pouvoit lui refter contre moi , je ne voyois
point de raifon qui dût me faire appréhender
fon retour. Dans toute autre conjoncture, je n'aurois pas oublié que j'avois un aimable frère &
de chers parens que je devois fouhaiter de
revoir ; mais je regardois mademoifelle de L....
comme un dépôt que les circonftances me rendoient encore plus précieux , & qui demandoit
néceffairement mes premiers foins. Je brûlois
de la remettre en France. Et fi l'on fe rappele
d'autres fujets d'alarme que je ne veux pas
déguifer, je ne pouvois être fans inquiétude , auffi
long-tems que la mer ne feroit pas entr'elle &
Patrice.

Anglefey, dont les fentimens s'étoient refler-
rés dans les bornes de l'eftime & du refpect, ne
refufa pas de semployer aux préparatifs de
notre départ ; mais par un mouvement de galan-
terie , autant que pour obliger fa mère & fes fœurs,
il nous déclara agréablement que nous ne devion
point compter fur fa déligence , & qu'il alloit
fe faire une étude de nous cacher toutes les
occafions qui fe préfenteroient de partir, ou de
nous empêcher de les prendre. Il s'en fit une
auffi de procurer à mademoifelle de L.......

G 4

les amufemens qu'il crut propres à diffiper fa
triftefle. Elle n'avoit pas la force de la cacher.
Ses larmes ou fes foupirs la trahiffoient à tous
momens malgré elle. Il étoit naturel de les
prendre pour l'effet de notre malheur commun,
& j'affectois moi-même de ne pas leur donner
d'autre explication ; mais ayant d'autres lumières
qui ne me permettoient pas de m'y méprendre,
j'admirois qu'une perfonne de fon âge fût capable d'une impreffion fi profonde, & je la plai-
gnois de fe rendre la victime d'une douleur
inutile.

Pendant que je m'occupai à trouver par mes
propres foins ce que la lenteur d'Anglefey ne me
faifoit pas fitôt efpérer des fiens, la curiofité de
favoir des nouvelles de Linch, & d'apprendre
fous ce prétexte ce que fes gens avoient penfé de
notre évafion, le conduifit un jour au château d'où
il nous avoit délivrés. Il revint le foir avec une
lettre à mon adreffe. Elle eft de milord Linch,
me dit-il, qui vous croit toujours prifonnier
chez lui, & qui n'eft pas moins perfuadé que
votre fœur y eft avec vous. Ses gens l'entretiennent
dans cette fauffe idée, & par la crainte d'augmenter fon infortune en redoublant fes chagrins. Il
nous raconta, en me la remettant, qu'étant entré
au château, il y avoit trouvé toutes les marques
d'une profonde confternation. Notre fuite y

paſſoit pour un prodige, que nos gardes n'avoient encore pu comprendre. Leur chef croyant qu'il n'avoit plus de meſures à garder, n'avoit pas fait difficulté de s'ouvrir à lui ſur la malheureuſe fin d'une commiſſion dont les commencemens avoient ſi bien réuſſi. Dès le jour de notre arrivée il avoit dépêché à Dublin un de ſes aſſociés pour rendre compte à leur maître du ſuccès de leur entrepriſe , & le conſoler dans ſa diſgrace, en lui apprenant que les intérêts de ſon cœur étoient du moins à couvert. Cette nouvelle l'avoit comblé de joie. Il avoit employé deux jours à m'écrire une lettre qu'il avoit vingt fois recommencée ; & preſſant le meſſager de me la porter, il lui avoit recommandé avec les der- nières inſtances, de ne lui pas faire attendre long-tems ma réponſe. Cependant huit jours s'étoient déjà paſſés depuis notre évaſion, & quatre depuis le retour du courier, ſans qu'ils fuſſent capables de s'arrêter à la moindre réſo- lution. Que répondre à milord ? Comment lui apprendre un malheur qui alloit le mettre hors de lui-même, ſur-tout dans un tems où ſes affaires prenoient un tour ſi peu favorable, qu'il avoit beſoin de toute ſa liberté d'eſprit pour ſe défendre ? Enfin notre raviſſeur, qui ſe trouvoit ainſi comme l'héritier de nos peines , avoit ſupplié Angleſey de l'aider dans ſon embarras;

& l'intéreſſant au bonheur de ſon maître, à titre
de parent & d'ami, il s'étoit remis de ſa conduite
à ſes ordres ou à ſes conſeils.

Angleſey auroit pu terminer cette comédie
en confeſſant tout d'un coup qu'il nous avoit
accordé une retraite dans ſa maiſon, & qu'étant
informé de l'erreur qui leur avoit fait enlever une
perſonne pour une autre, il n'avoit pas cru
déſobliger ſon ami & ſon parent en nous recevant
avec la civilité qu'on doit à d'honnêtes-gens.
Mais la crainte de s'engager mal à propos ſans
ma participation, & l'envie d'ailleurs de tirer de
leurs mains la lettre de milord, lui fit prendre
un autre parti. Sans leur avouer qu'il ſût déjà
le fonds de notre aventure, il feignit d'avoir
eu quelques nouvelles qui lui faiſoient eſpérer de
découvrir notre retraite, & propoſant de ſe
charger de la lettre, il engagea ſa parole de la
remettre entre leurs mains dans l'eſpace de trois
jours, s'il ne réuſſiſſoit pas à la faire tomber
dans les miennes. Pour l'inquiétude de leur
maître, il leur avoit conſeillé de la ſuſpendre
encore, en continuant de lui cacher ma fuite,
& en ſe hâtant de lui faire dire que dans le
chagrin de me voir enlevé avec ma ſœur, je
refuſois abſolument de lui répondre avant qu'il
nous eût rendu la liberté. Cet artifice avoit ſi
bien réuſſi, qu'on lui avoit confié la lettre ; &
perſuadé qu'elle devoit contenir des éclairciſſe-

mens d'importance, il n'avoit pas perdu un moment pour me l'apporter.

Je l'ouvris avec impatience. Elle étoit d'une longueur qui répondoit fort bien au tems que Linch avoit mis à la composer, & je reconnus bientôt que le fonds de la matière n'avoit pas dû l'embarrasser moins que l'étendue. C'étoit l'apologie de ses sentimens & de tout le cours de sa conduite. Reprenant l'histoire de sa passion depuis son origine, il concluoit à se déclarer innocent, ou à rejeter ses fautes sur l'amour & sur la fortune. Mais attestant le ciel que dans les emportemens mêmes dont il se reconnoissoit coupable, il n'avoit jamais perdu le fonds de vénération qu'il avoit pour moi, & bien moins le respect qu'il devoit à la souveraine maîtresse de ses affections; devoit-il céder, disoit-il, les droits qu'il avoit acquis par les promesses les plus saintes? Son honneur n'y étoit-il pas aussi intéressé que sa tendresse? Par quel mépris pour sa personne & pour notre nation m'étois-je obstiné à lui préférer un françois? Ce n'étoit donc pas assez de des Pesses; il falloit, après la mort d'un rival, que mes soins en fissent aussitôt naître un autre; & que pour le faire triompher plus surement du cœur de Rose, je me fisse une étude de le choisir avec toutes les qualités qui ne manquent point d'éblouir une

femme ? Mais s'il avoit le malheur de me paroître
moins aimable, quel reproche pouvois-je faire
à sa naissance, à sa fortune, à sa condition & à
son honneur ? Des fautes qui me l'avoient
peut-être rendu odieux, n'étoient pas d'une
nature à déshonorer un gentilhomme, à qui
l'usage de l'épée doit être familier ; & de savoir
d'ailleurs à quelle source elles devoient être
attribuées. Dans la résolution qu'il avoit prise
de me faire enlever avec ma sœur, ne devois-je
pas voir jusqu'où il étoit capable de porter la
la délicatesse, & reconnoître les mêmes scrupules
d'honneur qui l'avoient empêché autrefois de
l'enlever seule & sans ma participation ? Il vouloit
que je fusse témoin de sa conduite & juge de
ses sentimens. Toutes mes froideurs & mes répugnances céderoient bientôt, il en étoit sûr, à
l'ardeur de son amitié & de ses caresses. Le soin
de toute sa vie seroit de me faire un sort digne
de moi. Il se flattoit de même, que ma sœur
reviendroit de ses malheureuses préventions, &
que dans la liberté qu'il alloit avoir de vivre
auprès d'elle, il trouveroit infailliblement le
moyen de l'attendrir. Son malheur ne venoit
que d'avoir été privé trop-tôt du plaisir de la
voir familièrement. Quelles douceurs ne se pro-
mettoit-il pas dans un commerce si plein de
charmes ! Que d'attentions, que de soins il alloit

apporter à la rendre heureuse. Il se jetoit
d'avance à ses genoux, pour la conjurer d'oublier ses chagrins, & d'exiger toutes les répa-
rations qu'elle croiroit propre à les dissiper.
Son respect & la crainte de lui déplaire alloient
jusqu'à lui ôter la hardiesse de lui écrire.

Enfin ne doutant pas, ajoutoit-il après quantité d'autres réflexions, que je ne me rendisse
à ses instances, & me faisant même remarquer
qu'après l'éclat d'un enlèvement je n'avois point
à choisir d'autre parti, il me prioit de regarder
désormais ses intérêts comme les miens. Il me
donnoit une autorité absolue dans sa maison &
dans ses terres, en me recommandant de veiller
sans cesse au repos & à la satisfaction de Rose.
Sa confiance alloit jusqu'à me communiquer l'embarras de sa situation. Ses ennemis avoient inspiré
au gouvernement de fâcheux soupçons de sa
fidélité. Quoique les accusations ne fussent pas
capitales, elles pouvoient le devenir par le
moindre incident qui feroit prendre à ses liaisons avec la cour de Saint-Germain, une couleur
de haute trahison. Les hostilités qui commen-
çoient vivement entre la France & l'Angleterre,
ne pouvoient aboutir qu'à une rupture éclatante,
& si la guerre s'engageoit malheureusement avant
qu'il fût déchargé, il étoit menacé de se ressentir
de la condition du tems, qui feroit peut-être

changer de nature aux dépofitions. En finiffant ce
récit, il me demandoit fi dans l'occafion que
j'avois eue plufieurs fois de folliciter les tribu-
naux de la juftice, il ne m'étoit pas refté quelque lumière qui pût fervir à fa défenfe ; & s'il
n'eût jugé, ajoutoit-il, que ma compagnie étoit
néceffaire à ma fœur, il m'auroit propofé de
faire le voyage de Dublin, pour l'aider de mes
confeils.

Cette lettre, dont j'ai refferré la fubftance
dans cet extrait, ne m'infpira pas de réflexions
malignes, ni rien qui reffemblât à la vaine fatisfaction dont on a peine à fe défendre, en voyant
dans l'erreur & dans la difgrace ceux qui pourroient abufer de leurs lumières & de leur liberté
pour nous nuire. Au contraire, condamnant
Anglefey d'avoir cru que le confeil qu'il avoit
donné aux gens de Linch, pouvoit fervir à la
tranquillité de leur maître, je fis confeffer à ceux
qui m'écoutoient, qu'il feroit beaucoup plus
avantageux pour lui de n'avoir qu'une affaire
pour objet, & que l'inquiétude où mon feul
filence étoit capable de le jeter, pouvoit mettre
beaucoup de trouble dans fon efprit. Cette idée
me fit penfer auffitôt à le détromper. Il aura
le chagrin, difois-je, de voir fes efpérances
& fes mefures trompées ; mais fe confolant d'un
mal fans remèdes, il ne s'occupera que de celui

qui le preſſe. Ce fut après m'être arrêté à cette
réſolution, que j'en formai une plus étendue.
En reliſant ſa lettre, je fus touché du tour
qu'il donnoit à ſa juſtification ; & je conçus
qu'en effet, une paſſion ardente dans un homme
violent, peut le porter à bien des excès que
ſa raiſon condamne ſans avoir la force de les
arrêter. Si ſon honneur en conſerve aſſez pour
les combattre & pour en réprimer du moins
certain effet, c'eſt une modération dans le mal,
qui doit faire juger favorablement de ſon caractère, & qui lui fait peut-être mériter plus de pitié
que de mépris & d'averſion. Linch aimoit ma
ſœur. L'amour doit-il être puni par la haine ?
N'étoit-il pas aſſez malheureux de n'avoir pu
réuſſir à lui plaire, & de s'être engagé dans
cette multitude de fauſſes démarches dont il
ne lui revenoit que de la douleur & de la confuſion ! Pourquoi inſulter à ſes peines ? Dans le mal
même qu'il nous avoit fait, ne pouvois-je pas
démêler quelque choſe de flatteur pour nous,
qui nous invitoit à l'amitié plutôt qu'à la vengeance.

Ma généroſité n'ayant point manqué de s'échauffer par ces réflexions, je m'imaginai qu'il ne s'étoit
pas perſuadé mal-à-propos que je pouvois lui
être utile. J'étois connu du vice-roi, & je ne
me flattois pas, en lui croyant pour moi quelque

eſtime. Je n'étois pas mal non-plus dans l'eſprit des principaux membres du conſeil ; & l'expérience que j'avois eue des procédures, me rendoit capable de choiſir les voies les plus abrégées. Il me vint même à l'eſprit un expédient que je crus décidé pour ſa juſtification & pour ſa liberté. J'examinai mon idée avec beaucoup d'ardeur ; & ne la trouvant que plus plauſible après bien des méditations, j'aurois cru devoir me reprocher la perte d'un malheureux, ſi je lui avois refuſé un ſecours dont je jugeai l'effet infaillible. Dès le lendemain, je déclarai à mademoiſelle de L..... que j'étois réſolu de la confier, pendant quelques jours, à l'amitié de madame Angleſey, pour me rendre à Dublin. Elle ne fut point alarmée de mon projet. L'honneur & la vertu ſembloient s'être réunis dans cette maiſon pour ſa ſureté ; je partis tranquille, & je la laiſſai de même.

Comment aurois-je prévu ce qui étoit encore caché dans l'avenir, lorſque je n'avois pas la moindre défiance de ce qui ſe paſſoit autour de moi ? Pouvois-je deviner qu'en voulant nous ſervir, Angleſey nous avoit déjà cauſé des maux que tout le pouvoir des hommes n'étoit plus capable de réparer ? Il avoit écrit à Patrice pour lui rappeler le ſouvenir de leur ancienne liaiſon ;

&

& lui apprenant que j'étois chez lui avec mademoiselle de L.... il s'étoit servi de ce motif
pour l'engager à venir nous surprendre dans fa
terre. C'étoit tout ce que j'avois appréhendé dès
le premier moment, & je n'étois pas guéri de
mes craintes; mais quel moyen de pénétrer ce
qu'Anglesey se faisoit un plaisir de nous diffi-
muler dans l'espérance de nous causer une
surprise agréable?

Je partis sans soupçon. Il me vint même
à l'esprit sur la route, de profiter de cette occasion pour faire un voyage de quelques jours dans
le comté d'Antrim. Dublin m'en rapprochoit
beaucoup; & je ne voyois pas de difficulté
à cacher l'aventure qui m'avoit amené en Irlande.
Cependant ayant remis ce dessein après les
services que je voulois rendre à milord Linch, je
m'occupai entièrement de ses affaires. Il me reçut
dans fa prison avec des transports de joie. Un
voyage, qu'il ne pouvoit attribuer qu'à l'envie
de le servir, lui parut capable de le raffurer
contre toutes ses craintes; s'il commença par
quelques excuses, il n'attendit pas que j'y eusse
répondu pour m'exprimer tous les sentimens
dont il avoit le cœur rempli; & se hâtant de me
parler de Rose, il me fit cent questions sur fa
santé, & sur les dispositions où elle étoit pour lui,

*Tome II.* H

avant que je puſſe trouver un moment pour
ouvrir la bouche.

Enfin, m'ayant laiſſé la liberté de lui répondre,
je ne cherchai point de détour pour lui déclarer
que ſa joie étoit mal fondée, ſi elle ſuppoſoit le
ſuccès de ſa téméraire entrepriſe. Vous croyez
ma ſœur en Irlande, lui dis-je, vos gens ont tort
de vous avoir laiſſé dans cette errreur. Ils n'ont
point manqué de fidélité pour vos ordres, mais
leur zèle s'eſt trompé en prenant pour elle une fille
que vous ne connoiſſez point. Ils lui ont fait
paſſer la mer avec moi; & graces à la protection
du ciel, nous ſommes délivrés de nos alarmes.
Un autre, ajoutai-je, vous reprocheroit des
violences qui ne bleſſent pas moins les loix
humaines que celles du ciel; mais je ſuis ici par
des motifs tous différens. Je penſe, comme
vous, que mes ſoins peuvent vous être utiles;
& le zèle avec lequel je vais m'employer à
vous ſervir, vous apprendra que je ſais oublier
les injures.

Quoique le ton que j'avois pris fût trop ſérieux,
pour faire regarder mon diſcours comme une
plaiſanterie ſa prévention ne lui permit point de
le croire ſincère. Il me dit, en ſouriant, qu'il me
pardonnoit auſſi volontiers mes reproches que le
deſſein où je paroiſſois être de l'embarraſſer un
peu par mes feintes, & qu'après tout il devoit

s'estimer trop heureux de me voir sitôt disposé à lui pardonner une démarche qu'il ne s'étoit flatté de me faire oublier que par de longs services. En vain recommençai-je à lui protester qu'il s'aveugloit inutilement; que ma sœur étoit tranquille en France, & que je n'avois point d'autre vue que de satisfaire ma propre générosité dans l'offre que je venois lui faire de mes soins: la force de mes instances ne fit que le jeter dans une autre erreur. Il se persuada que c'étoit un artifice que j'avois médité pour délivrer Rose de ses mains; & s'attachant à cette idée, il feignit de se rendre à mes protestations, avec un sourire néanmoins par lequel il sembloit me faire entendre que toute mon adresse n'étoit pas capable de le tromper.

Il m'importoit si peu qu'il changeât d'opinion, que sans insister davantage, je lui parlai de l'espérance que j'avois de le sauver par une voie que je remis à lui expliquer après l'évènement. Comme la plupart de ses gens étoient à Dublin, il leur fit donner ordre d'exécuter toutes mes volontés, & de s'attacher même à ma suite, pour me faire paroître à la cour du vice-roi avec quelque air de distinction.

Ce n'étoit ni la violence ni la ruse que je me proposois d'employer. J'avois conçu que les principales accusations dont Linch étoit chargé,

H 2

regardant ſes liaiſons à la cour de Saint-Germain,
& le projet de paſſer au ſervice du roi Jacques,
pour lequel on le ſoupçonnoit d'avoir de l'attachement, l'importance étoit de le juſtifier
nettement ſur ces deux articles, & l'un paroiſſoit
dépendre de l'autre : car avec quelque apparence de faveur qu'il eût été reçu à Saint-Germain,
les inductions qu'on en pouvoit tirer s'évanouiſ-
ſoient d'elles-mêmes, s'il paroiſſoit que ſon cœur
fût attaché au gouvernement d'Angleterre,
& que loin de penſer à quitter ſa patrie, il avoit
voulu s'y former de nouveaux liens. Or, non-
ſeulement les deux combats dont il s'étoit rendu
coupable en France lui fermoient l'entrée de ce
royaume, mais le deſſein qu'il avoit eu d'enlever
ma ſœur, étoit un témoignage qu'il vouloit ſe
renfermer en Irlande. Sa ſureté même lui auroit-
elle permis de repaſſer la mer après un éclat qui
l'expoſoit plus que jamais à la ſévérité de la
juſtice? C'étoit ſur cette preuve que je fondois le
ſuccès de mon entrepriſe ; & quand elle auroit
été ſujette à quelques objections, il lui reſtoit
toujours aſſez de force pour l'emporter ſur de
ſimples ſoupçons, qui faiſoient plus d'honneur au
zèle qu'à la juſtice du gouvernement.

Un mémoire que je dreſſai avec ſoin pour
préparer le vice-roi à m'entendre, le diſpoſa ſi
favorablement, que dès la première audience il

se rendit à la vraisemblance de mes raisons.
J'avois remarqué dans l'affaire de mon père
& dans celle de Patrice, qu'il aimoit la noblesse,
& que si la crainte de faire soupçonner son zèle
à la cour de Londres lui faisoit prêter facilement
l'oreille aux accusations, il cherchoit ensuite
à servir ceux qu'il avoit été comme forcé de
chagriner. Cependant son autorité n'étant pas
suffisante pour décharger un criminel d'état, il me
renvoya au tribunal à qui j'avois adressé tant de
sollicitations pour Patrice. J'y fus reçu avec une
considération qui augmenta mes espérances;
& soit que j'en fusse redevable au souvenir de
mes anciennes démarches ou à l'influence secrète
du gouverneur, j'obtins dans l'espace de peu
de jours la liberté de mon client.

Il reçut cette nouvelle avec transport. Ses gens,
qui avoient ignoré mon voyage, ayant continué
de l'entretenir dans son erreur, il marqua une
vive impatience de revoir Rose. Partons, me
dit-il en m'embrassant, je mourrai de plaisir en
me jetant à ses pieds. Je pris ce moment pour
l'avertir encore, que loin de trouver ma sœur
chez lui, il n'y trouveroit pas même celle qui
avoit été enlevée à sa place. Mes protestations ne
lui parurent pas plus sérieuses que la première
fois. Cependant lorsqu'étant prêt à partir, il vit
que je refusois de monter dans sa voiture, & que

H 3

je me difpofois à prendre la route d'Antrim,
pour fuivre mon projet que j'avois formé de
vifiter ma paroiffe & ma famille, je m'apperçus
au changement de fon vifage qu'il commençoit
à fe défier de la vérité. Enfuite, paroiffant changer d'opinion, il fe figura que je cherchois à me
faire un jeu de fon embarras, & que j'allois
prendre un autre chemin pour arriver plutôt que
lui dans fes terres. Cette idée lui rendit fa joie.
Je pénètre votre deffein, me dit-il en me quittant.
Nous verrons qui de nous deux préviendra
l'autre. Il partit là-deffus comme un éclair. Je ris
de fon erreur, & je pris au même inftant le
chemin d'Antrim.

Jamais un voyage entrepris par l'amitié n'en
fit recueillir des fruits plus amers. Pendant toute
ma route je m'entretins des motifs qui me
conduifoient. Si les diverfes lumières que j'avois
eues fur la fituation de Patrice ne me faifoient
pas efpérer de le trouver tranquille, toujours
raffuré du moins par l'opinion que j'avois de fon
caractère, j'étois fans inquiétude fur le fonds de
fa conduite. La conftance même avec laquelle il
étoit demeuré jufqu'alors en Irlande, attaché à fa
maifon & fidèle à fon devoir, me faifoit juger
que s'il avoit eu quelques combats à foutenir,
il en étoit forti vainqueur; & dans ces fortes de
dangers, la première attaque me paroiffant la plus

dangereufe, je ne prévoyois pour moi d'autre peine qu'à confirmer par mes exhortations & mes confeils la victoire dont je le croyois redevable à fes propres forces. Ainfi je me faifois une joie fenfible de le furprendre par mon arrivée; & plus je réfléchiffois fur les effets que je pouvois attendre de mon voyage, plus je demeurois perfuadé que je n'aurois pû m'en difpenfer fans manquer à mon devoir.

Il étoit nuit lorfque j'arrivai à fa terre. La porte du château me fut ouverte au premier coup que je frappai pour me faire entendre; & je crus m'appercevoir qu'on venoit m'ouvrir avec un empreffement qui m'auroit fait juger que j'étois attendu, fi j'euffe pu croire qu'on fe fût défié de mon approche. Cependant n'étant point connu des domeftiques qui fe préfentèrent, j'appris d'eux, fur mes premières demandes, que leur maître étoit abfent; & je conçus par leur réponfe qu'en m'entendant frapper, ils s'étoient flattés que c'étoit lui qu'ils alloient trouver à la porte. Milady aura bien du chagrin de s'être trompée, difoit le portier à l'un de fes compagnons; & paroiffant fi occupés de cette idée qu'ils m'introduifoient dans la cour fans marquer pour moi beaucoup d'attention, ils continuoient de s'entretenir enfemble de l'inquiétude de leur maîtreffe. Enfin, un autre domeftique, que le

H 4

hafard amena, m'ayant reconnu pour m'avoir vu
à Dublin, l'ardeur avec laquelle il accourut à moi
fit ouvrir les yeux à ceux qui paroiſſoient me
négliger ; & ſachant de lui qui j'étois, leur indifférence
ſe changea tout d'un coup dans des
tranſports de joie. Le bruit de mon arrivée ſe
répandit en un moment dans toutes les parties du
château, & je me trouvai environné de gens qui
me rendirent toutes ſortes de reſpects Quoiqu'il
me reſtât quelque ſujet de peine ſur les premiers
diſcours que j'avois entendus, je ſuſpendis la
curioſité qui me faiſoit ſouhaiter quelque explication,
& je demandai d'être conduit à ma ſœur.

Elle venoit d'apprendre que c'étoit moi qui
m'étois préſenté ſi tard à ſa porte. Je la trouvai au
lit, & je ſus d'elle-même que c'étoit une ſituation
qu'elle n'avoit pas quitté depuis huit jours. Ses
premières expreſſions furent des marques de joie ;
mais revenant bientôt à ce qui lui occupoit le
cœur & l'eſprit, elle me demanda, en s'interrompant
elle-même, ſi j'avois vu milord, & ſi je
lui en apportois quelques nouvelles. Je ne fais
qu'arriver dans la province, lui dis-je, & je ſuis
venu deſcendre ici directement ſans avoir paſſé
chez moi. Ma réponſe parut l'affliger vivement.
Elle demeura quelque tems ſans ouvrir la bouche,
& je remarquai qu'elle laiſſoit couler quelques
larmes.

A peine ofai-je la prier de me parler avec
ouverture. J'avois trop peu de familiarité avec
elle pour prétendre tout d'un coup à fa confiance;
& ne pouvant encore m'imaginer, de quelle
nature étoient fes peines, j'appréhendois que ma
curiofité n'eût l'air d'une indifcrétion. D'ailleurs
toutes les lumières que j'avois reçues en divers
tems fe préfentant enfemble à mon imagination,
je tremblois de milles craintes contre lefquelles
je m'étois toujours efforcé de me raffurer. Cette
confufion d'idées me fit prendre le parti de
feindre que je ne m'appercevois pas de fon
trouble; & faifant tomber mes queftions fur mon
frère, je m'informai fans affectation fi fon abfence
devoit durer long-tems. Je l'ignore moi-même,
répondit-elle en prenant un regard plus ferme.
Je n'ai point eu de fes nouvelles depuis plus de
huit jours. Il eft parti pour Dublin, fous le
prétexte de quelques affaires. Son filence m'in-
quiète, après la promeffe qu'il m'avoit faite de
m'écrire. Huit jours d'abfence, lui dis-je en
fouriant, ne doivent point vous caufer une
inquiétude trop vive; & continuant de lui parler
d'un air libre, je fis tourner l'entretien fur Rofe
& fur l'état de nos affaires de France. L'intérêt
qu'elle y prit l'ayant affez attachée pour faire
quelque diverfion à fes peines, j'évitai des

ouvertures qui m'auroient embarraſſé dans une
première entrevue.

    Cependant je ne fus pas plutôt ſeul, que ne
pouvant me rendre maître de mes alarmes, je fis
appeler le valet de chambre de Patrice, que je
connoiſſois pour un homme ſage, & qui lui étoit
dévoué depuis long-tems. Sans entrer dans un
autre détail que celui qui convenoit à ſon caractère, je lui parlai du voyage de ſon maître comme
d'un contre-tems qui devoit me chagriner,
lorſque l'eſpérance de le voir me faiſoit dérober
quelques jours à mes affaires les plus preſſantes.
Je continuai de lui parler d'un air naturel; mais il
ne m'écouta pas long-tems ſans prendre une
contenance ſi triſte, qu'elle me donna occaſion
de lui en demander la cauſe. Il parut balancer
à me répondre. Enſuite, comme s'il ſe fût déterminé tout d'un coup, il ferma la porte avec la
précaution d'un homme qui craint d'être entendu;
& s'approchant de moi, il me tint ce diſcours.

    Ce n'eſt pas à vous qu'il faut déguiſer les
malheurs qui menacent cette maiſon. Le ciel
vous amène peut-être pour les prévenir; & ſi
j'en avois cru mon zèle, j'aurois pris la plume
il y a long-tems pour vous en avertir. Mais je
n'ignore point les bornes que le devoir m'impoſe
dans ma condition, ſur-tout lorſque mon maître
ne s'étant jamais ouvert à moi, je ne ſais ce que

j'ai à vous raconter que par mes propres obfer-
vations. Vous avez cru la fortune & le bonheur
de milord affurés par fon mariage; mais j'ai prévu
dès le jour de fon engagement qu'un fi violent
facrifice n'auroit pas des fuites heureufes. Son
cœur étoit donné. J'avois connu fa paffion dans
fon origine; & la confiance qu'il m'accordoit ne
lui faifant point encore chercher à me déguifer
fes fentimens, j'avois mille preuves que rien ne
feroit capable de le détacher de mademoifelle
de L... J'admirois même, en le voyant céder
à vos inftances, qu'il pût fe flatter de remplir
jamais fon devoir; car il ne faut pas douter qu'il
n'ait fait bien des efforts pour fe foumettre aux
loix qu'il lui impofoit. A la vérité il m'a caché
depuis ce tems-là tout ce qui s'eft paffé dans
fon cœur; mais voici ce que le hafard & mon
zèle mon fait découvrir malgré lui.

Après votre départ pour la France, fa
maladie, qui devint beaucoup plus dangereufe,
l'ayant retenu long-tems à Dublin, je m'apperçus un jour que tout le tems qu'il pouvoit
dérober à la connoiffance de Milady étoit
employé à écrire. Je devinai aifément le fujet de
fes lettres. Mais il m'offrit lui-même l'occafion
de m'en affurer. La néceffité l'obligeant de me
les remettre pour les faire partir, il me confeffa
en baiffant les yeux, que l'une étoit pour

mademoifelle de L.... & l'autre pour M. des
Peffes; il me laiffa le foin de les cacheter. Ma
compaffion pour fes peines, plus forte peut-être
que mon devoir, me porta auffitôt à les lire.
Je fus touché jufqu'au pleurs des expreffions
d'un cœur inconfolable; & ne voyant point de
quelle utilité il pouvoit être pour fon repos
& pour celui de madamoifelle de L.... de lier
un commerce de douleur & de larmes, je réfolus,
après m'être confulté long-tems, de couper cette
nouvelle liaifon dans fa fource. Je brûlai les
lettres. Elles étoient adreffées aux gens de
M. des Peffés à Paris. Les connoiffant, je leur
écrivis moi-même pour leur demander des
nouvelles de leur maître, dont je voulois être en
état de fuivre toutes les démarches.

Je ne fais fur quelle efpérance milord parut
devenir plus tranquille. Les careffes & les attentions continuelles de Milady eurent peut-être la
force d'amollir fon cœur, à moins que l'attente
d'une réponfe de mademoifelle de L.... & la
confolation qu'il avoit trouvée à lui écrire,
n'euffent un peu fufpendu fes agitations; car je
ne remarquois point que la tendreffe conjugale
eût pris le moindre afcendant, ni que fes foins
pour Milady en fuffent plus empreffés. Il n'aimoit
que la folitude. Il fe plaignoit amèrement lorfqu'il étoit interrompu. Milady même n'approchoit

de sa chambre qu'en tremblant; & quoiqu'elle fût si sensible à ses moindres politesses qu'il se répandoit toujours quelque chose de sa satisfaction sur son visage, il paroissoit bien à ses inégalités qu'elle n'étoit pas également satisfaite dans tous les momens du jour. Nous quittâmes Dublin environ trois semaines après votre départ. Le séjour de cette province ne changea rien à la conduite ni aux dispositions de milord.

Cependant comme il n'étoit rien arrivé depuis l'aventure des lettres, qui m'eût fait porter mes observations plus loin que les apparences, j'espérois que le tems dissiperoit à la fin ces premiers nuages. Un reste de maladie sembloit couvrir encore ses froideurs pour sa femme, & c'étoit une chose assez connue dans la maison, qu'il s'étoit dispensé sous ce prétexte de coucher jusqu'alors avec elle. Mais ses forces se rétablissant de jour en jour, il me paroissoit impossible qu'à son âge il demeurât long-tems fidèle à une si étrange résolution. Les médecins lui conseillèrent l'usage de la chasse; & je ne sais si le dessein de se délivrer de la présence de Milady n'eut pas autant de part que sa santé à la soumission qu'il eut pour leurs ordres. Du matin au soir il étoit à cheval. Je fus d'abord surpris de lui voir une passion que je ne lui avois jamais connue. Mais je n'y fus pas trompé long-tems. Tandis que ses gens étoient à la suite du cerf, il s'enfonçoit seul dans les routes les plus épaisses de la forêt, & c'étoit toujours avec quelques marques de chagrin qu'il se voyoit découvert par ceux que l'inquiétude faisoit marcher sur ces traces. Milady prit du goût pour le même exercice. Il parut clair à tout le monde que c'étoit par le seul désir de le suivre & de passer le jour avec lui. Alors il devint plus ardent que ses piqueurs à courir sur les traces des bêtes les plus farouches, & à les forcer dans des lieux inaccessibles où la délicatesse de sa femme ne lui permettoit pas de l'accompagner. J'admirois tous ces caprices.

Un jour néanmoins que la fatigue ou le goût de la solitude lui avoit fait quitter son cheval pour se reposer à l'ombre, Milady qui le cherchoit peut-être avec bien plus d'empressement qu'il n'en avoit pour un exercice dont il vouloit nous persuader qu'il faisoit toutes ses délices, le joignit au moment qu'il sembloit le moins s'y attendre. J'étois avec lui; & le respect m'ayant porté à m'éloigner de quelques pas, j'observai aisément que dans la première surprise il parut quelque tems embarrassé. Elle s'assit auprès de lui. Sa ressource fut de se plaindre de ses incommodités, dont il ne recevoit aucun soulagement par tous les remèdes, & de railler avec un souris forcé l'opinion de ses médecins, qui lui avoient

prescrit un régime assez propre à le fatiguer,
mais incapable de le guérir. Milady en prit
occasion de s'emporter contre la chasse & lui
conseilla de l'abandonner. Elle joignit à ce
conseil mille tendres marques d'inquiétude
& d'affection. J'entendis ses réponses, qui furent
douces & polies. Elle prit sa main. Il ne la retira
pas ; mais je remarquai qu'il rougissoit, comme
si cette liberté eût alarmé sa modestie. Cependant
leur entretien ayant continué sur le même ton,
je n'ai jamais douté que son cœur ne se fût laissé
surprendre par quelque mouvement de tendresse ; car il porta la main de sa femme à sa
bouche, & la baisa plusieurs fois d'un air
passionné. Pour elle, que des caresses si simples
pénétrèrent aussitôt jusqu'au fond du cœur, son
attendrissement s'expliquoit d'une manière moins
équivoque. Elle reprit à son tour la main de
milord ; & la tenant sur l'herbe où elle avoit la
tête panchée, elle tint long-tems ses lèvres
appliquées dessus, avec un silence plus touchant
que toutes les expressions. Mais quelques
piqueurs qui arrivèrent à la file, interrompirent
des commencemens si heureux.

Quoique tous mes soins ne me fissent pas
remarquer, les jours suivans, que cette scène
eût produit les effets que je m'en étois promis,
je me persuadai plus que jamais, qu'il ne man-

quoit au bonheur de mon maître que d'effacer
des idées importunes qui ne pouvoient laisser de
repos à son cœur, tant qu'elles subfisteroient dans
fa mémoire. Je formai le deſſein de lui faire
oublier entièrement mademoiſelle de L.... & le
ſeul moyen qui me parut infaillible, fut de lui
perſuader qu'elle étoit morte ou mariée. Je
m'arrêtai au ſecond de ces deux partis, parce
qu'il étoit le plus vraiſemblable. Milord qui étoit
dans l'impatience de recevoir les réponſes qu'il
attendoit, m'envoyoit ſouvent à Londondery,
où il avoit marqué qu'elles devoient être adreſſées.
En ayant reçu une moi-même d'un des gens
de M. des Peſſes, qui m'aſſuroit que ſon maître
étoit encore en Allemagne, je feignis d'avoir
reçus avis de ſon retour & du mariage de mademoiſelle de L.... Cette imprudence, qui étoit
pardonnable à mon intention, m'a coûté proba-
blement ma fortune; mais ſon effet le plus
terrible, fut de rejeter milord dans un déſeſpoir
que chaque jour ne fit qu'augmenter. Il eut,
néanmoins la force de garder encore un reſte
de modération, juſqu'au jour marqué pour ma
perte, & peut-être pour la ſienne.

Nous étions à la chaſſe : Milady s'y trouvoit
auſſi, & le cerf nous ayant menés vers Londondery, nous approchions du grand chemin pour
le traverſer, lorſque mon maître crut reconnoître
un

un cavalier qui s'avançoit avec un laquais de
sa suite. Il s'arrêta pour l'obferver. Je remarquai
auffitôt que lui, que c'étoit M. des Peffes.
J'augurai mal de cette rencontre ; mais de quoi
étois-je déjà capable pour en prévenir les effets ?
Milord étoit déjà fufpendu au cou de fon ami ;
& fans écouter la bienféance qui l'obligeoit
peut-être de ne pas laiffer Milady feule au milieu
du chemin, il fut pendant plus d'un quart-
d'heure à l'écart avec lui. Je n'appris que le foir
du laquais de M. des Peffes ; le fujet de cette
importante converfation. Ils revenoient d'Allemagne ; & n'ayant pu deviner que Milord étoit
marié, ils s'étoient fait une joie de prendre le
chemin par l'Irlande, pour lui•apprendre que
M. de L.... étoit mort, & que fa fille, toujours
remplie de la même tendreffe, étoit allée lui
porter à Paris fon héritage & fa main. Il eut la
conftance de laiffer à fon ami tout le tems de
s'expliquer, & celle même de lire une lettre de
fa maîtreffe, avant que de laiffer échapper une
plainte ni un foupir. Mais avec quelle violence fe
livra-t-il auffitôt à la plus mortelle douleur? Il
defcendit de fon cheval d'un air défefpéré ; &
s'étant affis à terre, il y demeura long-tems fans
prêter même l'oreille à M. des Peffes. Je me hâtai
d'aller à lui. Mon artifice, qu'il n'eut pas de peine
à comprendre, & que ma préfence lui fit rappeler,

l'enflamma d'une si vive colère, qu'il me défendit
de paroître jamais devant ses yeux. Milady qui
s'approcha au même moment ne fut pas mieux
écoutée; & surprise, comme tous ses gens, de le
voir dans un transport dont il ne revenoit point,
le silence & l'étonnement de tous les spectateurs
formèrent une scène aussi difficile à se représenter
qu'à décrire.

Cependant M. des Pesses me reconnut; &
m'ayant demandé secrètement quelque explication, il apprit de moi en peu de mots la cause
de tant de troubles. Il gémit de son imprudence.
Les remèdes étoient difficiles. Mais employant
tout son esprit à réparer le mal qu'il avoit causé,
il s'approcha de l'oreille de mon maître, pour le
conjurer de lui pardonner une erreur où l'ardeur
d'une aveugle amitié l'avoit précipité, & de ne
pas redoubler le mortel chagrin qu'il en ressentoit, en la faisant éclater. Il le força ensuite de
remonter à cheval; & se présentant de bonne
grace à Milady, il s'efforça de donner une couleur
au motif qui l'amenoit en Irlande, & au désordre
que son arrivée venoit de causer à Milord.

J'ignore quelle idée elle s'en forma dans le
premier moment; mais après quelques marques
d'inquiétude, auxquelles mon maître parut peu
sensible, elle prit une contenance plus tranquille.
Peut-être étoit-il tems encore de prévenir ses

foupçons avec un peu de prudence & de ménagement. Pendant trois jours que M. des Peffes
paffa avec Milord, il n'épargna rien pour le
faire entrer dans des vues fi raifonnables ; mais
il ne put faire goûter fes confeils. Un filence
obftiné, des foupirs continuels, un air de diftraction & de fureur qui répandit la trifteffe
& la crainte dans toute la maifon, telle a été
depuis ce jour fatal la difpofition habituelle de
mon malheureux maître. Milady, qui fe préfenta plufieurs fois le même jour à la porte de
fon appartement, ne put obtenir la liberté d'y
entrer ; & s'il a confenti dans la fuite à l'y recevoir, ça toujours été avec des politeffes fi forcées
qu'elle n'en eft jamais fortie fans verfer un ruiffeau de larmes. Pour moi, qui tremblois de
paroître devant lui après fa défenfe, je n'ai pas
laiffé de m'expofer à lui rendre mes fervices
ordinaires : il les a reçus fans faire femblant de fe
fouvenir de fes ordres, mais j'ai eu mille raifons
de juger que je fuis tout-à-fait perdu dans fon
efprit.

Milady qui ne pouvoit attribuer un changement fi terrible qu'à l'arrivée de M. des Peffes,
laiffa voir fi ouvertement que la préfence de
cet inconnu la chagrinoit, qu'il prit le parti de
fe retirer. Il vit mon maître avant fon départ ;
mais foit qu'il en ait reçu quelque reproche qui

lui ait fait perdre ſes ſentimens, ſoit qu'il ait appréhendé de redoubler ſes peines en lui écrivant ,
nous n'avons reçu aucune marque de ſon ſouvenir depuis qu'il eſt retourné en France.

Nous pouvions nous flatter néanmoins que
nos malheurs n'étoient pas à leur comble, auſſi
long-tems que Milady, qui paroiſſoit encore
ignorer les ſiens, employa tous ſes ſoins à
remettre le calme & la tranquillité dans la
maiſon. Si la ſituation de ſon mari étoit pour
elle un cruel tourment, elle renfermoit encore
toutes ſes peines dans ſon cœur , & nous ne nous
en appercevions qu'à ſes larmes. Mais comme il
s'obſervoit trop peu pour déguiſer plus long-
tems la maladie du ſien, elle ne ſe procura que
trop aiſément des lumières qu'elle auroit mieux
fait d'éviter pendant toute ſa vie. Ses ſoupçons
furent changés en certitude par la malheureuſe
curioſité qu'elle eut de lire la lettre de mademoiſelle de L.... Elle voyoit ſouvent cette
pièce fatale entre les mains de ſon mari. Il la
laiſſoit ouverte ſur ſa table ſans aucune précaution.
Rien n'étant ſi facile que de l'enlever dans
mille momens du jour, elle ſe la fit apporter;
& s'étant ennivré du mortel poiſon qui étoit
contenu dans chaque mot, le premier mouvement de ſa vengeance fut de la déchirer.
Heureuſe ſi du même coup elle eût arraché de

fon cœur le trait qu'elle venoit d'y enfoncer !
Mais les apparences nous ont trop appris que
cette lecture lui fut auffi funefte qu'à Milord.
Dès le premier jour elle fe renferma dans fon
appartement, où elle n'admit plus perfonne.
A peine fes femmes ofoient-elles s'en approcher
pour la fervir. Elle paffoit des jours entiers
fans nourriture. Elle pleuroit fans ceffe. Ainfi,
le défefpoir paroiffoit avoir trouvé deux proies
au lieu d'une. Ils étoient chacun de leur côté
dans une efpèce de tombeau, d'où ils ne
prenoient plus de part à ce qui fe faifoit au-
dehors ; fans manquer aucun défir de fe parler
ni de fe voir, s'informant à peine de leur
fituation mutuelle ou de ce qui les occupoit
dans leur folitude. Milord, qui chercha inutilement fa lettre, ne put ignorer dans les mains
de qui elle étoit tombée ; & s'il n'ofa témoigner
trop de chagrin de l'avoir perdue, je remarquai
qu'il n'étoit pas fans inquiétude fur les effets
qu'elle pouvoit produire.

M. Dilnick vint un jour au château. Il avoit
affez de familiarité pour entrer fans précaution.
Etant d'abord allé chez Milady, fon étonnement
dut être extrême de la trouver dans un abattement dont perfonne ne put lui expliquer la caufe.
Il interrogea en vain tous les domeftiques. Ceux
qui lui apprirent l'aventure de la lettre n'y

purent ajouter d'autre éclaircissement. Pour moi, qui étoit seul capable de l'instruire, je feignis de ne l'être pas plus qu'un autre, & me réjouissant même que Milady eût assez de force d'esprit pour ne mettre personne dans sa confidence, j'augurai bien de cette modération. Cependant lorsqu'ayant vu Milord, il l'eut trouvé aussi dans un désordre qui n'étoit pas plus facile à pénétrer, il forma sans doute ses conjonctures sur de si étranges apparences. Je n'ai pas su par quels dégrés il est parvenu à des soupçons qui ont choqué mon maître. M. Dilnick est brusque. Quelques plaintes échappées peut-être à Milady, ou ses larmes seules, le portèrent à se figurer qu'elle avoit été maltraitée. Ils s'en expliqua avec peu de mesures. J'étois présent. Milord, piqué de se voir accusé d'un excès si indigne de lui, le prit sur un ton qui lui attira des reproches encore plus durs. Ils sautèrent sur leurs épées, & tout mon zèle ne put empêcher que M. Dilnick, qui reçut d'abord un coup au bras, n'en allongeât un au même moment qui blessa mon maître à la cuisse.

A peine les eus-je séparés, que M. Dilnick, confus sans doute de son emportement, se retira sans ouvrir la bouche, & sortit sur le champ du château. Milord n'étoit pas blessé si dangereusement qu'il eût besoin d'un autre secours que

le mien. Cette querelle n'ayant été entendue de
perfonne, il m'ordonna de garder le filence,
& dans peu de jours fa plaie fut rétablie.

C'eft néanmoins à cette funefte bleffure que
j'attribue fes plus mortelles agitations, & peut-
être fon départ, qui nous met ici dans l'inquiétude depuis plufieurs jours. Il me convient mal
d'approfondir fes fentimens avec tant de liberté;
mais fi vous pardonnez quelque chofe à mon
attachement, je ne vous cacherai point ce que
j'ai cru lire plufieurs fois fur fon vifage & dans
fes yeux. Je n'y avois remarqué jufqu'alors que
de la douleur & du défefpoir, & j'y ai vu depuis de
l'indignation & de la fureur. Il s'eft perfuadé, j'en
fuis fûr, que Milady avoit porté fes plaintes à
M. Dilnick, & que c'eft à fa follicitation qu'il eft
venu le quereller dans fa chambre. Le devoir
avoit combattu jufqu'à ce moment dans fon cœur;
car à quoi voudriez-vous attribuer le défordre
continuel de fon efprit & de fa fanté? Mais
j'appréhende que la confidération qu'il ne pouvoit refufer à une femme aimable, dont il fe
voyoit adoré, ne fe foit affoiblie par cette malheureufe perfuafion. Il eft vrai du moins que
loin de paroître abattu & languiffant, comme il
n'avoit pas ceffé jufqu'alors, loin d'exhaler fes
chagrins en larmes & en foupirs, il ne marqua
plus le trouble de fon cœur que pas des agita-

tions violentes. Il ceſſa tout-à-fait de s'informer
de la ſanté de Milady. Il ſortit de ſon appartement pour ſe promener au jardin. Il y marchoît
à grands pas pendant des heures entières, & la
nuit l'y ſurprenoit ſouvent ſans qu'il parût s'en
appercevoir. Ce fut dans ce tems-là qu'il reçut,
par la voie de France, une lettre qui augmenta
encore la violence de ſes mouvemens. Il ſe
hâta de faire partir la réponſe, mais je ne fus
pas choiſi pour la porter à la poſte. Je lui trouvois l'air d'un homme qui veut ſe mettre au-
deſſus de ſes peines par la force d'une réſolution
furieuſe, &, ſi je l'oſe dire, par le mépris qu'il
en fait. Milady, qui avoit peut-être trouvé quelque conſolation dans les reſtes de complaiſance
avec leſquels il lui faiſoit demander quelquefois
de ſes nouvelles, ne ſe vit pas plutôt privée
de cette douceur, que ſes chagrins parurent
augmenter. Il fallut ſe ſoumettre néanmoins à
toute la rigueur de ſon ſort, & faire céder la
fierté & le dépit à la tendreſſe. Sans quitter
d'abord ſon appartement, elle lui fit dire elle-
même qu'elle commençoit à ſe trouver mieux,
& qu'elle pouvoit le recevoir. Il choiſit le tems
où ſes femmes étoient occupées à l'habiller,
& ſa viſite fut courte. Dès le même jour, il
reprit l'exercice de la chaſſe; & n'en revenant
que fort tard, il évita la néceſſité de reparoître.

Je remarquai la même affectation les jours suivans. Milady reprenant peut-être quelqu'espérance sur le changement de ses occupations, ou
ne pouvant vivre sans le voir, trompa son attente
en veillant constamment jusqu'à son retour. Il
se trouvoit ainsi comme forcé de l'entretenir
quelques momens; mais les prétextes d'infirmités ou de fatigue ne lui manquoient jamais pour
se délivre bientôt de cette contrainte.

Enfin, une lettre qu'il reçut il y a huit jours,
lui fit prendre aussitôt la résolution de monter
à cheval. Je me flattois encore qu'il me nom-
meroit pour le suivre. Il m'a trop marqué, par
le choix qu'il a fait d'un autre, que j'ai perdu
pour jamais sa confiance. Son départ s'est fait
avec tant de précipitation, qu'à peine s'est-il
donné le tems de prendre congé de Milady.
Je doute qu'il l'ait informé des motifs & de la durée
de son voyage; car elle a fondu en pleurs au
moment qu'il est parti, & son inquiétude a paru
augmenter tous les jours. Elle s'est trouvée si
mal de puis son absence qu'elle n'a pas quitté
un moment le lit; ce qui ne lui est pas arrivé
dans le tems même que la lettre de mademoiselle de L.…. lui a causé tant d'affliction. Ce
soir, au premier bruit que vous avez fait entendre
à la porte, tout le monde s'est figuré que c'étoit
Milord, & l'on s'est empressé de porter cette

nouvelle à Milady. Mais fi elle a reçu de la confolation de vous voir, vous avez pu remarquer qu'elle n'en porte pas moins au fond du cœur la fource perpétuelle de fes maux.

Auffi frappé de ce récit, que fi je ne me fuffe point attendu à une partie des malheurs que j'apprenois, je me fis expliquer de nouveau plufieurs circonftances qui m'avoient paru obfcures, & fur-tout celle du combat de Patrice & de Dilnick. J'avois peine à concevoir que fur de fimples apparences, Dilnick, que je connoiffois plein de feu, mais honnête & fenfé, fe fût oublié jufqu'à fe couper la gorge avec un ami; & penchant à croire que ma belle-fœur lui avoit fait quelqu'ouverture indifcrète, j'étois fâché qu'elle eût donné cette efpèce d'avantage fur elle à Patrice. La réflexion du valet-de-chambre étoit jufte : un cœur qui combat pour fon devoir, & qui fouffre mortellement de cette violence, ne faifit quelquefois que trop avidement tout ce qui lui paroît propre à juftifier fes foibleffes. J'étois bien éloigné néanmoins d'attribuer l'abfence de mon frère à cette caufe; & m'étant informé s'il avoit fait des préparatifs pour un voyage de longue durée, je m'imaginai, en apprenant qu'il étoit parti fans aucunes précautions, que fa vue étoit d'adoucir fes chagrins par une diffipation de quelques jours.

Mais je croyois prévoir que s'il étoit irrité contre
fa femme, j'aurois moins de facilité à lui faire
goûter ce que je voulois entreprendre pour fa
confolation. Etes-vous bien fûr, dis-je encore
à fon valet, qu'il n'ait jamais paffé la nuit avec
Milady ? Il répondit à cette demande par des
détails qui ne pouvoient me laiffer aucun doute ;
& pour ce qui touchoit Dilnick, il me répéta
les raifons qu'il avoit de croire que fon emportement n'étoit venu que de fes propres foupçons.

Je louai le zèle qui l'attachoit aux intérêts
de fon maître, & je m'engageai à le rétablir dans
fon efprit. Une nuit où la fatigue du voyage
m'avoit rendu le repos néceffaire, fut pour
moi le plus cruel de tous les fupplices. J'effuyai
dans une continuelle infomnie, tout ce que la
crainte & la douleur ont de plus accablant. C'étoit
fur ma belle-fœur que tomboient toutes mes
réflexions. Je ne voyois que trop qu'avec quelque douceur & quelque prudence que je puffe
lui parler de fes peines, ou recevoir l'ouverture qu'elle m'en feroit volontairement, j'allois
m'engager dans un abîme de foins & d'inquiétudes
Il falloit m'attendre qu'elle me remettroit tous
les intérêts de fon repos ; qu'elle m'interrogeroit
fur les amours de mon frère ; qu'elle me reprocheroit de les lui avoir laiffé ignorer ; qu'elle m'ac-
cableroit de fes plaintes & de fes larmes ; enfin,

qu'elle me communiqueroit toute l'amertume
& tout le trouble de ses sentimens. Je balançai
si sous prétexte de me procurer des nouvelles
de son mari, je ne ferois pas mieux de partir
dès le jour suivant. Mais je rejetai aussitôt cette
pensée. Il n'y avoit qu'une insensibilité cruelle
qui pût me rendre capable de l'abandonner dans
une si triste situation. Je devois regarder
plutôt mon arrivée comme une disposition du
ciel qui vouloit me rendre utile à sa consolation, me dévouer à un office de charité, dont
la religion & la tendresse naturelle me faisoient
une loi presqu'égale. Rose pouvoit se passer de
mes soins; elle étoit du moins dans une tranquillité qui ne les rendoit pas pressans. Enfin,
je me determinai à descendre dans l'appartement de ma belle-sœur aussitôt qu'elle voudroit
m'y recevoir, & à prévenir ses ouvertures de
cœur par les miennes

Je me levois dans ce dessein, & je méditois
en m'habillant, quel tour je devois donner à
mes premières expressions, lorsqu'on m'avertit
que Dilnick demandoit à me voir. Sa demeure
étant dans le voisinage, il avoit su mon arrivée
dès le premier moment. Je ne pouvois refuser
sa visite. Il m'embrassa avec beaucoup de tendresse; & sans me demander si j'étois instruit de
ce qui s'étoit passé au château, il me pria de

l'écouter. Le récit des froideurs de mon frère
pour sa nièce, & l'histoire de son premier démêlé,
l'arrêta long-tems. Il me parla de son combat
avec beaucoup de douleur & de confusion.
J'avoue, me dit-il, que cet emportement n'étoit
pas pardonnable à mon âge ; mais un mouvement de colère obscurcit quelquefois la raison.
D'ailleurs, vous allez voir si c'est sans fondement que je soupçonne votre frère de manquer de bonne foi.

Il me reconta là-dessus que, s'étant hâté
d'écrire en Danemarck après le mariage de
sa nièce, pour en donner la première nouvelle
à Fincer, il n'avoit pas été long-tems sans en
recevoir une réponse qui avoit causé autant
d'étonnement que de douleur. Dans plusieurs
voyages que Fincer avoit faits à Hambourg, il
avoit lié connoissance avec M. de L..... qui
s'y étoit retiré avec sa fille. Madame Gérald,
gouvernante de cette jeune personne, étant irlan-
doise, il avoit suivi le penchant qu'on a pour
les gens de sa nation ; & se trouvant assez
familier avec elle pour lui demander ce qui
pouvoit inspirer tant d'aversion à mademoiselle
de L..... pour les mariages que son père lui
proposoit, il avoit appris toute l'histoire des premières amours de Patrice. Madame Gérald, qui
se faisoit sans doute honneur de son zèle pour sa

gentilhomme de son pays, n'avoit oublié aucune circonstance de cette intrigue. Elle avoit parlé de son mariage comme d'un engagement certain, dont l'exécution n'étoit différée que par les caprices du père ; & monsieur de L....... étant mort en effet peu de jours après, elle ne lui avoit caché ni l'arrivée de des Pesses, ni le départ de son élève qui se rendoit à Paris pour rejoindre mon frère. Fincer sans s'ouvrir sur tout ce qu'il entendoit, avoit observé seulement qu'il savoit que Patrice étoit en Irlande, & qu'il le croyoit même disposé à s'y fixer. Mais, dans les idées où étoit madame Gerald, elle n'avoit pas manqué de répondre que son élève & elle n'ignoroient pas qu'il avoit passé la mer, & que ses affaires l'avoient retenu quelque tems dans sa famille ; qu'il se rendroit à Paris aussitôt qu'elles ; qu'il leur avoit dépêché le meilleur de ses amis pour les assurer de la constance de ses sentimens, & de l'impatience qu'il avoit de les revoir ; enfin, confondant ainsi les circonstances, & n'expliquant pas de quel lieu des Pesses étoit parti, elle avoit fait naître imprudemment dans l'esprit de Fincer la plus injurieuse de toutes les défiances : il s'étoit figuré que Patrice, dont on lui faisoit entendre que le mariage étoit si certain à Paris, n'avoit pu épouser sa fille que pour lui ravir l'honneur par

une infâme trahison, & peut-être pour s'empa-
rer de son bien. Ces exemples n'étoient pas
rares d'un royaume à l'autre ; & quoiqu'un
homme de la naissance de mon frère méritât
bien de n'être pas soupçonné légèrement d'une
si horrible bassesse, la prévention d'un père
tremblant pour sa fille, le dispensoit d'approfondir la cause de ses craintes avant que de s'y
livrer.

Il avoit donc fait à Dilnick une réponse con-
forme à ses idées. Cette lettre odieuse, que
Dilnick me pressa de lire après son récit, finissoit par des conseils qui n'étoient pas moins injurieux pour Patrice. Observez sa conduite, disoit
Rincer, étudiez ses liaisons, & voyez quelles
manières il prendra avec sa femme. Opposez-
vous à tout ce qu'il pourroit entreprendre pour
changer la nature de son bien. Enfin, ses exhortations supposoient un malheur certain qu'il parloit moins de prévenir que de réparer par
beaucoup de vigilance & de soins.

Je vous laisse le juge, reprit Dilnick, des
inquiétudes & des agitations que cette lettre m'a
dû causer. Je ne l'ai pas communiquée à ma nièce,
mais ouvrant les yeux sur quantité de circonstances que j'avois laissé passer sans réflexion, je ne
m'aperçus que trop aisément qu'il avoit toujours
manqué quelque chose à sa tranquillité. J'appris

dans le même tems qu'il étoit arrivé un étranger, avec lequel votre frère avoit eu des communications fort mystérieuses ; il me parut clair que c'étoit le messager qu'il avoit chargé de ses affaires à Hambourg. On m'informa bientôt de son départ, & du désordre que son absence avoit produit dans cette maison. Je vis aussitôt ma nièce. Je la trouvai noyée dans ses pleurs ; & n'ayant pu l'engager à m'en découvrir la cause, j'avoue que dans les fâcheuses imaginations dont j'étois rempli, il m'échappa avec votre frère quelques expressions assez dures, pour justifier la chaleur avec laquelle il me répondit.

Nous ne nous sommes pas vus depuis ce funeste jour ; mais étant parti pour Dublin, où je ne sai quelles affaires peuvent l'avoir appelé, son absence m'a laissé la liberté de voir ma nièce. J'ai été surpris de lui trouver toutes les marques d'un profond désespoir, & je le suis encore plus de ne pouvoir pénétrer ce qui l'afflige à cet excès.

Il me témoigna là-dessus qu'il regardoit mon retour comme une heureuse disposition du ciel, qui vouloit me faire servir, sans doute, à rétablir le bonheur & la paix dans nos deux familles ; & m'assurant d'une confiance sans réserve, il me remit le ménagement de tant de difficultés,

qui

qui furpaſſoient, me dit-il, ſa prudence & ſes
lumières.

J'étois déjà diſpoſé à prendre ce ſoin volontairement, & tout ce que je venois d'entendre
ne le rendoit pas plus difficile. La lettre de
Hambourg portant ſur de fauſſes ſuppoſitions,
il me fut aiſé de guérir Dilnick de cette partie
de ſes défiances; mais la ſincérité m'obligeoit
de lui confeſſer ce qu'il y avoit de réel entre
les idées chimériques de Fincer. Je lui appris
en peu de mots l'attachement que mon frère
avoit eu pour mademoiſelle de L..... & les
obſtacles qui auroient dû lui faire perdre l'eſpérance de l'épouſer. Un jeune homme ſe flattant
toujours dans ſes déſirs, il n'avoit pas laiſſé de
ſuivre cette intrigue juſqu'à ſon départ de France,
mais je ne crus pas trop prendre ſur moi, après
cet aveu, en répondant pour lui qu'il s'étoit
attaché ſincèrement à ſon épouſe, & que malgré quelque reſtes d'ancienne foibleſſe, il étoit
incapable d'oublier ſon devoir. Les accuſations
de Fincer, ajoutai-je, ſont autant d'outrages;
& quand vous rendrez juſtice au caractère de
Patrice, vous ne le ſoupçonnerez pas d'une
lâcheté qui ne peut tomber que dans l'eſprit
d'un ſcélérat.

Dilnick convint qu'il avoit eu peine à le
croire auſſi coupable que Fincer le ſuppoſoit;

*Tome II.*             K

& tirant de mon difcours même, une conclufion fort jufte, il me dit naturellement qu'il
s'imaginoit la vérité. Votre frère, continua-t-il,
avoit le cœur rempli d'une grande paffion; l'intérêt a eu plus de part à fon mariage que fon
goût pour ma nièce; & je me figure en fa
faveur, qu'il combat peut-être une ancienne
inclination dont il n'a pas encore eu le tems
de fe délivrer. Cette fuppofition, ajouta-t-il,
expliqueroit fort bien fa trifteffe continuelle. Loin
de m'infpirer pour lui du mépris ou de la haine,
elle me feroit prendre une haute idée d'un
caractère fi honnête & fi fenfible; & je ne dou-
terois pas qu'un peu d'efpace accordé aux agitations de fon cœur, ne nous le rendît bientôt
tel que ma nièce a droit de le fouhaiter.

J'embraffai Dilnick, dans la joie que j'eus
de le voir revenir à des fentimens fi raifonnables. Oui, lui dis-je, ne doutez pas que cette
peinture de mon frère ne le repréfente fidèlement. C'eft ce que je cherchois à vous faire
entendre. J'ai reconnu moi-même l'embarras de
fa fituation avant mon départ; & je ne l'aurois
pas abandonné à fes peines, fi des raifons invin-
cibles ne m'euffent forcé de faire le voyage de
France. Mais je ne quitterai point l'Irlande fans
avoir guéri parfaitement fon cœur & fon efprit.
Uniffons-nous, ajoutai-je, dans une entreprife

dont le succès est infaillible. En effet, j'étois si
persuadé que Patrice n'avoit besoin que d'être
fortifié par quelques vives exhortations, que j'aurois donné ma vie pour caution de sa vertu &
de son honneur. Je changeai sur le champ la résolution où j'étois d'entretenir ma belle-sœur du
sujet de ses larmes, & je pria Dilnick de ne laisser
rien échapper qui pût lui faire soupçonner que
nous en eussions pénétré la cause. Des plaies
couvertes, lui dis-je, sont toujours plus faciles
à fermer. Attendons le retour de mon frère;
employons tous nos soins pour préparer votre
nièce au changement que je vous promets,
& comptez que la paix succédera bientôt à
toutes vos alarmes.

Quels mortels chagrins ne me préparois-je
point par cette confiance! Il se passa quelques
jours, que nous employâmes effectivement à
consoler ma belle-sœur. L'absence de Patrice
ne m'ayant pas fait naître d'autre idée que celle
d'un voyage entrepris pour dissiper ses peines,
j'étois de ce côté-là sans inquiétudes. On m'apporta une lettre qui m'avoit été adressée à Kil-
lerine. Je reconnois la main de milord Linch,
dont j'avois vu quantité d'écrits dans le cours de
ses affaires. Il me marquoit en deux mots, qu'a-
près des obligations si récentes, il n'étoit pas
capable d'oublier quels droits j'avois acquis

fur fa reconnoiſſance ; mais qu'il venoit de m'en
donner une preuve dont je devois lui tenir
compte : que ſans un nœud ſi puiſſant , il ſe
feroit reſſenti de l'inſulte qu'il avoit reçue de
Patrice ; & qu'il m'exhortoit à lui inſpirer plus
de juſtice & de modération , ſi je voulois prévenir des extrêmités qui ſeroient bientôt inévi-
tables.

J'étois avec Dilnick lorſque je reçus ce
funeſte avis. Mes alarmes furent trop vives pour
les cacher entièrement. La crainte de quelque
nouvelle violence que Linch paroiſſoit m'annoncer par ſes menaces, fit bien moins d'impreſſion
ſur moi, que la connoiſſance du lieu où je ne
voyois que trop qu'il falloit chercher Patrice.
O Dieu ! m'écriai - je , vous ouvrez donc
l'abîme ſous les pas de ceux qui s'efforcent de
l'éviter ! Cependant ayant conçu au même
moment, que je ne devois ni cacher tout-à-fait
la cauſe de mon trouble à Dilnick, ni lui découvrir toutes mes craintes, je réſolus de lui
en révéler une partie, qui pouvoit même ſervir
à lui déguiſer l'autre. J'apprends, lui dis-je, où
eſt mon frère, & les circonſtances qui accom-
pagnent cette nouvelle, me cauſent une juſte
frayeur. Je continuai de lui raconter nos anciens
démêlés avec milord Linch ; & ne doutant pas
moi-même que ce qu'il m'écrivoit n'en fût une

suite, j'expliquai sa lettre dans le sens qui s'accordoit avec cette idée. Un mal si pressant,
ajoutai-je, demande un prompt remède. Je pars
pour Dublin. Ce discours ambigu eut l'effet que
je m'étois promis. Dilnick, s'arrêtant aux apparences, se figura que c'étoit à Dublin que Patrice
avoit pris querelle avec Linch ; & n'ayant pas
porté ses questions plus loin, il me proposa
avec ardeur de partir sur le champ, lui-même,
pour l'aller secourir. Non, répondis-je, ma
profession me rend plus propre que vous à
réprimer la colère & la haine. Je partirai seul ;
mais chargez-vous du soin de prévenir votre
nièce, & de donner une couleur à mon absence.
Je compte sur le succès de mon voyage, ajoutai-
je ; Linch est arrêté par des raisons qui lui feront
suspendre son ressentiment. Vous me verrez dans
peu de jours avec mon frère. Il m'assura que
je devois être tranquille pour ma belle-sœur ;
parce que tendre & passionnée comme elle étoit
toujours, il suffiroit, pour lui rendre la vie,
de lui apprendre que j'avois reçu des nouvelles
de son mari, & que j'allois le joindre à Dublin
pour le ramener incessamment auprès d'elle.

Je retournai ainsi sur mes pas. Ma diligence
égalant ma frayeur, je ne pris pas plus de
repos la nuit que le jour, & mes chevaux furent
si peu ménagés, qu'ils me manquèrent sur la

K 3

route. Cet incident fut une difgrace irréparable.
L'embarras où je fus pendant deux jours pour
m'en procurer d'autres, donna le tems à deux
paffions aveugles de fe porter aux derniers excès,
& la perte de vingt-quatre heures devint un
coup décifif pour mille précieux intérêts. Mais
eft-ce à de foibles hommes qu'il appartient de
raifonner fur les difpofitions impénétrables de
la providence? J'arrivai au château d'Anglefey.
L'air de triftefse avec lequel j'y fus reçu, me
fit preffentir une partie de ce qu'on alloit me
raconter. Mademoifelle de L...... en étoit partie
la veille avec Patrice. Le départ de mon frère
étoit devenu néceffaire par le malheur qu'il avoit
eu de bleffer mortellement milord Linch, qui
l'avoit forcé de mettre l'épée à la main. Il étoit
allé chercher un afile en France ; & mademoifelle
de L.... avoit pris cette occafion pour retourner
dans fa patrie. Anglefey, qui fe propofoit depuis
long-tems le même voyage, s'étoit déterminé fur
leurs inftances à les accompagner avec fes deux
fœurs.

C'étoit la mère d'Anglefey qui me faifoit
ce récit, & qui n'ayant confenti qu'à regret au
départ de fes enfans, confervoit encore l'impreffion de triftefse que lui avoit caufé cette
féparation. Elle ajouta qu'on l'avoit chargée de
m'informer de toutes ces circonftances, mais

que dans l'abattement où elle étoit, elle auroit
peut-être différé bien long-tems à remplir sa
promesse. L'ayant interrogée sur la cause & les
circonstances du malheur de Linch, elle me
protesta que tout en étoit obscur pour elle, &
que si l'on pouvoit faire quelque fonds sur de
simples conjectures, elle s'imaginoit que mademoiselle de L..... avoit été la cause innocente
de cette querelle. Quoi, lui dis-je, ils vous ont
caché ce qui s'est passé sans doute dans votre
maison, ou à deux pas de vos murs ? Oui, me
répondit-elle, & je n'ai su le combat de votre
frère que depuis leur départ.

Je me rendis maître ainsi des premiers mouvemens de ma surprise & de ma douleur, pour
recueillir toutes les lumières qui pouvoient servir
à régler ma conduite. Mais je conçus que j'en
devois espérer peu de cette vieille dame, à qui
une troupe vive & ardente de jeunes gens ne
s'étoient point avisés de faire confidence de leur
conduite & de leurs desseins. J'appris seulement
d'elle & de quelques domestiques que ses enfans
lui avoient laissés, que Patrice étoit arrivé au
château peu de jours après que j'en étois parti :
qu'on y avoit vécu avec beaucoup de tranquillité & d'agrément jusqu'au retour de milord
Linch ; mais qu'à peine y avoit-il paru deux
fois, que la contrainte & le trouble avoient

K 4

suivi toutes ſes viſites : qu'on s'étoit agité avec
beaucoup de chaleur & de ſecret, juſqu'au
moment où le bruit du combat s'étoit répandu,
& que la réſolution de partir avoit été formée
auſſitôt : qu'Angleſey avoit preſſé inutilement
ſa mère de l'accompagner, & qu'elle avoit fait
elle-même des efforts auſſi inutiles pour empêcher
ſes filles de le ſuivre : qu'après de longs débats
ils s'étoient enfin promis mutuellement, eux
de revenir en Irlande dans l'eſpace d'un an,
s'ils ne voyoient point d'apparence à s'établir
agréablement à Paris ; elle, à les aller joindre
en France, s'ils s'y établiſſoient aſſez heureuſe-
ſement pour leur faire oublier leur patrie.

Ce détail ne m'apportant point les éclairciſſe-
mens que je déſirois, je me vis réduit à implorer
la pitié du ciel, & à reconnoître devant lui, avec
un ruiſſeau de larmes, que ſa protection & ſon
ſecours étoient mon unique eſpoir dans un abîme
où je ne voyois aucun jour. Avec quelle amertume lui ouvris-je le fond de mon cœur ! Avec
quelles inſtances ne ſollicitai-je point ſa compaſſion ! Et vous voyez bien, lui diſois-je à
chaque inſtant, que ce n'eſt pas pour moi-même !
Mais vous abandonnez donc une malheureuſe
famille, pour qui je vous adreſſe depuis ſi long-
tems mes vœux ? Qu'allez-vous faire de Patrice ?
Il eſt perdu. Sa conſcience, ſon honneur, ſa

fortune, je vois tout ruiné par le même naufrage.
Que ferez-vous de fa femme? Je ne vois pour
elle qu'un affreux défefpoir, auquel toutes les
qualités mêmes qu'elle a reçues de vous ne font
que de plus fortes raifons de fe livrer. O ciel!
m'écriai-je encore, fi c'eft dans l'extrémité du
péril que tu te plais à fignaler ta puiffance,
qu'attends-tu? Le malheur de ma trifte famille
n'eft-il pas au comble?

J'arrêtai néanmoins des mouvemens dans
lefquels je commençai à craindre qu'il n'entrât
de l'impatience & de la révolte. Le fouvenir de
Linch, qui fe préfenta à mon efprit, me porta
à m'informer s'il étoit dans un état qui ne lui
permît de fouffrir la vue de perfonne; & je me
flattai que fi je pouvois l'entretenir un moment,
je recevrois de lui quelque explication. J'appris
qu'il étoit à l'extrémité; ce qui ne m'empêcha
point de me préfenter chez lui, & de le faire
avertir que je demandois à le voir. Il me fit
introduire. Je le trouvai occupé à dicter une
lettre, & je fus furpris d'apprendre qu'elle
étoit pour moi. Vous voyez, me dit-il, avec
quelle rigueur la fortune me traite. Je n'ai jamais
formé d'entreprife qui m'ait réuffi; & dans le
tems où le fentiment de ce que je vous dois
me porte, autant qu'une nouvelle inclination,
à vous facrifier les anciens défirs de mon cœur,

je péris par la main de votre frère. Il ne put achever sans pousser quelques soupirs. Je marquai une vive compassion pour le triste état où je le voyois, & je lui confessai que ne faisant que d'arriver d'Antrim, j'ignorois tout ce qui s'étoit passé dans mon absence. Il recueillit ses forces pour me tenir ce discours.

Vous ne douterez pas, me dit-il, de l'étonnement où je fus, à mon arrivée, en apprenant de mes gens que vous aviez trouvé le moyen de tromper ici leur vigilance, & que par le conseil d'Anglesey, ils m'avoient entretenu dans l'erreur où leur première relation m'avoit jeté. J'eus honte de l'obstination avec laquelle j'avois refusé de vous croire. Cependant je ne pouvois me persuader encore que ce ne fût pas votre sœur qu'on avoit enlevée avec vous, d'autant plus que mes gens n'avoient pas changé là-dessus d'opinion, & se flattoient toujours d'avoir exécuté fidèlement mes ordres. Comme ils avoient su par diverses informations que c'étoit dans la maison d'Anglesey que vous vous étiez retiré avec votre compagne, je ne perdis pas un moment pour m'y rendre; & je vous confesse que n'étant point encore sans espérance, je me hâtai d'autant plus, que je voulois mettre tous les momens de votre absence à profit. Je fus détrompé tout-à-fait par les gens d'Anglesey : mais apprenant d'eux que votre frère étoit depuis quelques jours dans cette maifon, je me fis une joie fenfible de le voir, & de lui marquer par mes careffes une partie de la reconnoiffance que je vous devois. Il les reçut avec plus d'ouverture que je n'avois droit de m'y attendre, après une violence dont je ne pouvois douter qu'il ne fût informé. Le malheureux fuccès de mon entreprife fut tourné en badinage; & croyant remarquer qu'on me voyoit fans défiance, je paffai le refte du jour dans une compagnie que je trouvai pleine d'agrément. Je vous dis la fource de mon malheur : les charmes de mademoifelle de L.... firent de profondes impreffions fur moi, & je retournai chez moi tout pénétré de fon image.

Ces nouveaux fentimens n'entrèrent point dans mon cœur fans me caufer une extrême furprife. Mais fi vous confidérez combien mon ancienne paffion m'avoit caufé de tourmens inutiles, & quelle diminution la ruine de mes derniers deffeins avoit dû mettre dans mes efpérances, vous regarderez moins ce changement comme une inconftance, que comme une marque de défefpoir & de laffitude. Loin de m'en faire un reproche, je fortifiai cette inclination naiffante par mes propres réflexions. Je vous devois de la reconnoiffance. C'étoit répondre mal à votre générofité que de m'obftiner à mettre le trouble

dans votre famille par des prétentions que je
ne pouvois plus juſtifier. Il ne me reſtoit même
aucune voie pour les faire valoir. Je me crus
trop heureux d'être parvenu ſans effort à pouvoir
accorder l'intérêt de mon devoir & celui de mon
repos. Quoique je n'euſſe jamais connu mademoiſelle de L.... je me ſouvenois de quelques
circonſtances où j'avois été informé de ſa naiſſance & de ſon bien. Elle étoit libre ; le ciel
ſembloit me l'avoir amenée pour guérir toutes
les plaies de mon cœur. Je penſai ſérieuſement
à lui rendre des ſoins ; & ſi elle continuoit de
me plaire, je réſolus de lui offrir avec ma main
une fortune qu'elle ne pouvoit dédaigner.

Auriez-vous condamné ce projet ? Je ne fis
que m'y confirmer les jours ſuivans ; & je m'applaudiſſois d'avoir trouvé l'occaſion de rentrer
naturellement dans certaines bornes, dont j'étois
obligé de reconnoître que la force de mes
paſſions m'a trop long-tems écarté. Je retournai
aſſidument chez d'Angleſey. Mes premières
viſites furent ſouffertes avec complaiſance, & ma
tendreſſe pour mademoiſelle de L.... augmentoit tous les jours. Mais le refroidiſſement de
votre frère me fit bientôt comprendre qu'il avoit
pénétré mes vues, & qu'elles ne s'accordoient
point avec les ſiennes. Ce ne fut pas tout d'un
coup néanmoins que je pénétrai ſes ſentimens.

Étant marié en Irlande, je ne l'aurois pas soupçonné d'être mon rival ; & lorsque je le pris en particulier pour lui expliquer le fonds de mes desseins, je m'imaginois que ma conduite passée pouvant me rendre suspect, un reste d'attachement pour une jeune personne qu'il avoit aimée, lui faisoit craindre qu'il n'y eût quelque danger pour elle à m'écouter, & lui inspiroit, en un mot, des défiances que je voulois dissiper par mes explications. Il les reçut avec une hauteur dont ma fierté fut piquée. Je passe sur un détail qui renouveleroit peut-être mon ressentiment ; mais dès cette première ouverture nous ne nous serions pas séparés sans quelque violence, si le souvenir de vos bienfaits ne m'eût fait mettre de la modération dans mes réponses. Je vous écrivis le lendemain, & vous avez dû juger par mon style que je n'avois pas eu peu de peine à me vaincre. Cependant j'étois résolu de faire cet effort sur moi jusqu'à votre retour, & je me promettois que votre sagesse vous feroit approuver ma conduite & mes sentimens.

J'affectai donc de paroître insensible au procédé de votre frère ; & ne pouvant douter qu'Anglesey, qui est mon parent, ne me vît volontiers chez lui, j'y retournai à l'heure que j'avois choisie pour mes visites. Mais j'eus le chagrin, pour la première fois, de voir disparoître

mademoiselle de L.... à mon arrivée. Votre
frère ne s'étant point présenté aussi long-tems
qu'elle fut absente , je confesse que la jalousie
s'empara si furieusement de mon cœur, que j'eus
mille tourmens à souffrir pour me rendre maître
de mes transports. Je revins chez moi en formant
divers projets de vengeance. Que fut-ce le
lendemain , lorsqu'arrivant chez d'Anglesey,
je les apperçus tous deux qui paroissoient fuir
dans le parc pour éviter ma présence, & qui
tournoient la tête par intervalles, comme pour
s'assurer que je ne pourrois les découvrir. Ils
n'avoient avec eux qu'une des sœurs d'Anglesey.
Ma honte étoit trop claire. J'aurois fait éclater
sur le champ les mouvemens qui m'agitoient; si
je n'eusse appréhendé que d'Anglesey, avec qui
j'étois, n'en eût pris occasion de m'observer.
Je composai mon visage, tandis que j'avois le
cœur cruellement déchiré ; & feignant de me
vouloir faire un jeu de les surprendre, je me
glissai derrière les arbres jusque dans un lieu
d'où je pouvois les voir & les entendre. Ce que
j'apperçus justifia tous mes soupçons. Votre frère
badinoit familièrement avec ses compagnes;
& s'il leur distribuoit également ses caresses, je
fus trop démêler que c'étoit pour faire passer les
unes à la faveur des autres; & que celles qui
s'adressoient à mademoiselle de L.... étoient

bien animées par un autre air de tendreſſe. Elle
ne les recevoit pas non-plus comme des libertés
incommodes ou déſagréables. Mes yeux péné-
troient juſqu'au fond de leur cœur. Malheureuſe
diſpoſition du mien, qui me faiſoit trouver mon
ſupplice dans le bonheur d'autrui! Mais que
devins-je, lorſque j'entendis faire quelques raille-
ries à votre frère, ſur la patience que j'avois de
m'ennuyer avec Angleſey & ſa mère? Je n'y pus
réſiſter. J'avançai la tête; & prenant le moment
qu'il avoit les yeux tournés vers moi, je lui fis
un ſigne qui ne lui fut pas difficile à comprendre.
Je lui rendis juſtice; il y répondit en galant
homme. S'étant écarté ſans affectation, il eut
bientôt trouvé la route que je pris à quelque
diſtance devant lui; & toujours cachés par les
arbres, nous nous joignîmes dans un lieu propre
à mon deſſein. Furieux comme j'étois, je commençai par des reproches capables de le piquer.
Il n'y répondit qu'en portant la main ſur ſon épée.
Notre combat dura peu. La fureur m'ayant fait
perdre toutes meſures, je fus percé d'un coup
qui m'a mis dans l'état où vous me voyez.

J'avouerai avec confuſion que dans la rage de
me voir abattu aux pieds de mon rival, je penſai
à recueillir tout ce qui me reſtoit de force pour
achever ſon ouvrage. J'étendis le bras vers mon
épée qui étoit à quelques pas de moi, & je m'en

ferois donné mille coups fi j'euffe pu la faifir.
Mais quelque idée qu'il pût fe former de mes
vues, il l'écarta promptement avec le pied,
& m'ayant promis de m'envoyer du fecours, il
me délivra auffitôt du tourment de le voir. Ç'en
fut un plus mortel encore de penfer qu'il alloit
jouir de fon triomphe, & fe faire un nouveau
mérite du péril qu'il venoit de partager. Cependant m'étant fort affoibli par la perte de mon
fang, les mouvemens de fureur & de haine firent
place à quelques fentimens de religion. Il me vint
du fecours. Je voulus être porté chez moi ;
& concevant par l'épuifement de mes forces,
que je touchois peut-être à mon dernier moment,
je chargeai un de mes gens d'aller dire à votre
frère que je lui pardonnois ma mort.

Il y a vingt-quatre heures que la vigueur de
mon tempérament me foutient contre toute
efpérance. Dans une fituation où tous les défirs
& les reffentimens s'éteignent, il m'eft venu
à l'efprit de vous écrire, non-feulement pour
vous demander pardon de tous les chagrins que
j'ai caufés à votre famille, mais pour vous donner
quelques marques d'amitié & de confiance, qui
vous perfuaderont de la fincérité de mon repentir.
N'ayant point de parens catholiques avec qui
j'aie eu beaucoup de liaifon, je vous remets la
difpofition du tréfor que je me fouviens d'avoir
vifité

vifité avec vous. Vous en ferez l'ufage qui conviendra à votre piété & à vos lumières, foit que vous jugiez à propos de l'abandonner au roi Jacques, à qui je l'ai déjà offert, foit qu'il vous paroiffe plus néceffaire de l'employer ici aux befoins des fidèles. Je crois devoir auffi quelque réparation à votre fœur pour tant d'inquiétudes & de peines que ma folle paffion lui a fait effuyer, & fur-tout pour l'obftacle que j'ai mis peut-être à fon établiffement. Les pierreries de ma mère lui étoient deftinées dans mes premières vues. Acceptez-les pour elle, & qu'elles fervent à lui faire oublier les raifons qu'elle a eues de me haïr. Hélas! ajouta-t-il avec un profond foupir, mon fort a toujours été de me rendre odieux par les raifons qui fervent aux autres à fe faire aimer, & malheureux par les voies qui fembloient me devoir conduire au bonheur!

En finiffant un difcours, que l'excès de fon affoibliffement lui avoit fait interrompre vingt fois, il fe fit apporter une caffette qu'il me pria d'ouvrir. J'y trouvai, avec les diamans & les bijoux de fa mère, tous les mémoires qui appartenoient au tréfor. M'ayant forcé de les accepter, il y joignit un billet figné de fa main, qu'il avoit déjà préparé, & qui faifoit foi de la ceffion volontaire qu'il me faifoit de tous fes droits fur ce qu'il m'abandonnoit. Les médecins

*Tome II.* L

l'avoient déjà préffé de finir un entretien qui altéroit confidérablement fes forces, & fon naturel ardent ne l'abandonnant point jufqu'à l'extrémité, il les avoit rejetés avec impatience. Mais les faifant rappeler, il fe remit entre leurs mains avec plus de douceur, & il me demanda pour unique témoignage d'amitié & de compaffion, de demeurer auprès de lui pour recevoir fes derniers foupirs.

Un devoir fi jufte me retint deux jours, qui furent le terme de fa vie. Avec quelque zèle & quelques fentimens de reconnoiffance que je fuffe porté à lui rendre ce dernier office de la charité chrétienne, il étoit trifte à mon cœur d'être appelé par d'autres obligations qui ne pouvoient fe concilier avec un fi long délai. Je fouffris d'autant plus de cette penfée, qu'étant occupé continuellement à réciter les prières de l'églife, je me trouvois même obligé de la rejeter comme une diftraction. Cependant il étoit certain que Patrice étant parti au hafard, & fans être fûr de trouver à Waterford un vaiffeau prêt à mettre à la voile, je pouvois efpérer, avec un peu de diligence, de le joindre encore, & peut-être de l'arrêter. Les combats d'honneur qui fe font fans fraude & fans inégalité, ne font pas punis en Irlande avec autant de rigueur qu'en France. Il y avoit d'ailleurs mille moyens de le

mettre à couvert des pourſuites; & le danger
quel qu'il fût, auroit toujours été un moindre
mal qu'un voyage entrepris contre toutes ſortes
de droits, & dont il ne falloit pas être fort éclairé
pour prévoir les ſuites funeſtes. J'écartai néanmoins toutes ces réflexions; & remettant de ſi
chers intérêts à la conduite du ciel, j'en fis le
ſacrifice à la charité.

A peine là mort eut-elle fermé les yeux de
milord Linch, que je me flattai de réparer
encore le tems que j'avois perdu. J'avois eu la
précaution de faire partir pluſieurs chevaux de
relais, qui devoient ſervir à me faire avancer
avec toute la diligence poſſible dans un pays où
l'uſage de la poſte n'eſt pas encore établi. Sans
perdre un moment je pris le chemin de
Waterford, & je n'y ſerois pas arrivé plus vîte
avec des aîles. O nouvelle ſource de douleur!
Mon frère étoit parti le même jour. Après avoir
cherché inutilement une occaſion pour le
paſſage, l'impatience & la crainte leur avoient
fait louer à grand prix le premier vaiſſeau qui
s'étoit préſenté. Je trouvai dans le lieu où ils
avoient logé, non-ſeulement le cocher d'Angleſey
qui y étoit encore avec ſes chevaux & ſon
carroſſe, mais le laquais de Patrice qui cherchoit
une voiture pour regagner le comté d'Antrim.
Il ne ſut pas plutôt qui j'étois, que demandant

L 2

à me voir, il m'apprit volontairement des circonftances que je brûlois d'entendre. Son maître,
forcé de s'éloigner par le malheur qu'il avoit eu
de bleffer mortellement milord Linch, lui avoit
laiffé ordre de porter cette nouvelle à Antrim,
& de le rejoindre enfuite à Paris. Le trouble
d'un départ fi précipité ne lui avoit pas permis
de m'écrire, ni à fa femme; mais il nous promettoit de fatisfaire à ce devoir en arrivant en
France. Il recommandoit Milady à mes foins
& la prioit elle-même de ne pas fe livrer à des
excès d'affliction.

Ces attentions & ce langage me parurent
autant d'artifices, qui couvroient des inclinations & des vues toutes différentes. Je foupirai
avec amertume; & n'ayant plus d'autre reffource
que la pitié du ciel, je lui demandai pour prix du
facrifice que je lui avois fait auprès de milord
Linch, d'arrêter les téméraires deffeins d'un frère
qui couroit aveuglément à fa perte. Il n'étoit pas
queftion de paffer la mer pour le fuivre. Outre
l'incertitude de fa route & la difficulté de trouver
un vaiffeau, j'étois appelé par un autre foin qui
partageoit cruellement mon cœur. Je me repré-
fentois quel alloit être le défefpoir de ma belle-
fœur en recevant le premier avis de cette
nouvelle difgrace; ou plutôt preffentant déjà
qu'elle auroit bientôt d'autres lumières, la com-

paffion que j'avois pour fon fort me faifoit
éprouver d'avance une partie de fes peines.
C'étoit à elle que je devois les premiers efforts de
mon zèle, pour réparer du moins dans quelque
mefure les effets d'un mal que je ne pouvois
plus empêcher.

Ainfi, condamné déformais à des courfes
continuelles, & fatigué prefqu'également de
corps & d'efprit, je repris la route d'Antrim,
avec l'unique deffein de me rendre utile au repos
de ma belle-fœur. J'avois exigé du laquais de
Patrice qu'il fe repofât fur moi de fa commiffion.
Mais cette précaution étoit inutile. Dilnick qui
fe préfenta le premier à mon arrivée, m'apprit
que fa nièce étoit déjà informée de ce que je
penfois à lui déguifer, & que fa fanté & fon efprit
étoient dans un égal défordre. Au moment
qu'elle avoit appris mon départ pour Dublin,
elle s'étoit défiée qu'une réfolution fi peu méditée
fuppofoit quelqu'évènement extraordinaire ; &
fon inquiétude étant redoublée par le myftère
qu'on affectoit, elle avoit chargé un de fes gens
de me fuivre à quelque diftance, avec ordre de
veiller fur toutes mes démarches, & de l'informer
promptement de tout ce qui auroit rapport à fon
mari. Cet argus étoit entré fi fidèlement dans fes
intentions, que ne m'ayant point perdu de vue
jufqu'au château d'Anglefey, il avoit appris

L 3

presqu'aussitôt que moi le combat de mon frère & sa fuite. Il étoit retourné avec la dernière diligence pour communiquer cette nouvelle à sa maîtresse; & n'ayant point ménagé ses expressions, il l'avoit jetée dans des alarmes qui mettoient sa vie même en danger.

Ma crainte fut d'abord que mademoiselle de L.... n'eût été mêlée dans ce récit; mais n'entendant rien ajouter à Dilnick, je conçus que la précipitation du messager l'avoit empêché de pénétrer plus loin que les apparences, & que la plus dangereuse partie du mal étoit ignorée. J'entrai chez ma belle-sœur avec cette confiance. Elle parut recevoir quelque consolation de mon arrivée; & le tour que je donnai à l'infortune de son mari, contribuant encore à calmer ses agitations, je me persuadai de plus en plus qu'elle étoit sans défiance du côté de sa rivale. Cependant la proposition qu'elle me fit aussitôt de la conduire en France, auroit pu me faire naître quelque soupçon, si je ne l'eusse attribuée au mouvement d'une tendresse dont je connoissois l'excès, ou si je n'eusse cru du moins qu'elle ne pouvoit avoir d'autre motif que le fondement que je connoissois à sa jalousie. J'opposai d'abord à ses instances le fâcheux état de sa santé, & l'espérance que j'avois de faciliter le retour de son mari; mais venant tout d'un coup à penser que dans l'oubli de foi-même où je fuppofois Patrice, rien n'auroit tant de force pour le rappeler à fon devoir que la préfence d'une épouse vertueuse, dont le moindre regard feroit capable de le couvrir de confufion, j'entrai volontiers dans cette idée ; & fans expliquer ce qui mettoit un fi prompt changement dans les miennes, je ne demandai à ma belle-fœur que de fe rétablir affez pour entreprendre le voyage fans danger.

Un motif fi puiffant eut plus d'effet que tous les remèdes. Je remarquai fenfiblement que chaque jour ajoutoit quelque chofe à fes forces. Elle ne parloit pas de notre projet fans une efpèce de complaifance qu'elle paroiffoit prendre dans fes idées. Nous nous trompions ainfi mutuellement ; car fi je ne lui avois pas découvert mes vues, elle étoit bien éloignée de m'avoir confeffé les fiennes. Auffitôt que je lui crus affez de fanté pour faire efpérer que le tems acheveroit de la rétablir, je profitai de l'intervalle que cette efpérance me laiffoit pour vifiter mon troupeau. J'y fus reçu avec des larmes de joie ; & fi quelque chofe balança jamais dans mon cœur les obligations de la nature, ce fut le zèle que je fentis renaître à cette vue.

Mais j'étois trop occupé des peines de ma belle-fœur pour oublier ce que je devois à fa confolation. Je la trouvai, à mon retour, non-feulement conftante dans la réfolution de partir, mais fi bien rétablie de fes infirmités, que je ne pus attribuer ce miracle qu'à l'amour. Ses préparatifs étoient déjà faits pour le voyage; & j'admirai, comme une autre marque de fa vive tendreffe, qu'elle eût moins penfé à fes propres befoins qu'à ceux de fon mari; la plus grande partie de fon équipage fe trouvoit compofée de ce qui étoit à l'ufage de mon frère. Ingrat! ne pus-je m'empêcher de dire en moi-même, comment refufes-tu ton cœur à tant d'amour & de vertu? Qui fait dans quel égarement nous allons te trouver, & fi le plaifir de te voir, qu'on fe propofe avec tant d'ardeur & de joie, ne fe changera pas bientôt dans une abîme de nouvelles douleurs.

Le foin de tout ce que ma belle-fœur laiffoit derrière elle fut confié à Dilnick. Il avoit approuvé lui-même notre voyage; & l'opinion qu'il avoit de ma bonne foi, le raffurant contre toutes les craintes que Fincer lui avoit infpirées, il nous vit partir fans inquiétude. Un vaiffeau qui faifoit voile à Dunkerque nous tranfporta heureufement dans cette ville, où nous trou-vâmes toutes fortes de commodités pour nous rendre à Paris.

Ce voyage que j'avois entrepris avec moins

de répugnance que de joie, me fit des impreffions toutes différentes, à mefure que nous
avancions vers le terme. J'ignorois dans quelle
fituation nous allions trouver Patrice; & forcé
de me livrer à mille foupçons funeftes qu'il
m'avoit été plus facile de fufpendre dans l'éloignement, je tremblois que tous les maux que
j'avois à craindre ne fuffent déjà fans remède.
Il me fembloit même que la préfence de ma
belle-fœur n'étoit propre qu'à les irriter. De quel
œil un mari coupable peut-il voir une femme
dont il n'attend que des reproches? Souvent la
honte fe change en dureté & en obftination pour
fe déguifer; & tel qui n'avoit livré au défordre
que la moitié de fon cœur, trouve des raifons
pour s'y abandonner fans réferve lorfqu'il eft
preffé de fe juftifier. D'ailleurs, ayant écrit deux
fois à Rofe, je n'avois pas reçu de réponfe. C'étoit
le fujet d'une autre inquiétude, que je n'avois pas
fentie fi vivement en Irlande qu'en approchant
de Paris. Ainfi, l'obfcurité & l'épouvante fembloient précéder mes pas; & loin de me
promettre de la fatisfaction en revoyant ce que
j'avois de plus cher, je m'occupois triftement
à m'armer de force pour effuyer peut-être une
infinité de nouvelles douleurs.

Mes incertitudes me caufèrent tant de trouble
le dernier jour du voyage, que n'ofant m'en-

foncer fans précaution dans de fi affreufes ténèbres, je pris le parti de m'arrêter à Saint-Denis, d'où je fis partir auffitôt mon valet avec divers ordres. Il me fut aifé de faire approuver à ma belle-fœur les prétextes que je lui apportai pour ce retardement. La première commiffion dont je chargeai Jacin, fut de porter au comte de S.... la nouvelle de mon arrivée; mais en le faifant avertir que j'avois avec moi ma belle-fœur, je ne jugeai point à propos qu'il fût informé de mes alarmes fur la conduite de Patrice. Jacin avoit affez d'efprit pour ne rien confondre; & comme il n'ignoroit pas ce que je lui ordonnois de cacher, je le crus même capable de tirer adroitement du comte ce qu'il jugeroit propre à m'éclaircir. Delà, il devoit aller à notre terre des Saifons, fi milord Tenermill & Rofe s'y étoient retirés, comme je me l'imaginois, ou à celle du comte, s'ils y demeuroient encore. Je lui recommandai d'éviter avec foin la vue de Patrice dans quelque lieu qu'il pût le rencontrer, & d'employer toute fon adreffe pour voir milord Tenermill fans témoins. Ce que je l'avois chargé de lui dire, fe réduifoit à quatre mots. Sans parler de ma belle-fœur, il devoit le prier de me venir joindre à Saint-Denis, où je l'attendois pour des affaires qui demandoient autant de diligence que de fecret.

Il n'y aura perfonne qui n'entre ici dans mes vues. Quelque opinion que les difcours de Tenermill m'euffent fait prendre de fes principes, je ne pouvois me perfuader que l'honneur ne lui infpirât point d'autres fentimens, lorfqu'ayant vu ma belle-fœur, & fe trouvant preffé par fes larmes autant que par mes inftances, de contribuer à lui rendre fon mari, il feroit forcé de reconnoître que fon propre intérêt lui en feroit une néceffité. Car il ne falloit pas s'attendre que là moindre infidélité de Patrice pût être long tems cachée à fon époufe, ni qu'elle fût d'humeur à fupporter les outrages d'un ingrat qui devoit tout à fes bienfaits. Des plaintes auffi juftes que les fiennes ne pouvoient manquer de fe faire entendre : & fur qui la honte d'un tel éclat devoit-elle tomber plus directement que fur lui-même, qui avoit mille raifons de ménager fon honneur & celui de fa famille, dans un pays où fes efpérances n'avoient jamais eu d'autre fondement !

J'étois occupé de ces réflexions, lorfque le bruit d'un équipage qui s'arrêtoit vis-à-vis de la porte, m'ayant fait mettre la tête à ma fenêtre, je le reconnus pour le carroffe du comte de S... que j'en vis fortir auffitôt. Ma furprife ne tomba d'abord que fur la diligence de Jacin qui ne devoit pas avoir perdu un moment, & fur le zèle du comte, à qui l'amitié fembloit avoir prêté des

ailes. Mais je fus vivement ému en voyant fortir
du carroffe après lui mes deux frères ; & par quels
termes repréfenterai-je l'excès de mon trouble,
lorfqu'ayant tourné tous trois le vifage vers la
portière, je leur vis donner la main à deux
dames qui étoient mademoifelle de L....
& ma fœur !

Il me feroit échappé un cri de douleur
& d'étonnement, fi la bonté du ciel ne m'eût
remis tout d'un coup devant les yeux les intérêts
que j'avois à ménager. Ce fut encore un miracle
de la providence, que celle pour qui je m'alar-
mois avec tant de raifons, n'eût pas même la
curiofité de me demander ce que j'avois vu,
& que livrée à fes méditations ordinaires, elle
fût demeurée tranquillement affife à quelque
diftance de la fenêtre. Cette penfée me fit
rappeler heureufement toute ma préfence
d'efprit. Je tirai de ma poche un livre dont je
m'étois muni pour éviter l'ennui du voyage ;
& demandant à ma belle-fœur la permiffion de la
quitter un moment, je la preffai d'en lire quelques
pages, dont je lui témoignai que je ferois bien
aife de favoir fon fentiment. Je fortis auffitôt fans
affectation. Mais à peine eus-je tiré fur moi la
porte de la chambre, que je defcendis l'efcalier
avec une promptitude égale à ma crainte, en

maudiſſant Jacin que j'accuſois de m'avoir jeté
dans un ſi cruel embarras.

Le premier objet que je rencontrai fut un des
gens de ma ſœur, qui ayant apperçu ſon maître,
ſe hâtoit de monter pour nous avertir de ſon
arrivée. Je l'arrêtai avec feu; & lui ayant défendu
d'entrer dans la chambre de ſa maîtreſſe, ſous
peine d'être renvoyé ſur le champ en Irlande,
je lui donnai ordre de ſe tenir au bas de l'eſcalier,
pour faire de ma part la même déclaration à nos
autres domeſtiques. Il ne me vint pas le moindre
doute que Patrice & toute ſa compagnie n'euſſent
appris de Jacin que ma belle-ſœur étoit avec moi;
& quand je ne les aurois pas cru bien inſtruits
par cet indiſcret, je n'aurois pu m'imaginer que
de quatre domeſtiques qu'elle avoit à ſa ſuite,
il n'y en eût pas un qui ſe fût trouvé à la porte,
& qui n'eût été reconnu par ſon maître. Cependant n'ayant point vu paroître Jacin, & remarquant
que le comte & mes frères étoient encore
à demander aux domeſtiques de la maiſon de
quel côté ils devoient prendre pour monter à ma
chambre, je me flattai de pouvoir me tirer de ce
labyrinthe, & je réſolus, en les abordant,
d'attendre leurs explications.

Après quelques vives effuſions de tendreſſe,
qui ne furent mêlées d'aucun éclairciſſement, je
leur fis ouvrir une chambre éloignée de celle où

j'avois laiffé ma belle-fœur, & j'y entrai avec eux.
Dans la confufion de ces premiers mouvemens,
je ne laiffai pas d'avoir les yeux particulièrement
attachés fur Patrice, & je crus déméler fur fon
vifage un air d'embarras qui déceloit un cœur
coupable. La tranquillité qui paroiffoit au
contraire fur celui de mademoifelle de L.... étoit
une marque qu'elle ne fe croyoit plus fi malheureufe, & je regardai deux difpofitions fi différentes
comme des effets de la même caufe. On s'affit.
Milord Tenermill prit la paróle. Il fembloit à fa
contenance qu'il eût mille chofes à m'apprendre,
& qu'il ne fût laquelle il devoit expliquer la
première. Il ne manquoit à notre joie, me dit-il
enfin, que de vous voir arriver pour y prendre
part. Vous ne voyez pas un feul de nous qui n'ait
le cœur fatisfait, & qui ne foit charmé de vous
avoir pour témoin de fon bonheur. Patrice même,
ajouta-t-il, en le regardant avec un air d'intelligence qui le fit rougir, ne me défavouera point,
fi j'affure qu'il eft content de fes efpérances, &
que depuis quatre jours il a lieu de fe louer de
la fortune. Mais ce que nous avons à vous
apprendre, demande d'être expliqué avec moins
d'obfcurité.

Après bien des ennuis & des langueurs,
reprit-il en fouriant, ma fœur eft à la veille
d'obtenir tout ce qu'elle a défiré. M. le comte

a détruit tous les obstacles qui nous ont fait craindre long-tems pour la succession de des Pesses. Il a gagné lui-même son procès. Il n'attend, pour la conclusion de son mariage, que l'expiration d'un tems fort court qu'il doit encore à la bienséance. Il meurt d'impatience, & je crois que celle de Rose est égale. Mon bonheur a voulu, continua-t-il, que le roi Jacques ait pris pour moi des sentimens favorables. Sa recommandation m'a fait obtenir un régiment irlandois qui est commandé pour passer la mer au premier jour. Il y a joint une pension de douze mille francs sur sa cassette, & sa bonté me fait espérer que ce ne sera pas le dernier de ses bienfaits. Mais ce qui me rend sa faveur encore plus précieuse, c'est qu'elle m'a fait employer heureusement mes soins pour la satisfaction de Patrice. Il est revenu en France avec tous les sujets de tristesse que vous n'ignorez pas. Un mariage forcé, une épouse odieuse, un démêlé avec la justice pour la mort de Linch, une répugnance invincible à retourner en Irlande quand il y trouveroit toutes les facilités qu'il ne peut espérer; & pour ne pas déguiser ce qui lui est le plus honorable, une tendresse pour mademoiselle de L.... qui est à l'épreuve de toutes sortes d'obstacles, & qui est bien justifiée par le mérite & les sentimens de celle qui l'a fait

naître ; tant de raisons m'ont fait entrer dans
ses peines, & m'ont porté à ne rien épargner
pour les soulager. J'ai communiqué toutes ses
infortunes au roi. Ce prince, qui avoit appris
avec chagrin qu'il s'étoit marié en Irlande,
sur-tout avec la fille de Fincer, dont vous
n'avez pu douter que le nom ne fût odieux à
Saint-Germain, a marqué beaucoup d'envie de
le secourir ; & lorsqu'il a su qu'après plusieurs
mois de mariage il n'avoit point encore eu de
commerce avec sa femme, il a été le premier
à croire qu'un nœud si mal assorti pouvoit se
rompre facilement. J'ai saisi avidement cette
ouverture. L'affaire fut consultée, il y a quatre
jours, par les meilleurs avocats de Paris ; &
leur réponse est si favorable, que nous ne pen-
sons qu'à faire venir d'Irlande les informations
& les témoins nécessaires pour faire notre demande en justice. Mais votre arrivée, ajouta
Tenermill, abrégera une partie de nos peines ;
car nous ne saurions croire que vous fassiez
difficulté d'entrer dans un projet si juste ; &
quoique le mariage de Patrice ait été votre
ouvrage, vous n'êtes plus sans doute à reconnoître qu'un engagement si malheureux n'est
point approuvé du ciel, & ne peut-être rompu
trop-tôt.

Il se tut pour attendre ma réponse. C'est au
ciel

ciel sans doute que je fus redevable de la force
qui me rendit maître des mouvemens de mon
cœur, & qui me fit modérer mes expressions. Je
les félicitai en peu de mots sur cette partie de
leurs prospérités qui ne blessoit ni les droits de
la religion, ni l'équité naturelle; & regardant
fixement Patrice, dont la rougeur marquoit assez
l'embarras, je lui demandai d'un air & d'un ton
douloureux, si c'étoit du fond du cœur qu'il
donnoit la qualité d'odieuse à une femme aimable
& passionnée pour lui. Il se hâta de me répondre
qu'il ne s'étoit jamais servi de ce terme, & que
son frère avoit mal interprêté ses sentimens;
mais que je n'ignorois pas aussi, que tout ce
qu'il avoit jamais senti pour elle étant de la
reconnoissance & de l'estime, il avoit regardé,
dès le premier moment, son mariage comme un
supplice; & qu'il étoit certain d'ailleurs que
pendant le long séjour qu'il avoit fait avec sa
femme, à peine s'étoit-il échappé à lui toucher la
main. Je sais, lui dis-je en l'interrompant, que
vous l'avez traitée avec beaucoup de froideur,
mais vos fautes ne changent rien à son mérite
& ne diminuent rien de ses droits. C'est vous
faire assez ma cour, ajoutai-je, en tournant
les yeux vers mademoiselle de L....; mais je
vous connois, mademoiselle, autant de vertu

que d'efprit & de beauté ; & quand j'ai pris
part à vos chagrins, j'ai fuppofé que vous ne
m'expoferiez jamais à la néceffité de changer
de fentimens.

Ma vue, dans cette efpèce de diverfion, étoit
de la piquer d'honneur, & craignant de m'engager trop loin avec mes frères, j'étois bien aife
de prendre une voie indirecte pour leur déclarer
nettement mes difpofitions. Mais Tenermill,
affectant fa fupériorité ordinaire fur ce qu'il
nommoit ma délicateffe & mes fcrupules, fe leva
avec un air de fuffifance ; & prévenant mademoifelle de L.... qui paroiffoit embarraffée à me
répondre : fiez-vous à moi, mademoifelle, lui
dit-il, & foyez fans crainte. Je vous promets
qu'avant deux jours il nous fera la grace de penfer
comme le roi, comme tous les honnêtes-gens de
Paris, & comme nous. Vous verrez, ajouta-t-il
avec un fouris ironique, qu'il nous preffera à la
fin de ne pas choifir une autre main que la fienne
pour vous donner la bénédiction du mariage; ou
s'il continue de nous chagriner par fes petites
objections, nous le prierons de fe mêler uniquement de fes livres. Enfuite fe tournant vers moi
d'un vifage riant, il me répéta qu'il étoit charmé
de mon retour, & que fi je l'en voulois croire,
nous prendrions tous enfemble le chemin de
Paris, où je ferois témoin de mille chofes qui

flatteroient la tendreſſe dont j'étois rempli pour ma famille.

Arrêtez, lui dis-je d'un ton ferme, au moment qu'il invitoit les dames à ſortir. Je ſuis peu ſenſible à tout ce qui ne bleſſe que la conſidération que vous devez à mon caractère & à mon âge. Mais ſoyez-le vous-même à des motifs beaucoup plus preſſans. Et ne balançant point à leur déclarer que ma belle-ſœur étoit dans une chambre de la même auberge, je ſuis curieux d'apprendre, dis-je à Tenermill, quels prétextes de divorce votre imagination ſera capable de vous fournir contre une femme qui joint à mille charmes naturels une vertu ſans reproche, & tant d'amour pour ſon mari, que ſans ſe rebuter de ſon ingratitude & de ſa dureté, elle abandonne ſa patrie, pour le chercher au travers de mille dangers. Il ſera nouveau pour les juges de France, d'entendre donner le nom de crime à des excès de bonté & de tendreſſe, & d'en voir prendre une occaſion de mépris & de dégoût. J'avois compté, ajoutai-je, qu'en ménageant les choſes, avec un peu de prudence, je pourrois vous ramener tous à des réſolutions honnêtes & vertueuſes ; & je m'applaudiſſois d'avoir pu dérober ici votre arrivée à ma belle-ſœur, dans l'eſpérance du moins de vous diſpoſer à la recevoir civilement. Mais puiſque vous rejetez toutes fortes de compofitions, c'eft à vous de vous précautionner d'avance contre fes juftes plaintes. Elle ne fera point condamnée fans être entendue. Elle ne manque ni de courage, ni d'efprit pour repouffer une injure. Son bien lui fera trouver des défenfeurs fi elle n'en peut efpérer de la juftice : & je ne vous diffimulerai point que loin d'entrer dans vos projets, je prendrai parti jufqu'au dernier foupir pour fon infortune & fa vertu.

L'embarras où je les vis me forma pendant quelques momens un fpectacle qui eut de la douceur pour mes yeux. C'étoit une vengeance bien innocente, puifque le fruit que j'en efpérois étoit encore de leur infpirer des fentimens raifonnables. Je les vis long-tems comme incertains. A quoi nous expofez-vous? me dit brufquement Tenermill. Et prenant le comte & Patrice à l'écart, ils tinrent confeil enfemble avec des précautions extrêmes, pour n'être pas entendus. Je ne les gênai point; mais profitant de cet intervalle, je fis quelques reproches à mademoifelle de L..... du trouble qu'elle alloit répandre dans ma famille. Eft-ce vous lui dis-je, dont la douceur & la vertu m'avoient infpiré tant d'eftime? Comment s'oublie-t-on jufqu'à cet excès? Qu'efpérez-vous? Avez-vous fongé qu'en ruinant notre repos, vous vous expofez

presqu'infailliblement à vous perdre de réputation ? Car le succès dont mes frères se flattent
est bien éloigné. Je soutiendrai l'intérêt de ma
belle-sœur jusqu'au tombeau. C'est un faux
exposé qui vous a rendu les consultations favorables. J'instruirai les juges. Je ferai ouvrir les
yeux sur vous, à toute la France. Elle me
répondit avec beaucoup de larmes, qu'elle ne
souhaitoit ni la ruine de notre repos, ni le
malheur de personne, & que si elle s'étoit
flattée de quelque espérance, c'étoit depuis
que milord Tenermill l'avoit assurée de la protection du roi & de la faveur des juges. Rose,
qui paroissoit s'intéresser beaucoup pour elle,
confirma cette réponse par son témoignage;
elle ajouta même adroitement tout ce qu'elle
put s'imaginer de plus propre à la justifier.
Mais dès qu'elle sembloit se déclarer contre ma
belle-sœur, elle m'étoit suspecte, & je soupi-
rois amèrement en faisant réflexion que je ne
pouvois plus prendre de confiance à personne.

Cependant mes frères revinrent à moi; &
Patrice, à qui il convenoit de m'expliquer
leur résolution, me pria de continuer, comme
j'avois heureusement commencé, à cacher à sa
femme qu'il fût venu si près d'elle. Nous allons
vous quitter, ajouta-t-il, en baissant les yeux,
& nous nous promettons de vous revoir à Paris;

mais vous avez dû comprendre que dans les circonstances où nous sommes, la bienséance ne nous permet pas de voir mon épouse. Chargez-vous, me dit-il encore, de la loger comme il convient à sa condition, sans lui faire connoître que vous m'ayez vu, & que vous sachiez où je suis. Je m'expliquerai davantage avec vous chez M. le comte de S.... où vous me trouverez presqu'à toutes les heures du jour.

Quoique chaque mot de ce discours, & cette crainte sur-tout de blesser la bienséance, en revoyant sa femme, fût capable d'allumer ma colère & mon indignation, je fis violence à tous mes sentimens ; & concevant, en effet, qu'après avoir si peu gagné à leur apprendre qu'elle étoit avec moi, j'avois plus à espérer qu'à craindre d'une entrevue qui ne se feroit point sans quelque explication dangereuse, j'étois porté à favoriser sur le champ leur départ. D'ailleurs, s'il me restoit quelqu'espérance de ramener Patrice à son devoir, ce n'étoit pas dans la confusion d'une compagnie si nombreuse que je voulois m'attacher à cette grande entreprise, & ma crainte n'étoit pas de manquer l'occasion de le revoir à Paris. Mais il me vint à l'esprit deux objections que je lui proposai avec douceur : l'une, qui regardoit la difficulté de cacher à ma belle-sœur ce qui avoit été

apperçu de ſes domeſtiques ; & je lui racontai
là - deſſus les précautions que j'avois été forcé
de prendre pour empêcher qu'elle ne fût déjà
informée de ſon arrivée. En ſecond lieu, lui dis-
je, quelle apparence de la loger dans une maiſon
étrangère, lorſque nous ſommes tous à Paris,
& qu'elle n'ignore pas que milord Tenermill &
Roſe y ont un établiſſement ? J'avois la larme
à l'œil & l'amertume dans le cœur, en lui faiſant
faire cette dernière réflexion. Mais ils ne parurent
embarraſſés que dans la première. Ce n'eſt point
l'uſage de Paris, me dit ſéchement milord
Tenermill, qu'un étranger ſe loge chez ſes
parens ni chez ſes amis. Pour l'autre difficulté,
ajouta-t-il, en s'adreſſant à Patrice, c'eſt à vous
d'examiner ſi vous êtes diſpoſé à riſquer une
viſite, dont il eſt difficile, en effet, que vous
puiſſiez vous diſpenſer, s'il eſt vrai que vous ayez
été apperçu. Ils recommencèrent à délibérer ſur
un embarras ſi preſſant ; & la concluſion fut que
dans les termes où l'on étoit encore, cette civilité étoit indiſpenſable. Mais Patrice ne put ſe
réſoudre à paroître ſeul. Il propoſa au comte &
à Roſe de l'accompagner, tandis que Tenermill,
qui n'étoit connu d'aucun de nos domeſtiques,
demeureroit avec mademoiſelle de L..... dans
la chambre où nous étions. Cette réſolution, à
laquelle j'étois fort éloigné de m'oppoſer, leur

M 4

fit venir auffi la pensée de se prémunir contre les embarras du logement. On convint que pour sauver l'indécence qu'il y avoit à ne pas se mêler de ce soin, Patrice se chargeroit réellement d'en chercher un commode à Paris, & qu'il apporteroit en même - tems ce prétexte pour abréger sa visite. Il devoit feindre auffi qu'un reste de crainte, qui venoit encore de son premier duel, & qui l'obligeroit à garder quelques mesures, ne lui permettoit pas de paroître affez ouvertement pour se loger avec sa femme.

J'écoutai avec pitié cet odieux arrangement, & j'admirois même qu'après la manière dont je m'étois expliqué, ils craignissent si peu de me rendre témoin de leurs résolutions. Mais cette pensée me consola, parce qu'elle sembloit me laisser encore quelque ressource dans la bonté de leur caractère. C'étoit beaucoup obtenir que de les empêcher de rompre ouvertement dans des circonstances qui seroient peut - être devenues irréparables. Je les pressai d'exécuter ce qu'ils m'avoient promis. Nous laissâmes Tenermill avec mademoiselle de L. . . . . . qui paroissoit soutenir à regret un personnage si violent.

L'arrivée imprévue de Patrice, & la douceur que ma belle-sœur trouva, fans doute, à

se flatter que c'étoit l'impatience de la revoir
qui amenoit son mari au-devant d'elle, la mirent
pendant quelques momens dans une des plus
agréables situations qu'elle eût éprouvée depuis
son mariage. Elle se précipita vers lui avec une
espèce de transport ; & dans l'excès de sa joie
elle avoit peine à trouver des expressions qui
répondissent à ses sentimens. Il parut embarrassé à recevoir ses caresses. Ce fut pour s'en
délivrer qu'il la pria de s'asseoir ; & n'ayant pu
refuser de se placer près d'elle, il eut la dureté
de retirer sa main, dont elle se saisit plusieurs
fois. S'il ne lui fit pas des reproches de son
voyage, il fut si éloigné de lui en marquer de la
reconnoissance, que l'attribuant au désir de voir
Paris, il prit occasion tout d'un coup de lui
parler des agrémens de cette ville, & du soin
qu'il alloit prendre de lui choisir un logement
dans le plus beau quartier. Mais c'étoit s'exposer à des objections que j'avois prévues. Elle
lui répondit que le lieu qu'il habitoit seroit toujours le seul qui pût lui plaire, & que n'ayant
quitté l'Irlande que pour le rejoindre, elle
n'avoit point d'autre demeure à choisir que la
sienne. Ce fut-là qu'il voulut alléguer les excuses
qu'il avoit préparées. Mais elle y satisfit par
des réponses si simples & si naturelles, qu'il
seroit tombé dans le dernier embarras, si Rose

n'eût pris la parole pour le soulager. Soit qu'elle craignît de lui voir rompre toutes sortes de mesures, soit qu'elle ne pût se défendre d'un juste sentiment de tendresse & de compassion pour une femme aimable & malheureuse, elle lui proposa d'aller descendre aux Saisons, où elle s'offrit à l'accompagner pendant qu'on prendroit d'autres soins pour se loger plus commodément à Paris. Ce discours eut plus d'effet peut-être que Rose ne s'en étoit promis. En faisant entendre que c'étoit faute de commodité que Patrice s'étoit défendu de demeurer avec sa femme, elle écarta les soupçons qui ne s'élevoient déjà que trop dans l'esprit de ma belle-sœur; & réparant par cette marque d'amitié l'air de froideur & de contrainte avec lequel elle avoit comme affectée jusqu'alors de garder le silence, elle lui fit prendre une meilleure opinion de l'accueil qu'elle devoit espérer dans notre famille.

En effet, le changement que j'apperçus sur son visage, me fit juger qu'elle s'étoit rassurée par ces deux réflexions. Dans les mouvemens qu'elle avoit ressentis à la vue de Patrice; elle avoit fait peu d'attention aux premières civilités de ma sœur, & n'ayant jamais eu de liaison familière avec elle, peut-être ne l'avoit-elle pas reconnue. Mais ne pouvant douter à qui elle parloit, après

l'avoir entendue, elle se leva pour l'accabler de
caresses & pour la remercier de ses offres. J'étois
attentif à toutes les circonstances de ce spectacle. Enfin, vivement pénétré du service que
Rose venoit de nous rendre, j'ajoutai mille
choses, qui firent une nécessité à Patrice de
l'approuver; & pour serrer de plus en plus ce
nouveau nœud, je présentai le comte de S....
à ma belle-sœur, comme un homme qui nous
appartenoit déjà par ses engagemens, & qui
avoit trop de mérite pour ne pas sentir tout ce
qu'elle valoit elle-même. Il ne put se dispenser
de soutenir ce compliment par toutes les galante-
ries qui sont familières aux françois. Ainsi la
conversation s'étant animée par degrés & prenant un tour fort civil & fort tendre, je commençois à me flatter qu'il n'arriveroit rien du moins
qui pût troubler des apparences si tranquilles.

Je m'efforçois de les confirmer par tout ce
que je pouvois m'imaginer de plus doux & de
plus amusant, lorsqu'un des gens de ma belle-sœur,
celui qu'elle avoit envoyé secrètement chez
Anglesey, entra dans la chambre; & s'approchant de l'oreille de sa maîtresse, lui tint un
discours qu'elle parut entendre avec beaucoup
d'émotion. Le silence auquel cet incident nous
força tout d'un coup, donna le tems à Patrice,
qui étoit assis près d'elle, & que son inquiétude

pour mademoiſelle de L...... portoit à la
défiance, de recueillir la plus grande partie
d'un récit qui l'intéreſſoit. Je le vis fort
ému à ſon tour, juſqu'au point de ſe lever
avec un mouvement fort animé, & de nous
quitter ſans prononcer un ſeul mot. Ma belle-
ſœur alarmée d'un départ ſi bruſque, le pria
inſtamment de ne pas ſortir ſans l'écouter. Il
deſcendit ſans faire attention à ſa prière. Quoiqu'à la diſtance où j'étois, je n'euſſe rien entendu
qui fût capable de me donner le moindre ſoupçon, je ne pûs douter qu'il n'eût été choqué
de quelque choſe que j'ignorois; & remarquant
d'un autre côté la conſternation de ma belle-
ſœur, qui alloit juſqu'à me faire craindre qu'elle
ne tombât ſans connoiſſance, je conjurai Roſe
& le comte de ſuivre le foible Patrice, &
d'empêcher qu'il ne lui échappât rien d'indécent. Ils parurent entrer volontiers dans mes
vues. Je demeurai ſeul avec la triſte compagne de mon voyage, qui juſtifia auſſitôt
mes craintes en tombant dans un profond éva-
nouiſſement. Elle fut aſſez long-tems dans cet
état, & je m'empreſſai de la ſecourir par toutes
ſortes de ſoins. Tandis que j'étois occupé autour
d'elle, & que pour éviter l'éclat, j'avois pris
le parti de ne point employer d'autres aſſiſtance
que celle du laquais qui étoit la cauſe de

ce défordre, j'entendis le carroffe du comte
qui paroiffoit s'éloigner de l'auberge. Le foupçon d'un nouveau malheur me fit mettre la
tête à la fenêtre. Je le vis en effet qui reprenoit le chemin de Paris, & qui marchoit à
grand train.

Dans quel excès de trouble ne retombai-je
pas tout d'un coup? Rien ne m'aidoit à pénétrer le fonds d'une fi cruelle aventure; mais
fon obfcurité même fut un tourment fi douloureux pour moi, que je me crus prêt à tomber
dans le trifte état où je voyois ma belle-fœur.
Je demandai en vain des éclairciffemens au
miférable qui étoit venu fouffler au milieu de
nous le poifon & la mort. Il paroiffoit tremblant de crainte & de douleur, mais il refufa
abfolument de me répondre. Je lui ordonnai
de defcendre, du moins pour s'informer exac-
tement qui venoit de partir dans l'équipage du
comte; & défefpérant de faire rappeler fes
efprits à ma belle-fœur fans le fecours de fes
femmes, je fus contraint de les faire appeler.

Elle tarda peu néanmoins à retrouver la connoiffance; mais fes yeux ne s'ouvrirent que pour
verfer un torrent de pleurs, & fa bouche pour fe
livrer aux plaintes les plus amères. Elle demanda
ce qu'étoit devenu fon mari. Ses domeftiques,
qui s'étoient affemblés autour d'elle, ne purent

lui déguiſer qu'il étoit parti Ils avoient été témoins de la précipitation avec laquelle il étoit deſcendu ; & l'ayant obſervé avec d'autant plus de curioſité qu'ils étoient déjà inſtruits de ce que nous avions voulu cacher, ils l'avoient vu délibérer un moment avec ſes compagnons, & regagner comme à la dérobée le carroſſe du comte avec eux. Ma belle-ſœur, encore plus frappée de ce récit, redoubla ſes larmes en s'écriant qu'elle étoit perdue. J'ignorois autant ce qui étoit capable de l'affliger à cet excès, que ce qui avoit pu faire prendre à mes frères & à ma ſœur une réſolution ſi extraordinaire. Je la priai de m'éclaircir. Ah ! me dit elle, vous ne ſavez pas qu'il me hait, & qu'il n'a jamais eu pour moi le moindre ſentiment de tendreſſe. Il eſt paſſionné pour une autre femme. C'eſt bien moins ſon combat que l'envie de la ſuivre, qui l'a fait paſſer en France. J'ai tout appris, & j'ai eu la force de vous le cacher. Mais pourquoi m'inſulter ? continua-t-elle. Pourquoi joindre l'outrage à la trahiſon ? Croiriez-vous que dans le tems qu'il vient m'amuſer ici par un faux ſemblant de complaiſance & de zèle, il travaille à faire caſſer notre mariage ? Avez-vous vu une femme qui étoit ici à l'attendre ? C'eſt ſa maîtreſſe ; il n'a pas eu honte de l'amener avec lui.

Elle ordonna là-deſſus à ſes gens de me raconter ce qu'ils avoient appris de ceux du comte. Ces malheureux, dont la plupart ſont auſſi peu capables de diſcrétion que de fidélité & d'honneur, s'étoient entretenus, en effet, des affaires de leurs maîtres ; & l'un des nôtres, pour qui ma belle-ſœur avoit une certain confiance, s'étoit hâté de lui venir apprendre tout ce qu'il avoit pu découvrir. Je conçus alors que Patrice, qui avoit prêté l'oreille à ſon diſcours, n'avoit pu ſoutenir plus long-tems la préſence d'une femme qu'il outrageoit; & que s'étant retrouvé avec Tenermill & le comte, ils avoient conclu enſemble qu'après l'éclaiciſſement qu'elle venoit de recevoir, il n'y avoit plus de meſure à garder avec elle. Toutes les réflexions qui ſe préſentèrent à mon eſprit n'étant d'aucun ſecours pour le mal préſent, j'employai mes efforts à la conſoler. Avec quelques ſoins que Patrice pût me fuir, je ne craignois pas d'être trop long-tems à le retrouver. Ainſi je promis hardiment à ma belle-ſœur que nous ne paſſerions pas vingt-quatre heures ſans le revoir. Repoſez-vous, lui dis-je, ſur mon honneur & ſur mon zèle. Le malheur dont vous vous croyez menacée ne ſauroit être l'ouvrage d'un jour. J'ai des reſſources que je ne vous explique point. Si l'eſpérance * que j'ai

encore de ramener mon frère à son devoir
ne réussit point par les premières voies que je
veux tenter, je vous engage ma parole que
celles que je réserve à l'extrêmité, seront plus
infaillibles.

En effet, l'indignation dont j'étois rempli me fit
naître tout d'un coup quantité d'expédiens dont le
succès me parut certain. Mais la difficulté présente
étoit de me déterminer sur le lieu où nous devions
descendre à Paris. Cependant l'arrivée de Jacin,
& l'impatience que j'eus de l'accabler de reproches, me firent suspendre cette délibération.
J'allai vivement au-devant de lui, autant pour
suivre le mouvement qui m'agitoit, que
pour dérober cette nouvelle scène à ma belle-
sœur. L'embarras avec lequel il m'aborda me
fit juger qu'il savoit une partie du mal qu'il
avoit causé. Son repentir n'étant point une
satisfaction suffisante, je le reçus d'un air terrible, & je le traitai avec les termes les plus
durs. Je connois ma faute, me dit-il; cependant vous me trouverez excusable, si vous
voulez m'entendre. Mais, reprit-il, avant que
de vous raconter avec quelle fidélité j'ai exécuté
vos ordres, je dois m'acquitter d'une commission encore plus pressante. Il continua de me
dire qu'il avoit rencontré le carrosse du comte de
S.... & que s'étant approché de la portière,
ma

ma sœur lui avoit ordonné secrètement de faire la dernière diligence pour me venir solliciter de sa part de ne pas choisir d'autre demeure que les Saisons. Elles vous promet, ajouta-t-il, de ne pas perdre un moment pour s'y rendre. Je regardai le soin qu'il avoit de commencer par une déclaration si agréable, comme un tour fort adroit pour m'appaiser. Cette nouvelle me causa, en effet, tant de satisfaction, qu'elle dissipa tout d'un coup mon ressentiment. L'ayant pressé néanmoins d'achever, il me dit que dans la crainte de s'écarter de mes ordres, il avoit caché à M. le comte non-seu- l'arrivée de ma belle-sœur, mais la commission que je lui avois donnée de chercher mes frères. C'étoit ce malheureux excès de précaution qui avoit causé tout le trouble ; parce qu'étant allé aux Saisons, où il avoit espéré de les trouver, le comte, à qui il n'avoit pas recommandé le silence, & qui pouvoit les joindre bien plutôt que lui, puisqu'il étoit à Paris & dans son voisinage, leur avoit communiqué aussitôt ce qu'il venoit d'apprendre. Ils étoient partis sur le champ pour Saint-Denis ; de sorte que n'ayant pu savoir qu'aux Saisons que c'étoit à Paris qu'il devoit retourner pour le voir, il avoit eu le chagrin de de les trouver partis à son retour. S'imaginant bien que toute sa diligence pour les prévenir

*Tome II.* N

feroit inutile, il avoit employé le tems à s'informer de la fituation de leurs affaires. Elle étoit
heureufe du côté de la fortune; mais il trembloit,
me dit-il, de m'apprendre que mon frère devoit
époufer mademoifelle de L...... Une nouvelle fi
étrange l'ayant fait remonter à cheval auffitôt, il
avoit conçu que ce feroit une trifte entrevue que
celle de Patrice & de ma belle-fœur; & ce qu'il
avoit appris, ajouta-t-il, des domeftiques qui
fuivoient le carroffe du comte, n'avoit que trop
confirmé fes conjectures.

Sans répondre à ce récit, je lui fis reprendre
fur le champ le chemin des Saifons, pour y
faire préparer toutes les commodités néceffaires.
Il ne me reftoit, de fa relation, que le chagrin
de voir nos affaires trop connues de nos-domef-
tiques, & celui même d'en croire le public à
demi informé; mais cette peine étoit fi avanta-
geufement compenfée par la joie que je reffentis
de l'attention de Rofe, que je me hâtai de
rejoindre ma belle-fœur pour la confoler par
cette nouvelle. J'avois eu peine à concevoir que
Rofe, après avoir paru s'attendrir fur fon malheur,
eût pu fe réfoudre à l'abandonner tout d'un coup,
& je m'étois imaginé avec raifon qu'elle y avoit
été forcée par Tenermill. A l'égard du comte,
j'étois fûr que n'étant point capable de prendre
un autre parti qu'elle, il me feroit aifé de le faire

entrer dans le nôtre, si elle nous devenoit favorable. Je fis faire toutes ses réflexions à ma
belle-sœur; & l'exhortant à tout espérer de la
protection du ciel : vous vous êtes abattue trop-
tôt, lui dis-je en me rapprochant d'elle, & vous
devez vous défier une autre fois des apparences.
Je voulois lui rendre un peu de confiance & de
hardiesse pour répondre à mes vues. Je n'ignore
point, ajoutai-je, les justes raisons que vous
avez de vous plaindre; mais ne les grossissez-vous
pas par des soupçons sans fondement? Ce que j'ai
à vous apprendre, c'est que vous êtes attendue
aux Saisons; & Rose, qui m'a fait prier de vous
y conduire, ne m'auroit pas donné cet ordre
sans la participation de votre mari. Je réussis
assez heureusement, par cette voie, à lui faire
modérer des transports qu'elle se repentoit elle-
même d'avoir fait éclater devant ses domestiques. Nous prîmes le chemin de Paris.
J'observai pendant la route de ne l'entretenir de
rien qui ne pût contribuer à sa tranquillité. Elle
paroissoit se rendre à mes raisons; & comme je
ne demandois d'elle que de savoir du moins se
composer au dehors, j'aurois été content de
l'état où je la voyois si elle avoit eu la force de s'y
soutenir.

Mais en traversant Paris pour gagner la porte
qui conduit aux Saisons, un malheureux hasard

nous fit paſſer dans une rue fort embarraſſée, où
notre carroſſe fut arrêté quelques momens à la
ſuite d'une infinité d'autres. J'ouvris ma portière
pour reconnoître le cauſe du déſordre. A vingt
pas de nous, j'apperçus à la fenêtre d'une fort
belle maiſon, mademoiſelle de L.... & Patrice qui
paroiſſoient s'entretenir avec beaucoup d'attention. Mon premier mouvement fut de fermer
la portière, & de me baiſſer même devant la
glace, pour dérober ce ſpectacle à ma belle-ſœur;
mais ſes yeux n'avoient été que trop prompts
à lui rendre un mauvais office. Elle avoit découvert auſſitôt que moi ce que je voulois lui cacher;
& ſon imagination ſe rempliſſant de toutes les
craintes que l'amour & la jalouſie ſont capables
d'inſpirer, elle ſe livra aux plus amers ſentimens
de la douleur. Ses agitations furent ſi violentes,
que dans tout autre lieu j'aurois pris le parti de
la faire deſcendre pour ménager ſa ſanté. Mais
la crainte de quelque ſcène encore plus fâcheuſe,
me fit preſſer le cocher de gagner les Saiſons.

Le déſeſpoir de ma compagne n'ayant fait
qu'augmenter pendant le reſte du voyage, elle
ſe trouva ſi mal à ſon arrivée, qu'elle fut obligée
de ſe mettre au lit. Je remarquai aiſément qu'elle
étoit plus dangereuſement atteinte qu'elle ne ſe
l'imaginoit; & pénétré juſqu'au fond du cœur
de l'infortune d'une femme ſi aimable, je m'agitai

avec les plus vifs empreſſemens pour la ſoulager. Elle fut ſenſible à mon zèle ; & ce fut dans ce moment que m'ouvrant ſon cœur avec autant de ſoupirs que de mots, elle me raconta volontai- rement toute l'hiſtoire de ſes peines. Quoiqu'il n'y eût rien de nouveau pour moi dans ſon récit, l'excès de mon affliction redoubla ma pitié. Je lui promis avec ſerment de faire déſormais mon plus cher intérêt du ſien, & de rompre même ouvertement avec ſon mari, s'ils s'obſtinoit à s'écarter de ſon devoir. A l'objection qu'elle me fit ſur le peu de fruit qu'il falloit eſpérer de la violence, puiſqu'elle ne pouvoit ſervir qu'à éloigner de plus en plus un cœur qui n'avoit jamais eu pour elle le moindre ſentiment de ten- dreſſe, je répondis qu'un ingrat ne méritoit point d'être ménagé, & qu'il ne falloit pas craindre d'employer la rigueur quand tous les efforts de l'amour & de la bonté ſe trouvoient inutiles. J'étois plus indigné qu'elle ; & dans certains momens je ſerois parti volontiers pour Saint- Germain, réſolu de me jeter aux pieds du roi, & de ſolliciter ſon autorité en faveur de l'inno- cence, contre les derniers excès de la cruauté. J'avois donné ordre en arrivant qu'on ſe hâtât d'appeler un médecin. Le bruit d'un carroſſe que j'entendis dans la cour, me fit juger qu'on nous l'amenoit déjà, & je deſcendis pour le recevoir.

N 3

Mais qu'elle fut ma furprife de voir venir vers
moi Rofe & mademoifelle de L.... qui étoient
déjà au pied de l'efcalier ?

Je les arrêtai. Quoi, dis-je à mademoifelle
de L.... avec un mouvement d'indignation que
je ne pus retenir, vous ofez paroître dans un lieu
que vous rempliffez de trifteffe & d'amertume?
Que faites-vous ici? Venez-vous infulter à des
malheurs dont vous êtes la caufe, & que vous
devez vous reprocher? Ma fœur, embarraffée
d'un compliment fi brufque, me répondit en
irlandois, que j'avois tort d'accufer fa compagne
fans l'avoir entendue; & m'ayant preffé d'entrer
dans une falle voifine, elle me pria de m'affeoir
& de l'écouter. Mademoifelle de L.... fe jeta
dans un fauteuil à quelque diftance de nous. Je
remarquai qu'elle avoit les yeux mouillés de
larmes, & qu'appuyant le coude fur une table,
elle fe cachoit le vifage de la main pour pleurer
librement.

Vous auriez ménagé vos expreffions, me dit
ma fœur, fi vous aviez fu le motif qui nous amène.
Mademoifelle de L.... fur qui vous rejetez les
maux dont on fe plaint ici, n'eft venue que pour
les réparer. Elle entre d'elle - même dans les
raifons qui doivent lui faire abandonner fes
efpérances; & rejetant toutes les facilités qu'on
lui offre encore pour les faire réuffir, elle a conçu

que la bienséance & la justice lui imposent d'autres
loix. Je demandai à Rose si elle parloit sérieusement. Oui, reprit-elle, & je vous réponds que
je ne serai point démentie. C'est une violence que
mademoiselle de L.... a le courage de faire à ses
inclinations. La générosité & l'honneur ont pris
l'ascendant sur l'amour. Mais je ne vous garantis
pas si hardiment, continua-t-elle, que l'esprit de
mon frère soit facile à ramener. Il a des sujets
justes de plaintes ; & si sa femme est aussi passionnée pour lui qu'elle paroît souhaiter qu'il le pense,
il est étrange qu'elle ait employé pour toucher
son cœur d'aussi mauvaises voies que la violence.
Il lui pardonnera difficilement l'aventure de
Dilnick. C'est sur ce fondement, ajouta Rose,
que j'ai prêté la main moi-même aux projets de
séparation, & je vous confesse, me dit-elle, en
baissant la voix, que malgré toute la compassion
qu'elle m'a inspirée à Saint-Denis, je n'aurois
pas changé tout d'un coup de disposition, si
mademoiselle de L.... ne s'étoit portée d'elle-
même à lui sacrifier tout son penchant.

Le récit du valet de chambre de Patrice
m'étoit trop présent pour ne me pas faire rappeler aussitôt le jugement que ce garçon avoit
porté lui-même du combat de son maître, & je
commençai dès ce moment à me former une
opinion plus favorable de mon frère, en voyant

N 4

que les extrémités où il en vouloit venir avec la
femme, avoient du moins quelqu'apparence de
juſtice & de raiſon. Comme il m'étoit facile de
ruiner ce prétexte par le témoignage réuni de
Dilnick & de ma belle-ſœur, j'aurois cru la paix
prête à renaître, & je me ſerois livré tout d'un
coup à cette eſpérance, ſi je n'avois été arrêté
par d'autres difficultés, ſur leſquelles ma ſœur
paſſoit trop légèrement. Après tant de preuves
d'une paſſion auſſi vive que celle de mademoiſelle
de L.... je ne pouvois me perſuader qu'en un
moment elle eût remporté ſur elle une victoire ſi
certaine. J'aurois voulu ſavoir tout ce qui s'étoit
paſſé entr'elle & Patrice depuis leur départ
d'Irlande. J'étois curieux d'apprendre pourquoi
ils étoient partis ſi bruſquement de Saint-Denis,
& comment on prétendoit concilier la réſolution
de renoncer l'un à l'autre, avec ces marques de
tranquillité & d'intelligence, avec leſquelles je
les avois vus s'entretenir à leur fenêtre une heure
auparavant. Enfin, s'il étoit vrai que la diſpoſition où l'on me repréſentoit mademoiſelle de
L.... fût ſincère, quel beſoin de venir aux Saiſons,
& pourquoi ſe mêler dans une affaire à laquelle
elle ne devoit plus prendre d'intérêt?

J'allois preſſer Roſe ſur tous ces articles,
lorſqu'on m'avertit de l'arrivée du médecin.
L'attention que je devois à la ſanté de ma belle-

sœur me fit souhaiter d'entendre le jugement qu'il alloit porter de sa maladie. M'étant levé pour le suivre, je fus étonné de voir que mademoiselle de L.... & Rose se disposoient à m'accompagner. Non, dis-je à ma sœur, dans l'état où je viens de laisser une femme pour qui je ne puis avoir trop de considération & de respect, il ne me seroit point pardonnable de lui présenter la cause de toutes ses peines. Quelqu'idée que je doive prendre du dessein qui amène mademoiselle, je ne souffrirai point qu'elle paroisse devant ma belle-sœur. Pour vous, continuai-je, en m'adressant encore à Rose, vous pouvez me suivre à sa chambre; & si vous avez quelque chose d'agréable à lui annoncer, je ne doute pas que vous ne soyiez plus utile à sa santé que tous les secours de la médecine. Je m'apperçus du chagrin que ce refus causoit à mademoiselle de L.... Elle reprit tristement la posture où elle étoit. Rose l'embrassa, en lui disant quelques mots d'amitié que je ne pus entendre, & elle la fit consentir à demeurer seule un moment.

L'embarras du médecin & son langage équivoque m'alarmèrent sérieusement pour ma belle-sœur. Je le pris à l'écart, autant pour m'assurer de sa situation, que pour laisser la liberté à Rose de la consoler par des assurances d'autant moins suspectes, qu'elles ne pouvoient paroître concer-

tées. Le médecin avoit démêlé fort habilement
que fon mal ne venoit point d'une caufe ordinaire;
& ne me déguifant point le danger, il me
confeffa que fi l'on ne trouvoit pas quelque moyen
d'arréter le défordre dans fa fource, il efpéroit
peu d'effet des remèdes de l'art. Nous raifon-
nâmes long-tems fur les fymptômes qu'il avoit
obfervés, tandis que ma fœur s'efforçoit de la
confoler par fes exhortations & fes careffes. Mais
loin de la rendre plus tranquille, quelques mots
qui lui échappèrent indifcrètement fur le projet
de féparation dont elle la croyoit bien informée,
augmentèrent fa douleur & fon trouble. Le
médecin s'étant rapproché de fon lit, lui trouva
des fignes fi effrayans, qu'ils me firent penfer
férieufement à faire avertir Patrice. Je defcendis
dans ce deffein, après avoir prié fecrètement ma
fœur de remettre à quelque moment plus favorable, une explication qui ne pouvoit faire
beaucoup d'impreffion fur elle dans toute autre
bouche que celle de fon mari. Nous la laiffâmes
entre les mains de fes femmes. Rofe me fuivit
pour rejoindre fa compagne, & je lui promis de
me rendre auprès d'elle au même moment, pour
approfondir ce qu'elle avoit commencé à m'expliquer. Mais un grand cri qu'elle jeta, en
mettant le pied dans la falle, m'ayant fait tourner auffitôt du même côté, je vis, comme elle,

mademoiselle de L.... étendue sans aucun signe
de connoissance. Ma frayeur fut égale à la sienne.
Heureusement que le médecin pouvoit être
appelé à l'instant. Il employa plusieurs opéra-
tions qui furent long-tems inutiles; & ce ne fut
qu'après une demi-heure d'inquiétude que nous
commençâmes à prendre quelqu'espérance. Vous
tremblez avec raison pour votre belle-sœur,
me dit le médecin, mais je n'ai pas meilleure
opinion de cette jeune personne, & je suis trompé
si une altération si subite ne la réduit pas bientôt
à la même extrémité. Il ordonna là-dessus qu'elle
fût promptement mise au lit, & qu'on écartât
tout ce qui pouvoit troubler le repos qui lui étoit
nécessaire.

Quoique le triste état où je voyois mademoiselle de L.... ne me permit pas de balancer à lui
offrir toutes sortes de secours, je sentis à quoi
j'allois m'exposer en lui accordant un lit sous le
même toit que celui de ma belle-sœur. Ne pouvant me dispenser de faire appeler Patrice,
c'étoit le replonger dans l'abîme d'où l'on me
faisoit espérer qu'il pourroit sortir. Je communiquai mes craintes à Rose qui les trouva justes.
Cependant comme il ne s'offroit point deux
partis entre lesquels on pût délibérer, il fallut
céder à des nécessités également pressantes. Je fis
ouvrir à mademoiselle de L.... l'appartement le

plus éloigné de celui de ma belle-sœur, & je me hâtai d'envoyer dire à mes frères qu'ils devoient se rendre aux Saisons sans perdre un moment.

En raisonnant avec Rose sur l'accident imprévu de sa compagne, j'appris quantité de circonstances qui me disposèrent beaucoup mieux en sa faveur. Sans s'engager encore dans le détail que je souhaitois d'apprendre, ma sœur me raconta que peu de semaines auparavant, milord Tenermill, qui ne cherchoit qu'à favoriser la passion de mon frère, avoit proposé à mademoiselle de L.... de prendre un appartement dans la maison qu'il occupoit avec Rose & Patrice. Elle y étoit portée d'inclination, puisqu'elle passoit sa vie avec eux ; mais une délicatesse d'honneur lui avoit fait penser que la bienséance en seroit blessée ; & de cette réflexion elle étoit venue à s'observer avec tant de rigueur, qu'elle refusoit constamment de recevoir Patrice seule dans sa propre maison. Je fis à ce récit les objections qui se présentoient naturellement. Elle l'a fait venir d'un bout de l'Irlande à l'autre, dis-je à ma sœur, pour passer près de trois semaines avec lui chez Anglesey. Elle est revenue en France dans le même vaisseau. Elle a reçu continuellement ses soins. Elle est entrée dans tous les projets qui ont été formés contre ma belle-sœur, & sans doute qu'elle les a fait naître, autant par ses propres

défirs que par fa complaifance pour ceux de
fon amant. Donnerez-vous le nom de bienféance
à une conduite fi libre? Aujourd'hui même,
ajoutai-je, ne les ai-je pas vus tous deux à la même
fenêtre, dans un oubli d'eux-mêmes, qui ne peut
être attribué qu'à l'ivreffe de l'amour?

Il eft vrai qu'ils s'adorent, me répondit ma
fœur; & le malheur qui a divifé deux cœurs que
je crois faits l'un pour l'autre, eft un de ces coups
du ciel, qu'il ne faut point entreprendre d'expliquer. Mais ne les foupçonnez de rien qui
forte des bornes de l'innocence. J'étois avec eux
lorfque vous les avez vus à la fenêtre; & fi vous
voulez juger du refte par le fujet de cette
entrevue, vous prendrez peut-être une meilleure
opinion de leurs principes. Ils ont été confternés
tous deux de l'arrivée imprévue de votre compagne; & de quelqu'efpoir qu'ils fe fuffent flattés,
un contre-tems fi peu attendu a ébranlé leurs
réfolutions. Mademoifelle de L.... a compris
que les raifons mêmes qui fuffiroient pour faire
rompre le mariage de mon frère, ne feroient pas
capables de juftifier les engagemens qu'il veut
prendre avec elle : en un mot, que les plus juftes
plaintes paffent pour autant de prétextes & d'artifices, lorfqu'on ne cherche à fecouer un joug
incommode que pour fatisfaire une paffion
violente. L'honneur alarmé, la crainte d'un éclat

qui la perdroit de réputation, & peut-être le
doute du succès, l'ont troublée jusqu'à lui faire
garder un morne silence qui a jeté mon frère
dans de mortelles inquiétudes; & lorsqu'il l'a
pressée de s'expliquer, elle n'a ouvert la bouche
que pour me demander un entretien secret dont
elle faisoit même difficulté de l'avoir pour témoin.
Cependant, n'ayant pu résister à ses instances,
elle m'a protesté devant lui, que malgré toute la
force de sa passion, elle étoit résolue de contraindre ses sentimens. La douleur qui étoit peinte
dans ses yeux m'a fait juger, qu'éprouvant déjà
une partie des tourmens auxquels elle s'exposoit,
elle étoit capable de les soutenir avec constance,
puisqu'elle n'en étoit pas effrayée. Toute la
compassion que je sentois pour Patrice, ne m'a
pas empêché de louer un si noble effort. Il paroissoit aussi abattu de cette sentence que de celle
de sa mort; & lorsqu'elle a parlé de s'éloigner sur
le champ pour le fuir, il auroit poussé des cris,
si Georges, qui est survenu, & devant qui il n'a
pu se contraindre, n'avoit calmé cet orage par
une autre proposition. Si vous perdez absolument,
a-t-il dit à mademoiselle de L.... le dessein de
faire rompre les malheureuses chaînes de mon
frère, qui vous empêche de vivre du moins avec
nous, & de chercher votre consolation dans une
société pleine de charmes? Vous aurez pour

dédommagement la tendre amitié de ma sœur,
l'attachement du comte de S..... & le mien, la
compagnie d'un homme qui vous est cher,
& l'estime sans doute d'une femme qui sentira ce
qu'elle vous doit lorsqu'elle apprendra quel sacri-
fice vous faites à son honneur & à son repos.
Craignez les résolutions violentes, a continué
Georges; elles exposent à d'amers repentirs : au
lieu que sans rien altérer à vos principes, ni
peut-être à vos sentimens, vous pouvez vous
assurer mille douceurs que vous regretteriez
infailliblement d'avoir perdues. Il nous a fait
là-dessus le plan d'un commerce qui peut devenir
en effet une source de délices pour toute notre
famille. Mademoiselle de L.... fera sa demeure
avec moi, lorsque je serai l'épouse du comte.
Nous nous réconcilierons avec notre belle-sœur.
Patrice s'efforcera de bien vivre avec elle. Il
nous l'a promis lui-même, lorsqu'il a vu que
c'étoit l'unique moyen de retenir mademoiselle
de L .... avec nous. Enfin, c'est sur sa parole que
nous sommes ici, elle & moi, pour faire les
premières ouvertures de notre réconciliation ;
& quoique le trouble où elle est encore ait pu
lui causer l'altération où nous venons de la laisser,
je connois assez la droiture & l'honnêteté de son
cœur, pour vous répondre de tous ses sentimens.

Rose me regarda d'un œil satisfait après ce

diſcours ; & la connoiſſant ſi bien moi-même, je
ne pus douter qu'elle ne fût perſuadée de ce
qu'elle m'expoſoit avec tant de confiance. Mais
je conſervois trop fidèlement dans ma mémoire
les maximes & les diſcours de Georges, pour me
livrer avec autant de crédulité qu'elle aux eſpérances qui rempliſſoient ſon imagination. Ces
projets de ſociété dont elle étoit ſi touchée, ne
furent pour moi qu'un voile odieux ſous lequel
Georges cherchoit à dérober les vues qu'il
n'avoit pas rougi de me confeſſer. Votre bonté
vous aveugle, dis-je à Roſe, vous ne vous défiez
pas d'un mal dont vous ignorez peut-être la
nature. Mademoiſelle de L.... auſſi crédule que
vous, ne voit pas non-plus le précipice où elle
ſe laiſſe entraîner. Voudriez-vous contribuer à ſa
perte ? non ; mais il ne vous eſt pas tombé dans
l'eſprit que toutes vos meſures ne peuvent avoir
d'autre terme. Que ne puis-je croire avec autant
de confiance que Patrice n'eſt pas plus coupable
que vous !

L'étonnement de ma ſœur me perſuadant
encore plus qu'elle ne méritoit point mes
reproches, j'achevai de lui expliquer les ſoupçons qui m'agitoient, & je la conjurai pour
l'honneur de notre famille autant que pour le ſien,
de ne pas ſe mêler dans un complot téméraire,
dont nous ne devions attendre que des ſuites
criminelles

criminelles & funeftes. J'aurois peut-être vaincu
fes préventions, & j'expliquois déjà fon incertitude en ma faveur, lorfqu'on vint m'avertir que
Patrice arrivoit avec Georges. Il m'étoit bien
plus important d'aller à leur rencontre, & de
m'affurer de leurs intentions, que de gagner
l'efprit de Rofe. Je me hâtai affez pour les
joindre avant qu'ils euffent reçu la moindre infor-
mation des domeftiques. Patrice, que j'embraffai
le premier, me parut dans une agitation extraordinaire. Je lui demandai ce qui étoit capable de
l'émouvoir à ce point. Il recommença lui-même
à m'embraffer, & le mouvement dont il accom-
pagna cette careffe me fit connoître encore
mieux fon trouble.

J'aurois fouhaité de pouvoir le prendre à l'écart,
& d'éviter fur-tout les raifonnemens captieux de
Georges, dont je prévoyois que j'aurois beaucoup de peine à me défendre. Mais leur empreffement paroiffant égal, je fus obligé d'effuyer
fucceffivement toutes leurs queftions. Ils voulu-
rent favoir fi j'avois vu Rofe, & fi elle s'étoit fait
accompagner de mademoifelle de L.... ce
qu'elles avoient dit à ma belle-fœur, de quelle
manière elles en avoient été reçues; enfin tout ce
qui s'étoit paffé dans une vifite dont ils me
confefsèrent qu'ils appréhendoient mortellement

*Tome II.*

le succès. Elles étoient parties sans les avoir
avertis de leur dessein; & quelque apparence de
consentement que Patrice eût donné à leurs résolutions, il n'avoit point appris sans une vive
alarme qu'elles avoient marché presque aussitôt
sur nos traces.

J'écartai l'idée de mademoiselle de L.... par
une réponse capable de saisir toute l'attention de
Patrice. Le ciel vous amène heureusement, lui
dis-je, ou plutôt, ajoutai-je d'un air attendri, je
ne vous crois point capable de donner le nom de
bonheur au spectacle qui vous attend, & je ne le
donne moi-même qu'aux circonstances de votre
arrivée. Votre épouse est dans un état qui me fait
trembler pour sa vie. Venez la consoler par votre
présence. Si vous êtes ici dans ce dessein, je vous
rends sans explication mon estime & mon amitié.
Mais si la tendresse & le devoir ne vous font rien
sentir dans cette occasion pour une femme à qui
vous êtes lié par tant de nœuds sacrés, je vous
regarde comme un monstre, & je veux être le
premier à vous détester. Venez, cher Patrice,
continuai-je, en le prenant par la main; écoutez
un moment la bonté de votre cœur; songez qu'il
n'est point de plaisirs sans honneur & sans vertu;
& faites une fois l'essai de ceux que le ciel a mis
entre vos mains. Georges m'interrompit. Il verra
volontiers sa femme, me dit-il; & si vous savez la

résolution qu'il a prise, vous ne devez pas vous plaindre de ses intentions. Ah! tout ce qui vient de vous m'est suspect, lui répondis-je sans le ménager; & quand il reprendra du goût pour son devoir, je n'en ferai point honneur à vos conseils. Cette réponse étoit choquante; mais loin de s'en offenser, Georges la reçut avec un sourire, qui sembloit marquer combien il se croyoit supérieur à mes reproches.

Nous étions à la porte de ma belle-sœur. Patrice ne refusa point d'entrer. Il s'approcha même de son lit avec un air d'empressement dont j'aurois bien auguré dans des conjectures moins tumultueuses. Il l'embrassa, & ses premières expressions furent du moins des témoignages de politesse. Elle, qui ne s'arrêtoit point à distinguer entre la sincérité & les apparences, & qui, loin de s'attendre à tant de complaisance, avoit redouté quelque déclaration funeste en le voyant paroître; elle, enfin, à qui tout étoit cher & précieux de la part d'un mari si tendrement aimé, se livra au plaisir de le retrouver tel du moins qu'elle l'avoit vu avant les malheureuses preuves qu'elle avoit eues de son ingratitude. Je remarquai l'effet que cette pensée produisoit sur elle; voulant tirer d'une disposition si favorable tout l'avantage que j'en devois

O 2

espérer pour sa guérison, je saisis ce moment
pour hazarder quelques explications que Patrice
ne pouvoit désavouer. Sans nommer mademoiselle de L.... je parlai du premier incident
qui avoit troublé leur repos, comme d'un mal-
entendu dont il ne falloit accuser que l'imprudence & la vivacité de Dilnick. J'attribuai leurs
peines mutuelles à cette fâcheuse cause ; & réu-
nissant toutes les lumières que j'avois pu recueillir
sur leur conduite, je les engageai à confesser : lui,
qu'il ne se seroit jamais porté à des résolutions
violentes sans la fausse idée qu'il avoit prise des
sentimens de sa femme : elle, qu'à l'exception
de cette erreur, elle n'avoit jamais trouvé dans son
mari que de la douceur & de la complaisance,
au milieu même des infirmités & de la langueur
où il avoit vécu depuis leur mariage. J'ajoutois
ces derniers mots pour prévenir adroitement
d'autres objections. Vos chagrins, repris-je,
sont donc autant de chimères, qui peuvent être
détruites & réparées en un moment. Mon frère,
ajoutai-je en m'adressant à elle, vient de vous
promettre toute la fidélité & la tendresse qu'il
doit à ses engagemens, & je suis sûr que vous
ne soupçonnerez point sa bonne foi dans un
retour si libre & si volontaire.

Soit que la force des circonstances fît une
véritable impression sur le cœur de Patrice, soit

qu'il fût uniquement fenfible à la crainte de
perdre mademoifelle de L.... dont les réfolutions
lui étoient peut-être beaucoup plus préfentes,
il feconda mon difcours par des marques de
fincérité qui ne me parurent point fufpectes.
Sa femme, attendrie jufqu'au fond du cœur,
lui tint compte de fes moindres complaifances;
& cette facilité à fe laiffer perfuader venoit bien
plus, fans doute, de l'ardeur de fes propres
fentimens, que du témoignage qu'elle recevoit
de ceux d'autrui. Mais enfin, j'aurois fait fonds
comme elle fur les difpofitions de Patrice, fi je
n'euffe appréhendé pour lui une autre épreuve,
que je n'avois aucune efpérance de lui faire
éviter. Il étoit impoffible de lui déguifer la
vifite & l'accident de mademoifelle de L.....
Georges, qui ne nous avoit pas fuivis dans
l'appartement de ma belle-fœur, en étoit déjà
informé. Quel fujet d'inquiétude au milieu des
efpérances dont je commençai à me flatter!
Je m'imaginai néanmoins que s'il y avoit quelque
chofe à fe promettre de la bonté du ciel,
c'étoit dans un moment où le cœur de mon
frère avoit paru fenfible à fon devoir. Il ne falloit
pas lui laiffer le tems de fe refroidir. Au lieu
de recourir à des déguifemens dont le fuccès
étoit incertain, je réfolus de le conduire fur

le champ à l'appartement de mademoiselle de
L..., & de les aider tous deux, par de nouvelles instances, à remporte sur eux-mêmes
une victoire que je croyois fort avancée.


*Fin du Sixième Livre.*

# LIVRE SEPTIEME.

L'ARRIVÉE du comte de S...... qui avoit suivi de près mes frères, & que je rencontrai en quittant l'appartement de ma belle-sœur, augmenta la confiance que j'avois déjà aux réfolutions de Patrice. Je me figurai que la vue de tant de témoins alloit être un foutien contre fa foiblefse, & comme la caution des promefses que je voulois tirer folemnellement de fa bouche. Rofe & le médecin n'avoient pas quitté mademoifelle de L..... Je croyois Tenermill avec eux; & j'engageai le comte à nous accompagner, en lui expliquant ouvertement ce que j'efpérois de la vertu de Patrice.

Mais un figne trifte & lugubre, par lequel ma fœur fembloit nous défendre d'avancer, me fit connoître que la fituation de mademoifelle de L.... étoit devenue plus dangereufe. J'avois amené Patrice & le comte fans précaution. Leur furprife, autant que l'impoffibilité de leur déguifer des circonftances, qui s'annonçoient d'elle-mêmes, me força de leur apprendre l'accident prefque fubit qui avoit réduit mademoifelle de L... à l'extrémité. Patrice ne me laiffa point le tems

O 4

d'achever. Il m'échappa avec un tranſport ſi déclaré, que j'y crus voir la ruine de toutes mes eſpérances. S'il lui reſta quelque ménagement, ce ne fut que pour le repos d'une perſonne à la vie de laquelle il attachoit la ſienne, & qu'il croyoit plus, mal encore que je ne l'avois repréſentée. J'obſervai l'air tremblant dont il aborda ſa ſœur. Il la prit par les mains; & ſans l'entendre, je jugeai trop aiſément de ce qu'il lui demandoit dans la poſture la plus touchante & la plus paſſionnée : le chagrin que j'en reſſentis m'empêcha d'entrer après lui; je demeurai avec le comte à la porte de l'appartement, dans une extrême impatience de voir finir cette ſcène.

Roſe, en achevant de lui expliquer ce qu'il n'avoit pas eu la force d'entendre de moi, lui dit, apparemment, pour flatter ſa douleur, qu'il pouvoit s'approcher du lit de mademoiſelle de L. . . . . ., & juger de ſon abattement par ſes yeux, pourvu qu'il ne l'excitât point à parler. Le médecin ne lui impoſant pas non plus d'autre loi, il ſaiſit leur penſée au premier mot pour ſe précipiter à genoux auprès d'elle. Que j'appris bien à diſtinguer en un moment les ſoins & les ardeurs de l'amour, des ſimples mouvemens du devoir ! Que je le trouvai différent de ce qu'il m'avoit paru près de ſon épouſe ! La main de ſon amante étoit ſur le bord

du lit : il la prit malgré le mouvement qu'elle
fembla faire pour la retirer. Il y colla fes lèvres
en y paroiffant réunir tous les fentimens de
fon ame ; & s'il fut fidèle à la condition qu'on
lui avoit impofée de garder le filence, mille foupirs qu'il ne penfoit pas à contraindre, m'apprirent affez quelle avoit été mon erreur lorfque
je l'avois cru prêt de vaincre fa paffion ou réfolu
du moins de la combattre. Tout l'abattement
de mademoifelle de L...... ne l'empêcha point
d'ouvrir les yeux pour le confidérer un moment.
Je remarquai qu'elle ferra fa main ; & faifant
quelques efforts pour parler : Ne vous affligez
pas trop, lui dit-elle. Retournez à votre époufe,
& vivez bien enfemble ; mais n'oubliez jamais
que je vous ai affez aimé pour mourir du
regret de ne pouvoir être à vous. Ici les plaintes
de Patrice éclatèrent avec fes larmes : elles
auroient peut-être eu d'autres fuites, fi le médecin n'eût exigé abfolument qu'il fe retirât, en
fe plaignant qu'il obfervoit mal fa promeffe.

Je le reçus à la porte où j'étois encore avec
le comte ; & le preffant de m'accorder quelques momens d'entretien, je m'enfonçai avec
lui dans une allée du jardin. Il fe laiffa comme
entraîner, & d'abord il parut auffi fourd à mes
careffes qu'à mes reproches ; mais le conjurant
enfin de m'écouter, & fixant les yeux fur lui :

le trouble de votre cœur, lui dis-je, se fait déjà sentir à votre raison, & je prévois que nous serons trop heureux, si son honneur se sauve du même péril. Cependant un si affreux désordre peut-il être l'ouvrage d'une heure? Je vous ai vu tantôt du goût pour votre devoir; ne le désavouez pas; mes yeux ne m'ont pas trompé: l'infortune de votre épouse vous avoit touché, & vous pensiez sincèrement à lui rendre ce que vous devez à ses larmes & à sa vertu. Un autre sentiment l'emporte, & je la vois sacrifiée à de nouvelles raisons, qui ne sont pas plus fortes que celles que vous aviez surmontées. Il m'interrompit; & je confesse encore que l'air de fureur qui se répandit tout d'un coup sur son visage, me causa autant d'effroi que sa réponse. Je l'avois connu depuis son enfance pour le plus doux de tous les hommes; & dans tous les excès où sa passion l'avoit porté, je n'avois encore été témoin de rien qui eût démenti absolument ce caractère. Au milieu même de la consternation où le danger de mademoiselle de L.... l'avoit jeté, j'ai cru remarquer plus d'attendrissement que de colère; & je l'aurois plutôt soupçonné de ne faire aucune attention à mon discours, que d'en méditer un dont le but étoit de m'outrager. Cependant avec plus d'emportement que je n'ai pu le faire entendre,

il me reprocha de l'avoir perdu par mes conseils ;
& joignant à ce reproche les noms les plus
odieux, il jura que ma vie lui répondroit de
celle de son amante. A quelques mots que je
repris timidement pour ma justification, il continua de répondre par un torrent d'injures ; &
ses derniers termes furent un adieu terrible, par
lequel il renonça pour jamais à me voir & à
m'entendre.

Il reprit le chemin de la maison, en me
faisant signe de la main de me garder de le suivre ;
& l'ayant observé aussi long-tems que je le pus
conduire des yeux, je ne doutai point qu'il ne
fût rentré dans l'appartement de mademoiselle
de L.........

Je demeurai immobile. Un langage si dur & des
menaces si furieuses m'auroient causé peu d'étonnement de la part de Tenermill. Mais de celle de
Patrice, dans la bouche de ce cher & aimable
frère, à qui le sang ne m'attachoit pas plus que
l'estime & l'amitié, je sentis que leur impression
étoit plus forte que ma patience ; & dans le
premier mouvement de ma douleur, je ne fus
capable que de verser des larmes.

Cependant un intérêt bien plus sensible que
le mien, me fit regarder cet abattement comme
une foiblesse. Je ne me flattai plus de conserver le moindre ascendant sur des esprits révoltés

contre ma tendreſſe & contre mes ſoins ; mais je
pris deux réſolutions, dont il me ſembla que ni
craintes ni ménagemens ne ſeroient jamais capables de m'écarter : l'une, de m'oppoſer ouvertement à toutes les entrepriſes auxquelles je devois
m'attendre après l'emportement de Patrice ; &
l'autre, de m'attacher conſtamment auprès de
de ma belle-ſœur, pour lui rendre tous les
ſervices que je devois à ſa vertu. Je ne penſai
qu'à retourner auprès d'elle, indifférent déſormais pour la conduite de mademoiſelle de L.....
autant que pour les ſuites de ſa maladie ; &
revenu même de mon ancien zèle pour mes
frères, juſqu'à m'imaginer que leur ingratitude
avoit éteint dans mon cœur tous les ſentimens
de la nature.

Je n'avois pas vu Tenermill depuis ſon arrivée.
Il n'étoit pas dans l'appartement de mademoiſelle de L..... lorſque j'y étois entré avec
Patrice, & je n'avois pas penſé à m'informer
de ce qu'il étoit devenu ; mais en m'approchant
de celui de ma belle-ſœur, j'appris qu'il lui
avoit fait demander la permiſſion de la voir ;
& qu'ayant même déſiré de l'entretenir ſans
témoins, il avoit écarté tous les gens qui la
ſervoient. Ses vues me parurent ſi ſuſpectes,
que je fus prêt d'entrer bruſquement pour l'interrompre ; mais ne pouvant le croire capable

auffi d'infulter de fang froid une femme qui ne
l'avoit point offenfé, ni de manquer même aux
égards qu'il devoit à fon fexe, je craignis que
ma préfence & les reproches que j'aurois peine
à contenir, ne fuffent plus propres à l'échauffer,
que fes propres difpofitions, & je pris le parti d'attendre qu'il fortît volontairement. Ma réfolution
n'étoit pas moins d'apprendre de lui quel nouvel intérêt l'avoit conduit dans un lieu où il
devoit craindre d'être fouffert avec peine. Je
l'attendis long-tems; enfin, le voyant paroître,
je l'abordai avec affez d'inquiétude pour me
figurer qu'il en pouvoit découvrir une partie
fur mon vifage. Mon défordre ne fervit qu'à
augmenter fa confiance. Il me prévint d'un air
tranquille, en m'affurant que, malgré toute la
chaleur que je lui avois vue pour fervir Patrice,
il avoit plaint ma belle-fœur, & que c'étoit avec
joie qu'il voyoit leur réconciliation. Je fuis venu
ici, continua-t-il, pour marquer ces fentimens
à Milady; & l'entretien que j'ai eu avec elle,
n'a fait que les augmenter. Il ajouta que fon
frère étoit trop heureux d'être le mari d'une
femme fi aimable, & qu'il vouloit le chercher
au même moment pour lui en parler dans ces
termes.

Ce changement inefpéré diffipa toute l'amertume de mon cœur. Tenermill étoit beaucoup

plus redoutable pour moi que Patrice; & dans l'excès où celui-ci venoit de s'emporter, j'avois déjà pensé qu'il eût gardé plus de ménagement, s'il n'eût compté d'avoir toujours son frère dans ses intérêts. Avec la hauteur & les fausses maximes que j'ai mille fois dépeintes, je connoissois à Tenermill une droiture qui le rendoit incapable d'artifice & de dissimulation. S'il prenoit une fois parti pour ma belle-sœur, j'étois persuadé qu'il se déclareroit ouvertement pour elle, & c'étoit vaincre Patrice, que de lui ôter un appui sans lequel il n'auroit jamais la force de se soutenir. Dans cette idée, qui rendit presque aussitôt le calme à mon esprit, je l'embrassai avec des larmes de joie; je me hâtai d'ajouter à l'avantage de ma belle-sœur tout ce que ma mémoire put se rappeler de plus touchant. Il applaudit à chaque circonstances de mon discours: je me livrai à l'espérance de l'avoir gagné tout-à-fait; & ne pensant plus qu'à le prévenir sur le nouvel emportement de son frère, je lui racontai ce qui venoit de m'arriver avec lui dans le jardin, comme si je l'eusse déjà cru aussi ardent & aussi intéressé que moi à faire rentrer Patrice dans son devoir.

Il m'écouta avec différentes marques d'étonnement. Je croyois démêler aussi dans ses yeux un air de réflexion profonde, qui ne portoit

pas directement sur le sujet de notre entretien,
& qui l'attachoit beaucoup plus que toutes les
circonstances que je lui racontai. Enfin revenant
comme à lui-même : il faut confesser, me dit-
il, que la passion de mon frère pour mademoiselle de L...., est extrême; & quand je l'ai
vu céder si facilement à nos projets de réconciliation, je me suis défié de la sincérité de son
cœur. Milady est à plaindre, reprit-il, après
avoir recommencé un moment à rêver : je
n'augure rien d'heureux pour elle de toutes
ces variations; & si elle étoit capable d'ouvrir
les yeux..... Il s'interrompit. Je veux voir
mon frère, ajouta-t-il avec feu, & lui demander ce qu'il se propose par tant de caprices :
je vous informerai de ces dispositions. En me
quittant, il me pria, si j'entrois chez ma belle-
sœur, de l'assurer que dans les discours qu'il lui
avoit tenus, sa bouche n'avoit rien dit qui ne
s'accordât avec ses sentimens, & qu'il ne fût
résolu de lui prouver par toute sa conduite.

L'obscurité où il me laissoit me fit entrer
dans l'appartement avec beaucoup d'impatience.
Je reconnus bientôt qu'elle avoit été fort
satisfaite, elle-même, de sa visite & de
ses discours. Il lui en restoit un air de joie,
qui avoit produit presque autant d'effet pour
le rétablissement de ses forces, que celle qu'elle

avoit eue de revoir fon mari : elle n'attendit
pas que je lui en marquaffe la mienne. Ses
premiers difcours furent des remercîmens de
mes foins , auxquels elle attribuoit l'heureux
changement de fon fort , & je vis combien il
eft aifé de flatter un cœur tendre par le retour
des plus fimples efpérances. Je me gardai bien
de la détromper; mais prenant d'un moment
d'entretien tout ce qui pouvoit confirmer l'opinion que Tenermill m'avoit fait concevoir de
fon changement, je recommençai à me promettre que les fureurs de Patrice s'éteindroient auffi
facilement qu'elles s'étoient allumées , ou du
moins céderoient tôt ou tard aux efforts réunis de
toute fa famille. Il ne pouvoit m'en coûter
beaucoup pour ramener Rofe , & le fecours du
comte de S..... ne m'étoit pas moins affuré.
Frère ingrat & léger, vous êtes à nous, fus-je
prêt à m'écrier; nous vous rendrons malgré vous,
& à la vertu, pour laquelle vous êtes plus fait
que vous ne le penfez vous-même , & à l'amour,
qui vous réferve plus de bonheur que vous
n'ofez en attendre.

Il me reftoit néanmoins à découvrir ce qui
avoit pu mettre un fi prompt changement dans
les idées de Tenermill. Je n'avois pas preffé
là-deffus ma belle-fœur. Il n'étoit pas tems
de lui marquer que la caufe de fa joie m'inf-

piroit

piroit de la furprife; mais ayant rencontré le
comte de S...., que je croyois déformais plus
digne de ma confiance que mes frères, je ne
me fis pas difficulté de lui parler avec une ouverture que les circonftances ne m'avoient pas
encore permife avec lui depuis mon retour. Il
ignoroit comme moi les fentimens de Tenermill;
mais fe faifant un devoir de répondre à mon
amitié par une égale franchife, il me confeffa,
que ce qu'il venoit d'entendre lui faifoit croire
la réconciliation de Patrice moins fincere, &
par conféquent plus éloignée que jamais. Après
m'avoir quitté au jardin, il étoit rentré dans
l'appartement de mademoifelle de L....; &
s'abandonnant à tous les tranfports qu'il avoit
retenus en ma préfence, il lui avoit juré non
feulement que fa mort étoit infaillible après la
fienne; mais que fi elle prenoit affez de confiance à fes fentimens pour fouhaiter de vivre
en faveur d'un amant fi tendre & fi fidele, il
ne vouloit refpirer lui-même que pour être à
elle en rompant tous les obftacles qui l'avoient
arrêté. Il avoit parlé de fon divorce comme d'une
réfolution auffi inébranlable que fon amour, &
de fa femme comme d'un poids fatal dont il
vouloit fe délivrer à toutes fortes de prix. Toute
la vertu que ma fœur avoit attribuée à mademoifelle de L...., ne l'avoit pas empêchée

d'être senfible à fes proteftations; & l'accident qui avoit fait craindre pour fa vie, commençoit à fe diffiper fi heureufement, qu'il étoit aifé de voir qu'elle n'avoit point eu d'autre maladie que le défefpoir de l'amour, ni befoin d'autre remède que des careffes de fon amant.

Soutenu comme je l'étois encore par l'efpérance que je fondois fur le fecours de Tenermill, je m'alarmai fi peu de la relation du comte, que dans la confiance dont mon cœur étoit rempli, j'allai jufqu'à prendre la défenfe du foible Patrice. Je comprends, dis-je au comte, qu'à la vue de ce qu'il aime, & tremblant d'un péril que je lui ai repréfenté moi-même avec trop peu de ménagement, il a pû manquer de modération. L'amour eft une malheureufe paffion, dont vous m'avez tous appris à connoître la force. Mais loin de prendre une plus fâcheufe opinion de l'avenir, je me réjouis, ajoutai-je, que le changement qui arrive à mademoifelle de L...... nous faffe bientôt efpérer fon rétabliffement : la fanté ne lui reviendra point, fans qu'elle fente auffitôt que la bienféance l'oblige de retourner à Paris; & les moyens de l'en faire fouvenir ne nous manqueroient pas, fi elle paroiffoit l'oublier. Patrice livré à nos confeils & à nos inftances, réfiftera peu lorfqu'il fera éloigné d'elle, & qu'il verra toute fa famille réunie pour le

combattre. Il n'est question que de le flatter avec
adresse, & d'éviter pendant quelques jours tout
ce qui pourroit le porter à des résolutions violentes. Le comte approuva mes idées; mais il
parut douter qu'elles eussent le succès que je
semblois m'en promettre.

Cependant je me hâtai de les communiquer
à Rose; & l'ayant fait entrer dans mes vues,
je me réduisis à demander d'elle que dans
l'espace que je croyois nécessaire à mademoiselle de L.... pour achever de se rétablir,
elle fût assez fidèle à l'observer, pour ne jamais
laisser à son frère la liberté d'être seul avec
elle. Quelque opinion que j'aimasse à me former
de leur vertu, j'avois peine à me persuader, qu'avec tant d'amour & la facilité de se
voir, ils pussent se souvenir constamment dans
quelles bornes ils étoient obligés de se contenir,
& je sentois que pour l'un & l'autre, le dernier
des malheurs étoit de les oublier.

La conduite que je me proposai pour moi-
même, fut de me renfermer dans ma chambre,
& d'y vivre avec peu de communication au
dehors, en attendant que le nuage vînt à s'éclaircir. Le médecin qui ne tarda point à s'appercevoir du changement avantageux qui s'étoit
fait dans ses deux malades, changea de langage
sur le sujet de ses premières craintes, & ne

P 2

m'en parla plus que d'un ton propre à guérir
absolument toutes les miennes. Il m'en restoit
une néanmoins qui auroit pu renouveler toutes
les autres. Le soulagement de ma belle-sœur
paroissant dépendre entièrement des complai-
sances de son mari, j'appréhendois qu'elle ne
recommençât à se sentir bientôt de la privation
d'un si puissant remède. Il ne falloit pas l'espérer dans une conjoncture où ce que j'avois à
prétendre de plus heureux, étoit de lui dissimuler les nouveaux outrages qu'elle recevoit
de son ingrat. Mais Tenermill à qui j'expliquai
mes alarmes, en affectant de le consulter, comme
si je l'eusse cru absolument dans les intérêts de
ma belle-sœur, s'engagea volontairement à sup-
pléer par ses soins aux devoirs de son frère, &
même à colorer son absence de quelque prétexte
qui ne laisseroit rien à soupçonner pour ses
sentimens. L'expérience me répondoit du fonds
que je pouvois faire sur cette promesse, & je
pensois d'ailleurs à ne rien négliger de mon
côté pour seconder son zèle.

Il se passa deux jours pendant lesquels je
n'appris rien qui ne s'accordât avec mes espérances. Il est vrai que Patrice ne s'éloigna
presque pas un moment de mademoiselle de
L......, & qu'abusant de la liberté où il étoit
peut-être surpris lui-même de se trouver sous

mes yeux, & en quelque forte fous ceux de
fa femme, il parut oublier qu'il eût d'autres intérêts
que ceux de fon amour, ou d'autres foins que
ceux de confoler & de fervir fa maîtreffe. En
gémiffant de cet excès d'aveuglement, je m'exci-
tois à la patience, par l'efpoir d'être inceffamment délivré d'une fcène fi odieufe, & de
la faire même fervir au fuccès de mon deffein, en prenant occafion d'un égarement de
cette nature, pour faire fentir à mon foible frère
toute la honte de fa conduite. Rofe, qui étoit
fidelle à ne les pas perdre de vue, & le comte
de S..... que le plaifir d'être avec elle ne
rendoit pas moins affidu auprès d'eux, m'affu-
roient conftamment que la fageffe & l'honneur
régloit tous leur difcours, & jufqu'à leurs careffes & leur familiarité. Charmés de fe voir fans
contrainte, & de pouvoir fe répéter à tous
momens qu'ils vouloient vivre l'un pour l'autre,
il fembloit, me difoit ma fœur, qu'ils ne por-
taffent point leur attention ni leurs défirs plus
loin. Elle les comparoit à deux enfans tendres
& ingénus, qui trouvent de la douceur à fe
voir, fans chercher pourquoi ils fe plaifent,
& fans prétendre autre chofe que la fatisfaction
de s'aimer. Vous-même, me difoit-elle, vous
feriez charmé de voir tant d'amour avec de tant
de fimplicité & d'innocence.

P 3

Je n'avois pas de peine à me figurer comment
ce spectacle pouvoit paroître si aimable aux
yeux de Rose, & je n'en aurois pas été moins
alarmé, si l'état de mademoiselle de L......
n'eût été propre à me rassurer. Toutes mes
craintes se tournoient donc du côté de ma
belle-sœur, à qui je prévoyois qu'il seroit difficile d'en imposer long-tems. Quel prétexte
pour excuser l'absence de son mari, dans des
circonstances où rien ne pouvois le dispenser
d'être auprès d'elle? & s'il n'étoit pas capable
de la voir du moins par complaisance, quel
moyen de la soutenir dans l'idée que nous lui
avions fait prendre de sa réconciliation? Cette
réflexions me causoit tant de timidité & d'embarras, qu'à peine me sentois-je la hardiesse de
paroître dans son appartement; & sachant que
Tenermill continuoit de la voir assidûment, je
commençois à me reposer sur lui de la conciliation de tant d'intérêts. J'affectai même de garder
ma chambre pendant quelques jours, sous le
prétexte qu'une légère indisposition m'offrit
assez naturellement, & je me réduisis à faire
demander des nouvelles de ce qui se passoit
autour de moi.

A la fin, le repos même où l'on paroissoit
comme s'endormir de tous côtés, me devint
aussi suspect que le trouble dont j'avois appré-

hendé les effets. Tandis que ma tendreſſe &
mon zèle me tenoient dans l'inquiétude, je me
voyois négligé; & ni ma belle-ſœur, qui avoit
tant d'intérêt à ſe conſerver mon affection, ni
Tenermill, qui ne pouvoit ignorer mon incommodité ne me faiſoient témoigner par aucune marque
d'attention, qu'ils priſſent la moindre part au
dérangement de ma ſanté. Roſe & le comte étoient
les ſeuls dont je reçuſſe la viſite ; mais en m'apprenant qu'ils ne remarquoient point de changement dans la conduite de Patrice, & qu'il
n'y en avoit point aſſez non-plus dans la ſituation
de mademoiſelle de L..... pour lui permettre
de retourner à Paris, ils me confeſſoient qu'ils
étoient mal informés de celle de ma belle-ſœur.
Tenermill, dont ils reconnoiſſoient eux-mêmes
que les diſpoſitions étoient fort changées, les avoit
priés de ſe borner au ſoin de Patrice & de ſon
amante. Il ſe réſervoit, leur avoit-il dit, celui de
guérir les inquiétudes, & de ménager la ſanté de
ma belle-ſœur. Soit qu'il la trompât par des chimères, ſoit que ſon adreſſe ſurpaſſât la mienne, il étoit
parvenu effectivement à calmer ſon eſprit ou à
modérer du moins les agitations qui avoient altéré
ſa ſanté. Il étoit preſque ſans ceſſe auprès d'elle ;
& dans l'intervalle de ſes viſites, il ne demandoit à voir que ſon frère, avec lequel il avoit
ſouvent de fort longs entretiens.

P 4

Quoique le penchant de mon cœur me portât toujours à juger favorablement des apparences, je pris le parti de rentrer en quelque sorte dans cette obscurité, pour y trouver ou pour y répandre quelque jour. Ténermill, à qui je m'adressai d'abord, parut recevoir ma visite avec quelque embarras. Il me fit des excuses d'avoir passé une semaine entière sans me voir ; & rejetant sa négligence sur l'assiduité continuelle qu'il s'étoit cru obligé d'avoir auprès de Milády, il passa tout d'un coup à me raconter le succès de ses soins. L'aversion de Patrice, me dit-il, étoit un caprice qu'il ne pouvoit comprendre ; & quelques jours de connoissance lui ayant fait découvrir tout le mérite de notre malheureuse belle-sœur, il avoit trouvé de si fortes raisons de l'estimer, qu'il vouloit à toutes sortes de prix lui procurer un sort plus heureux. Il avoit commencé par dissiper un peu le trouble de son imagination, en lui marquant de quelles préventions il étoit revenu, & quel zèle il vouloit avoir désormais pour son service. Elle avoit été si sensible en le voyant entrer dans ses intérêts, qu'il l'avoit facilement disposée à goûter les prétextes dont il avoit colorés l'absence de son mari ; & & depuis ce tems-là il l'avoit entretenue dans le même calme, en l'assurant qu'il étoit occupé de son bonheur ; & qu'il osoit lui répondre de

l'établir d'une manière inébranlable. En effet,
continua-t-il, d'un air encore plus embarrassé,
je puis lui en offrir une voie infaillible ; & si je
tarde à la lui propoſer, c'eſt pour lui laiſſer le tems
de revenir par dégrès de ſes longues agitations.
Peut-être ne la goûteroit-elle pas encore ; mais elle
reconnoîtra tôt ou tard, que dans ſa ſituation elle
n'a rien à eſpérer de plus avantageux.

Ce diſcours me cauſa beaucoup de ſurpriſe :
comment, doutez-vous, me hâtai-je de répondre,
qu'elle ne reçoive avidement tout ce qui peut
aſſurer la fin de ſes peines ? Si quelque choſe eſt
capable de vous arrêter, c'eſt du côté de votre
frere dont j'appréhende plus que jamais la réſiſtance. Au contraire, reprit Tenermill en rou-
giſſant, Patrice approuve mes vûes, & mon
embarras n'eſt qu'à les faire goûter à Milady.
Vous nous ſeconderez ſans doute, ajouta-t-il,
dans une entrepriſe qui importe également à
l'honneur & au repos de notre famille. Sa rougeur
qui me paroiſſoit augmenter, & la difficulté qu'il
avoit à s'ouvrir, me faiſant chercher dans moi-
même à pénétrer le ſens d'un diſcours ſi myſté-
rieux, il me tira de cette diſtraction, en me
priant avec plus de ſoumiſſion & de douceur
qu'il n'en avoit jamais marqué pour moi, d'être
quelques jours encore ſans voir ma belle-ſœur.
Tout ce que vous auriez à vous propoſer, me

dit-il, feroit de la rendre tranquille; elle l'eft par mes foins. Votre incommodité eft un prétexte qui peut durer encore, & que je ferai valoir auprès d'elle pour vous fervir d'excufe.

Il me quitta en renouvelant fa prière avec beaucoup d'inftance; & quoique cet empreffement ne fît qu'augmenter mes incertitudes, la confiance que j'avois du moins à fon honneur, m'arracha une promeffe qui devoit contribuer, fuivant la fienne, à produire de fi heureux effets. Ce que je pus m'imaginer de plus vraifemblable, en méditant fur notre entretien, fut que Patrice attendoit pour fe rendre à fon devoir, que mademoifelle de L.... fût rétablie, & qu'elle eût quitté notre maifon. Mais fi j'expliquois par là les difficultés que Tenermill appréhendoit du côté de ma belle-fœur, comment pouvois-je m'imaginer qu'il en eût à craindre fi peu de la part de Patrice, lorfque je le voyois plus enivré que jamais de fon amour, & fi indifférent pour fon époufe, qu'il bornoit tous fes foins à s'informer fi elle paroiffoit fe rétablir?

Cependant, fon mal & celui de mademoifelle de L.... n'étant plus affez preffant pour nous caufer les mêmes craintes, le comte de S.... dont la paffion ne fe refroidiffoit point parmi tant d'orages, me propofa de conclure fon mariage avec ma fœur. Elle entra peu de momens après lui dans ma chambre; & quoique le hasard parût l'avoir amenée, je démêlai aisément que cette visite se faisoit de concert. Jamais l'amour n'avoit eu droit de s'expliquer avec plus de confiance. Il étoit conduit par l'honneur & la modération; & n'ayant ni désordre ni foiblesse à se reprocher, il ne devoit s'attendre qu'à de justes éloges. Aussi ne leur fis-je point demander deux fois mon consentement. Venez, dis-je à Rose, en l'embrassant; & si vous connoissez quelque chose qui puisse augmenter votre bonheur, faites vous-même le mien, en m'apprenant que c'est de moi que vous pouvez le recevoir. Elle me répondit modestement, qu'elle n'avoit point d'autres volontés que celles du comte, & qu'elle seroit satisfaite lorsqu'il n'auroit rien à désirer. Il sentit lui-même, qu'au milieu des inquiétudes qui troubloient encore notre repos, il ne devoit point penser à des fêtes éclatantes. Ce qu'il me demandoit pouvoit être exécuté sans bruit, & sans nous éloigner de nos murs. Je lui abandonnai le soin des formalités qui dépendent de l'autorité ecclésiastique; son crédit les fit abréger. Enfin, l'heureuse Rose recueillit dans les bras d'un des plus aimables hommes du monde, le prix de son amour & de sa vertu.

Le comte ayant sa maison à Paris, j'avois quelque honte de résister à l'empressement qu'il

me marqua de s'y rendre avec son épouse, pour
lui abandonner sur tous ses biens le même empire
dont elle étoit depuis long-tems en possession
sur son cœur. Il étoit si étroitement logé aux
Saisons, que c'étoit une forte raison de consentir à son départ. Mais je croyois prévoir que
sa présence seroit quelque jour nécessaire à nos
intérêts domestiques; & je commençois à craindre
que ce tems ne fût pas fort éloigné. Toutes les
précautions de Tenermill n'avoient pas empêché
que ma belle-sœur n'eût découvert que sa rivale
étoit aux Saisons. Elle étoit descendue au jardin
sans autre compagnie qu'une femme-de-chambre;
& le hasard avoit voulu que Patrice y fût alors
à se promener seul. La crainte plutôt que la
haine, avoit porté mon foible frère à prendre la
fuite, & l'amour ou le ressentiment avoit fait
marcher son épouse sur ses traces. Il étoit entré
dans l'appartement de mademoiselle de L... qui
se trouvoit le premier sur sa route; & quoique
Milady eût été trop irritée de sa fuite, pour entreprendre malgré lui de le joindre, elle avoit
observé assez curieusement les dehors du lieu où
il étoit entré, pour reconnoître qu'il étoit habité
par une femme. Elle avoit dissimulé ses soupçons;
mais ils avoient été vérifiés dès le même jour par
l'aveu de Tenermill, qui n'avoit pu se défendre
contre ses instances, ou qui s'étoit flatté de tirer

de cette confeſſion quelque avantage pour ſes propres vues.

J'avois d'abord ignoré cet incident; mais le redoublement des larmes & de l'infirmité de ma belle-ſœur m'en avoit fait ſoupçonner quelque ſujet extraordinaire. Comme on n'avoit point penſé à lui cacher le mariage de Roſe, j'avois pris occaſion de cette cérémonie pour la voir. Tenermill, avec toute l'adreſſe qu'il avoit employée pour éloigner les ouvertures qu'il craignoit entre nous dans cette viſite, n'avoit pu étouffer dans la bouche de Milady, ni dans la mienne, quelques-unes de ces expreſſions vagues qui échappent toujours à la vivacité du ſentiment. Elle en avoit aſſez entendu de moi, pour juger que ce n'étoit pas ſans raiſon que je m'étois privé de la voir; & j'avois compris auſſi par les plaintes qu'elle n'avoit pu retenir, autant que par l'abattement de ſon viſage, qu'il lui étoit arrivé quelque nouveau ſujet de triſteſſe qu'elle s'efforçoit inutilement de déguiſer. Tenermill, à qui j'avois demandé d'autres explications, m'avoit appris l'aventure du jardin, mais ſans y ajouter encore l'ouverture de ſes deſſeins; & par les mêmes raiſons dont il s'étoit ſervi pour m'engager à garder certains ménagemens dans ma viſite, il m'avoit perſuadé qu'il n'étoit pas à propos qu'il s'ouvrît davantage. La cérémonie du mariage de

ma sœur étoit conclue; & l'état où étoit Milady
l'avoit difpenfé d'y affifter; de forte que de la part
de Patrice, qui affectoit plus que jamais d'éviter
mon approche; comme de celle de Ternermill qui
me fembloit occupé d'un projet extraordinaire,
& de celle même de ma belle-fœur dont les peines
étoient augmentées vifiblement, j'avois lieu
d'appréhender quelque nouvelle révolution qui
me faifoit fouhaiter le fecours ou le confeil d'un
ami tel que le comte.

Sa femme, à qui je ne dois plus donner
d'autre nom que celui d'un mari fi eftimable, eut
part aux inftances par lefquelles je m'efforçai de
l'arrêter; & fe rendant comme lui à la force de
mes raifons, elle y en joignit une qu'elle fe
reprocha de ne m'avoir pas révélée plutôt. Dans
les entretiens fecrets que Tenermill s'étoit ménagés avec Patrice, ils n'avoient pas toujours gardé
affez de précaution pour n'être pas entendus. La
curiofité ayant fait quelquefois prêter l'oreille à la
comteffe, elle favoit de leur propre bouche, que
loin d'avoir abandonné l'ancien projet de féparation, Patrice ne défiroit rien avec tant d'impatience; & que s'il en avoit beaucoup auffi de voir
mademoifelle de L.... affez bien pour quitter les
Saifons, c'étoit dans l'efpérance de terminer plus
facilement cette malheureufe entreprife. Mais ce
que je ne me ferois jamais perfuadé fur tout autre

témoignage que celui de ma sœur, Tenermill, malgré la compassion & le zèle qu'il sembloit affecter depuis quelques tems, & qu'il m'avoit témoignés lui-même pour Milady, entroit avec plus d'ardeur que jamais dans la résolution de son frère, & cherchoit de concert avec lui les moyens les plus propres d'en assurer le succès. C'étoit tout ce que les soins de ma sœur avoient pu lui faire entendre, & elle me confessoit avec honte que la crainte de chagriner Patrice l'avoit empêchée de m'en avertir.

Je ne donnerai point le nom de charité chrétienne au mouvement dont je me sentis animé en l'écoutant. L'horreur pour l'imposture & pour la trahison n'a pas besoin d'autre motif que la probité naturelle, & je ne fais pas remonter mon zèle plus loin. Les détours & les ménagemens m'auroient contraint. Je cherchai sur le champ Tenermill, & l'abordant sans précaution : Vous avez donc renoncé lui dis-je, à tout reste d'humanité & d'honneur ? Le mensonge, la perfidie, rien n'est assez noir pour vous inspirer de l'horreur, & pour vous causer du remords : vous prétendriez en vain m'en imposer, ajoutai-je, en voyant quelque marque de trouble sur son visage; je sais tout, j'ai tout appris : ma triste belle-sœur sera informée à ce moment de votre trahison. Ainsi, repris-je, avec le même feu, ce n'étoit pas

assez d'avoir pris part contr'elle avant que de la
voir, & de l'avoir persécutée sans la connoître,
vous abusez aujourd'hui de sa confiance pour
assurer mieux sa ruine ; & c'est à l'ombre de
l'amitié que vous satisfaites cruellement votre
haine. Je voulus le quitter, en jetant sur lui un
regard d'indignation ; & mon dessein étoit d'entrer effectivement dans l'appartement de ma
belle-sœur, pour lui apprendre de qui elle devoit
se défier : il m'arrêta avec un vif empressement ;
ses yeux, quoiqu'agités d'un mouvement extraordinaire, ne m'offroient rien qui sentît le dépit
ou la colère. Le ton même de sa voix ne fut point
aussi ferme, que le ressentiment de mes accusations pouvoit le rendre dans un caractère tel
que le sien. Il me pressa de l'écouter : je juge par
vos reproches, me dit-il, que vous êtes mal
informé de mes desseins, & que vous connoissez
encore moins mes sentimens : ne précipitez rien ;
& prenons quelques tems pour nous expliquer.

Cette modération à laquelle je m'attendois si
peu, m'ayant disposé à l'entendre, il me prit par
la main, comme s'il eût appréhendé que je ne
pensasse encore à le quitter pour me rendre chez
ma belle-sœur. Je n'ai jamais eu de haine pour
Milady, me dit-il d'un air si doux, que dans un
autre je l'aurois pris pour timidité ; & ce que
vous nommez mes persécutions, n'a jamais été
que

que le défir de rendre fervice à mon frère. Je le
plains de connoître fi mal le prix du tréfor qu'il
poffède : il méprife un bien que mille autres
achèteroient de tout leur fang. Je ne lui tiens
point d'autre langage; & vous le faurez de lui-
même quand il voudra vous le confeffer. A l'é-
gard de Milady, je me fuis efforcé de la confoler
par l'efpérance d'un meilleur fort; je lui ai fait
des promeffes qui font fincères, & qui ont eu la
force de calmer fon imagination. Il n'y a que
l'aventure du jardin qui ait troublé mon entreprife. Elle croyoit mon frère à Paris; j'ai eu befoin
de mille efforts pour le juftifier, ou fi vous l'aimez
mieux, pour la tromper; car avec fi peu d'affurance de lui rendre jamais fon mari, vous vous
figurez bien que ce n'eft qu'à force d'erreurs
qu'elle peut retrouver fon repos. Cependant je
me flatte que fes illufions mêmes tourneront
à fon avantage; & vous ne donnerez pas le nom
de perfidie à ma conduite, lorfqu'elle fera heureufement juftifiée par le fuccès.

Je ne vis dans une explication fi vague qu'un
nouvel artifice pour me déguifer ce qu'on vouloit
m'empêcher d'approfondir, & tout m'en étant
fufpect, jufqu'au ton dont elle étoit prononcée,
je ne balançai pas un moment fur ma réponfe.
Eft-il vrai, lui dis-je, que malgré tout l'art avec
lequel vous enveloppez vos expreffions & vos

deſſeins, vous avez repris avec Patrice la réſolution de faire caſſer ſon mariage? Voilà le point
ſur lequel je vous demande une réponſe nette
& préciſe. Tout ce qui en eſt différent, eſt une
intrigue où je ne déſire point d'entrer, & qui ne
me touche que par rapport au but dont je veux
être éclairci. Cette queſtion le rendit muet pendant quelques momens. Enfin, paroiſſant ſortir
de ſon incertitude, il me jura dans les termes les
plus forts de la religion & de l'honneur, qu'il ne
penſoit qu'à rendre heureux Milady & Patrice
dans un mariage honnête & tranquille, qui réta-
bliroit le repos de notre famille. Je fus la duppe
de cette réponſe équivoque. Il s'apperçut que
l'opinion que j'avois encore de ſa probité me
diſpoſoit à l'erreur où il vouloit m'engager; & ſe
hâtant d'en tirer un autre fruit : ſi vous pouvez,
me dit-il, vous fier à moi de nos vrais intérêts,
laiſſez agir quelque tems mon zèle, & modérez
un peu les mouvemens du vôtre. La retraite où
vous avez vêcu depuis pluſieurs jours a déjà ſervi
au progrès de mes vues; & vous ne ſauriez en
déſirer de meilleure preuve, que la tranquillité
où j'ai entretenu l'eſprit de Milady. Diſpenſez-
vous de la voir, juſqu'au départ de mademoiſelle
de L.... je vous promets de vous révéler alors le
plan que j'ai médité pour le bien de notre famille ;
ou ſi vous ne croyez pas que la bienſéance vous

permette d'être ici fans commerce avec elle,
promettez moi vous-même que vous lui parlerez
de l'entreprise qui m'occupe, d'une manière qui
puisse augmenter sa confiance, & servir à son
repos. Faites une fois fonds sur ma parole, ajouta-
t-il d'un air tendre, & ne doutez pas que l'honneur & la vertu ne me soient aussi chers qu'à
vous.

La preuve qu'il tiroit du succès réel de ses soins,
joint à l'idée que j'avois effectivement de ses
principes naturels, me fit étouffer mille objections qui me naissoient encore. Sans me livrer
entièrement à des espérances dont il ne me dé-
couvroit pas le fondement, j'aimai mieux risquer
quelque chose sur sa parole, que de m'arrêter
à des soupçons que je ne pouvois conserver sans
le croire le plus méchant de tous les hommes.
Je me persuadai même en sa faveur que la
comtesse sa sœur avoit mal compris le discours
qu'elle m'avoit rapporté, & que je m'en étois
alarmé trop légèrement. Enfin, craignant peu
d'ailleurs qu'il en pût venir à certaines extrémités sans ma participation, je me déterminai
à lui laisser toute la liberté qu'il me demandoit,
& à prendre une fois, comme il me l'avoit dit,
quelque confiance à sa conduite. En lui déclarant
cette résolution, je joignis à mon discours tous
les témoignages d'estime qui pouvoient l'engager

encore à foutenir fes promeffes ; trop content de le trouver difpofé à me rendre fon amitié, & à compter la mienne pour quelque chofe. Il parut fi fatisfait de ma complaifance, que je commençai férieufement à bien augurer de fes intentions.

J'ignore en effet par quelle adreffe il réuffit à guérir les nouvelles alarmes de ma belle-fœur ; mais comme s'il eût tiré plus de force que jamais du confentement que j'avois donné à fes projets fans les connoître, il la mit dans une fituation qui me caufa autant d'étonnement que de joie. N'ayant pu me difpenfer de la voir, je lui trouvai cet air de fatisfaction que donne le bonheur, ou la certitude de l'obtenir. Elle me parla des fervices de Tenermill avec des tranfports de reconnoiffance ; & quoiqu'elle n'ignorât point que mademoifelle de L... étoit encore logée dans la même maifon, elle ne marquoit d'inquiétude que fur la durée de fa maladie, dont elle attendoit la fin comme le commencement de fa propre félicité. Ce langage étoit fi obfcur pour moi, que dans la crainte d'apporter quelque trouble à des vues que je ne pénétrois point, je croyois ne pouvoir me réduire à des félicitations affez vagues, qui fembloient fuffire néanmoins pour la confirmer dans toutes fes idées. S'il lui échappoit quelques plaintes de l'abfence de fon mari, c'étoit avec un fentiment de compaffion

qui ne paroiſſoit mêlé d'aucune amertume; & je
la voyois même attendrie de l'idée qu'elle ſe formoit de ſa ſituation. Toutes ces circonſtances
n'ayant rien d'abſolument oppoſé aux promeſſes
de Tenermill, j'en attendois l'éclairciſſement
avec une extrême impatience. Il étoit avec moi
dans toutes mes viſites; & l'embarras où j'appréhendois toujours de me trouver expoſé, ne me
permettant guère de les faire longues ni fré-
quentes, je me portois ainſi de moi-même
à diminuer beaucoup le ſien.

Quinze jours ſe paſsèrent encore ſans aucun
changement qui pût m'apporter plus de lumières,
& j'admirois avec quelle patience chacun ſe
contenoit dans les bornes qu'il paroiſſoit s'être
impoſées. Du côté de mademoiſelle de L....
& de Patrice, c'étoit un oubli de tout ce qui étoit
autour d'eux, que j'avois quelquefois peine
à trouver vraiſemblable. Tandis qu'ils paroiſſoient ſi occupés l'un de l'autre, que leur
curioſité ne s'étendoit preſque pas hors de leur
ſolitude, je ne pouvois me perſuader qu'ils ne
fuſſent pas ſouvent troublés par la crainte de ma
belle-ſœur. S'il falloit attribuer leur ſécurité aux
intrigues de Tenermill, c'étoit un autre ſujet
d'étonnement qui me cauſoit encore plus d'admiration. Le comte & ſon épouſe, à qui je
recommandois ſans ceſſe de ne pas les quitter un

moment, me rendoient le même compte de leurs dispositions & de leurs amusemens. C'étoit constamment la même innocence & la même tranquillité. Mademoiselle de L.... étoit sans fièvre, mais foible encore, & le médecin ne jugeoit pas qu'elle pût quitter son lit sans danger. Patrice, après avoir passé le jour entier auprès d'elle, se retiroit le soir avec autant de précautions pour n'être pas apperçu de son épouse ou de moi, que s'il eût appréhendé quelque chose de notre rencontre : il s'informoit de notre santé; mais comme indifférent pour ce que nous pensions de lui & de sa conduite, il ne lui étoit jamais arrivé de demander si nous n'étions pas curieux nous-mêmes de savoir pourquoi il nous évitoit. Notre maison n'étoit pas assez grande pour le dérober toujours à ma vue, si j'eusse suivi le mouvement qui me porta plusieurs fois à le surprendre au passage; mais ne voyant de toutes parts que de la tranquillité, & m'accoutumant de plus en plus à faire, en effet, quelque fonds sur les promesses de Tenermill, j'attendois dans ma solitude que le moment qu'il m'avoit marqué fût arrivé.

Il fut hâté par un évènement auquel j'étois fort éloigné de m'attendre, & dont le hasard me fit recevoir les premières nouvelles. Un jour que j'étois descendu seul à la porte, je vis arriver

dans un carroſſe de remiſe un homme dont je
crus me rappeler le viſage. Je balançois ſur la
reſſemblance, lorſque m'ayant reconnu plus facilement à ma figure, il s'approcha de moi en me
ſaluant par mon nom; & la langue irlandoiſe qu'il
employa pour me parler, acheva de me le faire
reconnoître pour Fincer. La joie que j'aurois
reſſentie de le voir dans tout autre lieu, ſe
changea en crainte & en douleur, lorſqu'un
moment de réflexion ſur les circonſtances de nos
affaires domeſtiques m'eut fait penſer que je ne
pouvois l'introduire chez nous ſans imprudence.
Quel prétexte néanmoins pour l'éloigner, & d'un
autre côté, quelle eſpérance de lui cacher long-
tems le déſordre de ma famille, ſur-tout avec les
raiſons que j'avois de ſoupçonner que c'étoit
peut-être la ſeule cauſe de ſon voyage? Il me
vint à l'eſprit que Dilnick l'avoit informé ſans
doute de la réſolution que ſa fille avoit priſe de
ſuivre ſon mari en France; & que ne pouvant
eſpérer une plus heureuſe occaſion pour la revoir
ſans danger, il avoit quitté le Dannemarck dans
cette vue. Je me flattai ainſi en donnant à ſon
voyage le motif le plus favorable; car il eût été
trop terrible de le ſuppoſer inſtruit de tout ce que
j'appréhendois de ne pouvoir lui déguiſer aſſez
long-tems.

Ses premiers complimens m'auroient raſſuré

par l'air d'ouverture & d'amitié qui les accompagnoit, fi l'autre embarras ne m'étoit refté tout entier. Cependant, tandis qu'il fongeoit à me demander des nouvelles de fa fille, & que la manière dont je lui répondois me laiffoit affez de liberté pour méditer fur le foin dont j'étois rempli, je pris le feul parti que j'euffe à choifir dans une extrémité fi preffante. Je ne fais, lui dis-je, qui peut vous avoir adreffé dans une maifon où je n'ai pas la liberté de vous recevoir : vous verrez votre fille à Paris ; la diftance eft fi courte, que loin de nous arrêter ici, je fuis d'avis que nous prenions le chemin de la ville au même moment ; & lui préfentant la main pour remonter dans fon carroffe, j'y entrai après lui, en donnant ordre au cocher de nous conduire à la maifon du comte.

Je ne me délivrois ainfi d'un embarras que pour en faire renaître une infinité d'autres ; mais je crus avoir évité le plus dangereux. La crainte que j'avois de donner le moindre foupçon à Fincer de ce que nous laiffions derrière nous, me fit preffer plufieurs fois le cocher d'avancer ; & cherchant à nous diftraire l'un & l'autre de toutes les idées que je redoutois, je pris occafion du comte, dont j'avois nommé la maifon, pour parler du mariage récent de ma fœur. Le mérite & les richeffes de fon mari, l'honneur & l'avantage que ma famille alloit tirer de cette alliance, les difficultés & les longueurs que nous avions eues à surmonter; enfin, tout ce qui pouvoit éloigner le dénouement que je craignois, fut rappelé avec une affectation de chaleur qui empêcha la conversation de languir. Fincer se prêta si naturellement à mes vues, que cette facilité me surprit. Il paroissoit compter sur l'espérance de voir sa fille à Paris; & s'il me fit quelques légères questions, elles ne furent point propres à me causer de l'embarras.

Cependant, mon inquiétude croissoit à mesure que nous approchions de la maison du comte; & rien ne s'offrant à mon esprit pour la soulager, j'arrivai à sa porte aussi incertain qu'en partant des Saisons. La vue du portier qui se présenta pour nous recevoir, augmenta mon trouble. Je n'étois pas sûr d'en être connu; heureusement qu'il se remit mon visage, quoiqu'il ne m'eût jamais vu plus d'une fois, & que l'empressement qu'il marqua pour recevoir mes ordres, me le fit croire disposé à les exécuter. Il ne me vint néanmoins rien de plus à propos que de lui demander si son maître étoit au logis; & m'ayant répondu qu'il étoit à la campagne, je ne lui laissai point le tems de me marquer s'il étoit surpris de ma question. Descendons, dis-je à Fincer, ils seront ici ce soir, & nous ne pouvons faire mieux que de les attendre. Le portier comprit que fon maître devoit revenir le même jour à la ville avec toute ma famille. Nous ne fûmes pas plutôt defcendus, que le mouvement que j'entendis dans toute la maifon, me fit juger qu'on prépa-roit les appartemens dans cette fuppofition.

Le hazard m'avoit fervi jufqu'alors affez heureu-fement; mais chaque moment de l'avenir où j'allois entrer n'en étoit pas moins obfcur ; & je ne voyois rien qui pût régler mes réfolutions. A peine ofois-je faire la moindre queftion à Fincer, dans la crainte de tomber malgré moi fur les circonftances ou fur les motifs de fon voyage. Je continuois de l'amufer par tous les détours que mon efprit étoit capable de me fournir. Je lui faifois admirer tout ce qui fe préfentoit à nos yeux dans les appartemens du comte ; & mor-tellement agité au fond de l'ame, je me don-nois en même-tems la torture pour trouver quel-que parti auquel je puffe raifonnablement m'at-tacher. Je fus prêt plufieurs fois de lui demander la liberté de me retirer un moment; ma penfée étoit d'écrire à mes frères & de leur communi-quer du moins un embarras qu'ils devoient par-tager avec moi. Je leur aurois propofé de fe rendre tous deux à Paris, & de prévenir par leurs foumiffions, l'efprit d'un homme à qui ils devoient ce ménagement. J'aurois ajouté, qu'il étoit de notre honneur autant que de notre intérêt, de difpofer ma belle-fœur à ne pas faire éclater aux yeux de fon père les juftes fujets qu'elle avoit de fe plaindre ; & qu'il falloit enfevelir avec d'autant plus de foin nos divifions, que Tenermill me faifoit efpérer qu'elles ne tarde-roient pas long-tems à finir. Enfin, je leur aurois marqué tout ce que le ciel & l'amour de la paix m'auroient infpiré ; & ne les croyant pas moins fenfibles que moi à l'honneur de notre famille, je leur aurois laiffé la liberté d'ajouter à mes vues ce que leur prudence & celle du comte leur auroit fait imaginer de plus convenable aux circonftances. Mais une autre idée fixa tout d'un coup mes irréfolutions. Fincer m'ayant parlé du lieu où il s'étoit logé à Paris, je lui fis un reproche d'avoir penfé à choifir une autre demeure que la maifon de Tenermill, ou celle du comte ; & lui faifant voir que celle où nous étions ne manquoit point d'efpace pour le loger commodément, je le preffai à l'inftant de per-mettre que j'y fiffe apporte fon équipage. Il fe rendit à mes inftances, après s'en être long-tems défendu ; & ce qui me fit naître le projet le plus heureux auquel je puffe m'arrêter, il ne voulut point fe repofer fur un autre que lui-même du foin de ce tranfport. Je n'examinai point fi la poli-teffe m'obligeoit de l'accompagner. Je donnai à quelques domestiques du comte, ordre de le suivre, & je résolus de profiter de son absence pour me rendre moi-même aux Saisons.

Une chaise légère & deux des meilleurs chevaux du comte, qui furent prêts en un moment, me firent espérer de ne pas mettre plus de tems à ce voyage, que Fincer n'en avoit besoin pour ses affaires. En chemin je m'occupois à méditer si je devois regarder son arrivée comme un mal aussi redoutable que je me l'étois figuré dans mes premières craintes. Mais ignorant ses motifs, il me fut impossible d'en porter un jugement qui pût me satisfaire. Son silence même m'avoit laissé un autre sujet d'inquiétude ; car malgré tous les efforts que j'avois faits pour éloigner ses explications, il me sembloit que son ardeur à m'en demander lui-même, auroit dû l'emporter sur mes précautions. Convenoit-il à un père, qui avoit marqué tant d'alarmes sur le sort de sa fille, d'être si tranquille au moment qu'il alloit la revoir? Et sa curiosité auroit-elle été si retenue, s'il n'avoit eu de fortes raisons de la modérer? J'arrivai aux Saisons plein de ces idées, & je fis d'abord avertir Tenermill que j'avois besoin sur le champ de l'entretenir.

Il étoit dans l'appartement de ma belle-sœur, d'où j'ai déjà fait remarquer qu'il ne s'éloignoit presque point. Apprenant que j'arrivois comme en poſte, ſans qu'il eût entendu parler de mon départ, l'incertitude de ce que j'avois à lui communiquer, lui fit prendre en m'abordant, un air auſſi inquiet qu'il dut trouver le mien. Je n'ai pas un moment à perdre, lui dis - je ſans lui propoſer de s'aſſeoir; ſavez-vous que Fincer eſt à Paris, qu'il étoit il y a deux heures aux Saiſons, que j'ai eu beſoin du ſecours du ciel, pour l'éloigner d'ici, & que l'ayant conduit, enfin, chez le comte, j'ignore également ce qui l'amène en France & quelle conduite je dois tenir avec lui. Je me ſuis dérobé heureuſement, ajoutai-je, pour venir vous conſulter ſur un incident qui m'a réduit au dernier embarras. Vous concevez mes craintes; voyez ſi dans vos projets, & dans cette conduite myſtérieuſe que vous affectez depuis trop long-tems, il ſe trouve quelque choſe qui puiſſe remédier à tous les maux que j'appréhende. Fincer vous attend; il attend ſa fille, Patrice, moi: en un mot, il faut qu'il ſoit ici ce ſoir, ou que nous ſoyons à Paris.

J'avois remarqué en parlant, que le viſage de Tenermill ſe troubloit, & que chaque mot de mon récit augmentoit ſon inquiétude. Il demeura quelque tems ſans me répondre. Enfin, m'offrant une chaiſe, il s'aſſit près de moi, & me conjura de l'écouter ſans l'interrompre.

Il n'eſt plus tems , me dit-il, de vous diſſimu-
ler ce que vous apprendriez bientôt malgré moi;
mais je veux me faire un mérite de ma confiance , en vous découvrant mes ſentimens ,
qu'il me ſeroit plus aiſé de vous déguiſer que
ma conduite. Après cet exorde, il atteſta le
ciel, qu'en prenant parti contre le mariage de
Patrice , il n'avoit jamais eu d'autres vues que
le bonheur de ſon frère & le repos de notre
famille. A peine connoiſſoit-il la fille de Fincer,
pourquoi l'auroit-il haïe ? Ce que je lui avois
appris de ſa généroſité & de ſa tendreſſe , l'avoit
prévenue au contraire en faveur de ſon caractère ; mais il avoit cru que ſon frère devoit l'emporter dans ſon eſprit ſur celui d'une étrangère.
Il n'entroit point tant dans ce détail , ajouta-t-il ,
pour juſtifier les duretés dont il s'étoit rendu
coupable à l'égard de Milady , que pour me
faire comprendre plus aiſément la révolution
incroyable qui s'étoit faite dans ſes diſpoſitions.
Il en avoit été ſurpris & confondu lui-même ;
mais on ne réſiſte point à ſa deſtinée , & ſon
exemple étoit une preuve que les hommes ne
connoiſſent rien au caractère de leur propre
cœur. Il me confeſſoit donc, qu'en voyant de
près Milady , en écoutant ſes tendres plaintes ,
& en voyant couler ſes larmes , il avoit été pénétré de mille ſentimens qu'il n'avoit jamais éprou-

vés, & dont il ne s'étoit pas cru capable. Il
n'avoit pu se défendre d'admirer cette vertu
douce & modeste que les rigueurs de son mari
pouvoient bien réduire au dernier abattement,
mais à qui elles n'étoient point capables de faire
perdre cet air de modération qui rend la douleur si touchante, & qui ajoute tant de charmes
à la beauté malheureuse. La compassion avoit
ainsi préparé son cœur à l'amour; & lorsqu'il
avoit commencé à se rendre compte de ses propres sentimens, il s'étoit trouvé la proie d'une
passion si vive, qu'il n'avoit rien espéré de ses
efforts pour s'en délivrer. Elle n'avoit fait depuis
qu'augmenter sans cesse : il en faisoit les délices
de sa vie; & loin de penser désormais à s'en
défendre, il vouloit rapporter toutes ses pensées
& tous ses soins à la rendre heureuse. Je l'arrêtai
ici brusquement, malgré la promesse que je lui
avoit faite de l'écouter sans l'interrompre. La
première partie de son discours m'avoit causé
de la joie ; je l'aurois interrompu volontiers pour
louer l'intérêt qu'il avoit pris aux larmes de ma
belle-sœur. Surpris ensuite de la naissance de
sa passion, j'avois été prêt encore à l'interrompre, pour lui faire un reproche de n'avoir
pas mieux veillé sur des mouvemens de cœur
que j'aurois traités de coupables & d'illégitimes.
Mais entendant qu'il s'en applaudissoit, & qu'au

lieu de les combattre, il ne parloit que de les nourrir avec complaisance, pour chercher tôt ou tard à les satisfaire, le ressentiment de me voir si peu ménagé par cette indigne confidence, autant que l'intérêt de la vertu, me fit prendre un ton que j'aurois affecté de rendre encore plus propre à lui exprimer mon indignation. Quoi ! lui dis-je, après vous être abandonné à une passion honteuse pour la femme de votre frère, vous ne rougissez pas de m'en faire l'aveu ? Vous me croyez donc capable de la souffrir ou de l'approuver ? Oui, je reconnois vos détestables maximes. Après avoir osé conseiller à votre frère de violer les sermens de son mariage par un commerce infâme, je ne m'étonne point de vous voir familier tout d'un coup avec l'inceste & l'adultère. Affreuse corruption de principes & de sentimens, m'écriai-je, sans lui laisser le tems de se reconnoître! Par quels degrés êtes-vous donc parvenu à l'excès de la débauche? On veut excuser l'amour, ajoutai-je, & l'on ose lui donner des noms qui le transforment presqu'en vertu. Mais quelle horrible & funeste passion, qui fait perdre toute son horreur au crime, & qui porte la hardiesse jusqu'à s'en faire honneur ! Dans le zèle amer qui m'animoit, j'aurois continué de l'accabler de reproches, & je n'aurois pas manqué d'y joindre les plus vives menaces, s'il ne se fût jeté presqu'à

qu'à mes pieds pour renouveler les instances
qu'il m'avoit faites de l'écouter. Je l'interrompis
encore néanmoins : Non , lui dis-je , en détour-
nant la tête , vous ne me forcerez point d'entendre plus long-tems vos indignes dispositions. Je
tremble d'en trop apprendre. N'espérez pas de
me trouver la moindre indulgence pour le crime;
si c'est-là ce projet sur la foi duquel j'ai eu la
crédulité de m'endormir , je le déteste , & je
ne vois plus en vous que l'ennemi de l'honneur
& de la vertu. Cependant , comme ses efforts
ne diminuoient pas pour obtenir d'être écouté,
& que l'embarras où il étoit , joint à la posture
humiliée où je voyois devant moi un caractère si
fier , eurent quelque pouvoir pour me fléchir, je
consentis à l'entendre , à la seule condition qu'il
ne mêleroit rien dans son discours qui ressemblât
à ce qui m'avoit causé tant d'indignation.

Tandis qu'il reprenoit sa place, je remarquai,
à la consternation qui étoit répandue sur son
visage, combien son orgueil étoit mortifié du
rôle qu'il avoit à soutenir. Il reprit la parole,
pour se plaindre de la vivacité qui m'avoit fait
troubler ses explication. Vous ignorez l'amour, me
dit-il , avec douceur , si vous ne pardonnez pas
à un amant d'insister un peu sur la force de sa
passion ; mais ce que je vous ai dit de la mienne
importe peu dans le fonds à mon projet ; &

Tome II.                                   R

qu'elle ſoit telle que je viens de vous la d'écrire,
ou que vous la ſouhaiteriez, vous allez convenir
qu'avec les reſtrictions que j'y mets, elle ne
peut bleſſer ni mon devoir, ni votre délicateſſe.
J'adore Milady, ( ſouffrez encore une fois ce
terme, dont le ſens va ſe dévoiler pour vous,) &
c'eſt en effet ſur les ſentimens qu'elle m'a inſpirés
que roulent toutes les vues que j'ai formées pour
ſon bonheur & pour le mién. Mais avec autant de
pénétration que je vous en connois, pourquoi
n'avez vous pas démêlé tout d'un coup par quelle
voie je penſe à me rendre heureux ? Il faut
donc vous apprendre ſans détour, qu'en réflé-
chiſſant ſur le caprice qui emporte mon frère
vers mademoiſelle de L..... & ſur le peu d'apparence qu'il en revienne jamais, j'ai penſé qu'il
y avoit un moyen de concilier l'honneur de
Milady avec la ſatisfaction de Patrice & les
intérêts de notre famille : c'eſt de ſuivre le plan
de ſéparation auquel le roi a donné ſon conſentement, mais ſans faire perdre à Milady le
nom qu'elle portoit, ni à vous la qualité de
ſon beau-frère. En un mot, ſi je le trouvois
encore obſcur, il m'apprenoit ouvertement que
ſon deſſein étoit d'épouſer la femme de Patrice,
& de rendre ainſi à ſon frère la liberté d'épouſer
ſa maîtreſſe.

Rien ne s'étant moins préſenté à mon eſprit

que ce dénouement, la seule nouveauté d'une
si étrange image m'auroit tenu en garde contre
ses premières impressions; & dans la crainte de
m'engager mal-à-propos, je serois peut-être
demeuré sans réponse. Mais Tenermill, qui
n'avoit pas nourri si long-tems son projet, sans
prendre toutes les informations qui pouvoient
le rendre plausible à ses propres yeux, se hâta
de prévenir mes objections par une infinité
d'exemples qui sembloient lever en effet toutes
les difficultés. L'approbation de l'église & les
décisions de la justice civile s'étoient accordées
mille fois pour autoriser des évènemens de cette
nature. Je ne pouvois douter de la vérité des
faits; & la confiance avec laquelle j'entendois
parler Tenermill, me faisoit juger qu'il ne s'en
rapportoit point à ses seules lumières. Je crus
même entrevoir qu'il avoit fait goûter ses sentimens & ses vues à Milady; & cette conjecture
servoit tout d'un coup à expliquer la tranquillité
où elle avoit vécu depuis quelques semaines,
autant que la facilité avec laquelle je lui avois
vu recevoir ses soins. Toutes ces idées s'arran-
geant d'elles-mêmes, elles me conduisirent aisément à souhaiter, pour le repos commun de la
famille de Fincer & de la mienne, qu'un projet
où je ne voyois rien qui me parût blesser aucune
loi, & qui entraînoit le bonheur de tant de

personnes qui m'étoient chères, pût s'exécuter à la satisfaction de tout le monde. S'il me resta de l'embarras, ce fut du côté de Fincer : car le trouble que son nom & la première nouvelle de son arrivée m'avoient paru causer à Tenermill, étoit une marque qu'il en appréhendoit lui-même quelque obstacle. Je me bornai à cette objection, & je vis qu'elle le rendoit rêveur. Sa réponse m'apporta d'autres explications qui firent évanouir aussitôt les espérances que j'avois conçues trop légèrement.

Il me confessa qu'il avoit écrit à Fincer, & qu'il avoit attendu impatiemment sa réponse, mais que cette diligence à se rendre à Paris, sans l'avoir prévenu sur son voyage, ne lui causa pas peu d'alarmes. Avec le désir & l'espoir de le mettre dans ses intérêts, il avoit été porté à lui écrire par des raisons beaucoup plus fortes. Dans l'abattement mortel où il avoit vu Milady, il avoit cru, me dit-il, que pour arrêter le cours de ses larmes, autant que pour la disposer insensiblement au projet qu'il avoit formé sans sa participation, il étoit nécessaire non-seulement de l'entretenir dans l'erreur, où les courtes apparences du retour de Patrice l'avoient jetée pendant quelques momens, mais de fortifier même une illusion dont il avoit remarqué l'heureux effet, en la revêtant de toute la vraisemblance qu'elle pou-

voit recevoir. C'étoit là-deſſus que de concert
avec ſon frère, à qui il avoit fait approuver tous
ſes deſſeins, il avoit feint d'abord que des raiſons
importantes, qui étoient la ſuite du combat
d'Irlande, avoient forcé Patrice de partir ſubi-
tement, pour ſe tenir caché à Paris dans une
retraite plus ſûre que notre maiſon. Sans cette
première précaution, me dit-il, il eût été
impoſſible de faire comprendre à Milady, que
ſon mari, qui étoit ſi près d'elle, & qui refuſoit
de la voir, fût tel effectivement qu'elle commençoit à s'en flatter; & ſes agitations, qui étoient
capables de ruiner abſolument ſa ſanté, n'euſſent
pas manqué de ſe renouveler avec plus de force
que jamais. L'ayant rendue aſſez tranquille par
cette feinte, & les meſures qu'il avoit priſes lui
répondant qu'elle ne pouvoit être aiſément dé-
trompée, il avoit achevé de lui calmer l'eſprit,
en lui jurant qu'il s'occupoit d'une entrepriſe qui
finiroit bientôt toutes ſes peines, & qui ne lui
laiſſeroit plus rien à craindre de l'infidélité de
Patrice. Il ne la trompoit pas, continua-t-il,
puiſqu'il écrivoit dans le même tems à Fincer
pour lui propoſer de rompre un malheureux
mariage, & d'approuver qu'il ſuccedât aux droits
& aux engagemens de ſon frère. L'aventure du
jardin étant ſurvenue dans ces circonſtances, il
avoit eu beſoin d'une infinité de nouveaux efforts,

pour réparer un si fâcheux contre-tems; & le ciel
sans doute avoit secondé ses soins, puisqu'il ne
concevoit pas lui-même par quel bonheur il avoit
pu réussir. Mais l'ascendant qu'il avoit pris sur elle
par les témoignages continuels de son attachement, & la confiance qu'il lui avoit inspirée pour
ses promesses, l'avoient emporté sur les plus
justes soupçons. Il s'étoit aidé d'ailleurs d'un
nouvel artifice, en lui apprenant qu'il avoit écrit
à son père, qu'il en attendoit une prompte
réponse; que par les mesures qu'il avoit prises,
elle seroit décisive pour la tranquillité du reste de
sa vie; & sans avoir jamais eu la hardiesse de lui
découvrir le fonds de son projet, il l'avoit accou-
tumée à le regarder comme le seul homme sur
lequel elle pût compter, & de qui elle dût attendre
les secours qui convenoient à son infortune.

Ce récit devenant trop long pour mon impatience, je l'interrompis avec la chaleur de mille
sentimens qui s'étoient élevés dans mon cœur
à chaque circonstance. Il me suffisoit d'avoir
appris que ma belle-sœur ignoroit tous ces
glorieux projets, où l'on disposoit d'elle avec tant
de confiance, pour les regarder comme autant
de folles imaginations, qui s'évanouiroient à la
première explication qu'elle en recevroit. Je ne
pouvois faire un crime à Tenermill de ses intentions, & je me réjouissois, au contraire, de lui

trouver pour elle un penchant si déclaré, que je
ne devois plus craindre qu'il cherchât à la chagriner. Eh! sur quoi, vous flattez-vous, lui dis-je,
que Milady approuve votre entreprise & vos
sentimens? Je vous vois disposer de son cœur, de
sa fortune, de sa main; mais l'avez-vous consultée, ou du moins entre vos intentions & vos ruses,
en avez-vous d'assez puissantes pour vous promettre de faire changer ses inclinations? Il baissa
les yeux à cette question. Vous parlez, me répondit-il, de ce qui cause toute mon inquiétude
& tous mes tourmens. C'est l'unique point qui
me laisse de l'embarras. Et n'est-ce pas aussi le
point essentiel, repris-je, le point sans lequel
toute votre entreprise ne doit passer à vos propres
yeux que pour une chimère. Je ne vous cacherai
pas ma résolution, continuai-je, en prenant un
ton plus ferme encore; & le cas est trop clair,
pour me causer le moindre doute. Si vous étiez
parvenu par votre adresse ou par vos soins, à faire
goûter votre projet à Milady, je confesserois
avec amertume, que dans le désordre de notre
famille, il y a peu de remèdes dont nous eussions
plus d'avantage à espérer. Mais sans cette condition, qui est aussi nécessaire pour nous justifier
devant Dieu que devant les hommes, je ne puis
approuver des vues dont je trouve la condam-
nation dans toutes mes lumières, & je promets

au ciel de m'oppofer de toute ma force à des tempéramens odieux, que je ne diftingue point de la violence.

Je me levai en lui tournant le dos, pour faire quelque tour dans la chambre où nous étions; & l'air que j'affectai lui fit connoître autant que mes expreffions, qu'il tenteroit inutilement de m'infpirer d'autres idées. Il demeura comme incertain pendant quelques momens. Son filence & fon embarras me compofoient un fpectacle, qui eut pour moi de la nouveauté. En le voyant fi foumis & fi humilié, j'admirois la force des paffions, & qu'elles euffent plus d'empire l'une fur l'autre, que toutes les lumières de la raifon. Il reprit néanmoins la parole avec douceur, pour me repréfenter qu'indépendamment de fon goût, ma belle-fœur ne manqueroit pas d'ouvrir les yeux tôt ou tard fur fes propres intérêts; que les offres qu'il avoit à lui faire, étant ce qu'elle pouvoit efpérer de plus heureux dans fa fituation, il étoit impoffible qu'elle les rejetât, lorfqu'on lui en feroit fentir la néceffité; que fi le confentement de fon père fe joignoit au mien, tel feulement que je voulois bien l'accorder, elle fe trouveroit comme entraîné par la force de l'autorité; & qu'apprenant d'ailleurs que fon mari l'avoit trompée par de fauffes apparences de réconciliation, le dépit achèveroit ce que le devoir & la raifon auroient commencé. Je n'ai qu'une crainte, ajouta-t-il, & c'eft l'arrivée de Fincer qui me la donne. Il ne m'a pas répondu. Le parti qu'il a pris de venir en France, fans nous avoir prévenus par fes lettres, me fait douter s'il ne s'eft pas offenfé de mes propofitions. Le filence qu'il a gardé avec vous, augmente ma défiance. Enfin, j'ignore quelle conduite je dois tenir avec lui, & j'appréhende même de le voir, fi vous ne le difpofez aux explications qu'il me fera impoffible d'éviter dans notre première entrevue.

Loin de refufer cette commiffion, je m'applaudis de lui trouver, pour la première fois, tant de docilité & de confiance dans mes foins. Votre efpérance ne fera point trompée, lui dis-je; & quand vous prendrez le parti de l'honneur & de la raifon, vous n'aurez jamais à vous plaindre de mon zèle. Le myftère que vous m'avez fait de vos deffeins, retarde un fervice que je vous aurois déjà rendu; mais furpris moi-même de l'arrivée de Fincer, je n'ai penfé qu'à l'éloigner d'ici, & j'ai eu befoin de tous mes efforts pour lui déguifer mon embarras. Tenermill m'avoua qu'en lui écrivant, il l'avoit non-feulement prié de me cacher fon projet, mais de fe précautionner contre ma curiofité, par la crainte où il étoit de me trouver contraire à fes vues.

Quelqu'ardeur que j'euffe de retourner à Paris
avec ces éclaiciffemens, je ne me crus pas moins
obligé de prévenir Patrice fur un incident qui
devoit le porter, jufqu'au tems du moins de la
féparation dont il fe flattoit encore plus que fon
frère, à garder des ménagemens auxquels il étoit
devenu comme infenfible. Tenermill, charmé
de la modération avec laquelle j'avois reçu fes
dernières ouvertures, me promit de le faire
fouvenir de ce qu'il devoit à la bienféance; &
ne doutant pas lui-même que de quelque manière
que Fincer eût pris les chofes, il ne défirât
d'embraffer promptement fa fille, il fut le premier
à reconnoître que dans des circonftances fi déli-
cates, nous ne devions pas l'expofer à trouver
mademoifelle de L..... fous le même toit que ma
belle-fœur. La manière dont elle y étoit venue,
n'avoit rien qui pût nous être reproché, & fa
maladie nous avoit mis dans la néceffité de l'y
fouffrir; mais quoiqu'on m'eût affuré qu'elle
n'étoit point encore rétablie, le mouvement d'un
voyage auffi court que celui de Paris, ne pouvoit
être auffi dangereux que fon départ étoit néceffaire. Tenermill s'engagea à lui faire goûter cette
réflexion, & me garantit qu'elle ne feroit pas
moins approuvée de fon frère.

Je partis avec cette efpérance. Le comte
de S..... à qui l'impatience de Tenermill me

permit à peine de parler un moment, voulut
m'accompagner jufqu'à Paris, pour faire lui-
même à Fincer les honneurs de fa maifon.
Notre diligence fut extrême, dans la crainte
où j'étois toujours que Fincer ne formât quelque
foupçon de ma bonne foi. Nous le trouvâmes chez le comte, où il avoit fait tranfporter fon équipage. Il fe promenoit d'un air
agité. Après avoir marqué de la reconnoiffance
pour les premières politeffes du comte, il lui
demanda la liberté de s'écarter un inftant avec
moi. Comme je ne m'attendois point d'être
prévenu, cet empreffement me parut renfermer
quelque myftère, dont j'attendis l'explication
avec autant d'impatience qu'on en avoit de me
la donner.

Fincer, dans l'intervalle d'une heure d'abfence,
avoit appris que toute ma famille étoit aux
Saifons lorfqu'il s'y étoit préfenté, & me foup-
çonnoit par conféquent de quelqu'artifice dans
le foin que j'avois pris de l'en écarter. Cette
penfée jointe aux préventions que Tenermill
lui avoit infpirées contre moi par fes Lettres,
& peut-être aux anciennes défiances qu'il avoit
communiquées à Dilnick en Irlande; l'avoit
difpofé non-feulement à me regarder en général
comme un homme dangereux, mais à me croire
particulièrement intéreffé à la ruine de fa fille.

Il favoit néanmoins que c'étoit fous ma conduite qu'elle étoit venue d'Irlande en France ; mais ne mettant point de bornes à fes foupçons, il s'étoit imaginé que je ne l'avois portée à quitter fa patrie, que pour réuffir plus facilement à la perdre, lorfqu'elle fe trouveroit fans défenfe & fans confeil dans un royaume étranger ; & de quelque fource qu'il fît venir les deffeins de vengeance qu'il m'attribuoit, il me fuppofoit dans ma haine toute l'ardeur & la malignité dont on accufe communément les gens d'églife. Avec cette affreufe idée de mon caractère, il n'en étoit pas moins réfolu de me ménager, mais c'étoit une violence qu'il fe faifoit pour l'intérêt de fa fille ; & dans l'entretien qu'il me demandoit, il n'avoit deffein que de fonder mes difpofitions, en me mettant dans la néceffité de lui expliquer ce que je penfois de l'état de ma famille. Moi, qui croyois avoir des raifons auffi fortes pour fouhaiter de l'entendre, je penfai bien moins à le prévenir par des ouvertures qui auroient pu changer quelque chofe à fes idées, qu'à lui laiffer tout le tems de m'apprendre ce qu'il avoit au fond du cœur.

Le ton qu'il prit en commençant, n'eut rien d'emporté ni d'amer ; mais fon inquiétude & fon chagrin étoient marqués vifiblement dans fes yeux. Vous ne fauriez ignorer, me dit-il, les

motifs qui m'amènent en France. Le malheur
de ma fille est venu jusqu'à moi. Je sai qu'elle n'a
trouvé qu'une source perpétuelle de tristesse
& d'amertume dans un mariage dont elle avoit
attendu tout le bonheur de sa vie, & la juste
tendresse que j'ai pour elle ne me permet point
d'être indifférent pour sa situation. Ainsi, sans
toucher au projet de Tenermill, il entra dans le
détail de tous les sujets de plainte que ma belle-
sœur avoit reçu de Patrice. Dilnick l'avoit
informé de tout ce qui s'étoit passé en Irlande,
& Tenermill, pour donner apparemment plus
de force à ses propositions, lui avoit peint le
dégoût de son frère avec des traits que je n'eus
pas de peine à reconnoître.

Jugez, reprit-il, en me regardant d'un œil
fixe, quelles doivent être mes alarmes! Un père
ne se borne pas à trembler pour sa fille, il faut
qu'il la voie satisfaite ou qu'il la venge. Mais
vous, continua-t-il, que votre âge & votre
caractère semblent obliger au soin de l'ordre & de
la paix dans votre famille, comment n'avez-vous
pas arrêté des maux qui ont prit naissance sous
vos yeux? Pourquoi souffrez-vous qu'ils se per-
pétuent? Que vous a fait ma fille? Je la verrai
sans doute. J'apprendrai d'elle-même quels sont
ses crimes. Mais si c'est injustement que vous
l'avez rendu malheureuse, ne craignez-vous pas

le reſſentiment d'un père offenſé dans ce qu'il a
de plus cher ? Il auroit continué ſur le même ton,
ſi des reproches ſi injurieux ne m'euſſent fait
oublier la réſolution que j'avois priſe de ne pas
l'interrompre. Eloigné comme j'étois d'en pénétrer les raiſons, je l'arrêtai avec des mouvemens
de douleur qui ſuffiſoient pour lui faire prendre
une plus juſte opinion de moi ; mais il n'avoit
point l'eſprit aſſez libre pour diſtinguer les
marques de la droiture & de l'innocence. Il fit
peu d'attention à mon trouble ; & ſe levant de
ſa chaiſe, tandis que je m'efforçois de me juſtifier, il ſe promena dans la chambre à grands pas,
comme s'il eût refuſé d'écouter mes excuſes.
Je continuai néanmoins de lui repréſenter tout
ce qui pouvoit le ramener en ma faveur. Je
retraçai en peu de mots l'hiſtoire du mariage de
ſa fille ; & tout ce que j'y avois mis du mien
pour le rendre heureux. Je fis valoir mes conſeils,
mes fatigues, & la perte continuelle de mon
repos. J'en appelai aux témoignages de ſa fille
même, qui rendoit juſtice à mes intentions, &
dont j'oſois croire que l'eſtime & l'amitié étoient
dûs à mes ſervices. Il m'écoutoit, malgré l'affectation avec laquelle il ſembloit détourner le
viſage & fermer l'oreille à ma juſtification.
S'étant rapproché de moi ; il m'interrompit à
ſon tour, & les queſtions qu'il me fit, me

donnèrent occasion de lui parler de Tenermill. La chaleur avec laquelle j'étois attaché à ma propre défense, ne m'empêcha point de faire réflexion que je n'avois encore tiré aucune lumière sur le principal intérêt que je devois démêler. Vous me connoîtrez tôt ou tard, lui dis-je, pour le forcer enfin de s'ouvrir, & vous apprendrez de Tenermill même, à qui vous connoissez tant d'amour & de zèle pour votre fille, si j'ai quelque reproche à craindre d'elle, ou de ceux qu'il s'intéressent à son bonheur.

Cet incident m'ayant paru réveiller sa curiosité, je profitai de son silence pour ajouter que Tenermill, qui savoit déjà son arrivée, désiroit impatiemment de le voir, & qu'il m'avoit communiqué les vues qu'il avoit formées pour le rétablissement de la paix dans nos deux familles. Mais ce que j'avois cru propre à lui inspirer pour moi plus de confiance, lui parut une nouvelle preuve de ma dissimulation. Il ne put se rappeler que Tenermill même l'avoit exhorté à se tenir en garde contre moi, sans s'imaginer que, sur quelques indices de son dessein, j'entreprenois adroitement de pénétrer son secret. Il ne me répondit point : & jetant sur moi un regard d'indignation, qui me fit comprendre que j'étois fort éloigné d'avoir touché son cœur ; si milord Tenermill savoit où je suis, me dit-il, il n'auroit

pas tardé à s'y rendre, & j'y verrois fans doute
ma fille avec lui. On a fes raifons apparemment pour m'empêcher de les voir; mais je faurai
vaincre les obftacles. Il me quitta là-deffus fort
brufquement pour retourner vers le comte, qui
étoit demeuré dans la chambre voifine. Je le
fuivis avec le deffein de l'arrêter; & n'ayant pu
le joindre, je fis inutilement mille efforts,
pour lui perfuader qu'il avoit quelque intérêt
à m'accorder encore un moment d'entretien.
Il s'adreffa au comte, qui paroiffoit furpris de
notre agitation; & fans marquer la moindre
attention pour ma prière, il lui demanda, d'un
ton forcé, s'il pouvoit efpérer de voir bientôt
fa fille. Le comte fut embarraffé de cette queftion.
Sans être bien inftruit des circonftances, il favoit
affez ce qui fe paffoit aux Saifons, pour s'imaginer aifément que la préfence de Fincer n'y
pouvoit porter que du trouble. Sa réponfe fut
que Milady commençant à fe rétablir, elle ne
tarderoit point à fe rendre à Paris pour embraffer
fon père.

Je faifis encore ce moment pour renouveler
mes inftances. Venez, dis-je affectueufement
à Fincer; j'ai mille chofes à vous apprendre
qui diffiperont vos inquiétudes. Prenez confiance
aux promeffes d'un honnête-homme. Et voyant
que rien ne l'ébranloit, fouffrez, repris-je,

que

que je vous parle ouvertement devant M. le comte ; il est dévoué aux intérêts de notre famille ; nos secrets ne peuvent être mieux que entre ses mains. Il parut craindre que je ne m'expliquasse en effet dans la présence du comte ; & me suppliant de renfermer dans moi-même tous les mouvemens de mon zèle, il se jeta sur des matières indifférentes, qui firent prendre, malgré moi, un autre cours à la conversation.

Pendant plus d'une heure qu'il fit durer un si frivole entretien, j'admirois qu'il fût capable de tant de contrainte, & je me demandois à moi-même où elle pouvoit aboutir. Cependant, je conservois l'espérance qu'elle se soutiendroit jusqu'à la nuit, & ma résolution étoit de retourner aux Saisons, pour rendre compte à Tenermill du triste succès de mes soins. J'étois déterminé à m'ouvrir aussi à ma belle-sœur, & je me flattois de l'intéresser elle-même au dénouement d'une aventure dont je commençois à craindre de malheureuses suites. Au milieu du trouble que me causoient toutes ces idées, un laquais vint nous annoncer l'arrivée de Milady & de milord Tenermill. J'entendis en effet le bruit du carrosse qui ne faisoit qu'entrer dans la cour. La foudre, tombant à mes pieds, m'auroit causé moins de frayeur. Je me levai avec le plus vif empressement pour aller au-devant d'eux, & je consi-

dérai peu fi je donnois fujet à Fincer de m'accufer d'impoliteffe.

Mon efpérance étoit d'apprendre de Tenermill ce qui pouvoit l'amener à Paris fans ma
participation , fur-tout avec ma belle-fœur,
qu'il étoit important de ne pas expofer avec fi
peu de précaution aux interrogations de fon père,
& de le prévenir fur les difpofitions de Fincer,
dont je ne me promettois rien de plus favorable
pour lui que pour Patrice. Mais à peine m'eut-il
apperçu, que fans baiffer la voix & fans s'éloigner de Milady , qu'il conduifoit par la main ,
il me conjura de me rendre fur le champ aux
Saifons , où ma préfence étoit néceffaire , & de
lui abandonner le foin de ménager l'efprit de
Fincer. J'ouvris la bouche pour lui expliquer
mes difficultés. Il ne me laiffa point le tems
d'achever ; & fe hâtant de paffer fans me
répondre , il fe précipita dans les bras de Fincer,
qui m'avoit fuivi de près avec le comte.

Le ton dont il m'avoit prié de partir étoit fi
preffant, que je ne mis point en délibération
fi je devois avoir pour lui cette complaifance.
Quelque opinion que j'euffe toujours eue de fon
caractère, je confidérai qu'il étoit plus intéreffé
que moi au dénouement d'une fi étrange aventure , & qu'il ne s'y feroit point engagé avec
tant de témérité, s'il n'avoit eu quelque raifon

de compter sur le succès de son entreprise. La commission dont il me chargeoit n'étoit pas moins obscure, mais je savois du moins avec qui j'avois à traiter ; & dans quelque disposition que je pusse trouver mademoiselle de L..... & Patrice, je n'avois à craindre que les difficultés que je pouvois opposer moi-même à leur tendresse ou à leurs résolutions. Je partis. Mes réflexions ne roulèrent en chemin que sur les motifs qui avoient pu engager Tenermill dans une démarche si précipitée, & mon attention ne se tournant point vers la raison qui devoit se présenter à moi naturellement, j'arrivai aux Saisons avec mes incertitudes.

Patrice n'ignoroit ni le départ de Tenermill ni l'arrivée de Fincer. Je le trouvai à la porte de notre maison, & la joie qu'il eut de me voir, me fit juger de l'impatience avec laquelle il m'attendoit. Il éclaircit tout d'un coup mes doutes, en m'apprenant que son frère avoit reçu dans mon absence un exprès de Fincer, qui le prioit de se rendre aussitôt chez le comte avec sa fille, & qui le traitoit dans sa lettre avec tant de confiance & d'amitié, qu'il n'avoit pas balancé à partir sur cette flatteuse apparence. Ma première question regarda ma belle-sœur. Est-elle parti sans vous voir, dis-je à Patrice ? Elle m'a cru parti moi-même, me répondit-il,

& quoique j'aie négligé d'apprendre de Tenermill par quel art il l'a rendue tranquille, fon
vifage, que j'ai obfervé fecrètement à fon départ,
ne portoit aucune marque d'inquiétude. Mais,
reprit-il, avec un air de fatisfaction que je ne lui
avois pas vu depuis long-tems, elle n'étoit pas
la feule ici qui eût fujet de s'abandonner à la joie.
Je fais de mon frère, qu'il vous a communiqué
le deffein que le ciel lui a infpiré pour notre
bonheur. Vous l'apprendrez, ajouta-t-il, en
m'embraffant avec tranfport : c'eft réparer tout
le mal que vous m'avez fait, & me rendre pour
jamais le plus heureux de tous les hommes.
J'eus peine à me dégager de fes bras, dans
lefquels il me tenoit encore embraffé. Je le
regardai quelque tems fans lui répondre, & l'air
dont je tenois les yeux fixés fur les fiens, devoit
lui faire fentir que je n'avois pas l'efprit auffi libre
que lui. Enfin, ouvrant la bouche avec un foupir :
Dans le trouble continuel où vous me jetez,
lui dis-je, j'ignore moi-même ce que je condamne ou ce que j'approuve. Et le prenant par
le bras pour faire un tour de jardin avec lui, j'allois
l'interroger fur la part qu'il avoit eue aux projets
de fon frère, lorfque je reçus un autre fujet de
furprife, en découvrant mademoifelle de L..., qui
s'avançoit légèrement vers nous avec ma fœur.
Son vifage me parut fi plein & fi vermeil, que

J'eus peine à me perfuader qu'elle fortît d'une maladie auffi dangereufe qu'on me l'avoit repréfentée. Je ne lui avois jamais vu tant d'embonpoint & de fraîcheur. Patrice & Rofe, qui s'apperçurent de mon étonnement, fe regardèrent avec un fourire qui me fit foupçonner une partie de la vérité. Je m'expliquai affez pour les forcer de convenir que mademoifelle de L..... étoit rétablie depuis long-tems, & que c'étoit de concert qu'ils avoient feint la continuation de fa maladie pour jouir plus librement du plaifir de fe voir.

Quels amufemens frivoles dans les circonftances où nous étions, & quel augure pour le fonds de leur conduite! Je ne fus pas moins choqué de l'air de joie qui régnoit parmi eux. Etoit-ce le temps de fe livrer à cette diffipation, & ne me devoient-ils pas du moins d'autres ménagemens, lorfqu'ils ne pourroient douter que ma difpofition ne fut tout-à-fait différente! J'ignorois encore à quoi Tenermill leur croyoit ma préfence & mes foins néceffaires; mais je ne voyois que trop le befoin qu'ils avoient d'un guide, & je tremblois qu'il ne leur reftât pas même affez de fageffe pour fentir l'utilité qu'ils pouvoient tirer de mes confeils. Enfin, n'efpérant pas de me procurer auffitôt que je le défirois un entretien particulier avec Patrice, & me flattant encore moins de

S 3

prendre sur lui un certain empire après l'expérience
que j'avois eue de son obstination, je me réduisis
à leur demander quelles étoient leurs vues, & ce
qu'ils se promettoient de l'arrivée de Fincer, & du
départ de Milady ? Patrice me répondit que ses
espérances lui paroissoient désormais trop bien
établies pour m'en faire un mystère ; que Milady,
pressée par l'ordre absolu de son père, ne refu-
seroit point son consentement à leur séparation ;
& que Tenermill, qui faisoit son bonheur de
l'épouser, étant en état de lui faire des avantages
qu'elle n'avoit pas trouvés dans son premier
mariage, personne ne condamneroit une démarche qui lui auroit paru dure à lui-même, s'il
n'y eût cherché que son propre intérêt.

En supposant le consentement de ma belle-
sœur, je ne pouvois rien trouver, en effet,
d'absolument condamnable dans cette réponse.
Mais, quelle apparence qu'elle se rendît si facilement aux ordres de son père, & quelle incertitude même que Fincer fût disposé à lui en
donner de si rigoureux ? Je concevois bien qu'elle
auroit pu être entretenue de mille fausses espérances, par l'adresse de Tenermill, qui s'étoit
proposé tout-à-la fois & de la soulager ainsi d'une
partie de ses peines, & de faire insensiblement
quelques progrès dans son cœur, en se rendant
maître de sa confiance. Elle avoit pu se laisser

perfuader de l'abfence de fon mari, quel qu'en fût encore le prétexte. Elle avoit pu croire que la préfence de fon père contribueroit au rétabliſſement de fon repos; & fur la nouvelle de fon arrivée elle avoit pu fouhaiter avec empreſſement de fe rendre à Paris pour le voir. Mais l'illuſion pouvoit-elle durer plus long-tems? Et lorſque Tenermill m'avoit confeſſé lui-même que dans toute la familiarité qu'il avoit avec elle, il n'avoit pas eu la hardieſſe de prononcer une fois le nom d'amour, devois-je m'imaginer qu'il la trouveroit diſpoſée de l'écouter dès qu'il lui en parleroit aſſez ouvertement pour lui propoſer fa main?

Cependant, ce foin me regardant moins directement, tandis qu'elle étoit fous la protection de fon père, je fis à Patrice une réponſe qui flattoit fes fentimens fans trahir les miens. Ne doutez pas, lui dis-je, que votre bonheur & celui de votre frère ne faſſent également l'objet de tous mes vœux. Mais prenons foin qu'il n'y entre rien qui puiſſe nous être reproché. Milord Tenermill m'a preſſé de quitter Paris pour vous rejoindre. Je fuis trompé s'il n'a cru que le féjour des Saifons eſt moins convenable à mademoiſelle de L.... depuis que vous y êtes preſque feul avec elle..... Non, non, interrompit Patrice, fi mon frère vous a prié de vous rendre auprès de nous, c'eſt dans une

autre vue, dont je fuis convenu avec lui que
nous différerions quelque tems l'explication.
Et nous avons penfé, ajouta-t-il, que votre
préfence & celle de ma fœur fuffiroient ici
pour nous mettre à couvert des foupçons de la
médifance. Je ne fai, repris-je, à quoi la
mienne peut fervir; mais je crois ma fœur
abfolument obligée de fe rendre à Paris.
J'infiftois fur cette néceffité, dans la perfuafion
où j'étois, que la bienféance n'avoit été violée
que trop long-tems par le mal que je voulois
faire ceffer; & repréfentant à ma fœur toutes
les raifons qui devoient la porter à fuivre inceffamment fon mari, j'ajoutai, pour donner plus
de force à mon confeil, que je ne pouvois
répondre moi-même du tems que je pafferois
aux Saifons. On fe rendit enfin à mes inftances.
mademoifelle de L.... partit avec ma fœur, qui
fe chargea de la remettre chez elle. J'eus une
peine extrême à retenir Patrice. Il craignoit
de bleffer la politeffe & l'amour, en laiffant
partir fon amante fans lui donner la main jufqu'à
Paris.

Foible frère! & que fa foibleffe m'infpiroit de
compaffion? Mais, étois-je moins à plaindre que
lui moi qui étois devenu comme le jouet d'une
jeuneffe imprudente, & qui venois d'effuyer les
injures & les mépris d'un homme que je connoif-

fois auffi peu que Fincer. L'ardeur de la charité
me les avoit fait dévorer, & j'oubliai par le même
principe toutes les raifons que j'avois eues de me
reffroidir pour Patrice. Je ne connoiffois plus de
reffource pour toucher fon cœur; & depuis qu'il
avoit manqué à tous les égards qu'il devoit
du moins à mon caractère, je prévoyois bien
que je n'avois plus rien à efpérer de fa raifon,
non plus que de fa tendreffe du fang. Cependant,
je ne pouvois renoncer à la confolation d'avoir
rempli mon devoir, & le plus jufte reffentiment
né m'avoit point encore fait balancer fi je devois
payer les outrages d'une famille ingrate par
l'indifférence & par l'oubli. La grace du ciel,
difois-je, pour me foutenir dans les amertumes
de mon cœur, attend peut-être le moment qu'elle
a fixé pour les rappeler à eux-mêmes. Elle
a peut-être attaché leur retour à quelque moyen
qui m'eft encore inconnu. Je ne me lafferai point
de les preffer & de les combattre. Ce que je ne
gagnerai point par mes confeils & par mes
reproches, je l'obtiendrai peut-être par mes
larmes, & je l'arrêterai par mes cris.

La langueur où je vis tomber Patrice, après
le départ de mademoifelle de L.... me fit connoître mieux que jamais la force de fa paffion.
A peine eut-il la complaifance de me donner les
éclairciffemens que je lui demandai fur diverfes

circonstances de la conduite & du projet de son frère. Il en ignoroit lui-même une partie; & dans ce qu'il étoit en état de m'apprendre, je reconnus à l'étendue & à la fermeté des vues de Tenermill, que l'embarras où j'avois cru le surprendre dans les deux entretiens que j'avois eus avec lui, venoit moins d'un fonds de foiblesse, que de la crainte qu'il avoit eue de m'en laisser trop appercevoir. Il aimoit, & l'expression de sa tendresse n'étoit point exagérée. Mais il entroit dans ses sentimens autant d'ambition que d'amour. Sa fortune, telle que le roi Jacques l'avoit rendue, ne suffisoit point pour ses projets d'établissement. Il pensoit à l'augmenter par un mariage avantageux : & fier jusqu'à se faire un tourment des soumissions auxquelles il falloit se réduire pour plaire à quelque dame françoise, il avoit conçu qu'il lui seroit plus facile & plus court de s'insinuer dans l'estime de la femme de son frère, avec une espèce d'assurance d'obtenir sa main & ses richesses, du moins lorsqu'il seroit appuyé de l'autorité de son père, & qu'elle commenceroit à désespérer du retour de son mari. Les charmes d'une femme si aimable avoient fait néanmoins une vive impression sur son cœur, & c'étoit ce qu'il nommoit son bonheur, d'avoir trouvé si heureusement l'occasion de concilier sa fortune avec sa tendresse ; mais en s'ouvrant à

moi fur fon amour, il ne m'avoit découvert que
la moitié de l'intérêt dont il étoit touché.

Ainfi, quoique par l'intervalle, & toujours
avec quelque interruption, je tirai de Patrice
un grand nombre de connoiffances qui m'ai-
doient à pénétrer dans celles qu'il me refufoit,
ou qu'il n'avoit pas obtenues lui-même. Je ne
lui parlai point de ma belle-fœur. Il étoit comme
décidé que fon cœur ne s'attendriroit jamais
pour elle; & la fcène étoit tellement changée,
qu'en confultant le mien, je ne favois plus de
quel côté je devois tourner mes défirs. Je l'aurois averti, s'il m'en eût laiffé le tems, de fe
défier d'une paffion qui ne fe faifoit plus connoître que par des emportemens & des excès,
& puifqu'il étoit fi volontairement l'efclave
de l'amour, je l'aurois exhorté à porter du
moins fes chaînes avec plus de force & de
dignité. Mais dès le lendemain du départ de fa
maîtreffe, inquiet apparemment de fon abfence,
& poffédé du défir de la revoir, il quitta les
Saifons fans m'avoir communiqué fon deffein.
Mon laquais, qu'il rencontra par hafard, reçut
de fa bouche l'ordre de m'avertir de fon départ,
avec quelques politeffes que l'occafion feule le
fit fouvenir de m'adreffer.

Mes peines continuelles m'accoutumoient
infenfiblement à recevoir les plus triftes coups

fans émotion. Ne pouvant regarder néanmoins
ce nouvel incident comme une chofe indifférente, je penfai fur le champ à monter moi-
même à cheval, pour fuivre ce frère imprudent,
& le forcer, s'il étoit poffible, de retourner
au lieu qu'il quittoit. Son abfence, dans un
jour où il pouvoit recevoir à tous momens de
fon frère l'importante nouvelle qui devoit décider de fon fort, me parut un oubli monftrueux
de lui-même, qui ne pouvoit venir que du
dernier excès d'aveuglement. Comment me figurer qu'il fe propofât quelque chofe de plus
intéreffant, que ce qui paroiffoit l'occuper tout
entier ? Cependant la crainte de l'irriter par mon
zèle, me fit prendre le parti de charger mon
laquais d'une commiffion que je crus trop difficile pour moi. Je jetai fur le papier les premières
réflexions qui m'étoient venues à l'efprit, & je
me hâtai de faire partir Jacin avec ma lettre. Non-
feulement ce laquais, dont j'ai déjà fait obferver
l'intelligence & la difcrétion, étoit capable de
faire plus de diligence que moi ; mais s'il
ne le joignoit pas fur la route, il avoit ordre de
pouffer jufqu'à Paris, & de lui préfenter ma lettre
aux yeux de mademoifelle de L...... que je
voulois intéreffer par cette démarche à le forcer
elle-même de retourner fur fes pas.

J'étois dans l'attente de fon retour, lorf-

qu'un autre courier me présenta deux lettres,
l'une de Fincer, & l'autre de milord Tenermill.
Mon impatience me les fit ouvrir toutes deux
succeſſivement, ſans ſavoir laquelle je m'attache-
rois à lire la première. M'étant déterminé, néanmoins à commencer par celle de mon frère,
je compris dès les premières lignes qu'il étoit
au comble de ſes déſirs, puiſque ſon exorde
étoit une félicitation ſur ſon bonheur. Secondé,
me diſoit-il, par l'autorité paternelle, il avoit
enfin prévalu ſur les réſiſtances de l'aimable Sara
Fincer; & le conſentement qu'on avoit attendu
d'elle pour la ſéparation, étoit donné dans
les formes les plus légitimes. Le roi, à qui
il l'avoit porté auſſitôt, l'avoit confirmé par ſon
approbation; & deux évêques anglois qu'il avoit
à ſa cour, l'avoient revêtu de la forme eccléſiaſtique. Dans la crainte qu'il ne m'en reſtât quelque
doute, il m'envoyoit ſur la ſeconde page de ſa
feuille une copie du conſentement de Sara, & de
l'acte eccléſiaſtique de Saint-Germain, ſignée de
la main de Fincer qui me rendoit d'ailleurs le
même témoignage dans ſa lettre. Ainſi, le ciel
& les Hommes s'accordant à favoriſer ſon entrepriſe, il ne reſtoit qu'à la terminer par une double
cérémonie, dont il étoit bien juſte que je fuſſe
le miniſtre; & comme la différence du ſéjour n'en
mettoit point dans les uſages & les droits de

notre nation, il ne falloit point penfer à s'adreffer aux évêques de France, pour obtenir d'eux
des difpenfes qui étoient affez clairement accordées dans l'acte des deux prélats anglois. Il me
conjuroit donc de donner promptement la bénédiction nuptiale à Patrice & à mademoifelle de
L..... C'étoit dans cette vue qu'il m'avoit recommandé la veille avec tant d'inftances de me
rendre aux Saifons, & je ne pouvois faire trop
de diligence, pour ôter à Sara Fincer toutes
les apparences d'efpoir qui lui reftoient encore
de l'ancienne inclination de fon cœur. Après
avoir uni l'heureux couple que j'avois avec moi,
je devois me hâter auffi de me rendre à Paris, où
j'acheverois le bonheur de notre famille, en
l'uniffant lui - même à une perfonne qu'il aimoit
uniquement.

La lettre de Fincer, que toute ma furprife
ne m'empêcha pas de lire auffitôt, contenoit
effectivement la confirmation de tous ces articles,
avec quelques excufes de la manière offenfante
dont il fe reprochoit de m'avoir traité, fur de
fauffes préventions qu'il me promettoit de réparer
par une eftime & une amitié fans réferve.

Qui ne s'imagineroit pas ici que mon premier
mouvement fut un tranfport de joie, & que je
me crus à la fin de mes peines? Moi-même,
je fis pendant quelques momens des efforts pour

me le persuader; & prenant toutes les circonstances de la lettre de mon frère du côté le plus
favorable, je me prêtai, autant qu'il me fut
possible, à l'idée qu'il me donnoit de notre
bonheur. Je trouvois, sans doute, un peu de
de précipitation dans ses désirs; & quoique je
ne pusse douter de la vérité des actes dont il
m'envoyoit la copie, je ne pensois pas comme
lui, qu'avec l'approbation du roi & de nos deux
prélats anglois, nous pussions tout-à-fait nous
souftraire à l'autorité de l'évêque diocésain. Mais
son empressement me paroissoit fort bien justifié
par la raison qu'il m'apportoit; & voisins comme
nous l'étions du tribunal ecclésiastique de Paris,
je prévoyois aussi peu de retardement que de
difficulté à obtenir les permissions qui sont établies par l'usage. D'ailleurs on abrège des formalités dans un cas pressant; & je savois qu'en
faveur du rang ou de l'importance de conjoncture, on se relâche quelquefois d'une partie de
la discipline. Ainsi les objections que toute ma
délicatesse auroit pu former contre la proposition
de Tenermill, me parurent faciles à détruire.
Cependant, après ces réflexions mêmes, il me
resta un trouble qui ne venoit, ni de la nature,
ni des difficultés de ma commission, & qui
m'ôta toute l'ardeur avec laquelle il sembloit
que j'aurois dû me porter à satisfaire Tenermill.

Dans l'étonnement que j'en eus, j'examinai fi ce n'étoit pas une foibleffe de l'amour-propre, qui me faifoit reffentir quelque chagrin de la ruine de mon ouvrage, & regarder le fuccès d'une entreprife oppofée à toutes les miennes, comme une tache éternelle pour ma prudence. Cette penfée, qui me fit craindre d'avoir ouvert l'entrée de mon cœur à l'orgueil, m'auroit peut-être porté fur le champ au facrifice de toutes mes répugnances, fi Patrice s'étoit trouvé aux Saifons; & j'en pris occafion de lui dépêcher un fecond courier, pour le preffer du moins de venir délibérer avec moi fur un incident, auquel je ne me figurois pas qu'il s'attendît fi-tôt. Je joignois la lettre de fon frère à celle que je lui écrivois, & je lui confeillois de paffer à l'Officialité avec cette pièce, pour s'affurer d'avance des facilités que nous avions à efpérer de M. l'archevêque de Paris.

Au moment que je fermois ma lettre, on m'apprend qu'il arrive avec mademoifelle de L..... & je le vois entrer effectivement avec elle, les yeux fi brillans de joie, que je compris tout d'un coup qu'il ne me reftoit rien à leur apprendre. Ses premières expreffions furent des cris & des tranfports. Savez-vous mon bonheur, me dit-il, du ton d'un homme qui ne fe poffède point? Finçer a fait confentir fa fille à notre féparation.

féparation. Elle époufe Tenermill. Nous fommes tous heureux. Mariez-nous, reprit-il, nous voulons l'être à ce moment; je ne quitte pas la main de ma chère Julie, fans avoir reçu votre bénédiction. Je voulus l'interrompre, pour lui apprendre que j'étois déjà informé de cette heureufe nouvelle, & pour le faire expliquer fur les circonftances que j'ignorois; mais je ne pus tirer de lui que de nouvelles inftances de le marier. Au nom de Dieu, finiffons, me dit-il mille fois en un moment, c'eft l'intention de Fincer & de Tenermill. Ne voyez-vous pas que fans un peu de diligence notre bonheur court encore des rifques? J'aurai le tems de vous raconter tout ce que vous défirez d'apprendre; mais ne retardons point la cérémonie. Je m'efforçai de l'interrompre encore, pour lui repréfenter qu'étant dans un pays catholique, il ne devoit pas croire que les cérémonies eccléfiaftiques puffent être auffi négligées qu'en Irlande. J'aurois ajouté qu'une lettre de Tenermill & de Fincer ne fuffifoit pas pour me donner les certitudes que je devois fouhaiter. L'approbation du roi & des deux évêques qui repréfentoient le clergé d'Angleterre, étoit une autorité que je ne prétendois pas contefter; mais il me fembloit qu'elle devoit m'être déclarée avec d'autres mefures, & je ne pouvois paffer, d'ailleurs, fur la difficulté qui m'arrêtoit

du côté de l'évêque diocéfain. Ces raifons auroient
eu la force de me faire réfifter à toutes les follicitations du monde. Il ne me fut pas poffible
de les faire entendre. L'ardent Patrice n'écoutant que fes propres tranfports, alloit jufqu'à me
prendre le bras pour m'aider à lever la main, &
perdoit l'haleine à me conjurer de lui donner
ma bénédiction.

Il falloit un événement tel que celui qui
furvint tout d'un coup, pour me délivrer d'une
perfécution fi obftinée. Ma belle-fœur ayant trouvé
le moyen de s'échapper de la maifon du comte,
étoit montée dans la première voiture qui s'étoit
préfentée, & ne pouvant douter fur les difcours
qu'on lui avoit tenus que le mariage de Patrice &
de mademoifelle de L..... ne dût être célébré
le même jour, elle avoit pris le chemin des
Saifons, avec tous les tranfports d'une amante &
toute la furie d'une époufe, pour troubler
une cérémonie à laquelle il étoit faux qu'elle eût
donné fon confentement. Son père avoit employé
la force pour arracher fon feing. Dans l'indignation dont il étoit rempli contre Patrice, il n'avoit
rejeté aucun moyen pour lui ôter fa fille; &
Tenermill devoit peut-être moins à fon eftime
les difpofitions favorables où il étoit pour lui,
qu'à la haine qu'il portoit à fon frère. La malheureufe Sara en étoit devenue la victime. Fincer

n'avoit pas rougi de lui faire ſigner malgré elle
un conſentement, contre lequel elle n'avoit pas
ceſſé de proteſter. Il s'étoit enfermé avec elle;
& lui ayant ſaiſi le bras, il avoit conduit ſa main.
Remettant enſuite cette infâme pièce à Tenermill,
il l'avoit exhorté à ſe preſſer d'en faire uſage ; &
c'étoit, en effet, de concert qu'ils avoient pris
toutes les meſures qu'ils m'avoient expliquées dans
leurs lettres. La comteſſe avoit ignoré cette violence, & Tenermill même n'avoit pas ſu juſqu'où
Fincer l'avoit portée. Ils m'ont juré cent fois
tous deux que, malgré l'éloignement qu'ils con-
noiſſoient à ma belle - ſœur pour ſa ſéparation,
ils s'étoient perſuadés, en voyant ſon conſentement ſigné de ſon nom dans les mains de Fincer,
qu'elle avoit cédé enfin à l'autorité paternelle;
& que s'ils avoient ſu qu'elle répandoit des tor-
rens de larmes, ils les avoient regardées comme
les reſtes d'une paſſion qu'elle s'efforçoit d'étein-
dre. Le ſoin avec lequel Fincer la faiſoit garder
par ſes femmes, avoit pu aider à leur erreur ;
car la comteſſe même n'avoit point eu la liberté
de la voir, & Tenermill, occupé à faire
agréer ſon mariage au roi, ne l'avoit vue
qu'à ſon retour, & depuis le départ du
courier qui m'avoit apporté ſes lettres. Il avoit
cru lui faire perdre toute eſpérance & couronner
l'ouvrage de Fincer, en lui apprenant que

T 2

Patrice devoit être marié le même jour, & il n'avoit pas manqué, en effet, de faire avertir mademoiselle de L...., par la comtesse, de retourner aux Saisons, pour y recevoir la bénédiction de ma main. Mais ne se possédant plus à cette déclaration, ma triste belle - sœur avoit trompé la vigilance de ses femmes, & son transport ne s'étoit point refroidi jusqu'aux Saisons.

Elle se garda bien de nous faire annoncer son arrivée. Ayant arrêté au contraire tous les domestiques qui se trouvèrent sur son passage, elle ouvrit elle-même la salle où nous étions, & elle nous glaça le sang par sa présence. La posture des deux amans, qui étoient debout vis-à-vis de moi, lui fit croire apparemment que j'étois prêt à les unir, ou que la cérémonie étoit peut-être commencée, & ce soupçon étoit d'autant plus naturel qu'elle pouvoit se souvenir de celle de son mariage, à laquelle je n'avois pas apporté beaucoup plus de formalités. Quoi qu'il en soit, car je n'ai jamais eu l'occasion d'en apprendre la vérité d'elle-même, elle s'avança vers nous, avec un mouvement qui exprimoit toutes ses craintes ; & saisissant la main de son mari: Sont-ils mariés, me demanda-t-elle en tremblant? Je me hâtai de lui répondre qu'ils ne l'étoient pas. Ah ! reprit-elle, sans me donner le tems de rien ajouter, ne souillez pas vos mains par

Vous êtes a moi, j'en prends le Ciel et votre
Frere a témoins.

Marillir direx.                                              patas Scul.

un facrilège. Vous êtes trompé , fi quelqu'un
vous a fait croire que j'y aie confenti. On m'ar-
racheroit plutôt la vie par mille tourmens. Et
fe jetant aux genoux de Patrice , ôtez-la-moi
de vos propres mains , lui dit-elle en fondant
en larmes ; voilà mon fein , ne craignez pas
de frapper. Je ne réfifterai point à vos coups ;
mais n'attendez pas que je vous rende jamais les
droits que vous m'avez donnés fur vous par vos
fermens. Je les foutiendrai jufqu'au dernier foupir. Vous êtes à moi, continua-t-elle , en pouffant mille fanglots ; j'en prends le ciel & votre
frère à témoins. Hélas ! ai-je abufé de mes droits ?
Vous ai-je donné fujet de me haïr ? Que vous
ai-je fait, que de vous trop aimer, & de chercher
fans ceffe à vous plaire ? Elle continuoit de tenir
fa main , quoiqu'il fît quelqu'effort pour la dégager. Je ne fais quelle attention il faifoit à fon
difcours ; mais il paroiffoit en faire beaucoup
davantage au mouvement de mademoifelle de
L....... qu'il tenoit de l'autre main , & qui,
dans la confufion où elle étoit fans doute , tiroit
de toute fa force pour s'éloigner. Il craignoit
apparemment qu'elle ne fortît de la falle, & peut-
être de la maifon; de forte que c'étoit un fpectacle
curieux de le voir entre deux femmes animées
par des motifs fi différens, qui le tiroient à elles
chacune de leur côté , ou plutôt dont il tiroit

T 3

l'une, tandis qu'il étoit tiré par l'autre. Un moment, disoit-il à mademoiselle de L..... en lui jetant un regard, où son inquiétude étoit peinte; de grace arrêtez un moment. Je commençois à craindre que l'indignation ne saisît ma belle-sœur, & ne lui fit exhaler sa douleur en injures contre sa rivale. Mais lorsque je tremblois pour les suites de cette scène, mon étonnement fut extrême de la voir tourner d'une manière bien plus capable de m'attendrir. Arrêtez, mademoiselle, arrêtez, s'écria la triste fille de Fincer, je vous demande cette complaisance pour moi-même; & doit-elle vous coûter beaucoup, si elle ne vous expose qu'à voir votre triomphe? Je vous crois digne d'être aimée, puisque vous avez fait des impressions si puissantes sur le cœur de mon mari. Mais si vous l'aimez autant que je l'aime, hélas! vous comprenez quels doivent être mes tourmens. La pitié ne peut-elle pas trouver place avec l'amour? Abuserez-vous de l'ascendant que vous avez sur mon sort, pour me faire mourir dans un cruel désespoir? Je vous cède la part que vous méritez à sa tendresse. Qu'il vous aime; j'y consens. Qu'il vous voie sans cesse; qu'il vive avec vous; mais qu'il ne me haïsse point. Qu'il ne m'ôte point le nom de son épouse. Qu'il me permette de vivre avec vous & avec lui. Est-

ce pour vous que ce partage eſt offenſant ? Obte-
nez-moi de lui, la part que j'ai droit de demander
à ſon cœur, & je ne vous diſputerai jamais celle
dont vous êtes en poſſeſſion. Ah ! continua-t-elle,
en cédant à l'effort que je faiſois pour la relever,
je ne me ſoutiens plus, les forces me manquent;
mais je ſuis bien aiſe qu'il me voie dans cet état.
Ce n'eſt point maladie, c'eſt déſeſpoir & douleur.
Il dépend de vous, reprit-elle, en s'adreſſant
encore à mademoiſelle de L.....hélas ! il dépend
de vous de m'achever. Je vois bien que c'eſt
entre vos mains que je dois remettre ma vie;
car elle commenceroit peut-être à lui être chère,
ſi vous y preniez quelque intérêt. Ayez pitié
d'une femme qui ne vous a jamais offenſée.
Pourquoi ſeriez-vous moins généreuſe que moi ?
voulez-vous que je me jette à vos pieds ? ma
fierté n'en murmurera point. Je ne ſuis plus
ſenſible à l'humiliation, & je n'excepte rien des
ſacrifices que je ſuis prête à vous faire.

Il eſt inutile de joindre des ornemens à une
ſcène ſi touchante. J'en étois ſi attendri, que je
ne m'étois pas encore ſenti la force de prononcer un ſeul mot. Mais je ne pus voir ma belle-
ſœur diſpoſée à ſe mettre à genoux devant ſa
rivale, ſans reſſentir une nouvelle ſorte d'émotion, qui me délia auſſitôt la langue. Ah ! qu'allez-
vous faire, m'écriai-je, en l'arrêtant ? Et vous

seriez capable de le souffrir, dis-je à mademoiselle de L.... en me tournant vers elle? J'aurois ajouté quelque chose à ce reproche, si elle
ne m'eût prévenu par une démarche à laquelle
je ne me serois jamais attendu. Les yeux humi-
des de pleurs, que le sentiment d'une vive
compassion lui arrachoit, elle se jeta au cou
de ma belle-sœur; tandis que Patrice, aussi ému
de ce spectacle que je l'avois été du précédent,
demeura interdit & pensif à observer quelles en
alloient être les suites. Mademoiselle de L....,
se tint quelque tems panchée sur le visage contre
lequel elle serroit le sien. Je serois indigne de
vivre, dit-elle enfin, si je ne sentois pas le prix
de tant de douceur & de générosité. Vous n'aurez pas à vous plaindre de mes sentimens ni de
ma conduite. Vivez pour être heureuse. S'il faut
ici des sacrifices, je sens à qui le devoir les
impose, & je m'y condamne. Mon exemple
fera peut-être le même effet sur votre mari.

Ces sentimens m'auroient charmés s'ils n'eussent point été accompagnés d'autres larmes que
celles que j'ai attribuées au premier mouvement
de la compassion. Mais ils en produisirent ensuite
un torrent, qui étoit un témoignage trop clair
de la violence qu'on se faisoit, & qui me fit
prévoir qu'ils ne seroient point aussi durables
qu'ils pouvoient avoir été sincères. Patrice ne

s'occupoit point d'une réflexion si favorable à
son amour. Pénétré jusqu'au fond du cœur d'un
discours qui lui parut une infidélité dans sa maîtresse, il considéra peu si les reproches dont il
se crut en droit de l'accabler étoient une nouvelle offense pour son épouse Il se plaignit la
larme à l'œil d'être le plus désespéré de tous
les hommes ; & dans le dépit qui lui fit prononcer
les noms d'ingrate & de perfide, il souhaita peut-
être pour la première fois de pouvoir se venger en
se réduisant à son devoir. Ma belle - sœur, qui
osoit à peine se persuader que ses sens ne l'eussent pas trompée, pardonnoit de bon cœur à
son mari un ressentiment qui sembloit confirmer ce qu'elle venoit d'entendre ; & feignant
de ne faire aucune attention aux plaintes qui
lui échappoient, elle payoit à mademoiselle de
L..... par mille caresses, la courte satisfaction
qu'elle avoit reçue de son discours. Le ciel connoît seul quel cours auroit pris un entretien dont
je n'osois encore me rien promettre ; mais au
moment que je m'adressois à Patrice pour modérer son agitation & pour l'exhorter à faire un effort
digne de lui-même & de l'exemple de sa maîtresse,
un avis imprévu vint nous jeter dans un nouveau
trouble. Fincer arrivoit avec milord Tenermill.
Ils avoient marché de près sur les traces de ma
belle sœur ; & Jacin qui les avoit heureusement

apperçus en revenant de Paris, avoit gagné le
devant pour me prévenir fur leur approche.

Il ne fe préfentoit pas deux partis à choifir.
Il falloit non-feulement les recevoir, mais leur
expliquer ce qui venoit de fe paffer à mes yeux.
Je priai mademoifelle de L..... de fe retirer
dans un appartement voifin ; & la félicitant à
mon tour de la victoire qu'elle avoit remportée
fur elle-même, je l'exhortai, en la conduifant
vers la porte, à foutenir glorieufement une
réfolution fi noble. Je laiffai Patrice affis dans
un fauteuil à quelques pas de fon époufe, ne
doutant pas que ce qu'elle feroit encore pour
l'attendrir, ne fecondât dans fon cœur le reffentiment dont je le croyois rempli contre fa maîtreffe. Mais, que je m'étois flatté mal-à-propos
de connoître l'amour ! En fortant de la falle,
mademoifelle de L..... tourna la tête, & jeta
les yeux fur lui. J'obfervai ce regard je n'y
vis rien de plus déclaré que de la trifteffe & de
la langueur. Cependant, lorfque revenant fur
mes pas, je commençois à efpérer quelque chofe
d'un compliment qu'il adreffoit d'un air affez
doux à fon époufe, je compris aux premiers
mots que j'entendis, combien j'étois éloigné de
mes efpérances. Il s'étoit levé pour lui dire qu'il
n'y auroit point de fituation dans toute fa vie, où
il ne conifervât pour elle le refpect qu'elle méritoit

par fa bonté & par fa vertu; mais que, puifqu'elle connoiffoit les fecrets de fon cœur, elle devoit juger qu'il ne pouvoit rien ajouter à ce fentiment. Je m'étois déjà rapproché de lui; ce qui ne l'empêcha point de tourner auffitôt vers la porte, & de fortir auffi rapidement que s'il eût été pourfuivi.

Regard empoifonné, qui réveilla dans fon cœur toute la force de l'efpérance! Ma belle-fœur avoit réfifté aux agitations que j'ai dépeintes; mais cette nouvelle trahifon furmonta fa conftance. Elle tomba évanouie fur fa chaife. Les foins que je ne pouvois me difpenfer de lui donner, me fit perdre de vue Patrice & fa maîtreffe. J'étois encore empreffé à la fecourir, lorfque Fincer fe fit entendre avec Tenermill. Ils entrèrent au moment qu'elle recommençoit à ouvrir les yeux; & rien ne pouvant l'engager à fe contraindre, ils furent témoins de fes premières plaintes.

Ç'en étoit affez pour leur faire pénétrer une partie de nos aventures. Le farouche Fincer, qui l'avoit traitée avec tant de rigueur, parut touché de l'affoibliffement où il la voyoit, & faifant déformais peu de fonds fur le confentement auquel il l'avoit forcée, il s'expliqua d'abord avec moi en homme qui fe reprochoit une violence inutile. Cependant la conclufion de fon

difcours me confirma dans l'idée que j'avois toujours eue de fon caractère. J'avois plus compté,
me dit-il, fur les mefures que j'avois prifes avec
milord ' enermill ; mais puifqu'elle s'obftine à
vivre malheureufe avec un mari qui a fi peu de
confidération pour elle , qu'elle fubiffe toute la
rigueur d un fort qu'elle a choifi volontairement. Tenermill , qui étoit pendant ce tems-là
auprès d'elle à lui offrir tous les fecours dont elle
avoit encore befoin , entendit cette efpèce de
décifion, qui ruinoit abfolument fes efpérances :
il vint à nous , & par un raifonnement affez
fpécieux , il lui repréfenta que de deux partis
qu'il y avoit à choifir, celui qui s'accordoit le
mieux avec l'honneur de nos deux familles &
le bonheur particulier de fa fille, étoit fans doute,
le feul auquel il falloit s'arrêter. Il infifta même
fur la honte qui réjailliroit fur Fincer de la difgrace d'une fille unique, pour qui on ne fup-
poferoit jamais qu'un mari marquât tant de mépris
& de dégoût, s'il n'en avoit des raifons affez fortes
pour balancer tous fes charmes. La conféquence
fuivoit d'elle-même. Il falloit ufer , fans la confulter trop , de tous les avantages qu'on avoit
fur elle; & tandis que nous nous trouvions raf-
femblés fi heureufement, je devois conclure la
cérémonie du mariage par une bénédiction que
la préfence d'un père rendoit inviolable.

Il y avoit peu de délicateſſe dans une pro-
poſition de cette nature. Mais je peins un ambi-
tieux, dont la tendreſſe même ſe reſſentoit de
la principale paſſion qui dominoit dans ſon cœur.
D'ailleurs Tenermill, avec toutes les raiſons
que j'ai rapportées, étoit ſecrètement piqué,
que, ſans le vouloir & ſans y penſer, ſon frère
eût inſpiré à la fille de Fincer des ſentimens
qu'elle refuſoit de prendre pour lui.

Il étoit ainſi l'eclave de pluſieurs foibleſſes,
lorſqu'il croyoit n'en éprouver qu'une ; & ce
qu'il prenoit pour des mouvemens d'amour, pouvoit être ſucceſſivement l'effet de pluſieurs cauſes
moins glorieuſes. Son diſcours fit néanmoins de
l'impreſſion ſur Fincer, mais le pouvoir qui diſ-
poſe des fortunes & des inclinations ne la fit
point tourner au gré de ſes déſirs.

Je n'avois pu l'entendre ſans être choqué
d'une obſtination qui commençoit à devenir ſérieuſement criminelle. Auſſi long-tems que je m'étois
perſuadé ſur ſes confidences & ſur l'arrivée de
Fincer, que ma belle-ſœur pourroit être amenée
à quelque compoſition volontaire, je m'étois
prêté à cette eſpérance ; & l'avantage réel
de deux familles m'avoit paru d'un poids qui
devoit l'emporter ſur mes répugnances particuliè-
res. Mais après le ſpectacle dont j'avois encore
une partie devant les yeux, après des preuves

ſi inviſibles de l'oppoſition de ma belle-ſœur,
il ne me reſtoit plus que de l'horreur pour la
violence qu'on avoit employée contre elle. C'eſt
en vain, dis-je, d'un ton amer à Tenermill, que
vous vous flattez d'un ſuccès auquel vous ne devez
plus prétendre. L'autorité d'un père ne juſtifie
point le crime, & ç'en eſt un déſormais pour
vous que de renouveler vos perſécutions. J'avois
pris une meilleure idée de votre projet; mais
je n'y vois plus que de la cruauté & de l'in-
juſtice. En un mot, ajoutai-je d'un air ferme,
je connois les diſpoſitions de Milady, & je
m'oppoſe en ſon nom à tout ce que vous oſerez
entreprendre pour la forcer d'être à vous. Elle
ne ſera donc à perſonne, me répondit-il bruſquement, car j'ai par écrit la proteſtation de
Patrice contre le mariage où vous l'avez engagé;
& ſi vous ſuppoſez ici des crimes, je ne vois
que vous qu'on en puiſſe accuſer. Ce reproche
me pénétra juſqu'au fond du cœur. Ingrat!
m'écriai-je la larme à l'œil, eſt-ce là le prix que
je devois recueillir de ma tendreſſe & de mes
ſervices?

Cependant Fincer nous écoutoit en ſilence; &
regardant comme un outrage ſanglant pour ſa
fille, ce double refus, qui l'expoſoit, ſuivant
l'expreſſion de Tenermill, à n'être à perſonne,
il prit ſur le champ une réſolution plus étrange

que tout ce que j'ai rapporté. Vous serez tous
satisfaits, nous dit-il, sans marquer de colère ;
& la prenant par la main avec une invitation assez
douce pour lui ôter la crainte qu'elle auroit eue
de le suivre, il la pressa de sortir un moment avec
lui. J'ignore par quel artifice il continua de se
faire obéir avec si peu de résistance ; mais dissi-
mulant ses vues jusqu'à la fin, il la fit monter
dans la chaise où il étoit venu ; & s'y étant mis
avec elle, il reprit le chemin de Paris sans
nous faire avertir de son départ. Nous l'apprîmes néanmoins au même moment. Tenermill
me regarda d'un œil furieux ; Vous me coûté ma
fortune, me dit-il ; mais si mes soupçons se
trouvent justes, gardez-vous de ma vengeance.
J'allois lui répondre avec beaucoup d'embarras :
il étoit déjà à la porte de la chambre : & quittant
la maison à pied, faute de voiture, il s'éloigna
sans autre suite que son laquais.

Le trouble où j'étois ne m'empêcha point de
penser que mademoiselle de L...... & Patrice
devoient être ensemble dans l'appartement voisin.
J'allois à eux pour leur demander quelle explication nous devions donner au départ précipité
de Fincer & de sa fille. Les ayant cherchés inutilement, j'appris pour comble de désordre qu'ils
étoient partis immédiatement après l'arrivée de
Fincer ; ils ne m'avoient laissé aucune lumière

fur leurs deffeins, & je me trouvai ainfi feul, avec le mortel regret de ne favoir ce que j'avois à faire, ni de quoi j'étois menacé.

La religion pouvoit m'infpirer de la patience, mais elle ne m'apprenoit point de quel côté je devois tourner dans un labyrinthe fi inexplicable. Ma feule reffource fut de dépêcher Jacin à Paris, avec ordre de s'affurer feulement de la fituation de tant d'infenfés, qui paroiffent renoncer volontairement à toute ombre de fageffe & de raifon. J'attendis fon retour avec une impatience égale à mes craintes. La nuit s'étant paffée avant qu'il eût trouvé le moyen d'exécuter mes ordres, je puis compter cet affreux intervalle pour une des plus cruelles épreuves où le ciel ait jamais mis ma vertu. Enfin je le vis arriver le lendemain, il m'apportoit deux lettres de mes frères. Avant que de me laiffer lire, il m'apprit que Fincer n'étoit point retourné chez le comte de S..... & qu'ayant fait apporter fes malles dans le lieu où il s'étoit rendu, il avoit pris fur le champ la pofte avec fa fille pour regagner le Dannemarck. Il avoit déclaré lui-même fon départ aux domeftiques du comte qui lui avoient remis fon équipage; & fans laiffer échapper une plainte ni un reproche, il ne leur avoit permis de retourner chez leur maître qu'au moment qu'il étoit monté

dans

dans sa chaise. Tenermill, qui étoit chez le
comte, avoit appris cette nouvelle avec des
transports qui ressembloient au désespoir, &
c'étoit dans ce mouvement qu'il avoit pris la
la plume pour m'écrire.

À l'égard de Patrice, Jacin n'avoit pu découvrir où il s'étoit retiré ; mais ayant passé plusieurs fois chez mademoiselle de L...... dans
l'espérance de l'y trouver, un domestique lui
avoit enfin remis la lettre qu'il m'apportoit, sans
vouloir lui accorder d'autre explication ; ce qui
pouvoit faire juger, me dit Jacin, que mon frère
avoit pris pour retraite la maison de sa maîtresse.
Cependant il étoit persuadé aussi que mademoiselle de L.... n'y étoit point avec lui. Il avoit
demandé instamment l'honneur de la voir, & l'on
n'avoit point varié à lui répondre, non-seulement
qu'elle n'y étoit point retournée, mais qu'on
ignoroit si son absence devoit durer long-tems.
Vous trouverez, sans doute, ajouta Jacin,
d'autres éclaircissemens dans vos lettres.

Je les ouvris en tremblant. Celle de Tenermill
portoit toute la fierté de son caractère. Il répétoit
sans ménagement que j'avois ruiné du même coup
sa fortune, & son repos ; qu'après l'avoir frappé
par deux endroits si sensibles, je ne devois plus
attendre de lui qu'une haine immortelle ; qu'il me
la déclaroit, & que je devois rendre graces à ma

profeffion de ce qu'il fe bornoit au fentiment. Si j'aimois ma confervation, je devois craindre d'exciter fa colère en offrant mon odieufe figure à fes yeux. Il s'applaudiffoit de l'ordre qu'il avoit trouvé à Paris de joindre fon régiment, qui devoit paffer la mer au premier jour. C'étoit le flatter que de l'éloigner des lieux que j'habitois; & la difpofition dans laquelle il fe trouvoit pour moi en quittant la France, étoit celle qu'il juroit de conferver toute fa vie.

O ciel! m'écriai-je, en verfant un ruiffeau de larmes, par qui fuis-je traité avec tant de hauteur & de mépris? Eft-ce par un frère à qui je n'ai jamais fouhaité que les plus précieufes faveurs du ciel & de la fortune? Sur qui retombent tes menaces, furieux Tenermill! N'eft-ce pas fur toi-même, qui te prives des fecours que tu aurois toujours tirés de ma tendreffe & de mes fervices? Tandis que je reffentois fi amèrement fes injures, l'efpérance de trouver quelque confolation dans la douceur & l'amitié de Patrice, me fit ouvrir ma feconde lettre. Le ftyle en étoit plus modéré; mais qu'elle fut cependant ma furprife & ma douleur, d'y voir avec moins d'emportement, la même réfolution de rompre abfolument avec moi, & fi non des déclarations de haine, du moins le langage d'un cœur ulcéré qui me nommoit l'auteur de toutes fes infortunes,

& qui renonçoit à mon amitié & à mes conseils ?
J'avois fait scrupule , m'écrivoit Patrice , de
combattre les inclinations de la fille de Fincer :
Eh! pourquoi n'avois-je point eu honte en Irlande
de faire une mortelle violence aux siennes ?
J'avois cru ma conscience liée par les usages de
l'église : l'étoit - elle moins par les loix de la
nature , lorsque je les avois violées ouvertement
pour le marier malgré lui? Me demandoit-il plus
pour le rendre heureux , que je n'avois fait pour
le jeter dans un abîme de malheurs ? Enfin , si
l'autorité du roi , celle des évêques & celle d'un
père ; si l'approbation de toute notre famille
réunie n'avoit pu me faire surmonter des difficultés imaginaires , pourquoi avois-je eu plus de
déférence en Irlande pour mes propres caprices!
Il en concluoit qu'il y avoit aussi peu de fonds
à faire sur mes lumières que sur mon amitié ;
& s'il ne me défendoit pas dans des termes aussi
injurieux que Tenermill , d'offrir jamais à ses
yeux mon odieuse figure , il me conseilloit de ne
plus prendre la moindre part à ses affaires, n'osant
me répondre , disoit-il , des excès où son ressentiment étoit capable de le porter contre ceux
qui s'opposeroient à son mariage.

Quelque différence que je pusse trouver entre
ces deux lettres , je reconnus au fonds qu'elles
venoient de deux cœurs également aigris , dont

V 2

les expreſſions répondoient ſeulement à leur caractère naturel. L'amitié me parut éteinte entre nous pour jamais ; car en ſuppoſant qu'il y eût plus de retour à eſpérer de la douceur naturelle de Patrice, j'entrevoyois qu'il mettoit notre réconciliation à un prix auquel il m'étoit impoſſible de me ſoumettre. Tous les ſophiſmes ne pouvoient changer l'opinion que j'avois de mon devoir. Les excès de reſſentiment par leſquels il ſe flattoit peut-être de m'effrayer, n'étoient point capables de me refroidir dans l'oppoſition que j'avois faite à ſon mariage. Je prévis par conſéquent une guerre auſſi ouverte avec lui que celle dont ſon frère m'avoit fait la déclaration ; & ſi la charité m'en fit verſer des larmes de ſang, je trouvai dans la juſtice de quoi me fortifier contre les foibleſſes mêmes de mon cœur. Avec quelle ardeur néanmoins ne demandai-je point au ciel d'arrêter la haine & la diviſion qui menaçoient notre malheureuſe famille ! Mais n'avois-je pas fait tout ce qui dépendoit de moi pour les prévenir ? Ma tendreſſe & mes ſoins s'étoient-ils jamais relâchés ? Mon zèle même avoit-il eu quelque choſe de trop amer ? Et dans la confiance avec laquelle je m'étois repoſé ſur les projets dont on m'avoit fait ſi long-tems un myſtère, n'étoit-il pas entré plus de modération & de complaiſance qu'on ne devoit peut-être en

attendre d'un homme de ma profession ? Qu'on
m'eût ouvert en effet quelque voie de conciliation
qui n'eût pas blessé les droits de l'humanité & les
loix de l'église, avec quelle joie n'aurois-je pas
offert aussitôt mon consentement & mon minis-
tère ? Ce fut dans les réflexions que je fis là-dessus
le reste du jour, que le ciel me fit naître une idée,
dont je me promis encore le retardement ; du
moins de cette guerre domestique, que je ne me
flattois plus d'éviter ; & l'ardeur avec laquelle je
m'attachai à ce rayon d'espérance, me fut
comme un nouveau garant de la droiture de mes
intentions.

En admirant la constance de ma belle-sœur,
qui s'étoit défendue avec autant de fermeté que de
tendresse contre les sollicitations & les violences
mêmes par lesquelles on avoit entrepris de la faire
consentir au divorce, j'observai que les voies qu'on
avoit employées avoient été capables seules de
révolter une femme qui s'étoit vue traiter avec
si peu de ménagement. Ténermill l'avoit trompée
long-tems par de fausses promesses ; ou du moins
en lui faisant espérer qu'il la rendroit bientôt plus
heureuse, & que le parti qu'il avoit pris d'écrire
à son père serviroit infailliblement à rétablir la
paix dans notre famille, il lui avoit laissé lieu de
se flatter que c'étoit en la reconciliant avec son
mari qu'il prétendoit la servir ; & le repos dans

V 3

lequel elle avoit paru vivre jufqu'à l'arrivée de
Fincer, n'avoit porté que fur ce fondement. Elle
étoit parti des Saifons dans cette idée, & peut-
être n'avoit-elle jamais cru fon bonheur fi certain, qu'en apprenant que fon père étoit à Paris,
& qu'il preffoit Tenermill de s'y rendre promptement avec elle. Cependant les premières
explications qu'elle y avoit reçues avoient non-
feulement détruit une fi douce attente, mais
l'avoient mortellement troublée, par la propofition d'un nouveau mariage qui rendoit l'idée
du divorce éncore plus terrible. Au refus qu'elle
avoit fait d'y confentir, on n'avoit répondu que
par des ordres abfolus & par tout le poids de
l'autorité parternelle. La violence avoit fuccédé
aux paroles. Quelle méthode pour gagner l'efprit
d'une femme, & pour arracher de fon cœur une
paffion dont elle fait fon idole !

Mais je me figurai que fi je prenois moi-même
une voie plus douce, en effayant de lui perfuader,
qu'elle réfiftoit inutilement à la trifte néceffité
qu'on lui impofoit, & fi je lui faifois connoître
toutes les oppofitions que j'avois trouvées dans
le cœur de fon mari au retour dont elle fembloit
encore fe flatter, je lui ferois perdre enfin de
funeftes efpérances, qui étoient le poifon qui
formoit toutes fes peines, & je la conduirois
peut-être. à défirer pour fon propre repos que

mon frère se hâtat de prendre les derniers
engagemens avec sa rivale. Il falloit me déterminer pour une si grande entreprise, à faire le
voyage de Dannemarck; car la voie des lettres
eût été trop lente & trop incertaine. Que d'objections auxquelles je prévoyois qu'il faudroit
répondre, & que je ne dissiperois jamais entièrement par écrit ! Mais ce n'étoit pas la fatigue ou
les dangers d'un voyage qui étoient capables
d'arrêter mon zèle. Je m'applaudis d'une pensée
que je pris pour une inspiration du ciel même;
& je ne fis que me confirmer dans cette
résolution.

*Fin du septième Livre.*

V 4

## LIVRE HUITIÈME.

LOIN de changer d'idée à mon réveil, je tournai mes soins aux préparatifs de mon départ. Il ne restoit qu'une difficulté qui pût me causer de l'incertitude. Je souhaitois que mes frères fussent informés de mon dessein ; mais je balançois sur la manière de leur donner cet avis ; & n'osant m'en fier à une lettre, je pensois à ne pas choisir d'autre interprète que moi-même. Cependant leurs menaces m'étoient présentes. Ils étoient l'un & l'autre dans le premier feu de leur ressentiment ; & je doutois qu'il fussent disposés à m'entendre, ou qu'ils fussent capables de ménager leurs expressions. Je pris un tempérament, qui fut de leur marquer une partie de mon dessein par écrit, & de leur demander un entretien particulier où je pusse m'expliquer davantage. Comptant que l'ardeur de les servir me tiendroit lieu auprès d'eux d'une espèce de justification, je ne leur parlois ni de nos dernières scènes, ni de la dureté avec laquelle ils m'avoient traité dans leurs lettres. Jacin fut chargé de ma commission, & je lui recommandai d'y ajouter tout ce qu'il croiroit propre à ramener des esprits si mal disposés. Il revint en moins

d'une heure, avec l'humiliante réponse qu'on
ne vouloit ni me voir, ni recevoir de mes lettres.
Ils s'étoient obstinés comme de concert à rompre
avec moi toutes sortes de mesures ; & la seule
différence étoit, que Tenermill avoit répondu
à Jacin de sa propre bouche, au lieu que Patrice,
dont on ne déguisoit plus le séjour chez mademoiselle de L.... s'étoit servi de celle d'un domestique. Je plaignis leur emportement ; & loin de
me rebuter, j'en tirai un nouveau courage pour
entreprendre ce que je n'avois pas osé risquer
d'abord. La confirmation que je recevois de la
retraite de Patrice, étoit une autre raison qui
devoit m'animer. Dans quelle vue & par quel
oubli des bienséances communes, avoit-il choisi
la maison de sa maîtresse pour demeure ? Les
soupçons qui se formèrent dans mon esprit à
mesure que mes réflexions s'étendirent sur cette
pensée, ne me permirent pas de retarder un
moment mon départ. Je tremblois déjà de toucher à quelqu'une de ces circonstances fatales
où les cris devoient prendre enfin la place des
conseils & des larmes.

   Cependant je pris le parti de me rendre
directement chez le comte de S......, de qui
j'espérois tirer, ou de la comtesse, des éclaircissemens qui m'apporteroient quelque lumière.
Mon arrivée n'y put être secrète, & mon dessein

n'étoit pas qu'elle le fût. Cette précaution néanmoins étoit nécessaire, si elle eût été possible.
A peine fus-je entré dans l'appartement du comte,
que Tenermill, apprenant que j'étois si proche
de lui, fit mettre les chevaux à sa chaise, & partit
pour Saint-Germain. On nous avertit de son
départ, tandis que je demandois compte à ma
sœur & à son mari de toutes les fureurs auxquelles
il s'étoit emporté. Je compris, à cette nouvelle,
de qui il pensoit à s'éloigner, & ma douleur
s'exhala par quelques soupirs. Le comte & son
épouse étoient vivement touchés de ce désordre.
Ils me racontèrent quels avoient été ses transports en apprenant la fuite de Fincer & de sa
fille, & ils ne me dissimulèrent point que n'attribuant qu'à moi la perte de sa fortune & de son
bonheur, il étoit peut-être mon ennemi sans
retour.

Me condamnez-vous, leur dis-je d'un ton
changé par la douleur, & croyez-vous que les
loix du ciel & de la terre m'aient permis de tenir
une autre conduite? Ils me répondirent avec embarras qu'il ne leur appartenoit point d'en décider,
qu'ils n'avoient pas d'ailleurs de parti à prendre
entre des personnes si chères. Ainsi, je conçus
que si je ne devois pas craindre qu'ils abandon-
nassent mes intérêts, je ne devois pas compter
non-plus de les engager dans aucune démarche

qui pût déplaire à mes frères. J'embraſſai le
comte. Votre bonté, lui dis-je, m'eſt connue par
cent preuves, & je loue l'égalité de ce partage.
Mais ne voyez-vous pas que votre amitié pour
eux ſe change en cruauté, ſi vous ne les empê-
chez pas de ſe perdre? Comment avez-vous
ſouffert que Patrice ait abuſé de la foibleſſe de
mademoiſelle de L.... juſqu'à la faire conſentir
à lui donner un lógement dans ſa maiſon? N'eſt-ce
pas un déſordre honteux, ſur lequel mon devoir
ne me permet pas de me taire? Ils baiſsèrent
tous deux les yeux. Mes ſoupçons devinrent
plus preſſans. Expliquez-vous donc, repris-je,
& ne me laiſſez pas dans un doute qui trouble
tout mon ſang. Vous nous demandez, me
répondit froidement le comte, ce que nous
ne devons pas vous apprendre, ce que nous
avons juré de ne découvrir à perſonne, & ce
que vous vous croiriez intéreſſé vous-même à
cacher, ſi vous étiez dans la même confidence.
Mais voyant que mon agitation ne faiſoit qu'augmenter; ne formez pas, ajouta-t-il, de ſoupçon
qui bleſſe l'honneur de mademoiſelle de L......;
& voyez votre frère qui eſt le maître de vous
révéler ſon ſecret.

Le tumulte de mes idées ne me permit point
d'entendre ce qui étoit propre à me raſſurer dans
ſon diſcours; & perdant juſqu'au deſſein que

j'avois eu de leur déclarer le projet de mon
voyage, je leur demandai la liberté de les quitter
pour aller immédiatement chez Patrice. J'étois
résolu de pénétrer dans la maison de mademoiselle de L.... sans le faire avertir de ma visite;
sûr qu'aucun domestique n'oseroit s'opposer à
mon passage. L'exemple de Tenermill m'apprenoit à craindre qu'il ne profitât du moindre avis
pour s'évader. Je le joindrai malgré lui, disois-je,
en marchant seul dans le mouvement qui m'animoit. Je le forcerai de parler. Qu'il n'espère pas
de me trouver aussi facile à tromper que je l'ai
été aux Saisons. Je le dévoilerai, cet odieux
mystère qu'on s'efforce de me déguiser avec
tant de soin; & dût-il m'en coûter la vie,
j'arrêterai le cours d'un désordre que j'ai connu
trop tard pour le combattre dans sa naissance.
Je confesse ici que le zèle le plus pur est sujet
à bien des illusions. J'avois besoin quelquefois de
ces exemples, pour réduire le mien à de plus
justes bornes.

J'entre dans la maison où j'étois sûr de trouver
Patrice. Loin de me trouver arrêté par quelque
obstacle, je ne rencontre pas un domestique
qui ne me traite avec le respect qu'il croit devoir
au frère de son maître; & je remarque seulement
un embarras qui me paroît égal dans leurs
réponses lorsque je les presse de me conduire

à son appartement. Cependant ne pouvant le trouver sans guide, dans une assez grande maison dont j'ignorois les détours, je demande son valet de chambre, ce même garçon dont il avoit été si mal satisfait en Irlande, & que j'avois rétabli dans ses bonnes graces depuis notre arrivée aux Saisons. Il se présente d'un air encore plus consterné que les autres; & leur recommandant le silence, il me propose à l'oreille d'entrer avec lui dans une chambre écartée, où il me promet des ouvertures qu'il ne peut avoir que pour moi.

Je le suis avec empressement. Vous ne devez pas vous offenser, me dit-il enfin, du refus que tout le monde fait ici de vous introduire chez mon maître. Il n'y veut recevoir personne; & la réponse qu'il vous fit faire hier, a dû vous faire comprendre que ses ordres vous regardent particulièrement. Mais de quelque ressentiment qu'il soit animé contre vous, je connois, ajouta-t-il, le fonds de la tendresse & du respect qu'il vous porte, & je ne puis m'imaginer que sa colère y résiste long-tems. J'ai pénétré aussi que dans le soin qu'il prend de vous écarter de la connoissance de ses affaires, il n'entre que la seule crainte de vous trouver mal disposé à l'approuver; & je me persuade au contraire que vous ne condamneriez point tout-à-fait sa conduite, si vous favïez avec quelles mefures elle a toujours été réglée.

C'eft, reprit-il, ce qui me fait paffer plus aifément fur le fcrupule qui pourroit m'obliger au filence avec tout autre que vous. Et me conjurant de bien ufer de fa confiance, il m'apprit que fon maître étoit marié depuis deux jours, c'eft-à-dire, qu'il l'avoit été la nuit même du jour qu'il étoit parti des Saifons. Je ne fus pas le maître de retenir les marques de ma douleur à cette étrange nouvelle. Et vous louez fa conduite, m'écriai-je, lorfqu'il fe rend coupable du plus honteux déréglement ?

Vous nous condamnez fans nous entendre, interrompit cet honnête valet. C'eft par les circonftances que je le crois juftifié. Il reprit fon récit : Après vous avoir quitté, me dit-il, mon maître qui vouloit éviter la rencontre de M. Fincer, obferva le moment de fon arrivée ; & reprenant le chemin de Paris auffitôt qu'il le vit engagé avec vous, il amena ici mademoifelle de L...., avec laquelle il demeura peu, par la difficulté qu'elle fit elle-même d'être trop long-tems avec lui fans témoins. Il fortit dans l'efpérance de rejoindre milord Tenermill, dont il lui importoit d'apprendre les réfolutions. Il ne le revit que vers le foir chez M. le comte de S....., lorfqu'on y attendoit des nouvelles de

M. Fincer qui avoit fait redemander ſes malles,
& à qui l'on n'avoit pu ſe défendre de les ren-
voyer. L'avis qu'on reçut de ſon départ & de
celui de ſa fille, produiſit ſur les deux frères des
impreſſions fort différentes. Tandis que milord
Tenermill y crut trouver une raiſon de ſe livrer
au déſeſpoir, mon maître, ſans prendre moins de
part à l'affliction de ſon frère, ſe perſuada que
cette fuite étoit pour lui une faveur du ciel;
& s'attachant à l'idée qu'elle lui fit naître, il tira
ſur le champ des mains de Milord les pièces qui
avoient été dreſſées pour ſon divorce. Jacin
revint ici avec ce ſecours, ſur lequel il établiſſoit
toutes ſes vues. [Ce fût dans ce moment qu'il lui
vint une lettre de votre part. Il avoit donné
ordre en arrivant que la porte fût fermée pour
tout le monde; & craignant de votre part quelque
nouvel obſtacle au deſſein qu'il méditoit, il donna
une excluſion particulière à tous vos gens. Cependant l'obſtination de Jacin, qui ne ſe rebuta
point de tous nos refus, lui fit prendre le parti
de vous répondre. Je fus témoin de l'irréſolution
avec laquelle il recommença pluſieurs fois ſa
lettre, comme s'il eût été fort important pour
lui de bien régler ſon ſtyle; & ſur quelques
paroles qui lui échappèrent, je ne doute point
qu'il ne vous ait écrit de la manière la plus
propre à vous ôter l'envie de traverſer ſon

entreprife. J'ignorai jufqu'à la nuit à quoi devoient aboutir tous les mouvemens dont je le voyois agité : fes entretiens avec mademoifelle de L.... furent extrêmement animés ; & je commençois à m'étonner, qu'après avoir fait difficulté de le fouffrir trop long-tems feul, elle fe fût délivrée fi-tôt de ce fcrupule. Enfin, l'ayant déterminé apparemment à fuivre fes réfolutions, il parti avec elle pour Saint-Germain, fans autre fuite que moi. Nous defcendîmes au château, où mes fervices lui devenant plus néceffaires, il me déclara qu'il alloit unir fon fort à celui de mademoifelle de L.... & qu'il avoit befoin pour cela d'un évêque anglois, dont il m'ordonna de chercher l'appartement. L'ayant trouvé fans peine, il fe fit connoître à ce prélat par fon nom, & par le fujet de fa vifite. Les pièces qu'il produifit confirmèrent fon difcours : il ne s'agiffoit que d'exécuter une chofe qui avoit été conclue au même lieu, & dont l'éxécution fouffriroit moins de difficulté dans la chapelle du rôi qu'à Paris. Auffi l'evêque fit-il peu d'objections. On appela quelques témoins, & vers minuit mon maître reçut la bénédiction nuptiale, avec des mouvemens de joie qu'il eut peine à contenir.

Quelques heures s'étant paffées à dreffer l'acte du mariage & dans quelques autres formalités, nous ne pûmes être de retour à Paris avant le jour.

En

En remontant avec mon maître dans l'appartement de mademoiselle de L.... j'avoue que je ne
pus penser sans frémir qu'il alloit entrer sans
doute en possession des droits qu'elle venoit de lui
donner sur elle, tandis que j'avois devant les
yeux la vive image de ce qui s'étoit passé la veille
aux Saisons, & qu'ayant suivi, avec trop de
curiosité peut-être, toutes les démarches de
Milady, je me rappelois l'opposition constante
qu'elle avoit faite à sa séparation. J'eus besoin de
toute la force du respect pour étouffer mes
tristes réflexions. Mais lorsque je m'attendois
à recevoir de mon maître l'ordre de le déshabiller,
je reçus de mademoiselle de L... celui d'appeler
tous ses domestiques. Elle fit demeurer pendant
ce tems-là ses femmes auprès d'elle, comme si
elle eût appréhendé qu'on pourroit lui reprocher
d'avoir été seule avec son mari; & lorsque j'eus
rassemblé tous ses gens, elle leur déclara, sans leur
parler de son mariage, que devant être quelque
tems absente, elle laissoit à mon maître le soin
de sa maison avec toute l'autorité qu'elle avoit
sur eux. Elle ne s'arrêta que pour faire un léger
déjeûner. Le même carrosse qui nous avoit conduit à Saint-Germain, avoit eu ordre d'attendre
à la porte. Elle y remonta avec mon maître,
accompagnée d'une femme qui a été la gouvernante de son enfance, & je fus encore le

Tome II.                                         X

feul domestique qui reçut ordre de les suivre.
Elle se fit mener dans le nouveau couvent des
Filles angloises, où sur une lettre de recommandation qu'elle avoit obtenue de l'évêque qui a
célébré son mariage, elle fut reçue de la supérieure avec beaucoup de politesse & de distinction. Mon maître la traita plusieurs fois de sa
femme en parlant d'elle à la supérieure ; & ne
se contraignant plus devant personne, il lui donna
en la quittant mille baisers passionnés. A son
retour il me prit ici en particulier. Il me fit beaucoup valoir le renouvellement de sa confiance ;
& m'imposant le secret sur tout ce que j'avois
vu, il ne me dissimula point que la retraite de
mademoiselle de L...., dans le couvent où nous
l'avons conduite, venoit des scrupules qu'elle
opposoit encore à son bonheur. Elle ne s'étoit
rendue à ses désirs qu'à cette condition, dans l'espérance qu'il avoit réussi à lui donner que Fincer
n'apprendroit point leur mariage, sans disposer
promptement de sa fille. Mademoiselle de L....
étoit résolue d'attendre ce dénouement pour
vivre avec lui, & pour prendre ouvertement la
qualité de son épouse. Toute la difficulté consiste
donc aujourd'hui, ajouta le confident de Patrice,
à faire avertir M. Fincer que mon maître est
enfin lié à mademoiselle de L.... par les cérémonies de l'église. C'est à trouver une voie

certaine que nous sommes uniquement occupés ;
& dans cet intervalle, il est résolu de vous fuir,
de peur apparemment que vous n'approfondissiez
une conduite qu'il ne veut point exposer à
vos reproches, & qu'il n'a confiée qu'à milord
Tenermill, à M. le comte & à madame la
comtesse de S...

J'avois eu le tems, pendant ce récit, de me
remettre de toutes les agitations que l'exorde
m'avoit causée. La retraite modeste de mademoiselle de L.... réparoit un peu la témérité de
son mariage ; & de quelque œil que je pusse
regarder une démarche si indiscrète, les mesures
dont elle avoit été accompagnée, me la firent
trouver effectivement beaucoup moins criminelle. Cependant, il ne me paroissoit pas moins
vrai qu'un engagement de cette nature ne pouvoit passer que pour un coupable abus des
cérémonies ecclésiastiques, de la part du moins
de mon frère & de mademoiselle de L...., qui
n'avoient pu se déguiser l'obstacle qui auroit dû
les arrêter. Je justifiois l'évêque anglois & le
roi même, par les soins que Tenermill avoit
pris de leur cacher les résistances de la fille de
Fincer. Ils avoient porté leur décision sur le
témoignage de son père, sur celui de mes
frères, & sur le consentement même qu'on lui
avoit fait signer malgré elle. C'étoit une excuse

que la charité me portoit à leur prêter. Mais tous
mes raisonnemens me conduisant à croire de
plus en plus que mademoiselle de L.... & mon
frère ne pouvoient être justifiés par nulle excuse,
je demeurai convaincu que dans la supposition
même du consentement futur de Fincer & de sa
fille, une union si peu légitime demanderoit
d'être renouvelée pour mériter le nom de
mariage.

Ces réflexions que je ne communiquai point
au valet de Patrice, ne m'empêchèrent point
de prendre occasion de son récit, pour me
confirmer dans le dessein du voyage de Dannemarck. Je considérois qu'à moins d'une
obstination qui tiendroit de la fureur, Sara
Fincer, à qui je n'ose plus donner le nom de ma
belle-sœur, perdroit comme nécessairement ce
qui lui restoit d'espérance en apprenant le mariage
de son mari. Ce n'étoit plus après une démarche
de cette nature qu'elle pouvoit se flatter de le
ramener à elle. D'ailleurs, qu'auroit-elle jamais
à opposer aux pièces sur lesquelles il s'étoit
fondé? Son consentement n'étoit-il pas dans la
meilleure forme; & mon témoignage, qui étoit
le seul dont elle pût espérer quelque secours,
suffiroit-il pour faire foi de ses oppositions? Ainsi
ses protestations & ses plaintes ne pouvant passer
désormais que pour les regrets d'une femme

inconftante, qui paroîtroit fe repentir de ce
qu'on fe perfuaderoit qu'elle avoit figné volontairement, il ne lui reftoit plus d'autre reffource
que la patience & l'oubli. Je crus pouvoir
compter qu'à force d'inftances & de foins je
lui ferois goûter de fi puiffantes raifons d'abandonner un ingrat, & je me fortifiai ainfi, pour
fervir mon coupable frère, de ce que je trouvois
de plus condamnable & de plus odieux dans fa
conduite.

Cependant l'empreffement que j'avois eu de
le voir, étant auffi refroidi par mon indignation
que par la tranquillité où j'étois du côté de
mademoifelle de L...., je déclarai au valet-de-
chambre que je ne l'expoferois point à déplaire à
fon maître en m'ouvrant fa porte malgré lui. Ce
que j'ai entendu, lui dis-je, va fuffire pour
régler mes réfolutions. Ne lui apprenez point que
vous m'ayiez vu, ou du moins ne lui faites pas
connoître que j'aie le moindre foupçon de fon
mariage. Il feroit trop affligeant pour moi, qu'il
pût regarder le fervice que je penfe à lui rendre,
comme une marque que j'approuve fa conduite.
Mais dites-lui, fi vous le croyez néceffaire à fon
repos, que le fachant obftiné à violer fon devoir,
j'ai pris volontairement le parti de me rendre en
Danemarck, dans la feule vue de diminuer
le fujet de fes remords, en portant, s'il m'eft

X 3

possible, sa malheureuse épouse à lui accorder
le consentement qu'il demande. Exhortez - le
à la modération jusqu'à mon retour ; & s'il croit
devoir quelque reconnoissance à mon zèle, qu'il
se charge dans mon absence de ramener aussi
son frère. Tenermill a des sentimens plus modé-
rés. On remarque, sans doute, avec quelle facilité ma tendresse, pour ces deux ingrats, prenoit
l'ascendant sur tous les murmures de mon cœur,
& combien les sacrifices me coûtoient peu en
faveur de la paix & de l'amitié.

Mon voyage devenant aussitôt ma seule occupation, je ne passai chez le comte de S...,
que pour lui communiquer une résolution à
laquelle je prévoyois que son amitié lui feroit
trouver bien des difficultés. Il loua mes intentions ; mais s'étant fait une idée fort juste du
caractère & des dispositions de Fincer, il me
représenta vivement tout ce que j'avois à craindre
de sa haine. Je sais, me dit-il, par le récit de
mes gens, avec quelle dureté il est capable de
traiter jusqu'à sa fille. Irrité du regret qu'elle
marquoit de quitter la France, & s'offensant des
plus tendres plaintes, il l'a menacée de la tuer
de sa propre main, si elle refusoit de le suivre, & c'est par d'horribles imprécations qu'il
l'a forcée de retenir ses larmes, en la faisant
monter dans sa chaise. Jugez à quoi vous devez

vous attendre, continua le comte : votre commiffion n'eft propre qu'à échauffer fon reffentiment ;
& je regarde les injures comme le moindre effet
que vous devez craindre de fa vengeance. La comteffe s'efforça d'augmenter mes alarmes par mille
autres prédictions funeftes, & faifant même valoir
fa compaffion pour Sara : Quelle néceffité, me
dit-elle, d'aller renouveler fes peines en lui
remettant fon malheur devant les yeux ? Une
femme infortunée, qui eft partie peut-être avec
la mort dans le cœur, doit-elle être pourfuivie
jufqu'au tombeau ? Je l'interrompis : mes difcours & mes foins, lui répondis-je, n'auront
rien qui puiffe l'offenfer. Vous parlez de la pour-
fuivre, & c'eft au contraire du fecours & de la
confolation que je penfe à lui porter : d'ailleurs,
c'eft perdre de vue, ajoutai-je, le principal
motif de mon voyage ; & je ne fuis point fatif-
fait de vous voir oublier, que cette démarche
eft néceffaire pour réparer une témérité dont
votre frère n'a point de fuites heureufes à efpérer.

Je leur fis connoître ainfi qu'il y avoit peu
d'objections affez fortes pour me refroidir, lorfque je me croyois appelé par le devoir. Ce que
je tirai de plus utile des confeils du comte,
fut un détail d'inftructions fur la route que j'allois
entreprendre, & qu'il connoiffoit pour l'avoir faite
plufieurs fois pendant la guerre. Elles fervirent

X 4

à m'épargner des fatigues inutiles, en me
faisant rencontrer ce qui seroit peut-être échappé
à toutes mes recherches, si j'eusse pris la route
ordinaire. Cependant, n'ayant aucune raison de
prévoir de nouveau incidens qui fussent contraires à mon attente, j'employai quelques jours
aux préparatifs de mon voyage, avec plus de
soin que je n'aurois fait si j'en eusse connu la
durée. Ils ne furent interrompus que par les
efforts que je tentai pour me réconcilier avec
Tenermill. Je lui écrivis plusieurs fois à Saint-
Germain ; & comptant qu'il seroit touché du
moins des nouvelles espérances qu'il pouvoit
concevoir pour son amour, je lui découvris
dans ma dernière lettre que c'étoit son intérêt
autant que celui de son frère qui me conduisoit
en Danemarck. Mais il y parut aussi insensible
qu'aux témoignages de ma tendresse, & je ne
pus obtenir de lui un mot de réponse.

Mon voyage n'en fut pas entrepris avec
moins d'ardeur & de résolution. Jacin composoit
toute ma suite. Au lieu de reprendre par la
Hollande, qui auroit peut-être été la voie la
plus courte, je me proposai, suivant la direc-
tion du comte, de gagner Cologne, d'où il
m'avoit tracé par diverses villes une route où je
ne devois jamais manquer de commodités ni de
voitures. Il avoit compté de me faire regagner

par la facilité & les agrémens du chemin, ce
qu'il y auroit eu de plus ennuyeux par la longueur. Fincer qui avoit eu sans doute les mêmes
lumières, en faisant le voyage de France, étoit
retourné à Copenhague par la même voie. Je
l'ignorois ; & l'avance qu'il avoit sur moi, ne
m'ayant pas permis de penser à le joindre,
je marchois sans autre empressement que celui
d'être bientôt à la fin de mon entreprise.

Nous approchions déjà de la frontière, lorsqu'en
changeant de chevaux à la poste, Jacin vint
m'avertir, avec un air d'effroi, qu'il avoit apperçu
Fincer dans une cour voisine ; & qu'ayant pris
d'autres informations, il avoit appris qu'après y
avoir passé quelques jours auparavant pour gagner
la Flandre, il revenoit sur ses pas avec sa fille,
dans le dessein apparemment de retourner à Paris.
Cette nouvelle me causa moins d'émotion en
elle-même, que par les réflexions qu'elle me
fit naître aussitôt sur la cause d'un retour si précipité. J'en fis beaucoup d'inutiles, ou qui n'abou-
tirent du moins qu'à me faire descendre de ma
chaise pour régler mes démarches sur les circonstances. Après quelques momens de délibération, je me sentis porté à me rendre directement dans la chambre où je vis remonter Fincer,
& à lui confesser sans précautions que je m'étois
mis en chemin pour le suivre. Mais le souvenir

des avis du comte & des emportemens qu'il
m'avoit fait craindre, eut la force de m'arrêter.
Je pris le parti de me dérober au contraire à la
vue d'un homme irrité, dont je ne voyois
aucun moyen de me défendre, fi l'envie lui
prenoit de m'infulter ; & renonçant déformais
au Danemarck, je me déterminai à retourner à
Paris fur fes pas avec la réfolution de l'obferver.

Il ne me mit pas long-tems dans la néceffité
de me tenir caché. L'impatience qu'il avoit
d'avancer, paroiffant marquée dans tous fes mouvemens, il rentra dans fa voiture avec fa fille,
& je lui entendis recommander plufieurs fois la
diligence à fon poftillon. A peine fut-il parti,
que je tournai avec le même empreffement vers
Paris, mon deffein étoit de lui fuccéder ainfi à
chaque pofte, jufqu'au lieu où il fe feroit conduire. Sans pénétrer le fien, j'étois perfuadé en
général que c'étoit quelque nouvelle réflexion
fur l'aventure de fa fille, qui le rappeloit vers
nous, & je ne pouvois me flatter qu'elle fût en
notre faveur. Mais c'étoit un avantage de l'avoir
rencontré ; & j'en remerciai le ciel comme d'un
bienfait fenfible, qui me garantiffoit fa protection.

En arrivant à Paris, Fincer & fa fille demeurèrent quelque tems à la pofte ; & ce fut un autre
bonheur que, m'étant attaché à les fuivre de plus
près à mefure que nous approchions du terme,

j'évitai néanmoins leur vue en defcendant un inftant après eux dans la même cour. Jacin, à qui
j'avois déjà donné mes ordres, fervit adroitement à me dérober. Je lui fis tenir, à quelques
pas de la porte, un carroffe prêt à me recevoir.
Je ne me hâtai point de fortir, mais prenant foin
de me tenir à l'écart, j'obfervai attentivement tout
ce qui fe paffoit autour de moi. Fincer dépêcha
un de fes gens, qui tarda quelque tems à reparoître. Dans cet intervalle il s'agita beaucoup;
& fa fille, au contraire, retirée dans le coin d'un
bureau où elle étoit affife avec fes femmes,
paroiffoit remplie de quelque penfée qui l'occupoit entièrement. Sa pâleur & fon abattement
excitèrent ma compaffion. Enfin, le meffager
de Fincer étant revenu, je les vis partir tous
enfemble dans leur voiture dont on n'avoit
changé que les chevaux ; & ma curiofité devenant encore plus preffante, je les fuivis auffitôt
dans le carroffe qui m'attendoit.

Il me feroit difficile d'exprimer quelle fut ma
crainte, lorfqu'après avoir marché affez long-
tems à leur fuite, je m'apperçus que c'étoit la
rue de mademoifelle de L...,. qu'ils paroiffoient
chercher. Ils y entrèrent effectivement, & je
fentis redoubler mes alarmes en les voyant arrêtés
à peu de diftance de fa porte. Il ne me refta
pas le moindre doute qu'ils n'y fuffent venus

pour lui faire outrage : & quoique je n'igno-
raffe point qu'elle étoit hors de leurs atteintes,
c'étoit affez de favoir que Patrice occupoit fa
maifon, pour me faire appréhender quelque fcène
funefte. Fincer étoit néanmoins d'un âge qui ne
le rendoit pas propre à la violence. Mais la
fureur n'eft-elle pas, capable de fuppléer aux
forces, ou du moins laiffe-t-elle affez de liberté
d'efprit pour fentir fa foibleffe ? Je demeurai
tremblant jufqu'au moment où les ayant vu defcendre, je fus affuré par le témoignage de mes
yeux qu'ils entroient dans une autre maifon,
prefque vis-à-vis de celle où j'appréhendois qu'ils
ne vouluffent pénétrer. L'ordre que le cocher
reçut de fe retirer, & la tranquillité que je vis
régner aux environs, fuffifoient bien pour me
raffurer contre une partie de mes craintes ; mais
je n'ofai croire que ce fût le feul hafard qui leur
eût fait prendre un logement fi proche de mademoifelle de L..... & de Patrice.

Mon inquiétude m'auroit peut-être attaché
pour long-tems à leur porte, fi la confiance que
j'avois à Jacin ne m'eût fait croire que je pouvois me repofer fur lui du foin de les obferver.
Je me retirai en lui laiffant mes ordres & m'étant
rendu auffitôt chez M. le comte de S.... ma première attention fut de faire avertir Patrice par un
des gens de ma fœur, qu'il avoit à deux pas

de sa demeure Fincer & sa fille. Une si étrange
nouvelle alarma autant que moi le comte & la
comtesse. Vour verrez me dirent-ils, que les
larmes de Sara l'auront emporté sur le ressentiment de son père, & que ne pouvant perdre
l'espérance, elle l'aura conjuré de la ramener à
Paris pour essayer encore une fois d'attendrir son
infidèle. Mais en s'attachant à cette conjecture,
la fureur de Fincer ne leur paroissoit que plus à
craindre lorsqu'il viendroit à découvrir le mariage
de mon frère, & qu'il se reprocheroit de n'être
revenu à Paris que pour être témoin avec elle
d'un spectacle dont elle essuyeroit toute la honte.
Nous nous livrâmes ainsi à mille raisonnemens
incertains, jusqu'au retour de mon valet, qui
nous apporta des éclaircissemens beaucoup plus
fâcheux que tous nos soupçons.

Il n'avoit pas attendu long-tems l'occasion qu'il
cherchoit, d'entretenir quelque domestique de
Fincer : loin de cacher leur marche, ils avoient
ordre de publier dans le voisinage, le nom de leur
maîtresse, c'est-à-dire, celui de mon frère,
qu'elle continuoit de porter avec le titre de
Milady. En un mot, Fincer, à son départ de
Paris, y avoit laissé un de ses gens pour suivre
Patrice dans toutes ses démarches; & cet espion
avoit exécuté si fidèlement ses ordres, qu'ayant
été informé, ou peut-être témoin lui-même du

mariage de mon frère, il avoit pris la poste
aussitôt pour rejoindre son maître. Fincer, désespéré d'une résolution qu'il avoit regardée comme
un outrage sanglant pour sa fille, n'avoit pris
conseil que de sa première fureur. Il étoit
retourné sur ses pas; & sans s'arrêter encore à
aucun parti entre divers projets de vengeance,
il avoit résolu d'abord de se venir loger vis-à-
vis de Patrice. Son espérance étoit de faire
retomber sur lui l'opprobre dont il couvroit
sa fille, en apprenant au public qu'il avoit
deux femmes, & qu'il avoit par conséquent
trompé l'une & l'autre. Le domestique qui
avoit fait ce récit à Jacin, ajoutoit que son
maître ne borneroit pas là sa vengeance; mais
il n'étoit pas mieux informé du détail de ses
projets.

Au milieu du chagrin dont nous ne pûmes
nous défendre, ce fut d'abord une consolation
de penser que la malignité de Finder seroit
trompée du moins dans sa première attente. Le
mariage de mon frère n'étant pas connu du
public, & son nom même ne l'étant point assez
pour faire une certaine impression dans une
ville telle que Paris, il n'étoit pas fort à craindre
qu'une accusation de cette nature put lui causer
tout le mal qu'on vouloit lui faire. Et quand
elle auroit été capable de l'embarrasser, ce

n'étoit point dans l'absence de mademoiselle
de L...... avec laquelle personne ne pourroit
s'imaginer qu'il eût le moindre commerce. Si l'on
prétendoit révéler la célébration du mariage à
Saint-Germain, on le mettoit dans la nécessité
d'employer les armes qu'on lui avoit fournies
pour se défendre. Le consentement de Sara,
auquel il n'y avoit rien à reprocher pour la
forme; celui de Fincer même, qui avoit été
revêtu de toutes les conditions qui pouvoient
lui donner de l'autorité; l'ordre du roi, accordé
sur ces deux pièces; la permission des évêques,
enfin, tout ce qui pouvoit servir en apparence
à justifier sa conduite.

A la vérité, mon cœur ne se prêtoit point
à cette réflexion; & si je prévoyois que Patrice
seroit réduit tôt ou tard à cette manière de se
défendre, je sentois déjà quel seroit mon tourment, lorsque je me trouverois peut-être forcé
de prendre parti contre lui pour la justice & la
vérité. Mais en pouvoit-on reprocher moins d'imprudence à Fincer, qui n'ignoroit pas qu'on étoit
en état de lui faire tête, & qui exposoit, par
conséquent, sa fille à plus de chagrin qu'il ne
pouvoit nous en causer!

Nous apprîmes le jour suivant, qu'il avoit
grossi son train de plusieurs laquais, auxquels il
faisoit porter la livrée de notre maison, & qu'il

affectoit de les faire paroître à sa porte , pour exciter apparemment la curiosité de ses voisins. Il prit un carrosse de remise , sur lequel il fit peindre nos armes. Sa passion lui persuadant que tout le monde avoit les yeux ouverts sur sa conduite , il alla jusqu'à faire demander souvent à la porte de Patrice des nouvelles de sa santé sous le nom de sa femme. La simplicité avec laquelle on répondoit à cette politesse , auroit dû lui faire comprendre une partie de son erreur. Le portier de mademoiselle de L.... , qui igno- roit le mariage de sa maîtresse , assuroit que Patrice étoit bien ou mal , sans pénétrer plus loin dans les commissions qu'il recevoit. Il savoit comme tous les autres domestiques de la maison , que mon frère étoit marié en Irlande , & qu'il ne vivoit pas bien avec sa femme ; de sorte , que l'intérêt qu'elle paroissoit prendre encore à sa santé , pouvoit passer pour un reste d'attention qui ne signifioit rien , & qui n'étoit qu'un simple usage de la société. Une autre réflexion , qui auroit pu donner quelque défiance de son entre- prise à l'incer , c'est que ne voyant jamais paroître mademoiselle de L.... , il devoit douter du moins si elle n'étoit point absente , & découvrir ensuite aisément , que n'ayant point occupé sa maison depuis son mariage , il y avoit dans cette aventure quelque mystère qui n'étoit pas plus connu du
public

public que de lui, & qui pouvoit rendre toutes
ses mesures inutiles. Mais loin de tourner ses
soupçons de ce côté-là, il prit plaisir au contraire à se figurer, que c'étoit la honte & la
crainte qui retenoient mademoiselle de L....
dans ses murs depuis qu'elle le savoit si proche
d'elle; & cette captivité, à laquelle il croyoit
la forcer, lui parut un commencement de triomphe pour sa fille. Il n'oublia pas de faire donner
avis de son retour au comte de S.... & n'y
ayant joint aucune marque d'estime & de politesse, cette démarche nous parut moins un compliment d'amitié, qu'une déclaration de guerre,
qui s'étendoit à toute notre famille.

Cependant Patrice, que ma sœur avoit
informé de cet incident dès le premier jour, &
qui l'avoit été depuis par mille autres voies, ne
s'étoit pas cru assez supérieur aux craintes qu'on
vouloit lui inspirer, pour demeurer tranquille
si près du péril. Comme il s'étoit fait une loi
de sortir peu, & de passer dans son cabinet
tout le tems qu'il n'employoit point à voir mademoiselle de L..., les affectations de Fincer ne
furent point une raison capable de le tenir plus
resserré; mais il se fit accompagner avec plus
de précautions; & ne s'imaginant point à quoi
cette scène pouvoit aboutir, il tint conseil avec
mademoiselle de L.... sur un embarras si pres-

fant. L'amour eut plus de part à leurs délibé-
rations que la frayeur. Mademoiſelle de L.....
qui s'étoient déjà engagée ſi avant, avoit encore
beſoin d'un prétexte pour forcer les dernières
bornes où l'honneur l'avoit arrêtée. Peut-être
s'applaudit-elle, au fonds, de l'occaſion qu'elle
trouvoit de ſurmonter ſes ſcrupules. Enfin, touchée des alarmes de Patrice, ou plutôt vaincue,
ſans doute, par ſes propres déſirs, elle forma
avec lui un nouveau projet, qui devoit les affranchir pour jamais de toute ſorte de contrainte,
& leur aſſurer le repos qu'ils déſeſpéroient de
trouver parmi tant d'obſtacles. Ce fut de quitter la
France, pour ſe retirer ſecrètement dans une
des villes d'Allemagne que mademoiſelle de L....
connoiſſoit. Elle en ſavoit la langue. Elle étoit
proteſtante. Son bien, dont la meilleure partie
étoit placée dans les compagnies de commerce, étoit indépendant de ſa demeure, &
pouvoit recevoir des changemens encore plus
favorables. Ces motifs, fortifiés par l'impétuoſité
d'une longue paſſion, la déterminèrent à donner
ſa parole à Patrice, & à le preſſer même de lever
promptement toutes les difficultés qui pouvoient
retarder leur départ.

Il ſe garda bien de nous communiquer une
ſi téméraire réſolution. Cependant la bienſéance
qui l'obligeoit de voir quelquefois le comte &

la comtesse, ne lui permis pas de se taire avec
eux sur le retour de Fincer & de sa fille. Il
leur en parla comme d'un contre - tems moins
dangereux par le tort qu'il pouvoit lui faire,
que fâcheux par les désagrémens qu'il pourroit
lui causer; & s'expliquant là-dessus avec plus
d'indifférence qu'il ne devoit même en avoir dans
cette supposition, il pria le comte & sa sœur d'en
prendre aussi peu d'inquiétude que lui. Je démêlai
facilement qu'il n'étoit pas sincère; car n'ayant pu
éviter ma rencontre, il avoit consenti à me voir;
& sans en venir à des explications qu'il rejetoit
dès le premier mot, il paroissoit me souffrir sans
peine dans les entretiens qu'il avoit avec sa sœur.
Je lui fis observer, que Fincer ne se borneroit
point à une simple comédie, & que s'irritant au
contraire de ne pas trouver plus de résistance, il
croiroit avoir à se venger tout à la fois de l'outrage & du mépris. Qui sais, lui dis-je, si dans
le tems qu'il ne s'arrête en apparence qu'à de
puériles affectations, il ne fait agir quelque res-
fort plus puissant pour vous chagriner? J'ajoutai tout ce que la prudence devoit lui conseiller
dans une affaire où il restoit trop d'obscurité
pour en espérer un succès si facile; & si je le ména-
geai assez pour ne pas l'aigrir par mes reproches,
je lui fis entendre que je ne trouvois ni autant
d'innocence, ni autant de sûreté que lui dans

son engagement. Mais il me répondit d'un ton qui marquoit sa confiance dans d'autres reffources, & moins de difpofition que jamais à fe conduire par mes confeils.

Ce n'étoit pas fans fondement que je tâchois de le mettre en garde contre les atteintes de Fincer. Je n'étois pas demeuré dans l'inaction depuis mon retour, & j'avois pénétré plus loin que Fincer même ne s'en défioit. Dès le lendemain de notre arrivée, ayant attaché Jacin fur fes traces, j'avois fu que s'il paroiffoit occupé à l'extérieur d'une vengeance foible & puérile, il méditoit d'autres entreprifes, auxquelles fa comédie même étoit fi utile, qu'elle en devoit être regardée d'un œil plus férieux. Ayant découvert que dans l'efpace de peu de jours on l'avoit vu plufieurs fois chez le plus célèbre avocat de Paris, j'y étois allé après lui; & feignant d'ignorer qu'il m'eût précédé, j'avois propofé le même cas, avec la feule différence que celle de nos motifs avoit pu mettre dans l'expofition des faits. L'avocat, dont la probité égaloit les lumières, m'avoit confeffé d'abord, qu'étant engagé à mon adverfaire, il n'avoit point de réponfe à me donner qui ne pût m'être fufpecte. Cependant, m'avoit-il dit, fi je voulois prendre un peu de confiance à fon honneur, je devois croire la caufe de mon frère fort mauvaife, & me défier beau-

coup du succès. Fincer lui avoit confessé que le
consentement de sa fille étoit entre nos mains, mais
il s'accusoit de l'avoir arraché d'elle par les der-
nieres violences : il ne craignoit pas d'en appeler
à notre propre témoignage. Or, nous flatter qu'en
France l'autorité du roi d'Angleterre & de quelques évêques de la même nation, pût couvrir un
attentat de cette nature, ou supposer même que le
consentement le plus volontaire eût suffi de la part
de Sara, pour justifier une séparation dont on
ne pouvoit apporter de cause sérieuse & légitime,
c'étoit nous faire une dangereuse illusion. Après
avoir confirmé son avis par quantité de raisonnemens & d'exemples, il y avoit joint un conseil
qui avoit fait plus d'impression sur moi. Fincer,
m'avoit-il dit, lui paroissoit un homme à redouter.
La fureur animoit tous ses sentimens ; & s'il
s'étoit déterminé à s'arrêter aux voies ordinaires
de la justice, c'étoit après s'être comme assuré
qu'elles tourneroient favorablement pour lui.
Ainsi, dans l'un & dans l'autre cas, nous n'avions
rien d'heureux ni d'agréable à nous promettre. Ce
discours, dont le ton étoit encore plus expressif
que les termes, m'avoit laissé des alarmes
que je gémissois de ne pouvoir expliquer plus
ouvertement à Patrice.

Il n'est pas besoin que je fasse observer à
tous momens, ce qui m'attendoit si timide avec

lui. Je le dis avec la confiance que je tire du
témoignage de mon cœur. Nulle crainte ne m'auroit fait balancer à prendre avec éclat le parti
de la justice & de l'innocence, si jeusse pu me
flatter du moindre espoir de réussir par la hauteur
& la fermeté. Mais une triste expérience m'avoit
si bien appris que je ne devois rien attendre de
cette voie pour toucher un cœur endurci contre
toutes sortes d'efforts & de lumières, que je m'étois
réduit par ce motif à tenter les moyens pour
lesquels j'avois le plus d'éloignement. L'espérance d'obtenir le consentement de Sara pour
le divorce, avoit commencé à m'ébranler, lorfque j'avois vu son père d'intelligence avec
Tenermill; & malgré ce que je venois d'entendre de l'avocat françois, j'étois encore persuadé
par des exemples opposés à ceux qu'il m'avoit
allégués, que dans un cas tel que le nôtre,
l'union de l'autorité civile & ecclésiastique pouvoit
lever bien des difficultés. N'avois-je pas su d'ailleurs, que d'autres avocats françois avoient pensé
différemment lorsqu'ils avoient été consultés par
mes frères ? Et le pis-aller, si l'on se rendoit trop
facile en France, n'étoit-il pas de la quitter pour
nous retirer dans quelque pays, où la décision du
roi & de nos évêques fut plus respectée ? Mais
cette décision même supposoit le consentement
volontaire de Sara. Aussi étoit-ce dans cette

pensée que j'avois formé le deffein de me rendre en Danemarck, pour la tenter par des follicitations & des confeils dont j'efpérois plus d'effet que des violences de fon père. De quelque manière que l'affaire pût tourner, la même raifon me fit croire encore que je devois faire l'effai de cette voie, & je cherchois à m'en procurer l'occafion, lorfque j'eus avec Patrice la converfation que j'ai rapportée.

Jacin avoit là-deffus mes ordres, & je ne doutois pas que ce qu'il n'avoit pas encore exécuté n'eût été impoffible à fon zèle. Il avoit fondé tous les domeftiques de Fincer. Leur réponfe avoit été la même; Sara étoit fi malade, qu'on n'accordoit l'entrée de fa chambre à perfonne. Elle n'avoit pas quitté fon lit depuis que fon père avoit pris un logement dans la rue de Patrice, & les médecins l'accabloient de remèdes. Peut-être aurois-je dû deviner fes difpofitions. Elle défiroit avec autant d'ardeur que moi, ce que je cherchois avec tant d'empreffement; mais retenue par les ordres de fon père, à qui elle avoit marqué quelque envie de me voir, & qui s'y étoit oppofé avec fes menaces ordinaires, elle n'ofoit rifquer de me faire introduire dans fon appartement. L'adreffe de Jacin furmonta néanmoins tous les obftacles. Il obferva le moment où Fincer étoit forti; & feignant de l'avoir rencontré dans quelque lieu où il l'avoit chargé d'une commiffion

auprès de ſa fille, il obtint la liberté de la voir.
Son compliment fut court ; la trouvant diſpoſée à recevoir avidement ce qu'il venoit lui
offrir, il convint avec elle que je profiterois
comme lui de la première abſence de ſon père, &
qu'à toutes ſortes de riſques, j'aurois du moins
la certitude de l'entretenir quelques momens.

Ce ſtratagême me réuſſit dès le lendemain. Je
fus touché juſqu'au fond du cœur de l'abattement que j'apperçus ſur ſon viſage. Elle me
tendit la main : approchez, mé dit-elle ; venez
m'apprendre s'il vous reſte quelque pitié de
mes peines. Vous ne m'avez jamais maltraitée ;
mais je comptois de vous trouver plus de zèle
pour mes intérêts, & je dois me plaindre du
moins de votre froideur. Cependant, reprit-elle,
en voyant que je baiſſois les yeux pour l'écouter ; je ne me perſuaderai jamais, ſi je ne l'apprends de vous-même, que vous ayez prêté les
mains à l'horrible entrepriſe de votre frère. Il s'eſt
prévalu d'un conſentement dont il connoît la
fauſſeté, & qu'il m'a vu déſavouer en votre
préſence. Il s'eſt fait marier à Saint-Germain.
Peut-être ne l'avez-vous ſu qu'après moi ;
peut-être avez-vous fait difficulté de l'approuver ; mais j'ignore s'il m'eſt encore permis de me
flatter de cette penſée, & ſi je dois vous compter
au rang de ceux qui ont déſiré ma perte.

Il m'étoit trop aifé de me juftifier, pour lui refufer cette confolation. Je la lui accordai en peu de mots; mais preffé par la crainte de Fincer, qui pouvoit nous furprendre à tous momens, je l'engageai par diverfes queftions à me communiquer ce qu'elle favoit des projets de fon père. Elle ne chercha point à s'en défendre. Hélas! me dit-elle, c'eft le comble de mes maux, que réduite à l'extrêmité où je fuis, par l'injuftice & la cruauté de mon mari, je fois capable encore de toutes les alarmes où fon intérêt me jette, & que ce nouveau tourment me rende plus malheureufe que tous fes mépris. Elle me raconta là-deffus, avec quel emportement fon père l'avoit forcée de prendre le chemin du Danemarck, dans la feule vue de caufer autant d'embarras à mes frères, qu'il prétendoit en avoir reçu d'infulte & de chagrin. Mais en apprenant fur la route que fon efpérance étoit trompée par le mariage précipité de Patrice, fa fureur avoit changé toutes fes réfolutions, & il n'avoit plus penfé qu'à retourner à Paris pour fe venger. Dans fes premiers tranfports, il n'avoit parlé que de laver fon outrage dans le fang de Patrice, & d'employer le bras d'autrui, fi la force manquoit au fien. Il y avoit paru fi déterminé, que la tremblante Sara voyant fes larmes inutiles pour l'appaifer, & n'ofant plus envifager d'autre reſſource, lui avoit offert, enfin, d'épouſer Tenermill; mais il avoit rejeté ce mariage même comme une ſatisfaction trop tardive, & qui laiſ-ſoit toujours le déſavantage de ſon côté, puiſ-qu'elle ne venoit qu'à la ſuite de l'offenſe. Sara n'avoit pu obtenir par ſes inſtances continuelles, que de lui faire ſuſpendre quelque tems ſa ven-geance, ſous prétexte qu'il étoit important pour lui-même d'approfondir des circonſtances qui pouvoient rendre mon frère plus ou moins cou-pable; mais s'il s'étoit relâché par ce motif, il avoit formé l'envie de commencer du moins par braver Patrice, en ſe logeant aſſez près de lui pour lui faire comprendre de quoi il le menaçoit.

Cependant la penſée lui étant venue de con-ſulter quelques avocats de Paris, s'il s'étoit vu ouvrir une nouvelle voie par leur réponſe, la ſoif du ſang s'étoit changée en ardeur pour les procédures de la juſtice; & cette paſſion con-venant mieux à ſon âge, il paroiſſoit s'y livrer tout entier. Sara m'apprit qu'il employoit d'ha-biles gens à compoſer un mémoire où l'ingra-titude & la trahiſon de Patrice devoient être relevées avec les plus noires couleurs, & qu'il attendoit, pour former juridiquement ſa plainte, que cette pièce fut en état de paroître au même inſtant. Il vouloit attacher les yeux du public ſur ſon ennemi. La retraite qu'il lui voyoit garder

l'irritoit, & cette tranquillité apparente lui paroiſſoit une autre inſulte dont il le vouloit punir.
Enfin, ne ſe poſſédant point aſſez pour mettre
de l'ordre dans les effets de ſa haine, tous ſes
mouvemens & ſes deſſeins s'entre-choquoient,
& lui faiſoient prendre ſucceſſivement mille réſolutions oppoſées dans le même jour.

Je m'attendois qu'après avoir repréſenté les
fureurs & les deſſeins de ſon père, Sara me
feroit l'ouverture de ſes propres vues. Mais étant
revenue à me demander quels ſentimens j'avois
encore pour elle, je fus ſurpris de ne lui entendre
ajouter que des plaintes de ſon ſort, & des inſtances vagues qui ſe réduiſoient à me conjurer de
lui conſerver mon eſtime & de lui accorder ma
compaſſion. La réflexion que je fis ſur ſes termes,
jointes à l'aveu qu'elle m'avoit fait de la diſpoſition
qu'elle avoit marquée à ſon père pour épouſer
milord Tenermill, renouvela toutes les idées qui
m'avoient déterminé au voyage de Danemarck.
Sans m'effrayer de ce que la haine de Fincer
pourroit me coûter à combattre, je crus ce
moment favorable pour la faire entrer dans les
ſeules conciliations dont il nous reſtoit quelque
bonheur à eſpérer. Je ne pris pas même mon
diſcours de trop loin. Après l'avoir aſſuré que
j'étois tel qu'elle paroiſſoit le déſirer : Il n'eſt que
trop vrai, lui dis-je, que mon frère s'eſt cru auto-

rifé par l'approbation du roi & de nos évêques, à
former un nouveau mariage; & fi fon époufe,
ajoutai-je, avec une imprudence qui n'eft pardonnable qu'à l'intention qui me la faifoit commettre
volontairement, n'eft pas encore entrée dans les
droits qu'elle a reçus à la face des autels, c'eft
que par les motifs de bienféance & de modeftie,
elle a jugé qu'il importoit à fa réputation de ne
pas marquer trop d'empreffement pour fe livrer
à fon mari. Elle s'eft retirée dans un couvent, où
vous vous figurez bien que l'ardeur de votre
infidèle ne lui permettra pas d'être long-temps.
Votre divorce eft donc confommé, fi le mariage
de mon frère ne l'eft pas. On a fans doute abufé
d'un confentement qui ne vous a été arraché que
malgré vous; il devoit être volontaire; c'eft une
vérité que j'aurois foutenue jufqu'à l'effufion de
mon fang, fi j'euffe été pris à partie; mais tel qu'il
eft, il a paffé pour conftant aux yeux du roi. Et
comment le roi n'y auroit-il pas été trompé,
lorfqu'il l'a vu revêtu du certificat de votre père?
Ce que je veux conclure ici, continuai-je, c'eft
que fans entrer dans la difcuffion du devoir de
mon frère & de fa nouvelle époufe, il demeure
certain que vous n'avez plus rien à efpérer du
cœur d'un infidèle; & quand avec mon témoignage que vous me trouverez toujours prêt à
vous accorder, vos avocats pourroient faire

naître à son mariage des difficultés aussi insur-
montables qu'ils s'en flattent peut-être trop
légèrement; vous n'en demeurerez pas moins
privée de celui que vous accusez justement
d'ingratitude. Je la regardois attentivement à
chaque mot que je prononçois; & comme encou-
ragé par le profond silence avec lequel elle
affectoit de m'écouter, je me hasardai à lui
déclarer ouvertement ce qu'il étoit impossible
qu'elle n'entendît pas à demi.

Un mot de vous, lui dis-je, d'un ton plus
tendre, peut rétablir le bonheur & l'amitié dans
nos familles. Approuvez en effet d'un mot,
l'offre du cœur & de la main de milord Tenermill.
Et comme si j'eusse appréhendé aussitôt une
objection qu'elle ne pensoit pas à me faire : ne
craignez rien de la haine de votre père, repris-je
avec ardeur, & regardez-la comme un emportement qui ne sauroit durer. Je me charge de
ménager son esprit; il ne fermera pas long-
tems les yeux sur l'avantage d'une alliance qui
finira toutes nos divisions, & qui vous assure
une condition digne de vous. Ne l'avoit-il pas
senti, lorsqu'il avoit approuvé si librement les
propositions de Tenermill? Je ne crains d'obstacle
que de vous. Mais je devois dire, au contraire,
que j'ai cessé de les craindre, puisque je ne vous
propose rien que vous n'ayiez offert à votre père,

& que vous ne foyez difpofée, par conféquent,
à voir réuffir volontiers.

Si j'avois craint d'être interrompu par les
objections ou par le refus de Sara, je commençai
à m'étonner au contraire de voir durer fi long-
tems fon filence. Elle avoit paru m'écouter
d'abord ; mais je crus remarquer à la fin, que
toute fon atention étoit tournée fur fes propres
penfées ; & j'en fus beaucoup plus fûr lorfque,
m'étant arrêté pour lui laiffer la liberté de me
répondre, elle demeura encore quelques momens, non-feulement fans ouvrir la bouche,
mais fans s'appercevoir même que j'avois ceffé
de parler. Elle fortit néanmoins de cette rêverie
avec quelques marques de confufion ; & s'efforçant de rappeler quelques mots de mon difcours
qui avoient frappé fes oreilles, elle y répondit
d'une manière, qu'elle jugea pouvoir convenir
également à ce qu'elle n'avoit pas entendu. Vous
me donnez un confeil, me dit-elle, d'un air moins
chagrin qu'embarraffé, que je ne ferai jamais
capable de fuivre. C'étoit uniquement ma crainte
pour la vie de mon mari, qui m'a fait faire à mon
père une offre que j'aurois mal tenue fans doute,
& que je n'ai pas été long-tems à me reprocher.
Vous m'avez appris vous-même à oublier,
ajouta-t-elle, avec en fourire forcé, que les
liens du mariage ne peuvent être rompus que

par la mort. Enfuite prêtant l'oreille un inftant,
comme fi elle s'étoit imaginée d'entendre fon
père : mais j'appréhende beaucoup, reprit-elle,
que ce ne foit vous expofer trop dans une première vifite, que de vous retenir ici fi long-
tems. Allez, mon cher Doyen, & fouvenez-vous
de la promeffe que vous me faites de m'aimer.
J'y compte fi fort, que je ne ferai pas difficulté de vous faire avertir lorfque vous pourrez
être introduit ici fans danger. Un de fes gens,
qu'elle appela auffitôt, reçut ordre de me conduire avec précaution jufqu'à la porte.

Elle m'avoit tenu ce dernier difcours d'un ton
fi différent de celui par lequel elle avoit commencé, & l'air même de fon vifage m'avoit paru
tellement changé, que fi je fus extrêmement
frappé d'une aventure fi étrange, je ne me retirai
pas moins fans y rien comprendre ; & ce ne fut
en effet qu'après les malheureufes fuites de cet
entretien, que je me rappelai l'indifcrétion par
laquelle je m'étois rendu coupable d'avance du
plus funefte accident de cette hiftoire. Je n'inter-
romprai point ma narration pour l'annoncer,
quoique je confeffe dès ce moment qu'il ne
fera jamais bien réparé par toutes mes larmes.
Etant forti d'un pas précipité, toutes mes
réflexions fe tournèrent fur ce que je venois de
voir & d'entendre. Malgré l'incertitude où je

reftai en marchant, plus porté dans le fonds
à bien efpérer qu'à craindre, j'éloignai tout ce
qui pouvoit me gêner l'imagination, pour m'arrêter à mille chofes qui étoient capables de la
flatter. Si la paffion de Sara pour Patrice s'étoit
enfin refroidie, & fi la molleffe avec laquelle il me
fembloit qu'elle m'avoit combattu, en étoit une
preuve à laquelle tous mes doutes doivent céder,
que d'heureux fruits ne pouvois-je pas me promettre de ma victoire ? Sans répéter ceux que
j'ai déjà comptés, ma réconciliation n'étoit-elle
pas certaine avec milord Tenermill, & jamais la
tranquillité & l'honneur même de notre maifon
pouvoient-ils être mieux établis ? Il me tardoit
de communiquer de fi douces efpérances au
comte & à la comteffe de S.... Je ne différai
pas un moment à me rendre chez eux. Ils
avoient fu de moi-même la vifite que je devois
rendre à Sara Fincer, & ils en attendoient le
fuccès avec impatience.

Les nouvelles que je leur apportois, expliquées avec la prévention dont je m'étois comme
efforcé de me remplir, leur firent prendre la
même idée que moi des difpofitions de Sara.
Dans la joie qu'ils en reffentirent, ils jugèrent
à propos de dépêcher un exprès à milord
Tenermill, qui étoit parti de Saint-Germain
depuis deux jours pour aller joindre fon régiment.

Le

Le projet d'un embarquement pour l'Irlande étant prêt à s'exécuter, il étoit à craindre qu'il ne nous échappât au moment où la fortune sembloit lui réserver toutes ses faveurs. Quatre jours nous parurent suffire pour lever toutes les difficultés qui pouvoient nous rester. Je ne m'étois point paré d'un faux courage lorsque j'avois promis à Sara d'affronter la haine de son père, ni flatté d'une espérance présomptueuse, en me promettant moi-même de le fléchir. Que n'aurois-je point tenté pour réussir dans une entreprise si convenable à mon caractère & à mes principes ? D'ailleurs, j'avois quelque penchant à croire, ( quoiqu'un mouvement de politesse m'eût fait déguiser cette conjecture à sa fille, ) que loin d'avoir autant de haine & de dégoût qu'il en avoit marqué pour la main de Tenermill, il l'eut acceptée avec plus de satisfaction que jamais depuis le mariage de Patrice, si elle lui eût été offerte ; ou qu'il l'eût recherchée même avec empressement, s'il eut osé compter qu'elle ne lui seroit pas refusée. Ainsi, le mépris qu'il avoit affecté, n'étoit dans mon opinion que le masque d'un homme fier, qui refuse d'avance ce qu'il craint de ne pas obtenir, mais qui n'en apprend qu'avec plus de joie qu'on ne pense à le lui offrir, & qui sacrifieroit tous ses ressentimens réels avec ses mépris affectés, pour s'en assurer plus promp-

tement la poffeffion. Sans cette fuppofition, il
auroit fallu le regarder comme un père, non-
feulement dénaturé, mais abfolument infenfible
à l'honneur de fa fille; & nous avions remarqué
néanmoins au travers de fes duretés, qu'il n'avoit
rien de fi cher qu'elle.

Lorfque je commençois à me repofer fur des
apparences fi favorables, Jacin m'avertit qu'il
avoit remarqué dans les domeftiques de Patrice
une agitation extraordinaire, & qu'il étoit trompé
fi elle n'étoit pas la marque de quelque nouveau
myftère qui ne tarderoit pas à éclater. Il avoit fait
néanmoins des efforts inutiles pour en pénétrer
davantage. Patrice, plus alarmé au fonds qu'il ne
le faifoit paroître, & comme refferré, par le voifinage de Fincer, dans une efpèce de prifon d'où
il ne fortoit jamais fans crainte, avoit défendu fi
rigoureufement à fes domeftiques de lier le
moindre commerce avec ceux de Sara, que dans
la crainte de manquer à fes ordres, ils étoient
devenus prefque auffi farouches & auffi inac-
ceffibles que lui. Il les avoit difpofés d'ailleurs,
par fes bienfaits & fes promeffes, à fuivre aveuglément toutes fes volontés. Cependant le voyage
auquel il fe préparoit, demandant des foins & des
arrangemens, il étoit impoffible que tous leurs
mouvemens fuffent fecrets, & Jacin s'en étoit
appercu. J'aurois moins négligé fon avis, fi je

n'euſſe fait trop de fonds ſur le valet-de-chambre
de mon frère, à qui j'avois recommandé de ne
me laiſſer rien ignorer qui fût de quelque importance pour ſon maître. Mais ce garçon même
avoit ſes intérêts propres à ménager. Patrice, en
lui communiquant le deſſein de ſon départ, ne lui
avoit rien ordonné avec tant de ſoin que la diſcrétion; & les promeſſes ou les menaces dont il avoit
accompagné cet ordre, lui avoient fait regarder
l'obéiſſance aveugle comme un ſacrifice néceſſaire
à ſa fortune.

Il eſt vrai du moins que je n'eus point d'autres
lumières ſur l'entrepriſe que mon frère étoit à la
veille d'exécuter. La principale partie de ſon
équipage avoit été tranſportée hors de la ville
pendant la nuit. Un homme de confiance étoit
chargé du reſte de ſes affaires. Mademoiſelle de
L.... devoit ſe rendre le ſoir à ſa maiſon pour
quelques détails qui demandoient néceſſairement
ſa préſence; & ſans penſer même à leurs adieux,
qu'ils remettoient apparemment à nous faire par
leurs lettres, ils ſe propoſoient de ſe mettre en
chemin pour l'Allemagne avant le jour.

C'étoit le lendemain de la viſite que j'avois
rendue à Sara, que toutes ſes meſures devoient
être exécutées. Patrice, quoiqu'obſtiné à nous
cacher ſon départ, vint chez le comte de S....
vers la fin de ce jour funeſte. J'y étois: toute

Z 2

la répugnance qu'il avoit à m'écouter, & dont
l'embarras qui l'occupoit rendoit les marques
encore plus fenfibles, ne m'ôta point l'envie de
le faire expliquer fur l'entretien que j'avois eu
avec la fille de Fincer. Il l'avoit appris, la veille,
du comte & de la comteffe, qu'il avoit vus dans
mon abfence. Si vous avez jamais eu, lui dis-je,
quelque raifon de vous fier à mon amitié, c'eft
lorfque vous me voyez abandonner mon ancien
ouvrage, & changer d'inclinations & de défirs
pour me conformer aux vôtres. Je commence
à m'intéreffer autant que vous au fuccès de votre
mariage : mes difficultés cèdent à tant de raifons,
qui parlent en votre faveur. Dans tout autre
moment, je ne doute point que ma fincérité ne
l'eût touché ; mais rempli comme il l'étoit de fon
deffein, & n'étant venu chez le comte que pour
le déguifer, il appréhenda fans doute ma pénétration, & cette crainte lui fit interrompre mon
difcours avec fa froideur ordinaire. Il ne marqua
pas plus d'émotion au récit de toutes les menaces
de Fincer ; & fon indifférence pour des évènemens qui le touchoient de fi près, nous caufa
une furprife dont nous eûmes peine à revenir
après fon départ.

Cependant, comme il étoit important dans
mes vues, de tirer une réponfe pofitive de Sara,
j'avois chargé Jaçin de me ménager une nouvelle

entrevue avec elle. Il n'avoit pas manqué l'occafion de s'introduire dans son appartement, & il
étoit parvenu à lui parler; mais au lieu de
lui trouver l'empreffement qu'elle avoit eu la
veille pour me voir, il n'en avoit reçu qu'une
courte réponfe, par laquelle elle me faifoit
prier de remettre ma vifite au lendemain. Elle
étoit levée, & vêtue avec autant de foin que
fi elle fe fût difpofée à fortir. Jacin me parla
avec admiration, du changement qu'il avoit
remarqué dans fes yeux & fur fon vifage. Sa
langueur avoit fait place à l'air naturel de la
vivacité & de la joie. On ne l'eût pas foupçonnée
d'avoir paffé tant de malheureux jours dans l'ac-
cablement de la douleur: ce ne pouvoit être que
l'efpérance d'une meilleure fortune qui avoit
produit ce miracle; & dans ma prévention, je
l'attribuai à l'effort qu'elle avoit fait fur elle-même
pour oublier Patrice, & pour fe rendre plus heureufe avec Tenermill.

Que j'étois éloigné d'avoir pénétré fa fituation!
On entreroit mal dans les triftes circonftances
que j'ai à rapporter, fi je ne remontois jufqu'à
la caufe de mon erreur. Ces diftractions que j'ai
fait obferver dans l'entretien que j'avois eu avec
elle, étoient bien l'effet de mon difcours, & mar-
quoient dans fon efprit autant d'incertitude &
d'agitation que je me l'étois imaginé; mais ce

n'étoit ni ce qui m'occupoit le plus, ni ce que je croyois capable de l'occuper uniquement, qui avoit fixé en effet son attention. Il m'étoit échappé, sans autre dessein que de faire honneur à la modération de Patrice, en remarquant qu'il avoit gardé du moins quelques mesures avec elle, de lui dire que mademoiselle de L.... s'étoit retirée dans un couvent, & que de concert avec mon frère, elle avoit remis la consommation de son mariage à des tems plus tranquilles. Il n'en avoit pas fallu davantage pour faire naître deux idées nouvelles dans l'esprit de Sara, ou plutôt pour réveiller dans son cœur deux espérances plus contraires que jamais à son repos. Perdant aussitôt toute attention pour le reste de mon discours, elle s'étoit mise à penser que son sort n'étoit pas aussi désespéré qu'elle l'avoit cru, puisque la situation de mademoiselle de L.... n'étoit pas différente de la sienne, & que le nouveau lien que Patrice avoit formé n'avoit rien de plus fort & de plus inviolable, que celui par lequel il s'étoit engagé à elle en Irlande. Elle en avoit conclu qu'il lui restoit encore bien des voies à tenter, & l'absence de sa rivale lui en offroit une qu'elle auroit préférée à toutes celles dont on lui auroit accordé le choix : c'étoit d'aller surprendre Patrice dans la solitude où il étoit, & d'employer tout ce que l'amour a de plus puissant pour toucher fon cœur. Cette idée la flattoit d'autant plus, que depuis fon arrivée d'Irlande, elle n'avoit rien défiré avec autant d'ardeur que de l'entretenir feul. Les circonftances lui en avoient toujours ravi l'occafion, & elle n'attribuoit le triomphe de fa rivale, qu'à l'avantage qu'elle avoit eu de le voir & de lui parler continuellement.

Elle ne fe propofa point cette entreprife comme une chofe aifée. C'étoit fur quoi elle méditoit fi profondément, lorfque je la croyois attentive à mes raifonnemens & à mes confeils. Elle favoit par mille tentatives inutiles, qu'il y avoit peu de communication à efpérer des domeftiques de mon frère, & elle ne vouloit expofer fon fecret à perfonne qui fut capable de la trahir. Mais ayant pris adroitement de nouvelles informations après mon départ, elle apprit de fon hôteffe, que mademoifelle de L.... n'occupoit qu'une maifon de louage, & que le propriétaire y entretenoit un concierge, à qui il y avoit réfervé un appartement. Cet éclairciffement fuffifoit; le concierge, de quelque caractère qu'il pût être, n'étoit pas un homme pour qui les ordres de mon frère fuffent des loix, ni qui pût trouver plus d'intérêt à les fuivre qu'à recevoir une fomme confidérable qu'elle crut propre à le gagner. Elle employa fon hôteffe pour fe le faire amener fecrètement. L'or produifit fon effet;

elle le difpofoit par fes offres à lui rendre toutes,
fortes de fervices.

Cet homme n'ignoroit pas que mademoifelle
de L.... devoit quitter fa maifon, & que Patrice
en avoit déjà fait fortir les meubles les plus précieux. Mais on lui avoit caché avec foin que ce
fut pour le voyage d'Allemagne, & le loyer
ayant été payé d'avance, il avoit eu peu de
curiofité pour les deffeins de fes hôtes. Cependant
l'explication qu'il donnoit là-deffus à Sara, fut
pour elle une nouvelle raifon de preffer l'exécution de fon projet. Elle fe figura que c'étoit
la contrainte où Patrice fe trouvoit dans fon
voifinage, qui l'avoit fait penfer à fe loger dans
un quartier différent ; & l'incertitude de le
retrouver s'il s'éloignoit une fois d'elle, ne lui
permit de fufpendre fon entreprife que jufqu'au
lendemain. C'étoit le jour où Jacin l'avoit trouvée
fi brillante. Elle l'étoit de la fatisfaction de fon
cœur autant que de fa parure.

A peine, l'obfcurité fut-elle propre à la favorifer, que laiffant fa femme de confiance dans fa
chambre, avec ordre de faire entendre à ceux
qui pourroient s'y préfenter, qu'elle avoit befoin
de quelques heures de repos, elle fe livra à la
conduite de fon hôteffe, qui réuffit auffi heureufement à la faire fortir de chez elle qu'à
l'introduire chez le concierge de Patrice. Elle

leur avoit expliqué le service qu'elle désiroit. Il
n'étoit question que de lui ouvrir l'appartement
de mon frère, lorsqu'on pourroit s'assurer qu'il y
seroit seul; mais sachant du concierge qu'il n'étoit
point encore revenu de la ville, elle changea
cette première vue en celle d'entrer à l'heure
même dans l'appartement, & d'y attendre son
retour. La vie solitaire qu'il menoit, & dont le
concierge lui rendoit témoignage, étoit une
raison suffisante pour ne pas craindre qu'il revînt
avec une compagnie incommode.

Cependant, comme si le mauvais génie de
nos deux familles eût pris soin de conduire les
évènemens, cette occasion qui paroissoit à Sara
si heureusement choisie, & dont elle se flattoit
déjà de tirer tant d'avantages, alloit être le plus
terrible & le plus douloureux moment de sa
vie. Elle alloit voir de près ce qui lui avoit paru
le plus redoutable dans l'éloignement, & trouver
un tombeau ouvert, où elle osoit se promettre
des consolations, & peut-être des plaisirs qu'elle
n'avoit point encore goûtés. Car c'est un aveu
qu'elle m'a fait depuis. En réfléchissant sur le
bonheur qu'elle alloit avoir de se trouver seule
avec Patrice, il lui étoit tombé dans l'esprit que
tous ses malheurs ne venoient que d'elle-même,
par l'excès de modestie & de réserve où elle
s'étoit toujours contenue avec lui. Le cœur d'un

infenfible demandoit d'être attaqué avec moins
de ménagemens. Elle s'étoit reproché de ne
l'avoir jamais échauffé par fes careffes ; & confidérant qu'une femme a mille droits dont fa vertu
même ne lui interdit point l'ufage, elle étoit
réfolue, pour attendrir un ingrat qui ne connoiffoit point affez tous fes charmes, de fortir un
peu des bornes où elle s'étoit trop refferrée.
Cette idée s'accordoit avec ce qu'elle avoit déjà
penfé de fa fituation. En fuppofant le mariage de
mademoifelle de L.... célébré avec les mêmes
cérémonies que le fien, elle fe croyoit de ce
côté-là dans une efpèce d'égalité avec elle ; & le
point dont elle fe figuroit que la follidité de l'un
ou de l'autre engagement pouvoit dépendre,
étant la confommation, fon efpérance étoit
encore d'emporter la balance en prévenant fa
rivale. Raifonnement mal conçu, qui venoit de
ce qu'elle ne comprenoit pas affez que le nouveau
mariage de Patrice n'étoit fondé que fur la nullité
qu'on fuppofoit au premier, & que fi le fien
au contraire avoit eu toutes les conditions qui
rendent ces engagemens inviolables, il entraînoit
néceffairement la nullité du fecond.

Enfin, l'imagination remplie de fon deffein,
& tremblante néanmoins à l'approche du moment
qu'elle défiroit, elle pria fes guides de la laiffer
dans l'appartement de mon frère. Ils fe retirèrent

dans celui du concierge. Son occupation fut sans
doute de se préparer à une scène qui demandoit
plus d'expérience qu'elle n'en avoit, & plus d'art
qu'elle n'en étoit capable. La chambre étoit éclai-
rée par deux flambeaux que les domestiques y
avoient déjà apportés en attendant le retour de leur
maître. On avoit fait transporter, comme je l'ai fait
remarquer, les principaux meubles de l'appartement, & le reste étant épars sans ordre, à peine
trouva-t-elle un fauteuil qui ne fut pas assez
chargé pour l'empêcher de s'asseoir. Cependant
elle en trouva un, qui étoit comme caché
derrière la porte d'une de ces armoires qu'on
pratique quelquefois dans le lambris, pour réparer
l'inégalité d'un mur, & se mettre de niveau avec
la cheminée. Cette porte étoit demeurée ouverte
dans le mouvement qu'on avoit fait pour démeu-
bler la chambre; & loin de la fermer pour être à
découvert, Sara s'applaudit d'une situation qui
sembloit aider à sa timidité. Elle attendit peu ;
mais lorsqu'au premier bruit qui se fit entendre,
elle commençoit à sentir son émotion qui redou-
bloit, elle crut remarquer que mon frère n'étoit
pas seul. Tout ce qu'elle put d'abord s'imaginer,
fut qu'il étoit suivi de quelques domestiques.
Cependant le bruit s'éclaircissant à mesure qu'il
s'approchoit, elle distingua facilement la voix
d'une femme.

A quels transports ne se seroit-elle pas abandonnée tout d'un coup, si elle eût reconnu celle de sa rivale ! Et ç'eût été ce que le ciel pouvoit lui acorder de plus heureux dans sa bonté ; il lui auroit épargné les mortelles douleurs qui déchirèrent bientôt son ame, & les extrémités fatales dont elles furent suivies. C'étoit en effet mademoiselle de L.... que Patrice amenoit de son couvent, pour achever ce qui manquoit aux préparatifs de leur départ, & pour quitter Paris ensemble dans l'obscurité de la nuit. Il lui proposa de s'asseoir en arrivant. Les domestiques dégagèrent aussitôt un canapé qui étoit chargé d'autres meubles ; & dans le mouvement qu'ils se donnérent, la table sur laquelle étoient les flambeaux, fut poussée si près de la porte qui couvroit l'inquiéte Sara, qu'ils lui firent une espèce de prison du lieu où elle étoit assise. Elle ne pensa néanmoins qu'à s'y tenir cachée ; & son attention ne tombant encore que sur le danger d'être apperçue, elle espéra que la fin d'un contre-tems qu'elle prenoit pour une visite indifférente, la délivreroit bientôt de cette contrainte.

Cependant Patrice altéré depuis si long-tems de toutes les impatiences de l'amour, brûloit d'envie de se voir libre, & pressoit les domestiques de se retirer. A peine se crut-il sans témoins, que se livrant à toute son ardeur, il employa bientôt

des expreſſions trop claires pour laiſſer long-tems
de l'incertitude à Sara. Il étoit accoutumé à traiter
mademoiſelle de L.... avec tant de reſpect, &
elle s'étoit expliquée d'une manière ſi ferme ſur
les bornes qu'elle vouloit s'impoſer, qu'il ne penſoit point ſans doute à d'autres plaiſirs qu'à celui de
la voir & de l'entendre. Mais peindroit-on l'amour
comme une paſſion ſi violente, ſi elle s'aſſujet-
tiſſoit aiſément à des bornes? Patrice ſe ſaiſit bientôt d'une main qu'on ne s'obſtina point à retirer.
Il y attacha ſes lèvres avec une ardeur dont
l'impreſſion ſe fit ſentir juſqu'à la triſte Sara. Quel
coup mortel pour une femme paſſionnée, qui ſe
voyoit dérober les tranſports dont elle eût déſiré
d'être l'objet ! Quelle violence pour retenir les
ſiens ! La crainte d'offenſer mortellement un
ingrat en le couvrant de honte aux yeux de ſa
rivale, l'arrêta plus que la conſidération de ce
qu'elle ſe devoit à elle même. Elle eut la force de
ſuſpendre des cris qui furent mille fois prêts à lui
échapper ; & raſſurée du moins par les diſcours
de mademoiſelle de L...., qui avertiſſoit mon frère
de prendre plus d'empire ſur ſes ſentimens, elle
réſolut de ſoutenir une ſcène dont elle ſe flatta
qu'elle n'auroit point à redouter d'autres ſuites.

Les tendres proteſtations de Patrice étoient un
autre tourment qui ne lui coûtoit pas moins à
ſupporter. Combien de fois jura-t-il qu'il étoit au

comble du bonheur, & qu'avec l'affurance qu'il
avoit d'être aimé, il ne lui reftoit plus rien à
défirer pour le repos de fon cœur? Par quel
art mademoifelle de L.... avoit-elle obtenu ce
que l'infortunée Sara fe défefpéroit d'avoir
manqué? Et de quel droit une rivale, à qui elle
ne fuppofoit point la moitié de cette vive tendreffe dont elle fentoit le témoignage au fond
de fon cœur, fe mêloit-elle des affaires & des
intérêts d'un homme dont il falloit bien qu'elle
ne fe crût point encore la femme, puifqu'elle
fe voyoit encore obligée de fe défendre contre fes
careffes? Elle l'entendoit faire des détails qui ne
convenoient qu'à une époufe déclarée, & des
projets de conduite & d'établiffement qui fuppo-
foient la certitude d'une vie tranquille & d'une
union inviolable. A qui ces foins devoient-ils
appartenir, & pourquoi n'avoient-ils jamais été
goûtés, quand la trifte Sara les avoit pris? Mais
quel excès d'amertume lorfque les entretiens
des deux amans étant tombés fur elle-même, ils
s'applaudirent d'avoir évité fes perfécutions, &
d'être à la veille de ne les plus craindre? La
curiofité inquiéte de mademoifelle de L....,
rendoit de momens en momens le fupplice
plus infupportable. Elle demandoit à Patrice
s'il étoit bien vrai qu'il s'éloignât fans regret d'une
femme, dont il ne pouvoit douter après tout

qu'il ne fût tendrement aimé. Ses réponfes n'étoient point abfolument défobligeantes pour Sara. Il rendoit juftice à fes charmes, & il confeffoit encore plus volontiers qu'il devoit de la reconnoiffance à fes bienfaits. Sa franchife alla même jufqu'à lui faire avouer qu'après le feul objet pour lequel il vouloit vivre, il n'avoit rien de fi cher, & il ne connoiffoit rien de plus aimable.

Cette aveu auroit eu de la douceur pour Sara, fi les plaintes de fa rivale, qui ne put l'entendre fans quelques marques de jaloufie, n'euffent fait changer de langage à mon frère. Quelques preuves qu'il lui eût donné de fa paffion, il fe crut obligé de diffiper jufqu'aux moindres nuages qui pouvoient lui faire douter qu'elle fût uniquement aimée, & cette efpèce de réparation ne fe fit que par des comparaifons de charmes, dont l'avantage ne demeura point à Sara. Mais fon cœur s'échauffant dans une difcuffion fi tendre, il prit droit des reproches de fon amante pour redoubler la vivacité de fes careffes. Sans fe fouvenir des bornes auxquelles il venoit de s'affujetir par de nouvelles promeffes, il la prit entre fes bras avec une douce violence, & collant fes lèvres fur les fiennes, il lui fit partager dans ce tranfport, mille raviffemens dont ils faifoient tous deux le premier effai.

Le faififfement de tant de plaifir ôtant à mademoifelle de L.... la force, & peut-être le défir
de fe défendre, Sara qui n'avoit pas perdu un feul
de leurs mouvemens, ne douta point qu'ils ne
touchaffent au moment qu'elle avoit craint
devoir arriver pour eux, autant qu'elle l'avoit
peut-être défiré pour elle-même. La honte, la
fureur, toutes les paffions qui pouvoient naître
de cette penfée dans le cœur d'une femme
outragée, chafsèrent la crainte & les autres confi-
dérations qui l'avoient arrêtée. Elle fe leva fans
rien confulter, en pouffant furieufement la porte
qui la couvroit. Elle renverfa par conféquent la
table qui foutenoit les flambeaux; & fans être
effrayée de l'obfcurité que cette accident fit
régner tout d'un coup dans la chambre, pronon-
çant d'une voix entrecoupée les noms de lâche
& de perfide, elle fe feroit jetée fur les deux
amans qui étoient encore trop près l'un de l'autre
pour échapper à fes efforts, fi le plus grand des
malheurs ne l'eut rendue immobile aux pieds
de Patrice. Il portoit une de ces courtes épées
que je ferai mieux connoître fous le nom de
couteau de chaffe, & qu'il avoit préférée à la
fienne pour la commodité d'un long voyage.
Dans le premier faififfement qui lui fit tout
craindre d'une attaque fi brufque, ne diftinguant
rien, & ne penfant qu'à défendre la vie de

mademoifelle

mademoiselle de L.... & la sienne, il tira cette
fatale épée, & l'allongea si malheureusement
devant lui, qu'il renversa d'un seul coup la misérable Sara.

Le bruit de sa chûte & quelques gémissemens
qu'elle laissa échapper, firent assez juger à mon frère
qu'il n'avoit plus rien à redouter de l'ennemi qu'il
croyoit avoir prévenu ; mais tremblant d'un coup
si tragique, il brûloit d'en connoître le malheureux objet. Les domestiques attirés par le
tumulte, parurent aussitôt avec de la lumière,
& découvrirent à ses yeux un spectacle qui le
pénétra d'épouvante & d'horreur. Sara étoit
étendue sans aucun signe de connoissance ni de
sentiment ; & son sang, qui couloit à grands flots,
s'étoit déjà tellement répandu sur le plancher,
que dans la situation où il étoit avec mademoiselle
de L.... il ne pouvoit faire un pas sans le fouler
aux pieds.

Avec quelque empire que l'amour régnât
dans son cœur, une affreuse consternation, dont
il m'a confessé mille fois qu'il n'avoit pas même
cherché à se défendre, suspendit la violence de
sa passion, & il ne lui laissa de force que pour
envisager toute l'horreur de son sort. Il pressa les
domestiques de secourir Sara, & les paroles
qu'il prononça pour leur donner cet ordre,
furent les seules qui sortirent de sa bouche,

Tome II.                                        A a

Cependant mademoiselle de L...... s'em-
preſſant elle - même de donner du ſecours à ſa
rivale, cette vue le réveilla tout d'un coup; &
frappé de l'impreſſion que des ſoins ſi odieux
alloient faire ſur Sara ſi elle venoit à r'ouvrir
les yeux, il courut à elle pour l'arrêter. Ah!
qu'allez-vous faire, lui dit-il, en la prenant par
le bras? & ſans ajouter un ſeul mot, il la conduiſit juſqu'à la porte de la chambre, où il la
remit entre les mains de ſes femmes, qui arri-
voient avec tout ce qu'il y avoit de gens dans
la maiſon. Il retourna ſur ſes pas avec le même
ſilence; mais s'appercevant que dans la précipitation avec laquelle il s'étoit levé, il avoit trempé
ſes pieds dans le ſang qu'il venoit de répandre,
& qu'il voyoit encore couler, il ſe jeta dans le
premier endroit où il pût s'aſſeoir comme s'il eût
marché ſur un fer brûlant dont ſes pieds n'euſſent pu ſupporter l'ardeur; il les eſſuya de ſon
mouchoir, qu'il retira, en effet, tout ſanglant,
& qu'il ſe mit à conſidérer avec un redoublement de douleur & de conſternation. Son valet-
de-chambre, qui obſervoit toutes ſes démarches,
m'a rapporté que ſans lui entendre prononcer
un mot ni pouſſer un ſoupir, il avoit vu couler le long de ſes joues un ruiſſeau de larmes.

Perſonne n'oſant l'interrompre dans cette ſituation, il y demeura auſſi long-tems qu'il douta

de la vie de Sara. Mais entendant qu'elle commençoit à donner quelques marques de connoiffance, il s'empreffa de s'approcher d'elle. On
avoit pouffé fans deffein le canapé vers lui, & faute
d'un lieu plus commode, elle y fut placée pour
attendre l'arrivée des chirurgiens. Il s'y affit auprès
d'elle. Un moment de repos l'ayant tirée de fon
évanouiffement, il fut ainfi le premier objet fur lequel elle fit tomber fes yeux. Elle rappela tout ce
qui lui reftoit de force pour lui reprocher en deux
mots fa cruauté. Ah! barbare, lui dit-elle, vous
me voyez fans doute, dans l'état où vous m'avez
fouhaitée; mais étoit-ce vous qui deviez m'y
mettre? Le ton de ce reproche marquoit bien
moins de reffentiment que de trifteffe & d'amour.
Auffi Patrice n'y put-il réfifter. Il avoit comme
appréhendé jufqu'alors de fe livrer aux témoignages de fa douleur & de fa compaffion;
mais; cédant à l'ardeur des mouvemens qui l'agitoient, il fe laiffa tomber à fes genoux, & il prit
fes mains fur lefquelles il imprima mille fois fes
lèvres. Elle trouva encore la force de lui demander
fi c'étoit à elle qu'il croyoit adreffer des careffes fi
tendres, & fi le lieu où elle étoit, n'étoit pas la caufe
de cette erreur? Quoiqu'il demeurât fans répondre, elle parut trouver quelque douceur dans
la continuation de fes careffes. C'étoit un langage
d'autant plus touchant pour elle, qu'il lui étoit

adreffé pour la première fois ; & peut-être commença-t-elle dès ce moment à remercier le ciel de lui rendre quelques légères efpérances, qui ne lui parurent pas trop payées par la meilleure partie de fon fang.

Mademoifelle de L..... avec pris, pendant ce tems-là, le feul parti qui fembloit convenir à de fi fâcheufes circonftances. Elle étoit montée dans fon carroffe, qu'elle avoit trouvé prêt à la recevoir ; & fe faifant reconduire au couvent d'où elle étoit fortie, elle avoit chargé fes gens de lui rendre compte le lendemain de ce qui fe pafferoit chez elle dans fon abfence. Cette réfolution la fauva peut-être de bien des malheurs qu'elle n'avoit pas prévus, & qu'elle auroit évités difficilement. A peine étoit-elle fortie de fa maifon, que Fincer s'en fit ouvrir la porte avec la dernière fureur. Je n'ai jamais douté qu'étant déjà inftruit du trifte événement qui venoit d'arriver, il n'eût fatisfait fes défirs de vengeance dans le fang d'une rivale déteftée, fi le hafard l'eût fait tomber à fa rencontre. Son hôteffe n'avoit pu ignorer l'infortune de Sara. Elle avoit profité du trouver où elle avoit vu tous les gens de Patrice pour s'échapper fans être obfervée ; & pleine du fujet qui la faifoit fuir, elle avoit annoncé pour première nouvelle, à Fincer, que fa fille venoit d'être affaffinée dans la maison voisine. Ce furieux vieillard avoit conçu sans autre explication, que c'étoit dans la maison de mademoiselle de L.... & peut-être par ses mains. Il avoit juré d'en faire sa première victime. Elle étoit partie au moment qu'il arriva, & l'on auroit pu l'empêcher facilement de s'introduire dans la maison; mais le valet-de-chambre de mon frère étant descendu au bruit qu'il entendit à la porte, jugea avec beaucoup de prudence qu'il étoit plus à propos de lui en accorder l'entrée, que de lui laisser le tems de répandre l'alarme dans le voisinage. Il lui confessa même aussitôt le malheur qui étoit arrivé à sa fille; & ne voyant rien à craindre de la disposition où il avoit laissé mon frère, il ne refusa pas de le conduire à l'appartement.

Tous les mouvemens du vieillard n'en étoient pas moins furieux. Peut-être pensoit-il moins à secourir sa fille qu'à la venger. Cependant le spectacle qui s'offrit à ses yeux, dissipa une partie de son ressentiment. Les chirurgiens étoient arrivés avant lui. Tandis qu'ils visitoient la blessure de Sara, elle avoit la tête appuyée sur le sein de mon frère, qui s'empressoit en même-tems de la soutenir dans ses bras. L'inquiétude & la douleur étoient peintes sur son visage. Un intérêt si tendre animoit tellement ses soins & ses regards, que loin de le prendre pour l'ennemi de celle qu'il venoit d'assassiner, on l'auroit cru son défenseur. Cette vue arrêta jusqu'aux reproches de Fincer. Il s'approcha de sa fille, & le silence qu'il garda pendant l'opération des chirurgiens, marquoit du moins que les noires agitations de son cœur étoient suspendues.

C'étoit la première fois qu'il voyoit Patrice. L'impression d'une physionomie touchante, se joignant à celle des soins qu'il lui voyoit rendre à Sara, sa haine s'amollit insensiblement jusqu'à lui faire oublier que c'étoit l'homme du monde dont il se croyoit le plus mortellement offensé. Lorsque les chirurgiens lui eurent expliqué ce qu'ils pensoient de la blessure, & que toute dangereuse qu'ils la déclarèrent, ils eurent jugé que Sara pouvoit être transportée sur le champ chez lui, comme il le désiroit, il ne s'opposa point au redoublement d'ardeur que mon frère marqua pour la soulager & pour la suivre. Il paroissoit sensible à la satisfaction qu'elle en ressentoit, & il le vit même entrer chez lui avec elle, sans témoigner que cette liberté lui déplût. C'étoit un autre sujet d'étonnement pour ceux qui connoissoient le fonds des conjonctures, de voir Patrice attaché si constamment sur les pas d'une femme qu'il avoit traitée avec tant de rigueur. On auroit eu peine à démêler la vérité

de ses sentimens, & son visage portoit autant
de marque d'embarras & de confusion que
de compassion & de zèle ; mais au travers
de ces obscurités, on y voyoit régner le même
air d'intérêt qui l'avoit animé dès le premier
moment. Il se relâcha si peu, que s'y livrant
uniquement, il passa la nuit auprès du lit de
Sara ; occupé tantôt à lui demander pardon de
sa barbarie, tantôt à lui inspirer du courage par
ses exhortations & ses caresses ; se levant quelquefois pour se promener dans sa chambre en silence,
& reprenant ensuite sa place auprès d'elle avec
une agitation qu'il ne pouvoit modérer.

Son valet-de-chambre ne le quitta pas jusqu'au
jour ; mais n'ayant pu lui persuader de se retirer
le matin pour prendre quelques momens de repos,
il se déroba de la maison de Fincer, & vint
me raconter toutes les aventures de cette funeste
nuit. L'ordre de son récit, qu'il commença par
l'article de mademoiselle de L..... & par la
blessure de Sara, fit tomber toute mon attention sur les plus affreuses circonstances du malheur qu'il me racontoit. Dans le premier saisissement d'une scène si tragique, je ne pensai qu'à
me rendre chez Fincer, & je ne m'arrêtai pas
même à demander quelle conduite Patrice avoit
tenue avec lui. Je ne suivois que le sentiment
de la douleur, qui me faisoit regarder cet horri-

ble incident, comme le dernier coup que la passion déréglée de mon frère pouvoit porter à l'honneur, à la fortune & au repos de notre famille. Mon deſſein étoit de me jeter aux pieds de Fincer, d'adoucir ſa juſte fureur par mes ſoumiſſions, & d'obtenir de lui, à force d'inſ-rances & de larmes, qu'il n'uſât pas, dans toute ſon étendue, du droit que nous lui avions donné de nous perdre. Quelque lieu que Patrice eût pu choiſir pour aſile, je le croyois déjà menacé d'une vengeance inévitable ; je ne voyois rien qui pût le ſauver de l'échaffaud. Ainſi, ſans attendre d'autres explications, je preſſai le valet-de-cham-bre de porter ſa triſte nouvelle au comte & à la comteſſe de S...., avec un billet de ma main, par lequel je leur marquois la néceſſité d'employer tout leur crédit pour prévenir notre ruine. Mes ordres furent auſſi vifs que mes craintes ; je ne laiſſai pas même au valet la liberté de répliquer ; & me voyant déterminé à me rendre ſur le champ chez Fincer, il ne s'obſ-tina point à vouloir me raſſurer par un détail dont il ſuppoſa que mes propres yeux alloient m'inſtruire.

J'entrai chez Fincer en tremblant. Un de ſes gens à qui je demandai ſi j'aurois la liberté de le voir, me répondit qu'il étoit avec mon frère dans l'appartement de ſa fille. Cette réponſe

m'inspira mille nouvelles terreurs. Je me la fis
répéter, avec la même difficulté à me persuader
que je l'eusse bien entendue. Comment se figurer que notre mortel ennemi pût être tranquillement avec l'objet de sa haine, sur-tout aux
yeux de Sara qui en étoit l'unique source? Je
ne me représentois rien qui ne fût propre à redoubler mes alarmes, & à confondre toutes mes
idées. Cependant n'en jugeant ma présence que
plus nécessaire, je me hâtai de monter, & je
me fis introduire avec le dernier empressement.
On ne se figurera jamais quelle fut ma surprise,
lorsqu'au lieu des emportemens & des fureurs
dont je m'attendois d'être témoin, je vis Fincer
& Patrice assis en silence, près du lit de Sara;
peu attentifs à la vérité l'un à l'autre, ou du
moins se marquant peu d'attention en apparence,
mais aussi sans aucune marque de défiance &
de ressentiment, & comme également occupés
du spectacle qu'ils avoient devant les yeux. Ils
se levèrent tous deux en me voyant paroître.
Leur salutation fut froide, & ne fut point accompagnée d'une seule parole; l'abattement de mon
frère & le désordre qui étoit dans son habillement, me fit juger tout d'un coup qu'il avoit
passé la nuit dans la situation où il étoit. Sans
pénétrer encore dans un mystère si obscur pour
moi, je me sentis soulagé d'une partie de mes

craintes, & j'acceptai un fauteuil qui me fut
approché par un laquais.

Nous gardâmes tous trois pendant quelques
momens un silence que je n'osois rompre. Je
levai les yeux sur Fincer, qui tenoit les siens
baissés, avec quelque apparence d'embarras &
de contrainte. Patrice étoit le plus proche du
lit de Sara. Il prit une de ses mains, sur laquelle il
appliqua un moment ses lèvres. Enfin se tournant vers moi d'un air altéré par l'amertume
de ses sentimens : Vous savez ma funeste aventure, me dit-il, avec un profond soupir ; con-
noissez-vous quelqu'un de si coupable & de si malheureux ? Je vis couler de ses yeux quelques
larmes, qui faisoient foi de sa douleur ; & le
seul ton dont il prononça ces quatre mots, me
découvrit assez tout ce qui se passoit dans son
ame.

Ma lenteur à lui répondre auroit été regardée
comme une affectation, par des gens moins
remplis de leurs propres idées, & plus empressés
par conséquent de m'entendre expliquer les
miennes. Mais j'aurois pu la faire durer plus
long-tems, sans craindre de les choquer par
mon silence. Elle venoit de l'incertitude où
me jetoit leur consternation même, & cette
apparence de réserve que je leur voyois l'un
pour l'autre, malgré la situation familière où

je les avois trouvés. Quel jugement pouvois-
je porter de leurs difpofitions ? Patrice étoit vivement touché de fon malheur ; & quand je n'en
aurois pas eu la preuve que j'avois devant les
yeux, je n'en aurois pas moins attendu de la
tendreffe naturelle de fon caractère. Un cœur
auffi fenfible que le fien étoit fans ceffe ouvert
à toutes fortes d'impreffions ; & combien devoit-
il l'être à celle d'un coup fanglant qui étoit parti
de fa main? Je me figurois bien d'ailleurs qu'avec
toute la paffion dont il étoit rempli pour mademoifelle de L...., il n'avoit jamais pu refufer
fon eftime à l'innocente Sara. La pitié par conféquent n'avoit eu rien à combattre pour s'em-
parer entièrement de fon ame; & je le croyois
fi pénétré de ce fentiment, que tous ceux de
fon amour en étoient comme fufpendus. Mais
quel autre fruit en falloit-il efpérer qu'un atten-
driffement de quelques jours? Après tant de
changemens & de caprices; après tant d'apparences feintes, tant de promeffes violées &
de fermens oubliés, pouvoit-il me refter quelque confiance à tout ce qui fert de fondemens
aux conjectures ordinaires; & dans les variations
de mademoifelle de L...., comme dans les
fiennes, n'avois-je pas trop bien appris à connoître les foibleffes ou les trahifons de l'amour ?

A l'égard de Fincer, la fombre méditation

où je le voyois plongé, me paroissoit couvrir encore plus d'écueils. A quelle cause pouvois-je attribuer le relâchement de ces transports, & ce calme apparent ne nous menaçoit-il pas de quelque orage imprévu? Je me figurai néanmoins, que non-seulement la douleur & les soins de mon frère avoient pu le toucher, mais que se flattant peut-être jusqu'à s'en promettre un heureux retour vers sa fille, il attendoit des explications plus claires pour régler ses sentimens & sa conduite. Partagé entre cette pensée & le doute où j'étois des véritables dispositions de Patrice, je n'en trouvois ma situation que plus délicate, & le choix de mes expressions plus difficile. J'avois encore à ménager la malheureuse Sara, qui se repaissoit sans doute des mêmes espérances que son père, & qui, dans la langueur où elle étoit, jetoit sur moi un œil de complaisance dont je croyois entendre le langage.

Au milieu de tant de dangers, je pris le parti de me réduire à des réflexions générales, sur la nécessité de rapporter au ciel une infinité d'événemens, qui surpassent la pénétration des hommes; & tournant cette idée de la manière la plus propre à me concilier tous ceux qui m'entendoient, j'ajoutai que c'étoit quelquefois du sein de ces obscurités mêmes qu'il sembloit prendre plaisir à faire naître la lumière & la paix. Comme on ne m'avoit pas preſſé de répondre, on ne marqua point d'empreſſement non plus à me répliquer. Fincer s'obſtina au ſilence, & Patrice, abîmé dans ſes regrets, parut faire peu d'attention à mon diſcours.

De quelque manière que cette ſcène pût finir, je me raſſurai peu-à-peu du côté de Fincer; & me confirmant dans mes premières penſées, ma hardieſſe s'accrut juſqu'à lui adreſſer directement quelques témoignages de la part que je prenois à ſon infortune. Il parut ſenſible à mon compliment; mais au lieu d'y répondre, il ſe leva avec le même ſilence, & me prenant par la main, il me conduiſit dans une chambre voiſine. M'ayant préſenté un fauteuil, il fut encore quelques momens ſans ouvrir la bouche; enfin, levant les yeux ſur moi : m'apprendrez-vous, me dit-il, à pénétrer les horreurs qui m'environnent; & lorſque je vois votre frère noyé dans ſes larmes après avoir percé le ſein de ma fille, ſur lequel de ces deux témoignages faut-il que je juge de ſes ſentimens? Je ne vous déguiſerai point, reprit-il, que ma colère & ma haine étoient au comble. Et peut-on s'imaginer, en effet, quelque outrage que je n'aie pas reçu de votre famille? Cependant, je me trouve arrêté dans mes projets de vengeance par un événement qui devoit les précipiter, & je cherche moi même ce qui peut avoir fufpendu mon reffen- timent. Votre frère a-t-il un charme, continua- t-il, pour tromper fucceffivement la fille & le père ? Dites-moi ce qu'il prétend par cet excès de douleur où je le vois livré ; par fes plaintes continuelles de fon fort, par ces foupirs & ces pleurs qui ont eu la force de m'attendrir ; & s'il avoit entrepris de fe jouer encore de la crédulité de Sara, ne vous joignez point à lui pour nous trahir ?

Je confeffe, ajouta-t-il, que l'ayant vu hier pour la première fois, j'ai ceffé d'accufer le goût & l'inclination de ma fille. J'avois regardé le portrait qu'elle me faifoit de lui comme l'exagé- ration d'une femme paffionnée, qui cherche à juftifier un indigne attachement par les chimères de fon imagination ; mais cette phyfionomie noble & intéreffante, eft une trahifon de la nature, fi elle cache une ame double & perfide. J'ai été fi frappé de l'air d'honnêteté & de tendreffe qui eft répandu dans tous fes traits, que j'ai foupçonné Sara d'avoir négligé quelque chofe pour lui plaire au commencement de leur mariage, & d'avoir perdu par fa faute un cœur qui ne paroît pas fait pour fe rendre heureux par le mépris du devoir. C'eft à vous, reprit-il encore, à m'apprendre librement fi ma fille eft

tombée dans quelque désordre qui ait été capable
d'offenser un mari ; si elle a négligé quelque
soin ou violé quelque devoir ; s'il s'est oublié lui-
même par quelque foiblesse qui puisse être encore
réparée par le repentir ; s'il l'aime ; enfin , si j'ai
quelque fonds à faire sur les sentimens qu'il affecte
à mes propres yeux depuis le malheur qu'elle s'est
attirée par son imprudence ; car il est si clair qu'il
n'est pas volontairement coupable , que je n'ai
pu lui en faire un crime.

De tant d'étranges confidences, l'air & le ton
dont elles furent prononcées ne fut pas ce qui me
causa le moins d'étonnement. Loin d'y reconnoître ce terrible Fincer, dont j'apprenois tous
les jours en tremblant quelque nouvelle violence,
je vis un homme consterné de tendresse & d'inquiétude , qui m'intéressa même à ses peines par
l'ingénuité de son discours. A la vérité, je fis
réflexion que des mouvemens passagers ne chan-
geoient rien au fonds du caractère ; mais plus
cette pensée m'inspira de défiance, plus je me
crus obligé de tirer parti de la disposition où je le
voyois, en flattant des espérances auxquelles il
paroissoit si sensible : je lui confirmai tout ce
qu'il pensoit à l'avantage de mon frère ; & si je
n'osai répondre absolument des vues qui l'atta-
choient si constamment auprès de Sara, je n'éloignai point les inductions qu'on en pouvoit tirer

pour quelque heureufe révolution. Je m'attachai
même avec complaifance à prévenir les objections
qui pouvoient naître de fon engagement avec
mademoifelle de L..... Un mariage auquel il
manquoit tant de conditions effentielles, me
parut un foible obftacle contre le renouvellement
de fes premiers nœuds : je le traitai de badinage
profane, qui n'avoit pu donner la moindre atteinte
au plus faint de tous les engagemens ; & me
livrant peut-être trop à mes propres défirs, j'allai
jufqu'à donner des confeils à Fincer, qui étoient
fans doute ce que je pouvois lui infpirer de plus
propre à foutenir fes efpérances, mais que je
ne devois point hafarder fans pefer mieux les
effets qu'ils pouvoient produire. Comme nous
n'avons à redouter, lui dis-je, que l'afcendant
de mademoifelle de L...., rien n'eft fi important
que d'éloigner de mon frère tout ce qui pourroit
lui en rappeler trop vivement l'idée, & de joindre
au penchant qui l'arrête ici, tout ce que l'adreffe
de notre imagination fera capable de nous fournir
pour l'y retenir long-tems. Fincer faifit avidement cette ouverture ; il donna ordre fur le champ
qu'on ne fît parler perfonne à Patrice, & qu'on
ne lui remît même aucune lettre fans fa participation. Les chirurgiens qui vinrent dans le même
tems lever l'appareil, ayant déclaré que le danger
n'étoit pas diminué, & que Sara ne pouvoit être
gardée

gardée avec trop d'attention, je vis Fincer prêt
à s'en réjouir ; par l'impreffion que ce difcours fit
fur mon frère, & dans la penfée que l'ardeur de
fes foins redoubleroit avec fa douleur. Le comte
& la comteffe de S..., fe préfentèrent inutilement
pour rendre ce qu'ils croyoient devoir à Sara ;
on leur fit répondre que fa fituation ne lui permettoit point de les recevoir ; & c'étoit moins
la foibleffe de fa fille que celle de Patrice que
Fincer penfoit à ménager.

Etant forti pour obferver ce qui fe paffoit au
dehors, je trouvai à quelques pas de la maifon
le valet de chambre de mon frère, qui me fit fes
plaintes de n'avoir point obtenu la liberté de
parler à fon maître. Je connoiffois fa fageffe & fa
fidélité par tant de preuves, que je ne balançai
point à m'ouvrir à lui. Ma confiance & les nouvelles vues que je lui propofois, rallumèrent tout
le zèle qu'il avoit eu pour fa première maîtreffe.
S'ouvrant à fon tour, il me fit des excufes de
m'avoir caché les préparatifs du voyage d'Allemagne, & ce fut alors qu'il m'apprit toutes les
circonftances du projet qui devoit s'exécuter la
nuit précédente Je n'en remerciai que plus
ardemment le ciel de l'avoir détourné par des
voies fi fupérieures à notre vaine prudence.
Ce garçon s'étoit déjà rendu au couvent de
mademoifelle de L...., & fuivant les ordres qu'elle

lui avoit laiſſé en quittant ſa maiſon, il lui avoit
raconté les ſuites du tragique accident dont elle
avoit été témoin. L'ardeur de Patrice à ſuivre
Sara, & ſa perſévérance à paſſer toute la nuit dans
la maiſon de Fincer, avoit fait une vive impreſſion
ſur elle. Il lui étoit échappé quelques murmures
que le valet de chambre me rapporta; & dans ſon
mécontentement elle l'avoit chargé d'une lettre
pour mon frère, qui contenoit apparemment
d'autres plaintes. La diſcrétion m'empêcha de
l'ouvrir. Mais formant ſur cette connoiſſance un
deſſein que je pria le ciel de ſeconder, j'ordonnai
au valet de chambre, après lui avoir communiqué
mes vues, de retourner au lieu d'où il venoit,
& de rapporter ſimplement à mademoiſelle de
L.... que non-ſeulement mon frère ne penſoit
point à quitter la fille de Fincer, mais qu'il étoit
trop occupé de ſa douleur & de ſes ſoins pour
trouver le tems de répondre à ſa lettre. Le
ſcrupule qui me vint ſur les agitations jalouſes où
j'allois jeter volontairement mademoiſelle de L....
fut levé par le ſouvenir de tant d'amertumes
& de tourmens qu'elle avoit cauſés avec bien
moins de juſtice & d'innocence à la malheureuſe
Sara. Il faut s'attendre, dis-je à mon confident,
qu'elle redoublera ſes plaintes & ſes lettres.
Ecoutez tranquillement les unes, & recevez les
autres. Ne répondez à ſes plaintes qu'en excuſant

mon frère fur la profonde trifteffe où il eft plongé;
& pour l'excufer encore du peu d'attention qu'il
paroîtra faire à fes lettres, faites valoir l'intérêt
& le zèle qui l'attache continuellement au foin
d'une perfonne dont il eft fûr d'être aimé. Ç'en
étoit affez pour un homme intelligent, qui faifit
auffitôt toute l'étendue de mon projet.

Peut-être l'aurois-je fuivi jufqu'au couvent
dans l'impatience où j'étois de l'entendre à fon
retour, fi je n'euffe été averti par un laquais
du comte de S.... que j'étois attendu chez lui
par deux couriers. L'un m'étoit envoyé de Saint-
Germain par M. de Sercine, fur l'ordre du roi
qui fouhaitoit de me voir avant la fin du jour.
L'autre étoit celui que j'avois dépêché trois jours
auparavant à milord Tenermill, pour lui communiquer des efpérances qui fe trouvoient entièrement renverfées dans un efpace fi court. L'un
& l'autre me faifant attendre des nouvelles importantes, je me rendis promptement chez le comte,
où rien ne fut moins propre à me fatisfaire, que
les explications avec lefquelles on m'accueillit.

Le courier, de qui j'attendois des nouvelles
de Tenermill, m'apprit qu'ayant fait nuit & jour
une prodigieufe diligence, il étoit arrivé à
Dunkerque au moment que l'efcadre fe mettoit
en mer. N'ayant pas défefpéré néanmoins de
gagner le vaiffeau de mon frère avant qu'il fe fû

éloigné du port, il s'étoit mis dans une chaloupe, qui à force de rames l'avoit heureusement porté à bord. Tenermill n'avoit point appris le sujet d'un si prompt message, sans donner des marques extraordinaires de surprise & d'émotion. Cependant, après s'être long-tems agité, il s'étoit assez remis pour m'écrire tranquillement une lettre que je reçus du courier.

Ses premières lignes étoient une courte réponse au reproche que je lui avois fait dans la mienne de m'avoir annoncé comme ouvertement la guerre, & d'être parti en effet avec toutes les apparences d'une haine déclarée. Il m'assuroit que c'étoit un sentiment dont il n'étoit pas capable à l'égard d'un frère. Mais pour une résolution ferme de rompre toute liaison avec moi, & d'écouter aussi peu mes conseils que mes maximes, il l'avoit emportée au fond du cœur, me disoit-il, & l'avenir ne pouvoit servir qu'à la fortifier. S'il avoit employé d'ailleurs quelque expression trop dure, je ne devois l'attribuer qu'à la première chaleur d'un juste ressentiment. Etois-je donc résolu de faire éternellement le supplice de ma famille par les mouvemens d'une piété aveugle, qui faisoit sans doute aussi le mien, & de ruiner la fortune de mes frères en troublant toutes leurs espérances par mes inquiétudes & mes clameurs perpétuelles? Il ne vouloit

que l'exemple préfent pour me faire fentir que
le zèle eft un guide dangereux fans la prudence;
ou fi ce terme m'offenfoit encore, fans certaines
lumières qui ne fe tirent ni de la religion, ni de
l'étude des livres, & que je ne pouvois jamais
acquérir avec mes préventions. A quoi penfois-je,
lorfque le fervice du roi l'appeloit hors de France,
c'eft-à dire, au moment que l'honneur & le devoir
l'obligeoient à partir, de venir réveiller dans fon
cœur tout ce que je reconnoiffois de plus propre
à lui faire regretter fon départ? Je n'ignorois point
l'ardeur de fa paffion pour Sara; étoit-ce le tems
de l'irriter par des efpérances auxquelles il fe
gardoit bien de fe livrer lorfqu'elles lui venoient
d'une main fi fufpecte, mais capables néanmoins
de le troubler inceffamment pendant fon voyage?
Elles avoient mis une cruelle divifion dans fon
ame. Il avoit frémi de la néceffité où il étoit de
continuer fa route. Heureufement l'honneur & la
raifon, car c'étoient-là des guides plus fûrs que
mon zèle, lui avoient fait trouver affez de force
pour les fuivre. S'il étoit vrai néanmoins qu'il y
eût quelque chofe à efpérer pour lui, fi le cœur
& la main de Sara étoient encore des biens auxquels il lui fût permis d'afpirer, il me conjuroit
de ne pas nuire dans fon abfence à de fi favorables
difpofitions. Et venant par divers détours à un
compliment qu'il paroiffoit me faire à regret, il

fentoit bien, ajoutoit-il, que malgré toutes fes plaintes, il n'y auroit point de droit que je n'acquifle fur fon cœur à ce prix.

La fcène étant changée depuis tant de nou-veaux événemens, je ne trouvai rien dans cette lettre à la première lecture, qui pût arrêter l'impatience où j'étois d'aprendre les ordres du roi par le billet de M. de Sercine. L'ayant reçu du courier, non-feulement je n'y vis rien d'affez clair pour fatisfaire ma curiofité, mais comme fi l'on eût pris plaifir à redoubler mes agitations, les termes en étoient fi équivoques, qu'il me fut impoffible de démêler fi c'étoit à la bonté du roi ou à fon mécontentement, que je devois attri-buer l'attention qu'il paroiffoit faire à moi

Je ne me rendis pas avec moins de diligence à Saint-Germain. En relifant dans ma chaife la lettre de Tenermill, je fus frappé, je l'avoue, du raifonnement par lequel il me vouloit prouver que mon zèle manquoit quelquefois de lumières. Il m'étoit échappé la première fois; mais je le trouvai fi jufte dans l'exemple que j'ai rapporté, que ne penfant pas même à me défendre contre ma propre conviction, je tournai les yeux vers d'autres parties de ma conduite où je tremblois déjà d'avoir bleffé avec auffi peu de mefures quelque règle de charité ou de prudence. Cet examen m'occupa pendant toute la route. Je ne demande point d'être excusé, disois-je en moi-même, ils me trouveront toujours prêt à confesser mes fautes, toujours prêt à recevoir d'eux-memes les avis & les leçons qui peuvent m'instruire de ce que j'ignore ; mais leur ferai-je goûter de même ce que je m'efforce de leur apprendre, ou ce que je leur vois trop souvent violer par un mépris plus coupable que l'ignorance ; les saints devoirs de leur religion, les principes qui forment l'honnête homme aux yeux de Dieu, & sans lesquels toutes les connoissances dont ils se vantent, ne forment qu'une science misérable & inutile ? Qu'ils apprennent de moi respecter les loix du ciel, & je leur promets tout l'attention qu'ils demandent aux règles établies par la prudence des hommes.

Cependant, en continuant de penser comme je le devois, que la science de la religion mérite seule notre estime & notre étude, je me condamnai d'avoir effectivement trop négligé tout ce qui ne s'y rapportoit point d'une manière sensible, & de n'avoir pas cherché du moins si cette science du monde que je méprisois avec raison, en la supposant contraire aux principes de l'évangile, ne pouvoit point s'accorder avec eux par quelque conciliation que je n'avois pas approfondie. Quoi qu'il fût naturel de m'y figurer d'autant plus de difficulté, que l'évangile même inspire à chaque page la haine du monde & de ses maximes, des reproches que je trouvois justes de la part de Tenermill dans un cas où l'intérêt de la religion n'étoit pas mêlé en apparence, me firent juger qu'il y devoit avoir un rapport réel, quoique moins sensible, puisqu'il n'y a rien de juste qui ne remonte à la religion comme à sa source. Je n'eus pas de peine à trouver après cette réflexion, par quel enchaînement l'esprit de l'évangile s'étend jusque aux plus simples attentions de la société. C'est un esprit d'ordre, qui veut que tous les devoirs soient remplis, & qui les embrasse tous, malgré la différence de leur espèce & de leur degré, en leur proposant à tous le même objet pour dernière fin. Ainsi, lorsque mon zèle pour rétablir la paix de notre famille par le mariage de Tenermill, m'avoit porté à réveiller sa tendresse au moment de son départ, il avoit été indiscret. Je n'avois blessé ouvertement que la prudence humaine, en m'exposant à refroidir son courage dans une occasion d'honneur; mais cette sorte d'honneur se rapportant à la religion par l'utilité dont il est pour le maintien de la société, c'étoit à la religion même que j'avois porté indirectement quelque atteinte.

N'est-ce pas trop vanter ici mon caractère, que de me peindre avec tant de simplicité de cœur & tant d'amour pour la vérité & la justice,

que ce fût une vive satisfaction pour moi de
m'être convaincu que Tenermill avoit raison ?
Il restoit néanmoins à faire l'application du nouveau principe dont j'avois reconnu la vérité,
aux circonstances des événemens & au détail de
ma conduite; car en formant la résolution de
déférer davantage aux règles de la prudence
humaine, je n'en demeurois pas moins ferme à les
rejeter lorsqu'elles me paroîtroient opposées
à celles de la religion.

Dès le même jour j'éprouvai que cette étude
a des difficultés, qui doivent rendre le commerce
du monde extrêmement pénible pour ceux qui
cherchent à ménager des intérêts d'un autre
ordre. En arrivant à la cour, j'appris de M. de
Sercine ce qu'il ne m'avoit point expliqué par
son billet. Patrice n'avoit pas tourné si absolument
son attention du côté de l'Allemagne, qu'il eût
oublié ce qu'il devoit au roi. A la veille de son
départ il avoit pensé que c'étoit s'exposer à lui
déplaire, que de s'éloigner sans son consentement; & craignant néanmoins quelque obstacle
de la part de ce prince, s'il se présentoit lui-même
à Saint-Germain, il avoit prié son ami Anglesey
qui étoit toujours en France avec ses sœurs,
de se charger des témoignages de son respect
& de sa soumission. Anglesey avoit accepté cette
commission; mais n'étant informé qu'à demi du

sujet de sa retraite, il n'avoit pu satisfaire aux
questions du roi, qui l'avoit interrogé avec beaucoup de curiosité. C'étoit pour lui porter des
informations plus certaines que j'étois appelé
par son ordre ; & M. de Sercine me fit entendre
d'un air à m'alarmer, que la curiosité n'étoit pas
le seul motif qui lui faisoit souhaiter de me voir.

Cette préparation augmenta l'embarras où
j'avois déjà craint de me trouver en sa présence.
Quelles ouvertures devois-je lui faire ? A quel
point cette prudence humaine, dont je sentois
plus que jamais la nécessité, m'obligeoit-elle de
m'arrêter ? J'avois mille choses à dissimuler pour
l'intérêt de Patrice, mille choses à expliquer,
mille à espérer & mille à craindre. Jusqu'alors
toutes mes agitations & tous mes soins avoient été
renfermés dans un petit cercle de personnes avec
lesquelles j'avois toujours vécu, & que je
connoissois familièrement. Ici la scène m'offroit
des objets tout nouveaux, & mes idées de religion ne m'empêchoient pas de penser que j'allois
paroître devant ce que la terre a de plus respec-
table. J'ignore de quelle manière ma raison & ma
fermeté naturelle m'auroient servi, si le roi eût
commencé, comme je m'y attendois, par des
reproches & des plaintes. Mais ce bon prince ne
me préparoit que des faveurs. Avant que de
m'interroger sur le voyage de mon frère, il me

dit que n'ayant point encore paru à Saint-Germain,
je ne devois pas me plaindre d'avoir eu si peu de
part à ses bienfaits, & que je l'avois mis dans la
nécessité de me faire chercher, pour m'accorder
près de sa personne une place d'aumônier ordinaire, qu'il me destinoit depuis long-tems.
Il y joignit une pension qui suffisoit pour me faire
vivre avec décence ; & prévenant l'objection que
j'aurois pu tirer des liens que j'avois en Irlande,
il me conseilla de me défaire incessamment de
mon bénéfice.

Il continua de s'étendre sur mon éloge & celui
de mes frères, en affectant d'interrompre les
mouvemens de ma reconnoissance ; & lorsqu'il
fut enfin venu au départ de Patrice, il ne m'en
témoigna de regret que parce qu'il perdoit l'occasion de l'attacher à sa cour dans un poste qui
convenoit, me dit-il sans le nommer, à un homme
de son mérite & de sa naissance. Ses questions ne
furent pas poussées plus loin ; & comme s'il eût
appréhendé de me jeter dans les embarras que
je redoutois, il ne me parla pas même du malheur
qui avoit mis tant de trouble dans notre famille,
& qu'il croyoit terminé.

Ainsi, la bonté de ce prince m'épargna les
peines auxquelles je m'étois attendu. Il me fut
facile, après son discours, de tourner mes remer-
cimens d'une manière qui ne m'exposoit point

à retomber dans le péril que j'avois évité. Je lui
appris que le voyage de Patrice étoit différé
& peut-être tout-à-fait rompu ; & j'ajoutai pour
l'excufer, que les raifons qui l'avoient fait penfer
à partir étoient devenues moins preffantes. Qu'il
foit donc ici demain, reprit le roi ; & comptez
que ce que je veux faire pour fa fortune, achèvera
de lui faire oublier fon voyage d'Allemagne.

J'aurois pris occafion de cet ordre pour
retourner fur le champ à Paris, fi M. de Sercine
ne m'eût fait entendre que ce feroit mal répondre
à la bonté du roi que de ne pas demeurer à lui
faire ma cour jufqu'à l'heure où il avoit accoutumé de fe retirer. Je paffai tout le tems qu'il fut
à table & une partie de la nuit, à l'entretenir de
l'état où j'avois laiffé l'Irlande. Ayant appris la
mort de milord Linch, il m'en demanda lès
circonftances ; & ce récit étant lié néceffairement
avec celui de nos dernières aventures, je me trouvai
engagé dans une narration dont j'aurois fouhaité
de pouvoir me difpenfer. Cependant elle me conduifit à un fujet plus agréable, & qui parut affez
intéreffant pour la faire durer beaucoup plus long-
tems. Ce fut la dernière difpofition de Linch, qui
m'avoit laiffé le maître du dépôt de fon père. Je fis
au roi la defcription de toutes les richeffes que j'y
avois obfervées ; & nous agitâmes par quels moyens
elles pouvoient être tranfportées en France.

Il étoit si tard, après l'heure du coucher, que je me rendis aux instances qu'on me fit de passer le reste de la nuit à Saint-Germain. Avec quelle diligence néanmoins ne me serois-je pas rendu à Paris, si j'avois eu le moindre soupçon de ce qui devoit s'y passer dans mon absence? Étant même appésanti par le sommeil, je ne me levai point assez tôt le lendemain pour y arriver avant midi. J'allai descendre chez le comte de S.... avec toute la joie que je devois ressentir d'avoir tant d'heureuses nouvelles à lui communiquer; mais les apparences de douleur & de trouble que je remarquai en entrant dans sa maison, me firent juger tout d'un coup que c'étoit à la douleur & à la patience que je devois me préparer.

M'étant assuré que le comte étoit chez lui, je n'osai interroger davantage les domestiques à qui je l'avois demandé. Une circonstance altérée dans leur bouche pouvoit grossir ou diminuer mal-à-propos mes craintes. J'abordai le comte; & l'air dont il me reçut, m'en apprit presqu'autant que ses premières paroles. Jugeant à mon silence que je n'étois encore informé de rien: il est arrivé, me dit-il, des changemens bien funestes pendant votre absence; Fincer est mort ce matin d'une attaque d'apoplexie, ou plutôt d'un transport de fureur qui l'a étouffé sur le champ; votre

frère eſt diſparu, ſans qu'il m'ait été poſſible
d'apprendre encore la cauſe de ſon évaſion, ni ce
qu'il eſt devenu : ma femme, continua le comte,
eſt auprès de Sara, que j'ai quittée moi-même il
n'y a qu'un moment, & qui ignore encore la mort
de ſon père & la fuite de Patrice. Il eſt à craindre
que ces deux nouvelles n'achèvent de ruiner le
peu de forces qui lui reſtent. Allez prendre ſoin
de cette infortunée : cet emploi vous convient
mieux qu'à moi, ajouta-t-il, car je n'ai pu ſoutenir la vue de tant d'objets triſtes & touchans
qui m'ont pénétré le cœur dans cette maiſon.

Il me preſſa de partir ; mon ſupplice auroit été
qu'il eût voulu m'arrêter. Dans l'agitation de
mille projets tumultueux, que de ſi terribles
craintes me firent former en un moment, j'aurois
ſouhaité de pouvoir me tranſporter ſur le champ
dans cent lieux, & me livrer tout-à-la fois à mille
ſoins différens. Mais à quel parti m'arrêter entre
tant de déſirs qui me diviſoient cruellement ?
J'étois déjà ſorti ſans réſolution fixe, lorſque
tournant la tête au bruit que j'entendis derrière
moi, j'apperçus le valet-de-chambre de Patrice
qui accouroit pour me joindre, & qui me ſaiſit
le bras pour ſe donner le tems de reprendre
haleine, comme ſi dans la joie qu'il avoit de me
voir, il eût craint que je ne puſſe encore lui
échapper. Il arrivoit en poſte de Saint-Germain,

où il avoit efpéré de me trouver & de me faire précipiter mon retour. Je le conjurai de parler; mais ce qu'il commençoit à me dire, fuppofant que j'étois informé de tout ce que j'ignorois, je l'interrompis pour lui demander un récit exact, & capable de régler ma conduite; nous nous arrêtâmes au coin d'une rue déferte.

Votre préfence, me dit-il, ne nous auroit pas garantis d'un malheur que toute la fageffe du monde ne pouvoit prévoir, & qu'il étoit par conféquent impoffible d'éviter, mais elle eft fi néceffaire pour en arrêter les fuites, que je ne vois plus que vous de qui ce miracle puiffe être attendu. Il continua de me raconter avec combien de mefures & de précautions il avoit exécuté les ordres que je lui avois donnés la veille. Mademoifelle de L.... n'avoit conçu que trop vîte tous les fentimens qu'il s'étoit efforcé de lui infpirer. En lui apprenant avec quelle affiduité & quelle ardeur Patrice rendoit fes foins à Sara, il avoit affecté d'employer tous les termes qui conviennent à l'amour, & elle n'en avoit pas entendu un, qui n'eût fait entrer dans fon cœur quelque femence de jaloufie. Lorfqu'il lui avoit déclaré enfuite que non-feulement il ne lui apportoit point de réponfe à fa lettre, mais qu'on ne l'avoit pas même chargé d'une fimple excufe, ni du moindre compliment qui pût lui

marquer qu'on s'occupoit d'elle; une apparence
si formelle d'indifférence & d'oubli ne tarda
guère à lui paroître une trahison. Cependant
comme s'il n'eût pensé qu'à justifier son maître,
il avoit rejeté cette négligence sur la douleur
& la consternation dont il l'avoit vu pénétré.
Chaque trait ajouté à cette image avoit été comme
une étincelle qui avoit enflammé tous les mouvemens de mademoiselle de L.... & dès cette
premiè e relation, son dépit avoit été si vif, qu'elle
n'avoit pu retenir ses larmes.

Elle avoit pris néanmoins quelque chose sur
elle-même; & sans faire éclater encore ses
défiances, elle s'étoit arrêtée au parti d'écrire sur
le champ une seconde lettre à mon frère. L'adroit
messager l'avoit reçue, & reparoissant quelques
momens après avec la même réponse qu'il avoit
apportée pour la première, il avoit redoublé un
feu qui n'avoit fait que s'accroître pendant son
absence. Alors les gémissemens & les plaintes
avoient commencé à trahir un ressentiment qu'on
n'avoit plus eu la force de modérer. Si l'on avoit
repris la plume après beaucoup d'irrésolutions,
ç'avoit été pour accabler de reproches un ingrat,
dans lequel on craignoit de trouver bientôt un
perfide; & sans lui laisser d'autre parti à choisir
que l'obéissance, on exigeoit qu'il abandonnât
sur le champ tout ce qui avoit été capable de
l'arrêter,

l'arrêter, pour apporter lui-même au couvent des explications qu'on ne vouloit pas remettre jufqu'au lendemain. Cette troifième lettre, & celles qui la fuivirent, eurent le fort des précédentes, avec cette différence que le valet de Patrice jugeant de ce qu'elles contenoient par les ordres dont on le chargeoit en les lui remettant, ajoutoit chaque fois à fa réponfe quelque circonftance plus propre encore à l'effet qu'il s'étoit propofé. Enfin, paffant même les bornes que je lui avois prefcrites, il avoit été jufqu'à feindre que fon maître avoit refufé de recevoir la dernière lettre, & qu'il s'en étoit plaint comme d'une importunité qu'il fouhaitoit abfolument de voir finir.

Les alarmes de mademoifelle de L.... s'étoient changées en certitude d'être lâchement trahie. Elle n'en avoit point ménagé les termes, dans la préfence même du valet. L'air calme & méprifant qu'elle avoit affecté, n'avoit été que le déguifement d'un excès de fureur. Dans ce premier tranfport elle n'avoit penfé qu'à fauver fon honneur, en s'éloignant d'un lieu où elle s'attendoit de fe voir bientôt la fable du public. Tous fes préparatifs étant faits pour le voyage d'Allemagne, elle avoit pris la réfolution de partir dès la nuit fuivante, & elle n'avoit pas choifi d'autre confident que le valet de mon frère pour en faire avertir ses gens.

Un dénouement si peu attendu auroit été, comme il se l'imagina, la plus précieuse faveur que nous puissions attendre du ciel, si le ressentiment de mademoiselle de L.... se fût soutenu dans le même degré de chaleur jusqu'au moment de l'exécution. Elle seroit partie sans doute avec tant de fierté & de dédain, qu'elle auroit regardé comme une lâcheté indigne d'elle, de donner le moindre avis de son départ à mon frère; mais pendant quelques heures, dont on eut besoin pour disposer son équipage, elle ne put penser qu'elle alloit perdre un bonheur dont elle s'étoit crue si sûre, & qu'elle avoit acheté si cher, sans se sentir plus amollie par ses regrets qu'elle n'avoit été irritée par sa fureur & son indignation. Si les réflexions auxquelles elle s'abandonna ne lui firent pas perdre la résolution de partir, il lui fut impossible de quitter Paris sans satisfaire encore une fois son cœur en marquant ses derniers sentimens à mon frère : & quelle devoit être une lettre, inspirée par tant de passions dans des circonstances si violentes? Mais persuadée comme elle étoit qu'il avoit refusé de lire sa dernière, & craignant le même sort pour celle-ci, lorsqu'il la recevoit de la main de son valet-de-chambre, elle en chargea une personne affectionnée qu'elle

laiſſoit à Paris pour achever ſes affaires. Le ſoin
qu'elle prit de l'inſtruire, & la chaleur qu'elle
mit dans ſes inſtances, inſpirèrent tant de zèle
à ce nouveau meſſager, qu'il ſurmonta tous les
obſtacles. Elle lui avoit recommandé non-ſeulement de pénétrer dans la maiſon de Fincer,
malgré les efforts qu'on pourroit faire pour lui en
interdire l'entrée, mais de feindre, en remettant
ſa lettre à Patrice, que c'étoit de moi qu'il l'avoit
reçue, & qu'elle contenoit des affaires importantes. Peut-être ſé flattoit-elle encore, que la
nouvelle de ſon départ feroit quelqu'impreſſion
ſur un cœur où le ſouvenir de tant d'amour & de
ſermens ne pouvoit être effacé; & cette eſpérance fit tant de progrès dans le ſien, qu'elle
lui fit ſuſpendre juſqu'au lendemain ſa réſolution.

L'unique point qui échappa à ſes précautions,
fut d'avertir ſon confident qu'elle pourroit remettre effectivement ſon départ au lendemain.
L'ayant vue déterminée à partir pendant la nuit,
& trouvant ſes gens & ſa voiture à la porte du
couvent lorſqu'il en ſortit pour exécuter ſes
ordres, il regarda la commiſſion dont il étoit
chargé comme une affaire qui appartenoit à l'a-
venir, & qui demandoit moins de diligence que
de fidélité & de certitude : ce qui n'empêcha
point que dès le même ſoir il ne ſe préſentât à la

porte de Fincer; mais l'obfcurité faifant redoubler la garde aux domeftiques, il conçut qu'il
n'avoit de facilité à efpérer que pendant le jour.
Il ne précipita rien dans le cours de la matinée;
& tandis que mademoifelle de L.... mouroit
d'impatience en attendant fon retour, il étoit
aux environs de la maifon de Fincer à chercher
les moyens de tromper la vigilance du portier.

Enfin, s'étant introduit fans être apperçu, il
monta au hafard dans le premier appartement:
c'étoit celui de Sara, où il ne put manquer de
découvrir auffitôt Patrice. Il l'y trouva feul, dans
l'abattement où il devoit être après avoir paffé un
jour & deux nuits fans un moment de repos,
& prefque fans nourriture. Le jugement des
chirurgiens n'étant pas devenu plus favorable,
il fembloit que la continuation du danger eût fixé
invinciblement toute fon attention fur l'objet
qu'il avoit devant les yeux. A peine s'apperçut-il
qu'on lui faifoit figne de paffer un moment dans
l'antichambre. Il y paffa néanmoins, lorfqu'il eut
reconnu la perfonne qui l'appelloit; & loin de
rejeter la lettre qui lui fut préfentée, il l'ouvrit
fans demander la moindre explication.

Il étoit vrai que, malgré toute l'ardeur de fes
foins, malgré la douleur qu'il reffentoit de fa
funefte aventure, enfin malgré la compaffion
dont il étoit pénétré pour Sara, fa tendreffe pour

mademoiselle de L.... étoit la paſſion dominante
de ſon cœur, & que ce qui avoit été capable de
la ſuſpendre, n'avoit pas eu la force de la diminuer un moment. Il avoit ſu, en quittant ſa
maiſon, qu'elle avoit pris le parti de retourner
au couvent. Il avoit approuvé ſa conduite; & ſe
la figurant tranquille dans cette retraite, il n'avoit
ſuivi que le mouvement de ſa bonté naturelle,
& ſans doute le remords d'un crime involontaire,
en rendant à Sara des ſoins dont il avoit cru que
rien ne le pouvoit diſpenſer. Quelle fut donc ſa
ſurpriſe aux premiers mots d'une lettre, où il
n'apperçut que le langage de l'indignation & de
la fureur? Combien s'accrut-elle encore, lorſqu'il
ſe vit reprocher des inſultes, de la trahiſon, du
parjure, & tous les ſentimens odieux auxquels on
attribuoit le changement dont on le ſuppoſoit
coupable? On lui parloit de dix lettres dont il
n'avoit pas la moindre idée, & d'une paſſion
nouvelle dont il ne pouvoit s'imaginer l'objet.
Étoit-ce une illuſion de ſes yeux ou de ſa mémoire?
Dans le ſaiſiſſement où le mettoient tant d'étranges
imputations, la force lui manquoit pour interroger celui qui venoit de lui apporter ſa lettre.
Mais avec quelle vivacité ſortit-il de cette langueur, lorſqu'il vint à lire après mille autres
reproches, qu'on étoit déterminé à s'éloigner de
lui pour jamais? On ne lui parloit point de cette

résolution comme d'une menace. La voiture étoit prête. On brûloit de partir, pour rompre éternellement avec un perfide. Il jeta un œil furieux sur le meſſager; & le preſſant de lui expliquer une ſi terrible déclaration, ſon tranſport ne connut plus de bornes lorſqu'il entendit que mademoiſelle de L.... étoit partie la veille, & que dans l'impatience qu'elle avoit marquée de ſortir du royaume, elle devoit déjà être fort éloignée de Paris.

Il n'y eut point de motif aſſez fort pour modérer un emportement qui étoit parvenu ſi vîte à cet excès. La malheureuſe Sara fut oubliée. Après avoir interrogé bruſquement le meſſager ſur ces lettres qu'on l'accuſoit d'avoir refuſé de lire ou d'avoir reçues avec mépris, il voulut ſavoir quel étoit le téméraire entre les domeſtiques de Fincer ou les ſiens, qui avoit oſé ſe charger de cette impoſture. Ne trouvant perſonne à lui, par le ſoin qu'on avoit eu d'écarter tous ſes gens, Fincer & tout ce qui lui appartenoit ne lui devint que plus ſuſpect. Il deſcendit l'eſcalier, pour accabler de reproches & d'injures tous les domeſtiques de la maiſon. Le bruit étant allé malheureuſement juſqu'à Fincer, qui parut auſſitôt pour s'informer de ce qui ſe paſſoit chez lui, il ne le traita pas avec plus de ménagement; & ſans lui déguiſer même la cauſe de fa fureur, il le quitta en le menaçant de fa vengeance,

Jamais les tranfports de la colère ne furent fi contagieux. Fincer avoit d'abord marqué plus de furprife & plus de faififfement que d'indignation; mais lorfqu'ayant entendu le fujet de tant d'emportement, il vit mon frère quitter fa maifon, & fe précipiter vers celle où il s'imagina que la rivale de fa fille étoit encore, il s'emporta lui-même à de fi furieux excès de rage, que fes forces n'y réfiftant pas plus que fa raifon, il tomba fans connoiffance entre les bras de fes domeftiques. Les fecours furent inutiles : il expira fans pouvoir prononcer un feul mot. Dans ces tragiques circonftances, la bonté du ciel infpira affez de préfence d'efprit à quelqu'un de fes gens pour fermer l'appartement de Sara, & lui dérober la connoiffance d'un malheur qui l'auroit expofée au même fort que fon père. Ce fut avec la même fageffe qu'on fit avertir auffitôt le comte & la comteffe de S.... qu'ils ne pouvoient fe rendre trop promptement auprès d'elle. On s'efforça d'éloigner de fon efprit & de fes yeux tout ce qui étoit capable de troubler le repos qui lui étoit néceffaire.

Patrice auroit eu befoin pendant ce tems-là des mêmes attentions & du même fecours. Il avoit gagné fi rapidement la maifon de mademoi-

felle de L.... que perfonne n'avoit penfé à le
fuivre. Il l'avoit trouvé déferte : fon valet-de-
chambre, toujours attentif aux évènemens, étoit
le feul de fes domeftiques qui n'avoit pas profité
de fon abfence pour s'écarter; mais l'ayant apperçu
d'une fenètre, & ne pouvant deviner ce qui
l'amenoit avec tant de précipitation, il ne fe hâta
point de paroître. Tremblant avec raifon pour le
fuccès de fon artifice, il aima mieux lui laiffer le
tems d'apprendre le départ de mademoifelle de
L.... de la bouche d'un autre, que de fe charger
d'une entreprife fi délicate; & toujours perfuadé
lui-même qu'elle étoit partie la veille, peut-être
penfoit-il moins à l'impreffion que cette nouvelle
pouvoit faire fur fon maître, qu'à déguifer les
moyens dont il s'étoit fervi pour la conduite de
fon intrigue. Cependant après s'être fait appeler
plufieurs fois, il ne put s'empêcher de répondre.
L'air timide dont il fe préfenta, devoit faire naître
à Patrice autant de foupçons que fa lenteur; mais
s'il y fit attention, ces marques d'embarras paffè-
rent à fes yeux pour le fimple effet d'une aventure, à laquelle il étoit naturel qu'un domeftique
affectionné parût prendre quelque intérêt.

    Comme il reftoit une partie des meubles de
mademoifelle de L.... à Paris, & que l'opinion de
fon départ n'avoit encore rien changé à l'ordre
de la maifon, Patrice y retrouva fa chambre. Ce

fut là qu'il se rendit, sans avoir donné d'autre
ordre au portier, que de lui faire venir ses gens.
Il s'y jeta dans un fauteuil en les attendant; & ses
plaintes furent si peu ménagées, que le valet-de-
chambre, qui s'étoit approché timidement, en
avoit assez recueilli, pour comprendre qu'il étoit
déjà bien informé. Le courage revint à ce garçon
en se voyant demander tous les secours de son
esprit & de son zèle. Il affecta de paroître disposé
à les rendre : & flattant les premiers mouvemens
de son maître pour s'assurer ensuite plus de facilité à les combattre, il n'opposa rien à la résolution
qu'on lui marqua d'abord de prendre sur le champ
la poste, & de suivre les traces de mademoiselle
de L.... jusqu'en Allemagne. Cependant, lorsqu'il
vit passer les réflexions de mon frère sur les
circonstances de son infortune, & particulièrement sur la trahison qu'il se croyoit en droit de
reprocher à Fincer, il l'interrompit par diverses
objections, autant pour éloigner un discours qu'il
ne pouvoit entendre sans confusion, que pour
revenir au dessein qu'il avoit de le détourner du
voyage d'Allemagne. Il lui fit naître tant d'incertitude sur la route que mademoiselle de L.... avoit
choisie, & par conséquent tant de difficultés
contre l'espérance de la rejoindre, qu'il le fit
consentir à différer du moins son départ jusqu'au
lendemain, pour se donner le tems, lui dit-il,

d'approfondir les changemens qu'elle pouvoit avoir mis non - feulement dans fa route, mais même dans fes projets d'établiffemens. Il le conjura de fe repofer fur lui de ce foin ; & l'ayant confirmé habilement dans toutes les idées qu'il eut l'adreffe de lui infpirer, il le quitta, fous prétexte de ne pas perdre un moment pour répondre à fon impatience.

C'étoit fon propre trouble & la crainte de fe trahir, qui lui caufoient cet empreffement. Au lieu des foins qu'il avoit promis & dont il croyoit connoître l'inutilité, il en prit pour arrêter les foupçons de fon maître, & pour fe mettre à couvert de fon reffentiment. Sa première démarche fut de paffer chez Fincer, où il fe flattoit d'apprendre par quelle voie mon frère avoit reçu de fi fidèles informations. Il n'y apprit que le tragique accident qui tenoit encore toute la maifon dans l'alarme, & comme il avoit pris congé de mademoifelle de L.. . avant qu'elle eût pris la réfolution d'écrire pour la dernière fois à Patrice, il tira peu de lumières de la defcription qu'on lui fit d'un inconnu, qui s'étoit introduit dans la maifon avec une lettre fatale à laquelle on attribuoit tout le défordre. Cependant, ce récit lui fit naître des inquiétudes. De qui cette lettre pouvoit - elle venir, fi ce n'étoit de mademoifelle de L....? Et n'ayant été rendue que depuis un quart d'heure,

Comment mademoiselle de L.... avoit-elle pu
l'écrire, si elle étoit partie la veille au moment
qu'il l'avoit quittée ? Dans ce doute, qui étoit
capable de l'agiter mortellement, il prit le parti
de se rendre au couvent où il l'avoit laissée prête
à partir. Le premier objet qui frappa ses yeux
fut sa voiture, qu'elle avoit fait demeurer à tout
évènement, quoiqu'elle eût renvoyé les chevaux
à la poste. Comme elle faisoit dépendre sa résolution du succès de sa lettre, elle avoit attendu
d'heure en heure le retour de son messager;
& lors même qu'elle avoit désespéré de le revoir
avant le jour suivant, elle avoit voulu que ses
gens passassent la nuit près d'elle pour ne pas
demeurer un moment à Paris, dès qu'elle auroit
perdu quelque foible reste d'espérance. Cette vue
le glaça de frayeur. Il se crut ruiné sans ressource,
& ne pouvant douter que la découverte de son
intrigue, qui lui paroissoit désormais inévitable,
ne le fît détester également de mademoiselle de
L.... & de son maître, il fut tenté de prendre la
fuite pour se dérober éternellement à leurs yeux.
En réfléchissant néanmoins sur son malheur, il se
souvint que j'avois eu quelque part à sa conduite
par les premiers ordres que je lui avois donnés.
Quoiqu'il les eût passés avec une hardiesse à laquelle je n'aurois jamais accordé mon consentement, il se sentit assez de confiance dans ma bonté

pour compter encore fur ma protection. J'étois
malheureufement à Saint-Germain; mais n'efpérant plus rien que de mon fecours, il abandonna
tout autre foin pour me venir joindre avec une
vîteffe incroyable; & me trouvant parti depuis
plus d'une heure, il reprit le chemin de Paris
avec tant de diligence, qu'il y arriva prefque
auffitôt que moi.

Ainfi, quoiqu'il eût commencé fon récit par la
trifte fituation de fon maître, je n'eus pas de
peine à démêler, que la chaleur de fon zèle avoit
deux fources; & ce que je pouvois penfer de
plus avantageux pour fon caractère, étoit de les
croire prefqu'égales. La douloureufe impreffion
qui me refta de tant de nouveaux malheurs, ne
m'empêcha point de lui faire obferver d'abord
que cette réflexion ne m'échappoit point, & je
lui fis même un reproche d'avoir comme renoncé
aux intérêts de mon frère pour mettre les fiens
à couvert. Car en m'apprenant le dangereux état
où il l'avoit laiffé, de quelle utilité pouvoit m'être
un fi long difcours, pour m'aider à le fervir?
J'ignorois ce que mademoifelle de L.... avoit
penfé des effets de fa lettre, & quelle conclufion
elle en avoit tirée pour fa conduite. Le rapport
de fon meffager avoit pu lui paroître affez clair
pour diffiper tous fes doutes. Dans cette fuppofition, ne s'étoit-elle pas hâtée de faire avertir

Patrice qu'elle étoit encore à Paris, ou n'étoit-elle
pas retournée aussitôt à sa maison pour le voir,
& pour sceller leurs engagemens par de nouvelles
promesses? Qui m'assuroit même que dans la
première ardeur de leur réconciliation, ils ne se
fussent pas déterminés sur le champ à s'éloigner
ensemble? Avois-je quelque résolution à prendre
& quelque parti à choisir avant que de m'être
procuré toutes ces lumières? Ne doutez pas,
dis-je au valet-de-chambre, que je ne soutienne
vos intérêts auprès de mon frère; mais rendez-
vous digne de la protection que vous me demandez par un renouvellement de zèle. Retournez
au couvent de mademoiselle de L.... apprenez
d'elle - même, ou de ses gens, ce qui s'est passé
depuis votre départ, & rapportez moi des éclaircissemens si sûrs, que je n'entreprenne rien
témérairement.

Je lui donnai ordre de me rejoindre chez
Fincer, où je me sentois comme entraîné par
un mouvement plus fort que la curiosité ou la
compassion. Il me sembloit que le soin de Sara
devenoit pour moi une obligation plus indispensable que jamais, depuis la mort de son
père. Avec quelqu'attention qu'on l'eût observée,
je ne m'imaginois pas qu'on eût pu lui déguiser
tout-à-fait l'horreur de sa situation, & je tremblois

pour les premières impreſſions que la moindre
défiance auroit produites ſur un cœur ſi ſenſible,
J'entrai chez elle avec cette incertitude.

*Fin du ſecond Volume.*